흥륭한 대원제국의 청사 4

大元盛世青史演義

Их Юань улсын мандсан төрийн Хөх судар

The Blue Sutra of the Rise of the Great Yuan State

지은이

웨.인잔나쉬 V.Injannash, 1837~1892

내몽골 조스틴 촐간(현재 요녕성 몽골자치구)의 투메드 서부 지역에서 칭기스 칸의 27대손인 왕친 발의 일곱째 아들로 태어났다. 그는 몽골의 뛰어난 사상가이자 문인으로 19세기 몽골문학계를 대표하는 거성으로 손꼽힌다. 그는 원래 시로 창작을 시작하여 100여 편의 사색적이고 철학적인 시를 남겼다. 또 18세부터 소설 창작을 시작하여 『두견새전』, 『붉은 구름 같은 눈물』, 『단층 누각』, 『붉은 눈물을 흘리는 당힘』 등의 작품을 저술했다. 그의 인생에 고난이 극했던 34세부터 그는 부친의 미완성 원고인 『청사』를 약 20여 년에 걸쳐 완성하는데, 이 작품으로 인잔나쉬는 몽골 역사소설뿐 아니라 몽골문학사에 불멸의 이름을 남겼다. 그는 시인이자 소설가, 미술가, 예술 이론가, 번역가, 뛰어난 역사가로 몽골 민족의 깊이 있고, 폭넓은 정신문화를 유산으로 남긴 대문호로 평가된다.

옮긴이

이안나 Lee, Anna

몽골 구비문학과 몽골문화를 연구해 오고 있으며, 몽골 현대문학 작품을 번역, 출간해 왔다. 현재 한국외국어대학교 몽골어과 학술연구교수. 저서로 『몽골 구비서사문학과 문화의 상관성 연구』, 『몽골 영웅서사시의 통섭적 연구』, 『동몽골의 가치와 미래』(공저), 『몽골의 생활과 전통』, 『몽한사전』(공저), 『몽골 민간신앙 연구』, 『몽골인의 생활과 풍속』 등이 있으며, 『낙타처럼 울 수 있음에』, 『한 줄도 나는 베끼지 않았다』, 『샤먼의 전설』, 『*Сүгхян бүсгүйн домог*』(공역), 『*Гэрээ орхисон минь*』(공역), 『몽골의 설화』, 『몽골의 가정예절과 전통』, 『눈의 전설』, 『나뭇잎이 나를 잎사귀라 생각할 때까지』, 『말을 타고 가는 이야기』, 『칭기스 칸 영웅기』, 『몽골 현대시선집』 등의 역서와 30편 이상의 논문이 있다.

흥륭한 대원제국의 청사 4

초판인쇄 2024년 6월 20일 **초판발행** 2024년 6월 30일

지은이 웨.인잔나쉬 **옮긴이** 이안나

펴낸이 박성모 **펴낸곳** 소명출판 **출판등록** 제13-522호

주소 서울시 서초구 사임당로14길 15 서광빌딩 2층

전화 02-585-7840 **팩스** 02-585-7848

전자우편 somyungbooks@daum.net **홈페이지** www.somyong.co.kr

값 31,000원

ISBN 979-11-5905-945-2 94830
ISBN 979-11-5905-941-4 (전6권)

이 저서는 2019년 대한민국 교육부와 한국연구재단의 지원을 받아 수행된 연구임(NRF-2019S1A5A7069254))

한국연구재단
학술명저번역총서

흥륭한 대원제국의 청사 4

大元盛世青史演義

Их Юань улсын мандсан төрийн Хөх судар

The Blue Sutra of the Rise of the Great Yuan State

웨.인잔나쉬 저
이안나 역

서울
출판

일러두기

1. 이 역서는 몽골 건국 800주년을 기념해 몽골 현대문으로 출판된 인잔나쉬의 『청사』 I, II, III권을 번역한 것이다. 이 역서는 몽골문자(몽골비칙)로 된 69장 『청사』 1957, 1991년 간행본을 대조하여 몽골 국립대 교수팀이 몽골 현대문으로 옮겨 2005년 울란바토르에서 출간된 저서를 텍스트로 했다.
2. 본 저서는 공간적으로 넓은 지역을 아우르고, 시간적으로 오랜 세월에 걸쳐 벌어졌던 사건을 다루면서, 저자가 다양한 문헌을 인용했기 때문에 고유명사 전사에 통일성을 갖기 어려운 점이 있다. 그러나 몇 가지 원칙을 따랐다. 먼저, 인명이나 지명 등의 고유명사 전사는 가능하면 저자가 사용한 단어를 발음에 따라 전사하는 것을 기본으로 했다.
3. 다만 몽골비칙에서 호환되어 사용되는 자음 д, т에서 д가 끝에 사용되는 경우 т로 전사하거나 т를 д로 전사하기도 했다. 예를 들어, 케레이드를 케레이트, 탕구드를 탕구트 등으로 번역했다. 또 베트국은 원래 '우리나라'라는 의미가 있어, 빈번히 사용되는 '베데국'으로 전사했다. 또 у, ү 역시 호환이 되며, у는 몽골비칙에서 외국어 전사일 경우 ү로 발음되기도 하고, ү가 у로 발음되는 경우도 있다. '탕고트'의 경우 '탕구트'로 전사하는 일반적인 표기를 택하여 사용했다. 그러나 현재 일반적으로 사용되는 인명, 지명 표기가 다르더라도 у를 а나 그밖에 다른 모음으로 바꾸어 전사하지 않았다. 예를 들어, 한국에서 모훌리(Мохули)를 일반적으로 '무칼리'라고 하지만, '훌(хул)'의 у를 а로 전사하기 어렵기 때문에 모훌리 그대로 표기했다.
4. 또 х의 전사 표기가 к로 호환되기도 하지만 특별히 역사적으로 고착된 경우에만 호환된 к 발음을 택하고, 현재 일반적으로 사용되는 단어의 х발음을 그대로 х로 전사했다. 예를 들어, '호빌라이'를 '쿠빌라이'로 '헤를렌'은 '케를렌'이 아닌 '헤를렌'으로 전사했다.
5. 영문 표기의 경우 다음과 같이 했다.

а	б	в	г	д	е	ё	ж	з	к	н	й	л	м	н	о	ө
a	b	v	g	d	ye	yo	j	z	k	i	i	l	m	n	o	ö

п	р	с	т	у	ү	ф	х	ц	ч	ш	ъ	ы	ь	э	ю	я
p	r	s	t	u	ü	f	kh	ts	ch	sh	i	y	i	e	yu	ya

6. 본 역서의 각주는 3가지 형태로 이루어져 있다. 인잔나쉬 원저자의 각주는 본문 중에 **[원주]** 표기 후 설명을 달아 주었다. 몽골 현대문으로 옮긴이의 각주는 아래 각주를 달아 주었으며, 설명 앞 괄호 안에 [**몽골 현대문 역주**]라고 붙여 주었다. 역자의 부연 설명이 필요한 경우 **[역자 주]** 표기 뒤에 설명을 넣었다. 또 한국어 역자의 각주인 경우 여타의 표시 없이 아래 각주를 달아 설명을 하거나, 인용한 경우 뒤에 인용 서지를 붙이는 방식을 취했다.

옮긴이의 말

몽골학에 뜻을 두고, 몽골을 배움의 터전으로 삼은 지도 어언 25년이 지났다. 몽골에서 지냈던 10년 남짓한 세월 동안 유목민의 생활에 깊이 경도되어, 그들의 삶과 문화를 이해하고자 나름 시간을 잊고 살았던 것 같다. 몽골 생활 가운데 내게 가장 보람되고 기쁨을 주는 일 가운데 하나는 관심 주제에 관련된 도서를 찾고 수집하는 일이었다. 그렇게 모았던 도서 가운데 두툼한 3권의 『청사』도 포함되어 있었는데, 이 책을 언젠가 번역해 보리라는 막연한 생각을 했다.

세월이 흘러 『청사』를 번역할 기회가 왔고, 근 4년 가까운 긴 시간을 소요하며 번역 작업에 매진했지만, 처음부터 이 작업은 내 능력을 넘어서는 일이라는 것을 알았다. 이 저서는 19세기 저서로 무엇보다 현대문이 아닌 옛 문장 형태가 주를 이루어 주술 관계를 파악하는 데도 어려움이 있었다. 단어도 오늘날 쓰임과 다르거나, 쓰이지 않는 사어, 단어 형태가 다른 경우도 있어 번역 작업은 참으로 지난하기 이를 데 없었다. 또 고전 작품이 일반적으로 그렇듯 산문이라도 운문적 요소가 내재되어 있기 때문에 한 문장 안에서도 같은 단어가 반복되어 사용되는 경우가 적지 않아 문장 이해를 더욱 어렵게 했고, 또 사건의 공간적 배경이 광대해 중국이나 그밖에 외국 관련의 전사된 고유명사를 다시 전사하는 데도 어려움이 있었다. 할 수 없는 일을 하고 있다는 자책이 들 때마다 이 책을 저술할 당시 저자 인잔나쉬의 각고의 노력과 인고의 세월을 생각했다.

이 저서는 인잔나쉬가 아닌 그의 부친이었던 왕친발이 큰 뜻을 품고 저술을 시작한 것으로, 처음 8장을 쓰고 청나라 지배기의 혼란한 시대 상황 속에서 생을 마감하게 된다. 그때 인잔나쉬의 나이 11세였다. 이후 상당한 지적 소양을 가진 그의 자식들이 이 저서를 이어서 완성하고자 여러 번 머리를 맞대고 고민했지만, 흩어진 역사서를 정확히 짜 맞추고 시대와 인명, 지명 등을 정확히 찾아내는 데 상당한 시간과 노력이 요구되었기 때문에 집필을 이어가지 못한 채 결국 원고는 오랜 세월 그대로 방치되고 만다. 그러다 인잔나쉬의 삶에 고난의 회오리가 밀어닥쳤을 때 그는 다시 이 저서에 주의를 기울이고, 부친이 저술을 위해 모아둔 문헌 자료들을 샅샅이 살피면서, 부친의 미완성 원고를 이어서 저술하게 된다. 그런데 이 일은 그리 녹록한 작업이 아니었으며, 그의 생애를 바치는 일이 되었다. 그가 저술할 때의 생활을 언급한 것을 보면, "참으로 우둔한 지력으로 마음의 피를 토하고, 어두운 눈이 보이는 대로 수많은 자료를 살피며, 일천한 지식으로 인명과 지명을 찾아갔다. (…중략…) 먹고 마셔도 글을 쓰고, 쓴 글을 보고 또 보고, 살피고 또 살펴 어느 부분에 저술의 큰 사건이 누락되었는지, 구절이 잘못되고 빠지지나 않았는지 온 힘을 다해 자세히 그리고 면밀하게 살폈다. 머리가 희어지고, 얼굴에 주름이 생기고, 살이 빠지고 근육이 늘어지도록 저술 작업에 심혈을 기울였다"라고 했으며, "이것은 진실로 온 마음과 육신, 눈, 손, 오장이 다 지치도록 혼신의 힘을 기울인 작업이었다"라고 했다.

번역 작업이 힘들 때마다 이렇게 혼을 바쳐 저술한 작품을 평이하게 번역할 수 없는 것은 당연한 일이라고 마음을 다지며 번역에 임하곤 했다. 한편 저자는 그의 나이 34세 때인 1871년부터 1891년까지 약 20년에 걸친 인고의 세월을 견디며 작품 완성에 온 힘을 다한다. 인잔나쉬가 이 저서를 쓸 때는 아마도 모종의 큰 힘이 그를 음우하지 않았나 싶다. 칭기스 칸의 28대손이라는 그의 가계 내력이 이를 더욱 분명히 시사해준다.

이 작품은 칭기스 칸이 태어난 1162년부터 약 200여 년 동안의 역사적 사건을 바탕으로 한 120장의 대작이었다고 하나, 현재는 1162~1236년까지의 역사적 사건을 다룬 69장 본이 전해진다. 원래 몽골비칙몽골문자으로 전해지던 필사본이 여러 차례 다양한 방식으로 출간되었는데, 이 번역은 1957년 69장 3권 간행본을 소드빌릭의 1991년 수정본과 대조하여 2005년 건국 800주년을 기념하여 몽골 현대문으로 옮겨 출간된 것을 텍스트로 하였다. 오늘에 이르기까지 이 저서에 대한 다양한 연구가 끊이지 않고 계속되는데, 그것은 인잔나쉬의 정신이 여전히 살아 숨쉬고 있음을 말해주는 것이라 하겠다.

웨.인잔나쉬는 이 작품이 필생의 저술이었던 만큼 독자들의 이해를 돕기 위해 매우 세심한 주의를 기울였다. 먼저 본격적인 서사 이전에 12절의 요목을 기술하여, 책을 읽기 전에 반드시 이 부분을 숙지하기를 독자들에게 권했다. 현재는 8절만 전해지는데, 이 여덟 절에는 이 책을 저술하는 목적과 과정, 저자의 세계관, 독자가 알아야 할 내용 등이 기술되어 있다. 또 나라와 지역, 옛 성읍, 관직, 몽골명 등을 묶은 별도의 사전이 저서 앞쪽에 있었던 것으로 보이지만, 오늘날 그 내용은 전해지지 않는다. 또 이 저서의 보충판이 발견되기도 한 것을 보면 그가 이 저서에 얼마나 큰 의미를 부여하고, 혼신의 힘을 다했는지 알 수 있다.

왜.인잔나쉬는 청나라 지배기인 1837년 내몽골 조스틴 출간의 투메드 서부 지역에서 태어났다. 이 당시는 나라의 주권을 갖지 못한 때로 몽골 민족이 자신의 정체성을 찾기 어려운 시기였다. 이러한 시대적 상황 속에서 이 저서는 이민족의 압제와 멸시에 저항하고, 자민족의 역사를 바로 제시함으로써 몽골인의 민족적 자존감을 회복하고자 하는 목적으로 저술되었다. 또한 수동적이고 타성적인 삶에 익숙해진 몽골인들에게 민족애를 일깨우고, 이를 후대에 전승하여 유산으로 남기려는 원대한 뜻이 있었다. 또한 중국의 편향되고 왜곡된 몽골 역사 기술을 바로잡기 위해 방대한 자료들을 토대로 정확한 서지를 찾아내며 20여 년에 걸쳐 분투했던 이 저서는 몽골 민족의 역사혼을 담은 역사문학의 고전이라 할 수 있다.

한편 내용적으로 민족정신의 회복이라는 거시적인 관점에서 몽골의 12~13세기 역사적 사건을 다루고 있지만, 그 기술방식은 전통적인 몽골의 문학적 기법 이외에 『수호전』, 『삼국지연의』 등의 중국 고전문학의 영향을 받아 기술함으로써 몽골 역사소설의 새로운 혁신을 꾀한 고전으로 평가되기도 한다. 그렇기에 많은 이들이 이 작품을 소설로만 알고 있는 경우도 있다. 이러한 창작기법을 배경으로 이 저서를 역사소설의 범주에 분류하기도 한다. 그러나 인잔나쉬는 부친이 수집한 방대한 역사적 자료에 더하여 자신이 직접 발로 뛰어 모은 여러 언어의 수많은 자료들을 토대로 한 장에 1년의 사건을 시간적 추이로 묘사하고, 사건의 연도나 인물의 서지 등을 정확히 하기 위해 애썼기 때문에 사건이 비교적 객관적이며, 장식적이고 부가적인 내용이 크게 없다고 할 수 있다. 이는 작가 자신이 언급한 내용이기도 한데, 인잔나쉬는 "무슨 여유가 있어 이런 많은 기록에 내용을 더하고 장식할 문구를 넣을 수 있겠는가? 많은 사건을 또 구성해 낼 수 없어 버려지는 자료의 수가 무수히 많은데, 어찌 내용을 덧붙이고 장식하는 일을 하겠는가?" 라고 했으며, 인잔나쉬 자신은 이 저서를 몽골 정사라고 언급했다. 실제로 번역을 하면서 내용의 상당 부분이 역사적인 사실에 부합하고 있다는 점이 놀라웠다. 또 사건의 연도와 지명, 인명 등을 최대한 정확하게 하기 위해 힘썼던 실증적인 측면 등의 노력은 이 저서가 결코 역사 소설로만 규정할 수 없음을 말해준다.

이처럼 이 작품은 『몽골비사』에 버금가는 역사·문화적 가치를 갖는 저서라 할 수 있다. 칭기스 칸을 주인공으로 하여, 그 가까운 주변의 충성된 장수와 신료들의 협력으로 부족들을 통합하고, 나라를 확대해 간다는 점에서 『몽골비사』와 유사하지만 이 작품은 『몽골비사』에 비해 사건과 인물들이 풍부하게 나타나고, 각 장마다 중요 인물들을 중심으로 인물의 심리와 사건들이 입체적으로 전개되는 소설적 구성을 취한다. 이 작품의 문학적 특징의 하나는 인물 형상화에 생동감을 불어넣어 살아있는 인물로 만날 수 있게 한 점이라 할 수 있다. 예를 들어 테무진이 칸의 보위에 오를 때 『몽골비사』의 경우, 테무진이 칸으로 추대된 세밀한 심리적 과정이 없다면 『청사』의 경우 테무진은 자신이 칸의 자질이 부족하다며 보위에 오르기를 계속 거부하고, 신료들의 간절한 청을 받아들이기까지의 여러 사건들이 상세히 묘사된다. 테무진이 칸이 되기 위한 조건으로 자신이 보위에 오르는 것이 하늘의 뜻인지 천신의 증거를 구하고 확인하는 절차는 저자 인잔나쉬가 바람직하게 여기는 진중하고 올바른 지도자상과 무관하지 않다.

이처럼 구체적인 사료를 바탕으로 12~13세기 당시의 몽골인들의 삶과 풍속, 그 주변 국가들과의 역학적이고 역동적인 관계를 정치 · 사회적인 측면에서 보여주는 이 작품은 문학적 가치 이상의 문화적이고 역사적인 가치를 지닌다고 할 수 있다. 특히 그 서사에는 축시, 찬시, 속담, 전설 등 몽골의 다양한 구비문학의 갈래를 아우르고, 전통적으로 내려오는 몽골인의 풍속, 세계관, 정서, 삶의 방식 등을 보여준다는 점에서 몽골 유목민의 역사 · 문화적 삶을 이해하고 조명하는 데 없어서는 안 될 중요한 자료라고 본다.

이 책의 번역 작업은 참으로 쉽지 않은 일이었으며, 능력이 있어서 번역했다기보다 '시간의 힘'으로 작업을 꾸준히 진행했다고 보는 것이 맞을 것이다. 아직도 해결되지 못한 부분들을 남겨놓고 책이 나오는 데까지 이르렀다. 아무쪼록 이 역서가 몽골에 대한 관심을 갖는 일반인, 학자 모두에게 몽골을 이해하는 유익한 자료가 되었으면 한다. 이 책을 번역하는 데 귀한 시간을 내어주셔서 힘을 보태 주신 몽골 아카데미 학술위원 데.소미아Д.Сумъяа 선생님께 감사를 드리며, 크고 작은 도움을 주신 선생님들께도 고마움을 전한다.

2024년 6월, 역자 이안나

성조 칭기스 칸의 28대손이자 대문호 왕친발 인잔나쉬는 "몽골 민족 모두가 자신의 근본과 혈통을 알기를 바란다"며, 푸른 몽골의 훌륭한 역사와 성조 칭기스 선조의 비할 데 없는 덕과 복록을 만대에 기리고 남기기 위해 "몸과 말, 마음 깊이 온 힘을 다해" 『청사』라는 이 정선된 작품을 후손인 우리에게 남겼다.

우리 가운데 교육을 받은 사람이라면 누구라도 '인잔나쉬'와 '청사'라는 두 이름을 듣지 못한 사람은 없다. 그렇지만 실제로 역사와 문학 선생들을 비롯해 자국의 역사를 존숭하고, 지식을 가까이하는 존경할 만한 사람, 많은 일반인들 가운데 『청사』를 완전히 이해하며 완독한 사람이 얼마나 될까 하는 점에는 그리 만족할 만한 답을 기대하기 어렵다. 이것은 어디까지나 우리의 적극적인 노력 부족의 소산이다.

우리 몽골에 『청사』를 대중화하여 출간한 적이 전무후무하다. 내몽골에서는 여러 번 출간되었지만, 우리 외몽골 사람들이 기회를 얻는 데는 매번 어려움이 있었다. 그런데다가 전반적으로 언중들이 민족의 언어인 몽골비칙몽골문자에 능통하지 못한 데도 원인이 있었다. 또 몽골비칙을 알고 있다 해도, 이 정도의 대작을 읽고 내용을 이해할 만큼 독서 훈련이 되어 있는 사람이 드물다. 또 고전문의 이해하기 쉽지 않은 단어와 문체, 익숙하지 않은 적지 않은 고유명사, 외국의 지명, 인명을 만나게 되면 곧 어려움을 느끼고, 책을 읽을 용기를 잃거나 어느 정도 보다가 그만두기도 한다. 이러한 정황에 따라 『청사』를 오늘날의 많은 독자들이 읽기에 쉬운 문자로 옮겨 출간할 필요가 대두되어 오늘에 이르렀다.

몽골 대통령의 자문관인 올호노드[1] 야담 돌고르자브는 이러한 필요성을 인식하고, 자신이 주관하는 『우리 몽골』 잡지를 통해 『청사』를 몽골 현대문인 키릴문자로 출간하는 일을 구상하고 기획하여 이 책을 펴내게 되었다. 우리는 이 보람된 일을 도모한 자문관께 깊은 감사를 드린다.

내년은 몽골 건국 800주년이 되는 해이다. 그렇기에 성조 칭기스 칸의 황금 가문의 저명한 작가 인잔나쉬의 『청사』를 우리의 외몽골 독자들에게 전하는 것은 매우 뜻깊은 일이라 생각한다. 성조 칭기스 칸이 세운 대몽골국의 역사를 문학적인 언어로 빚고 저술한 역사소설이 바로 이 작품이기 때문이다. 인잔나쉬가 다시 반복하여 일깨운 저서 편찬의 본래 뜻은 몽골 후손들에게 위대한 군주 칭기스 칸이 온갖 신고辛苦를 겪고, 분투하며 세운 나라의 역사적 진실을 대대로 잊지 않기를 바란 것이다. 또 그 역사를 남기고자 한 것이 그의 진정한 바람이었다.

『청사』를 출간하는 기회를 빌어 독자들을 위해 몽골 민족의 위대한 선구자의 약력과 작품, 본 저서의 필사본과 출간 현황에 대한 대략적인 사항을 소개하고자 한다.

---

1 **[몽골 현대문 역주]** 올호노드는 몽골의 한 씨족으로 유명한 어울룬 왕비의 친정 가계이다. 칭기스 칸은 이 씨족을 자신뿐 아니라 나라의 외가라고 칭하고, 지극히 존중했던 것을 인잔나쉬는 이 작품에서 여러 번 언급했다.

웨.인잔나쉬 그의 어린 시절의 이름은 하스촐로이다. 청나라 도광제道光帝 17년 4월 16일양력 1837년 5월 15일 조스틴 출간의 투메드 서부 지역의 '쇼드락 바트 호로'라는 몽골 귀족의 궁전에서 태어났다. 인잔나쉬는 칭기스 칸의 후손이며, 아버지 왕친발은 지역의 부관이었다. '쇼드락 바트 호로' 사람들은 '큰 쇠북'과 '서화書畵'를 수호정령으로 삼아 소중히 여겼는데, 이에 대해 언급한 집안의 가훈시가 있다.

신실한 효를 지극히 행하는
큰 쇠북의 가정
용사가 의에 힘쓰는
서화가 있는 천 년이라네

왕친발은 중심이 곧고 강직한 성품에 문무를 겸비한 인물이었다. 그런 그의 기질대로 네 명의 자식들을 전통적인 가정교육 방식으로 가르쳐, 자식들은 모두 문장에 뛰어난 지식인으로 성장했다. 왕친발은 인잔나쉬가 11살 때 53세의 나이로 운명했다. 왕친발은 1839~1840년에 『청사』의 처음 8장을 저술했다.

어머니 마야요쉬카는 하르친 서부 지역의 한 부마의 딸이었다. 그들 사이에서 8명의 자식이 태어났는데, 그 가운데 큰아들 굴라란사1823~1851와 다섯째 아들 군나촉1833~1866, 여섯째 아들 순웨이단존1834~1898, 일곱째 아들 인잔나쉬 등이 성장했다. 굴라란사는 19세기 몽골의 저명한 시인 가운데 한 사람으로, 불과 스물아홉 해를 살면서 90여 편의 시를 창작한 것이 오늘날에야 알려졌다. 또 그는 중국의 유명한 소설 『수호전』한산기을 몽골어로 번역했다. 인잔나쉬의 둘째 형인 군나촉 역시 어려서부터 시를 창작하고, 그림을 그렸다. 시를 쓰는 동시에 시론에 흥미를 갖고 몽골 시와 한시의 특징을 비교 연구했다. 그러다가 1866년 35세 되던 해 운명했다. 왕친발의 여섯째 아들인 순웨이단존은 역사가이며, 실력 있는 번역가이자 시인이었다. 그는 형 굴라란사가 끝내지 못한 『수호전』을 몽골어로 완역했다. 또 역사 대사전인 『통감강목』을 몽골어로 번역하고, 동생 인잔나쉬가 『청사』를 저술하는 일을 돕고 조언해 주었다. 『청사 보충판』의 어떤 장의 앞뒤에 순웨이단존의 시가 삽입되어 있는데, 예를 들어 제47장 말미에 동생을 고무하고 지지하는 시가 있다.

사나운 적을 조복시킬 수 있는 능력자
위대한 성조 칭기스 칸의
신령한 명을 받아
진심으로 이를 저술하고자 했네
무릎 꿇고 들으며, 탄복하고 기뻐한
순웨이단존 나는
빛나는 아우 인잔나쉬의 말처럼
붓의 힘을 자랑스럽게 여기네

인잔나쉬는 자신의 저서의 한 부분을 쓰고, 형에게 그것을 읽고 들려주며 서로 의견을 나누었던 것이 분명하다.

인잔나쉬가 겨우 다섯 살 때 아버지는 그에게 가계의 족보를 외우게 하고, 조상의 행적을 말해 주었으며, 민족에 대한 뜨겁고 친밀한 마음을 되새기게 했는데, 그는 「원뿌리를 잊어서는 안 된다」라는 글에서 이에 대해 언급하기도 했다. '큰 쇠북'과 '서화'를 '쇼다륵 바트 호로'의 수호정령으로 삼아 존귀하게 여기는 집안의 영향으로 아들 하스촐로는 어려서부터 몽골어, 중국어, 만주, 티베트어를 열심히 익히는 동시에 많은 아름다운 그림을 그리고, 그림에 서정을 조화시켜 시를 결합시켰다. 예를 들어, 구름 그림을 그리고, 그 위에 다음과 같은 글을 썼다.

지평선 너머 흰 구름이 일어나
유심히 살피니 구름이 끝없이 이어지고
휘감기고 접히더니 북풍에 날려
깊고 깊은 푸른 바다에 잠기누나

「흰 구름」이라는 시는 그의 활기찬 어린 시절에 쓴 초기 시의 하나이다. 그의 10대 시기에 붓과 먹의 즐거움을 경험하며 쓰기 시작한 시들을 후에 『인잔나쉬의 어린 시절 배운 습작시』라는 제목으로 책을 엮기도 했다. 그 시집에는 「푸른 바위」, 「어머니를 꿈꾼 시」, 「일깨움」, 「고운 무지개가 스미다」, 「해악 많은 붉은 진세」, 「인간 세상을 견디다」, 「혐오스러운 인간」, 「단비 신선한 비」, 「비할 데 없는 아름다움」,

「특별히 깊고 신성한 것」 등 12편의 필사한 시가 우리 시대에 전해져 내려온다. 산문 저서에 삽입된 시들을 포함하면 인잔나쉬는 수백 편의 시를 썼다.

그 시들을 갈래별로 구분해 보면, 축시와 찬시 계열의 시, 애도시, 비애적인 시, 희극적인 시, 교훈시, 애정시, 자연경관을 노래한 시 등 여러 가지 갈래가 있다. 연구자 델게르산은 그가 몽골 시 장르에 이룬 개혁에 관해 다음과 같이 언급했다.

> 인잔나쉬는 몽골 시의 주된 요소인 두운, 운율의 조화, 음보 등의 관습적인 특징을 가능한 한 철저히 따르는 것을 중시하고, 고대 중국 시의 절구, 율시 규범의 엄격한 규칙을 실제적으로 활용했다. 또 이 두 가지 면의 우수한 구조를 하나의 체계로 만들어 창조적으로 사용하고, 몽골 시 범주에서 리듬은 엄격하지만, 구조가 짧고 간편한 하나의 형태를 창조했다.

1847, 1851년에 아버지 왕친발과 큰형이 연이어 사망하고, 쇼다락 바트 호로의 권한과 위엄이 상당히 떨어지고, 어려서 입양된 형 군나 촉은 '친 바트 호로' 사람들에게 억울하게 따돌림을 당했다. 또 3년에 걸친 송사로 인해 상당히 많은 재산을 탕진했다.

인잔나쉬는 18세부터1854 『두견새전*Saran Khökhöö-nii namtar*』이라는 첫 번째 중편소설을 썼다. 20~30세 사이에 여러 지역을 돌아다니며 문인들과 만나 묻고, 사회적 삶과 사회의 그릇된 모순을 눈으로 보고, 귀로 듣고, 마음으로 느끼며 직접 체험했다. 이 기간에 『붉은 구름 같은 눈물』1863, 『단층 누각』1865 등의 소설을 창작했다. 그는 30세 이후 삶의 고통을 연이어 겪었다. 형 군나촉이 사망한 뒤 3년 후에 아내 사란볼로르가 죽고, 또 일 년 뒤에 형 순웨이단존이 왕궁의 관직에서 물러났다. 1870년에는 서부 투메드 호쇼에서 농민봉기가 일어나 이 난리통에 인잔나쉬의 가족들이 피해를 입었다. 인잔나쉬는 이 일에 대해 "종살이를 하던 노비들이 집안의 온갖 종류의 재물을 약탈해 가고, 또 장사 밑천을 잃었으며, 곡식과 감자가 부족해지고 처자가 죽었다. 생각하면 너무도 참을 수 없이 분통이 터지고, 생각하면 할수록 더욱 답답해져 거의 병이 날 지경이 되었다"라고 기록하고 있다.

그는 생활의 악화, 슬픈 이별, 그 당시의 불안정한 혼란 속에서 좌절하여, 편히 지내지 못했다. 이러한 상황에도 마음을 굳게 먹고, 1876~1877년부터 소설 『붉은 눈물을 흘리는 탕힘*Ulaanaa ukhilah tankhim*』[2]을 끝냈으며, 34세부터 아버지가 시작했던 『흥륭한 대원제국의 청사』를 연이어 저술하기 시작했다. 1875년에는 『청사』의 초반부 50장을 이미 끝냈던 것이 분명하다. 이 저서를 쓰는 과정은 거의 10여 년 동안 끊어지고, 1883년부터 다시 계속 작업을 이어 1886년경 제69장을 썼을 것으로 생각된다. 또 1891년에 일어난 소대회 폭동을 피해 진저우 시에서 지냈으며, 그 다음 해 많은 책과 글, 작품의 초고를 분실하는 등의 사건으로 인해 병이 들고, 그로 인해 2월 25일 진저우 시의 의원에서 사망했다.

2 여기서 '탕힘(tankhim)'은 '큰 방', '넓은 강당', '부서' 등의 뜻이 있다.

웨.인잔나쉬는 작가요, 시인일 뿐 아니라 미술가이자 예술 이론가, 번역가, 뛰어난 역사가였다. 그는 "몽골 민족문학의 우수한 유산과 전통을 계승, 발전시키려는 목적으로 문학적 모색을 추구하여 새로운 것을 창조하고, 몽골문학의 주제, 유형, 표현 방법, 형태 등을 매우 풍부하게 발전시켰다".

『청사』를 간행했던 내력을 간략히 언급하면 다음과 같다.

-1924년 경전연구소에서 출간한 『칭기스 성조의 기념서』라는 편저에 『청사』의 제16, 18장 가운데 일부를 편집해 포함시켰다. 이 편저를 1925년 템게트가 주관하는 북경의 몽골문헌위원회에서 재출간했다.

-1928년 북경에 있는 몽골문헌위원회에서 『원나라 역사』라는 제목으로 『청사』 앞 12장을 4책으로 하여 인쇄본으로 출간했다. 이 간행본에는 요목이 포함되지 않았다.

-1937년 공훈 교사인 헤.달흐자브는 중학교 교과서에 『청사』의 제3, 4장 가운데 일부를 포함시켰다.

-1939년 카이루에 있는 '몽골 오탁 소르갈 호랄Mongol utag sorgaal-yn khural'[3]을 주관하고 있던 부흐히식이 필사가인 샤란가를 인잔나쉬의 고향으로 보내 제69장과 요목 제8절을 찾아내, 1939년 석판으로 간행하여 배포했다. 처음의 서언이 없고, 요목이 완전하지 않으며, 어떤 장에는 서두의 표제시가 없기는 하지만 현재 발견된 원본 가운데 가장

3 몽골의 윤리적인 것을 가르치고 교화하는 모임.

온전한 원본이다.

-1944년 촐랄트 할가의 테루궁 노욘 인쇄소에서 『청사』의 제18장을 서언과 요목과 함께 납 활자본으로 출간했다. 이 판본의 서두에는 서언이 있으며, 요목 제8절, 각 장마다 끝에 부기인 평언評言이 있다.

-1957년에 내몽골인민출판위원회에서 카이루의 69장 판본을 바탕으로 부족한 부분을 다른 원본과 출판된 저서에서 보충해 3권으로 출간했다.

-이 간행본을 1979년, 1981년에 각각 출판위원회에서 조금 수정하여 재출간하였으며, 1991년 소드빌렉이 다시 수정하여 세 번째 출간을 했다. 우리는 1957년 간행본과 1991년 수정 원본을 대조하고, 자세히 검토하여 이 역서의 번역 작업을 했다.

-1959년 아카데미 학술위원인 체.담딘수렌은 『몽골문학 100선』에 『청사』 요목의 제3절과 본문 제33장을 포함시켰다.

-1961년 데.차간은 중학교 10학년에서 공부하는 읽기 교과서에 『청사』 제3장의 일부를 포함시켰다.

그밖에 오르길은 중국어로 번역하고, 한긴 곰보자브 교수는 요목을 영어로 번역했다.

『청사』는 1939년 69장 석판으로 출간될 때까지 그리고 그 이후에도 몽골인들 가운데 필사본으로 흩어져 있었다. 현대에 발견된 필사본을 언급하면 다음과 같다.

-제.체웬은 1909년 상트페테르부르크 도서관에서 『청사』의 일부인 15책 필사본이 보관되어 있는 것에 대해 보고했다.

-코펜하겐 왕립도서관에 '대원 울루스의 역사'라는 제목의 『청사』 제29장이 있는 15책 필사본의 영인본을 보관하고 있는데, 카이루에서 출간된 원본과 같다.

-북경도서관에는 18장 12책의 완전하지 않은 필사본이 있다. 이 영인본의 원본이 파리에 보관되어 있다.

-울란바토르 국립도서관에 『흥륭한 대원제국의 청사』라는 제목으로 12책 271행의 필사본이 보관되어 있다. 이것은 한길 곰보자브 교수가 북경 몽골문헌위원회에서 1928년에 출간한 원본과 같은 것이라고 밝혔다. 잠스란자브는 『몽골 문학개론』 3권에 "1914년 노스가이 다그단이라는 사람이 호르츠 왕 투덴호르츠 왕 투덴 호쇼는 지금의 수흐바타르 아이막 에르덴차간 솜이다 주변의 도서관에서 『청사』를 발견해 그것을 필사했다. 예전에는 『청사』 필사본들이 상당히 많이 있었다. 임민정부의 초기부터 경전연구소의 연구원들은 웨.인잔나쉬의 작품을 모두 갖추기 위해 조사하고 찾아냈다"라고 기록했다. 이것을 보면 현재 도서관에 있는 필사본은 닥단이 필사한 원본일지 모른다.

-내몽골의 사회과학연구소의 도서관에는 붓과 펜으로 쓴 필사본 원본 8부가 보관되어 있다. 이것들은 1930~1940년대에 필사한 것으로 완전하지 않으며, 어떤 것은 1928년 북경 간행본, 어떤 것은 1939년 카이루 간행본, 1944년 촐랄트 할가 간행본과 부합한다. 다만 부분적으로 단어와 문장을 생략하고, 바꾸어 고친 것이 있으며, 크고 작은 정도의 차이가 있다.

1957년 간행본은 카이루의 판본을 기초로 하여 거의 같은 내용을 포함시키고 있다면, 1981, 1991년 간행본에서는 적지 않은 단어를 수정했다. 1991년 출간된 『청사』 초반부에 있는 편집자의 말에 의하면 "1957년에 출간된 『청사』의 잘못된 단어와 인명, 지명과 적합지 않은 부분을 소드빌렉이 수정하여 바로 잡았다"라고 했다. 간행본의 오자와 한 단어가 엇갈려 있는 것 등을 일정하게 교정하는 것은 올바른 일이라 할 수 있다.

한편 이해하기 어렵거나 의문이 드는 단어를 고치고, 문장 성분의 위치와 단어 결합 조건 등을 바꾸어 문체를 수정하는 등은 작가의 권리를 침해하는 일이며, 작품 원전에 충실해야 하는 요구에 위배된다. 우리가 번역하는 과정에서 이 두 가지 간행본을 대조해 보니, 1991년 간행본에는 제대로 수정되었음을 인정할 만한 것이 있는 동시에 잘못 이해하여 의미를 잃게 한 것, 이해를 돕기 위해 의도적으로 단어를 바꾼 부분도 적지 않았다. 예를 들어, 1957년 간행본에 첫 번째 장의 표제시를

> 하늘로부터 새 시대를 열고, 성조가 세상에 태어났네
> 대지의 힘으로 수증기가 피어오르고, 영웅호걸이 한곳에 운집했네

라고 한 것을 1991년 간행본에는 다음과 같이 바꾸었다.

> 하늘의 힘이 시대를 열고, 성조가 세상에 태어났네
> 대지의 힘과 수증기가 피어오르고, 영웅호걸이 한곳에 운집했네

이처럼 각행마다 단어가 다르고, 내용을 이해하기 어렵게 만들었다. 13~17세기에 활발하게 사용되었던 탈격조사의 '데체~deche, ~에서' 형식을 '다츠daach'라는 단어의 잘못된 쓰임이라고 이해함으로써 '하늘로부터'라고 한 것을 '하늘의 힘'으로 바꾸었다. 또 2행의 '대지의 힘으로'라고 한 것을 시행과 시행을 일정하게 맞추는 대구對句 방식으로 '대지의 힘'이라는 조사가 없는 형태로 생각했던 것 같다.

1957년 출간된 간행본 제8장에 '아! 흥하고 발전하는 나라의 군신은 서로 모두 원수'라고 했는데, 1991년 간행본에는 '원수'라고 한 것을 '은혜로운 자'로 수정했다. 해당 문장을 문맥의 전후 관계에 비추어 생각해 보지 않는다면, 그렇게 고치는 것이 옳은 것처럼 생각될 수도 있다. 그러나 그 부분에 여섯 명의 공훈 대신들 가운데 시리호톡이 전투의 명을 어기고 공격했기 때문에 모홀리 장군이 그에게 처벌을 내리는 내용이 나온다. 그것은 군법을 어기면 그 누구라도 같은 벌을 받게 되며, 칸과 대신, 일반 백성 그 누구도 전혀 차이가 없다. '흥하고 발전하는 나라의 군신'들이 잘못을 했다면 어떤 누구라도 용서하지 않기에 진실로 '서로 모두 원수'였던 것이다. 이렇게 깊이 생각하면 '원수'라는 것은 매우 적합한 단어라 할 수 있다. 또 이 장 앞에서 언급한 것을 확인해 주는 '군주의 법에 우호적인 것을 의지하거나, 군법에 도움을 바라서는 안 된다'라고 한 어구가 있다.

1957년 간행본의 요목 제7절에는 "비유하자면, 오늘날의 일반적인 습속은 자기 일이면서 다른 이의 행위가 잘못되었다고 하기 때문에 여러 가지 충돌이 그칠 때가 없다. 그래서 불경에는 이 세상을 곧 투쟁의 세상, 고통의 세상이라고 했다"라고 했는데, 1991년 본에는 '그칠 때가 없기에'라고 한 것을 '때가 멈추지 않기에'라고 수정했다. 이것은 잘못 고친 것이며, 세상사와 살아있는 자들의 싸움이 결코 멈추지 않고 계속되는 이치를 가리킨 '그칠 때가 없기에'라는 깊은 의미를 잃게 했다.

제51장에는 '끝이 좁은 소매 가리개[4]에 활을 준비하고'라고 한 것을 어미를 바꾸어 '끝이 좁은 소매에 가리개 활을 준비하고'라고 했다. 또 1957년 출간된 책 제3장과 제37장, 1,242쪽에 '봉랍을 녹여 밀봉하고티즈레흐'라고 쓴 것을 새로운 출간본의 1,159쪽에는 '봉랍을 녹여 봉하고롬보더흐'라고 단어를 바꾸었다. 이렇게 단어를 바꾸어서는 안 될 뿐 아니라 비교적 후대의 러시아어에서 차용된 '롬보'라는 단어를 사용한 것은 더욱 도움이 되지 않는다. 그밖에 '시대가 바뀌다'라는 것을 '시대가 지나다', 문어체 '가다에치흐'를 구어체 '가다', '떠나다'로 바꾸었다. 또 '도망치다'의 '조그지흐'라는 단어를 '조그타흐도망가다', '돌아가다에게흐'를 '돌다', '돌아가다에르게흐' 등으로 단어를 바꾸어 쓴 곳이 상당히 많다.

대문호 인잔나쉬는 이처럼 '매우 깊고', '매우 치밀하며', '표현이 매우 적합하고', '매우 집약적으로' 서술한 것을 후대 사람들이 이해하거나 깨닫지 못하고, 자신의 생각대로 수정한 것은 큰 실수라고 할 수 있다. 그러기에 우리는 이 두 간행본의 차이가 있는 곳을 가능한 한 바르게, 최초의 원전에 가깝게 하는 것을 원칙으로 했다.

---

4 여기서는 'холховч'라고 했지만 제51장 본문에는 'халхавч'라 하여 다른 단어를 썼다. 여기서는 본문대로 'халхавч'로 번역했다.

한편 고유명사 가운데 중국어와 몽골어로 섞어 쓴 것을 1991년 간행본에서는 몽골어로만 쓰는 동시에 중국 명칭을 하나의 원칙으로 질서 있게 정리했다. 우리는 많은 독자들에게 좀 더 쉽게 도움을 주고자 하는 생각으로 일정한 규칙에 따라 옮겼다. 예를 들어, '진국'을 '금나라'로 한 것과 같은 경우이다. 또 독자들에게 이해를 쉽게 하기 위해 드물게 나오는 단어의 의미를 분명히 해서 역자의 해설을 대괄호 안에 이탤릭체로 넣어주고, 뒤쪽에 '역주'[5]라고 썼다. 참고로 저자 자신의 설명은 소괄호를 써서 차이를 두었다. 단어 뜻의 자세한 설명과 다른 부가 정보가 있는 해설을 각주로 처리했다. 드물게 나오는 희귀한 단어의 뜻을 분명히 하여 역주와 각주를 독자들이 이해하기 쉽도록 하기 위해 반복해서 넣은 것도 있다. 또 예를 들어, 카이루 판본과 1957년 출간본의 제43장과 제69장 앞부분에 표제시가 없는데, 이 번역본에 있는 두 장의 표제시는 인잔나쉬가 쓴 것이 아니고, 1991년 출간을 준비하는 사람들 가운데서 부족한 부분을 완성하기 위해 삽입한 것이다.

현재 3책으로 몇 번 출간된 69장 『청사』 이외에 30장 『청사』 보충판 즉, '투메드 필사본'이라고 명명하게 된 다른 한 『청사』의 원본을 발견했다. 독일 몽골학자 에.하이시히가 1942년 내몽골에 체류해 있던 기간에 케신게라는 사람이 가지고 있던 1,400쪽 정도의 필사본으로 영인본을 제작했다. 케신게에게 있던 그 원본은 오늘날 어떻게 되었는지 분명하지 않다. 어찌 되었든 내몽골에서 1958년에 10책으로

5 이 역서에서는 '몽골 현대문 역주'라고 표기했다.

제본한 30장 『청사』의 보충판의 한 필사본을 발견했다. 이 필사본의 30장에는 43-72장이라는 번호가 붙어 있다. 학자 에르덴토그토흐는 그 가운데 22장은 69장 『청사』 2책의 36장 뒤에 들어가고, 8장은 40번째 장 뒤에 들어가면 들어맞는다고 했다.

2002년 소드빌렉이 이를 대조해 맞추어 보고 새롭게 얻은 제40~72장이 있는 필사본은 『청사 보충판』이라는 제목으로 후흐시에서 출판되었다. 인잔나쉬는 69장 『청사』를 쓴 다음, 그 72장을 부기, 보충판으로 새롭게 저술한 것으로 그 가운데 처음 39장은 아직 발견되지 않았다. 우리는 이 보충판을 잊지 않고 별도로 번역하여 한 권의 저서로 출간하는 것이 옳다고 본다.

『청사』의 요목 2절에는 이 저서를 읽기에 앞서 12절의 요목을 반드시 읽을 필요가 있음을 언급했다. 그런데 9~12절 항목은 오늘날까지 아직 발견되지 않고 있다. 또 제2절에는 잘못된 몽골 명칭과 옛 몽골 단어를 모두 설명을 붙여 알기 쉽게 하고, 연도와 나이, 시대, 사건을 분명히 구분했다고 언급했다. 그밖에 또 나라와 지역, 옛 성읍, 몽골 이름들을 앞에 모두 묶어서 출간했으며, 훗날 지식인들이 이 글을 볼 때 반드시 앞에 차이점을 언급한 별도의 사전을 자세히 살필 것을 고한다고 했다. 이것을 보면, 요목의 앞에 또 별도의 사전 한 권이 있어야만 한다.

인잔나쉬는 실제로 작품을 쓰고 완성한 다음, 비로소 그러한 별도의 사전을 한 권으로 엮어 마칠 준비를 했던 것 같다. 『청사』의 앞 60장에는 칭기스 칸시대의 사건을, 마지막 9장에는 우구데이 칸이 보위에 오른 다음에 있었던 사건을 다룬다. 인잔나쉬는 이 69장에서 더 나가 작품을 계속해서 썼는지 어떤지 입증하기는 어렵다. 어쨌든 『청사』는 토곤투무르 칸시대가 끝날 때까지가 전체가 아니라고 한다면 쿠빌라이 칸시대를 온전히 쓰려고 계획했던 것은 의심할 여지가 없다. 예를 들어, 연구자 데스라이자브가 주목한 대로 제21장 평언評言에, "쿠빌라이 세첸 칸 세조 성군시대에 나타난 이 바얀 활불의 이름이 또 바얀이다. 그 바얀이 송나라를 공격한 것을 보라" 이 제21장의 바얀은 오래전의 바얀이다. 그 바얀은 나중의 바얀이다. 이 두 바얀은 다르다. 아주 오랜 후에 비로소 바얀이 나타난다고 했다. 쿠빌라이시대에 공로를 세운 대신이자 군대 대장인 바얀이라 자는 역사적인 인물로 실제로 존재했었다는 것을 『원사』는 기록하고 있다.

어떤 학자가 언급한 대로 『청사』는 전체 120장이어야 한다고 했지만, 그것은 실제로 어떤 근거를 가질 뿐 분명하지는 않으며, 그런 자료가 있다 해도 후대에 부록으로 보충한 저서가 이와 관련이 있는지 없는지 분명히 말하기 어렵다.

인잔나쉬는 『청사』를 기술할 때 몽골 역사에 관한 열 가지 종류의 문헌을 인용했다고 요목에 언급했지만, 그 열 가지 문헌의 제목에 포함되지 않은 다른 여러 자료들을 보고 연구했던 것 같다. 제59장 마지막에 몽골 『황금사*altan tobch*』, 제5장에 『일트겔 샤스티르*Iltgel shastir*』, 제27장에 『칭기스 칸 성조의 제문*Chinggis Bogd-yn san sudar*』 등의 저서명이 나오며, 그밖에 보충판에 사간 세첸의 2행시를 인용했다. 제27장에 "우둔한 사가史家인 내가 이 대원제국의 열세 가지의 많은 문헌과 전기

류에서 보니, 칭기스 칸은 인간의 근본 관계를 침해하는 일이 추호도 없었다"라고 했다.

일반적으로 인잔나쉬가 『청사』를 쓸 때 보고 인용한 저서가 풍부했다는 것을 요목 제3장에서 알 수 있다. 그 장을 보면 한 문인에게 성군 칭기스에 대한 많은 것을 세세히 묻자, 그 문인이 "부관이신 그대 아버님께서 모으신 다섯 수레의 책이 있는데, 어찌 다른 사람에게 묻는 것인가? (…중략…) 부관께서 져나르시어 천장에 닿을 정도로 엄청나게 많이 보관해 놓은 자료와 책장 가득히 수집해 놓은 사서가 집에 있는데, 어쩌자고 다른 동네를 돌아다니면서 다른 이에게 물으며 사람을 이처럼 귀찮게 하는 것이오?"라고 하는 등 화를 냈던 것을 언급했다.

그는 요목 제4절에 또 이렇게 언급했다. "그렇게 이 칭기스 성조에 대한 역사적 기록, 전기, 고사는 위구르어, 티베트어, 한어 또 몽골어, 만주어로 된 여러 문헌에 상당히 많이 나온다."

인잔나쉬는 이러한 여러 언어의 역사서를 보고 이용할 때 적당하다고 생각되는 내용을 선택, 발췌하는 소극적인 편집자가 아니었으며, 자료를 서로 비교하고 대조하여, 사건의 인과, 시기, 고유명사가 어긋난 곳을 자세히 추적하고 연구했다. 그는 무엇보다 먼저 역사적 자료에 신빙성이 있는가 하는 원칙을 따르고, 왜곡되고, 잘못된 단어를 찾아 바로잡는 일에 힘썼다. 인잔나쉬의 『청사』를 역사소설이라는 점에서 평가할 때 그가 이렇게 따랐던 원칙을 잊어서는 안 된다. 만약 『청사』에 『몽골비사』 등의 역사서와 맞지 않는 부분이 있다면, 그것은 인잔나쉬가 실제 어느 자료의 정보를 사실에 부합한 것으로 보았는지 그것을 분명히 해야 할 문제이지, 작가가 마음대로 역사적 진실을 변화시킨 것은 아니라고 할 수 있다. 인잔나쉬는 몽골 자료들의 정보를 대조하고 인용할 때 어떤 단어나 문장 그리고 시행을 그대로 포함시키는 것 외에 대부분 자신의 문학적인 창작 방법론으로 그 의미를 잃지 않게 하여 간략하게 요약하거나, 보충하여 자세히 하는 등으로 내용을 다듬어 포함시켰다. 여기에 술의 해악과 유익에 대해 칭기스 칸의 아홉 대신과 고아 소년의 지혜를 겨루는 이야기 부분에서 토르곤 샤르가 한 말을 예로 들어보자. 『칭기스 칸 전*Chinggis khaan-y tsedeg*』[6]에는

> 지고하신 칸 주군이시여, 말씀해 주십시오
> 세상의 이 큰 잔치 모임에
> 마실 것이 없다면
> 평이하고 무미한 것이 될 것입니다.

라쉬폰착이 저술한 『수정 염주*Bolor erkhi*』에서는

---

6 **[몽골 현대문 역주]** 1925년, 템게트는 북경 몽골문헌위원회에서 『황금 약사』의 원본을 처음 『칭기스 칸 전』이라는 제목으로 출간했다. 이 저서는 전체 196쪽으로 되어 있으며, 처음 126쪽에 『황금 약사』가 포함되었다. 저서 뒤에는 「3백 타이치오드를 굴복시킨 이야기」, 「칭기스 칸의 아홉 대신과 고아 소년이 지혜로 겨룬 이야기」 등 여덟 가지 종류의 이야기를 합본하여 출간했다. 그것은 대개 칭기스 칸의 지혜와 교훈에 관련된 것들이며, 각각에 독자적인 작은 책자였을 것이다. "내몽골의 조스틴 출간의 하르친 서부 호쇼에서 태어난 템게트(1888~1939)는 몽골 납활자본을 스스로 만들었으며, 1922년 북경에서 몽골문헌위원회를 창립했다. 또 꽤 많은 희귀본 저서를 출간하여 널리 보급한 일이 있는 자이다"(이쉬.초이마, 「몽골 연구논문집」, 69쪽). 인잔나쉬는 17세부터 하르친 서부 호쇼(템게트의 고향)의 군왕 세웩도르지의 왕궁에서 지낼 때 왕의 도서관에서 상당한 양의 몽골 역사서를 읽고 연구했다고 한다.

지고하신 칸 주군이시여, 말씀해 주십시오
풍성한 큰 잔치에 술을 마시지 않는다면
무미한 것이 될 것입니다

롭산단잔의 『황금사』에는

지고하신 칸 주군이시여, 말씀해 주십시오
풍성한 큰 잔치 모임에
마실 것이 없다면
사람들이 모여들지 않아 무미해질 것입니다.

라고 했다면 『청사』 제2장에는 다음과 같이 언급했다.[7]

성대한 이 잔치 모임에
세상의 진미가 모두 갖추어져 있어도
흥을 돋우는 데 도움이 되는 좋은 술이 없다면

---

7 **[몽골 현대문 역주]** 우리가 아는 대로 이 역사적 이야기는 다만 롭산단장의 『황금사』, 『칭기스 칸 전』, 『수정 염주』 세 원전에 기록되어 남아있다. 롭산단장의 『황금사』와 『칭기스 칸 전』에는 고아 소년의 이름을 언급하지 않았다면 『수정 염주』에는 대칸이 그에게 '몽골 보하'라는 이름을 붙여주고, 모홀리에게 맡겨 기르도록 한다. 이처럼 아이의 지식과 능력이 탁월했기 때문에 군사를 지휘하도록 한 것에 대해 언급했다. 그러나 인잔나쉬는 그 소년은 바야고드의 13살 된 고아 소년으로 '소치'라는 이름을 가지고 있었는데, 태조가 오요트 세첸(지성을 가진 현자)라는 이름을 하사했다고 썼다. 소치와 오요트 세첸이라는 이름은 인잔나쉬가 작품화하여 지은 이름일 것이다. '몽골 보하'라는 이름은 『청사』 제64장에 금나라 균주성을 에워싸고 싸울 때 그 이름이 한 번 나온다.

잔치가 한날 평이해져

최고의 잔치 분위기를 잃게 할 것입니다.

또 『칭기스 칸 전』에는

화살의 갓간[8]이 비록 곧아도

오늬와 깃을 벗어나 쏘면 아니 된다네

『수정 염주』에서는

화살의 갓간이 비록 곧아도

오늬와 깃에서 벗어나 쏘아서는 아니 된다네

라고 했다. 한편 『청사』에서는

화살의 갓간이 비록 매우 곧아도 깃이 없어서는 아니 되고

활의 줌새가 비록 단단하고 힘이 있어도 시위가 없으면 아니 된다네

라고 하여 의미를 확실히 하는 동시에 한 쌍의 대구 형식으로 묘사한 예가 있다.

---

8 오늬 아래 깃을 다는 곧은 부분.

인잔나쉬는 『청사』를 쓸 때 『몽골비사』를 활용했음을 증거할 만한 자료가 작품 속에 상당히 많다. 예를 들어, 『몽골비사』와 그것을 이용한 자료에 기록한 역사적 사건과 어구를 『청사』에서 적지 않게 만날 수 있다. 그러한 예를 대조해 보면 『몽골비사』 164절에 칭기스 칸과 왕 칸이 서로 대화하는 내용을 들 수 있다.

우리를 시기하여
이빨 있는 뱀에 부추김을 받아도
그 부추김에 빠지지 말자
이로 입으로 말하며 서로 믿자
어금니 있는 뱀에게 꼬임을 당해도
꼬임에 넘어가지 말자
말로 대화를 나누며 믿자

이에 반해 『청사』 제6장에는

독사가 물어도 둘이 변치 말고
입으로 의논하며 방법을 모색합시다, 우리가
시기하는 자가 부추겨도 그 계략에 넘어가지 않고
말로 의논하며 방법을 모색하겠나이다, 제가

라고 이해하기 쉬운 말로 문체를 다듬어 표현했다.

또 『몽골비사』 118절에는

형제여, 산 가까이에서 설영하자
말치기가 우리의 움막에 이를 것이다
강 가까이에서 설영하자
양치기, 새끼양치기들이
우리의 먹을 것을 얻을 것이다

라고 자모하가 테무진에게 말한다. 그 말은 『아스라그치의 고사*Asragch nert-iin tüükh*』라는 저서에는 다음과 같이 나온다.

형제여, 산 가까이에 설영하자
말치기들이
쉴 것이다
강 가까이 설영하자
양치기들이
음심을 먹을 것이다

라고 한 것을 볼 수 있다. 또 다른 원전에는 이에 대해 기록하지 않았다. 그 말을 『청사』에서는 다음과 같이 언급했다.

구원의 주군께서는 분을 내지 마십시오

아주 오래 천천히 기다리시면 아실 것입니다
산 가까이 설영하겠나이다, 내가
말치기, 양치기를 쉬게 하겠나이다, 내가
강 가까이 설영하겠나이다, 내가
홀몸인 내 육신을 먹이겠나이다, 내가

『몽골비사』에 예수헤이 바타르가 죽고, 그의 속민들이 주군을 잃고 이동하는 시기에 테무진이 그들에게 떠나지 말 것을 설득할 때 타이치오드의 투둔 기르테는 "깊은 물이 사라졌다. 흰 돌에 금이 갔다"라고 하며 떠나간다. 『청사』에는 또 그 말을 "깊은 호숫물이 마르고, 단단한 바윗돌이 이미 부서졌다"제1장라고 표현했다.

롭산단잔의 『황금사』에는 두 가지 다른 사건에 주르치데이에 관해 언급한 것을 삭제하고 썼는데, 그 가운데 『몽골비사』 제176~208절에 나오는 나이만을 평정한 일, 왕 칸이 사망한 사건, 자모하가 패한 사건, 몽골국을 건립한 것, 천부장들을 제수한 것 등 역사적으로 중요한 사건을 생략시켰으며, 몽골어로 쓰여진 다른 몽골 역사서에도 이러한 내용을 자세히 언급한 것이 없다.

인잔나쉬가 『몽골비사』를 인용할 때 어떤 원전을 사용했는가 하는 문제가 제기된다. 우리가 주목한 바로는 중국어로 된 『몽골비사』를 이용한 것이 거의 분명하다. 『청사』 제60장에는 "또 『대원 울루스의 비사』에 언급한 바로는 잿빛 늑대와 흰 사슴에서 시작되었으며, 25대에 태조를 낳았다고 한다 (…중략…) 많은 중국 사관들이 몽골에 대한 원한을 드러낼 수 없자 (…중략…) 몽골은 원래 잿빛 늑대와 흰 사슴이 관계하여 몽골의 조상을 낳고, 이로써 태조 성군을 낳았다고 멸시하듯 말하며 원한을 풀었다"라고 쓴 것은 이에 대한 분명한 증거이다. 첫째, 『대원 울루스의 비사』라는 것은 『몽골비사』를 가리킨다. 둘째, 잿빛 늑대와 흰 사슴이라는 것은 한자어 번역을 주목한 것일 수 있다.

이 모든 것을 관련시켜 보면 인잔나쉬의 『청사』는 몽골 역사의 다른 문헌과 자료들을 자세히 비교하고, 몽골의 역사서, 연구서와 『청사』의 역사 문헌에 관련된 여러 문제를 분명히 해줄 원전을 연구할 필요가 있다.

이 저서에서는 인물의 구체적인 형상을 더욱 분명히 하는 면에서 역사적 인물의 이름을 바꾸거나 새로이 형상화한 부분이 있다. 예를 들어, 토릴의 딸 차오르 베히를 '솔롱고', 닐하 셍굼의 '닐하'를 '얄고'라고 한 것 외에 일부 인물의 이름을 중국 자료에 있는 발음과 가깝게 하여 명명한 경우도 있다. 예를 들어, 알탄, 호차르, 다리다이 등의 이름을 아르타, 호소르, 달지다이라고 했다. 만약 이들이 긍정적인 인물이었다면 아르타는 분명 알탄이라고 했을 것이다. 또 보르치, 모호라이, 보로홀 등 일부 인명이 붙여진 내력을 자신의 견해대로 설명했다. 우리는 이 작업을 하는 데 있어 저자가 쓴 대로 보가르지, 모홀리, 보랄 등으로 전사했다.

웨. 인잔나쉬는 몽골시와 한시를 비교하고, 각각의 특성을 살펴 연구하는 데 그치지 않고 한시의 운율적인 특징을 작품의 시에 흡수시켜 몽골 운문에 새로운 개혁을 꾀한 아름다운 시를 적지 않게 썼다. 한편 『청사』를 저술함으로 또 몽골 산문에 새로운 개혁을 꾀하기도 했다.

『청사』에 몽골의 고대 운문 갈래와 축시, 찬시가 상당히 많이 삽입되어 있으며, 그 외에 민요의 성격을 띤 것도 있다. 게.잠스란자브는 "『청사』에 나오는 찬시의 대부분을 이와 같은 리듬과 발음으로 노래할 때 두음을 맞추어 연결하고, 시의 음보와 리듬에 음운의 길이를 호르[9] 가락에 맞추어 노래하자 정확히 맞았다. 그것을 자세히 살펴보면 구비문학의 특징을 갖는다"라고 했다. 인잔나쉬는 속담, 교훈 등을 그와 같이 운을 맞추어 관련된 상징적인 어구를 여러 번 사용했다. 그 가운데 몇 가지 예를 들어보면 다음과 같다.

사내대장부는 갑옷이 없이도 적을 제압하고
뜻을 가진 사내는 맨몸으로 일을 성취한다제1장

장골에 힘 있는 자는 자신의 몸을 부리고
마음에 힘 있는 자는 만인을 부린다제2장

말 무리 속에서 장대를 잡지 않고
가축의 젖에 손가락을 담그지 않는다제21장

사내대장부에게는 뜻이 필요하고
못된 자에게는 몽둥이가 필요하네

---

9 몽골 전통 현악기.

큰 위엄을 보이지 않으면
큰 자비를 알지 못하네제12장

사람이 태어나면 일대一代
풀이 자라면 가을 한 철제6장

군주의 법은 우호적일 수 없고
군법에 다른 이의 도움을 바라서는 안 된다제8장

성인은 천지를 신봉하고
군자는 인의를 따른다.
범인은 권력과 힘을 따르고
소인은 물질적 이익을 따른다제12장

한 가지 이익을 취하면 하나의 잘못이 있고
한 가지 훈육을 받으면 하나의 노력이 있다제3장

흥기하는 나라의 신하들은
자신의 죄를 드러내 보이고,
망해가는 나라의 군신들은
자신의 잘못을 덮고 지우네제11장

가축의 젖을 젓고 끓이는 것을 멈추기보다
솥 아래 불을 끄라!제6장

옷이 너무 많아지면 입는 사람의 몸에 짐이 되고
안장이 너무 무거우면 안장 없은 말 잔등에 무게가 되네
지나치게 귀해지면 사람의 마음에 사단이 생기고
의관에 너무 치중하면 나라의 하층민들에게 괴로움이 되네제39장

일을 성취하는 자식에게는 날라다모아다 주지 않아도 일을 이루고
일을 이루지 못하는 자식에게는 비록 모아다 주어도 일을 이루지 못한다제50장

육신의 영혼은 몸에 없고
지혜로운 정신은 가슴에 없다제47장

중요한 말은 평화로울 때 하고,
치밀한 전략은 여유로울 때 숙고한다제54장

역사적 사건을 일반적인 이야기로 서술함과 동시에 사건과 일의 내력을 야담, 축시, 찬시, 시와 노래 등 구비문학의 여러 갈래의 형태로 표현하고, 문학적 형상화, 언어의 여러 가지 조화로운 방법을 폭넓게 이용했다. 이것은 고대로부터 전승되어 내려온 몽골의 역사 기술의 한 특징이다. 웨.인잔나쉬 역시 『청사』를 이러한 방식으로 기술했다. 또

표제시와 각 장의 첫머리에 전체 내용을 압축하여 시화하고, 한 장이 끝날 때 독자들의 흥미를 끌면서 문제를 제기했다. 또 연이은 사건 전개를 뒷장에서 보여줄 것이라고 하며 서사의 마지막을 종결짓는 등 고대 중국의 『삼국지연의』와 『수호전』한산기 등의 고전 작품에서 풍부히 만날 수 있는 문체의 한 형태를 이용했으며, 고대 국가의 역사와 황제들의 실록 등 연대기적인 기록과 마찬가지로 각 장의 앞에 어느 왕정의 어느 해인지를 명시했다. 이렇게 웨.인잔나쉬는 몽골문학과 중국고전문학의 전통과 역사 기술의 특징 등을 창의적으로 결합시켜 몽골문학사에 하나의 혁신을 이루었으며, 또한 몽골 산문문학의 첫 역사문학 작품을 저술하는 데 있어 다방면에서 새로운 변혁을 꾀했다.

웨.인잔나쉬가 『청사』를 쓴 주된 목적을 요약하여 말하자면 다음과 같다. 첫째, 그 시대 몽골 민족을 우둔하고 어리석다고 따돌리며 얕잡던 이민족의 멸시에 저항하고, 민족의 얼을 드높이고자 한 것. 둘째, 귀족과 왕족 가운데 자신의 뿌리를 생각지 않은 채 물질적 이익의 노예가 되고, 대다수의 몽골인들이 자민족의 역사를 알지 못한 채 자기 민족을 혐오하는 시각이 생겨난 것을 비판하고, 이를 일깨워 민족애를 갖게 하려는 것. 셋째, 이민족의 문헌에 몽골의 역사와 풍속을 왜곡시켜 기록해 온 것을 논박하고, 이를 바로잡으려고 한 것. 넷째, 몽골인 모두에게 자신의 원 역사를 알게 하고, 더 나가 이를 후대에 전승시켜 유산으로 남기기 위해 이 책을 저술했다.

웨.인잔나쉬는 군주 칭기스 칸 일대기의 위대한 행적을 문학적으로, 매우 진정성 있게 저술하였으며, "성인이라는 존재는 특별히 진정한 마음에서 비롯된 자를 말한다. 인간 세상에서 일반적으로 성인을 터득한 성인과 모방한 성인으로 구분할 수 있는데, 이들은 궁극적으로 타고난 성인의 경지에 이를 수 없다. 태조 칭기스 칸은 타고난 성인이라고 할 수 있다"라고 간략히 결론지었다.

『청사』를 집필할 때 인잔나쉬는 또 자신의 세계관과 세계를 인식하는 철학을 드러내 언급했다. 그는 모든 사실에 중립적인 입장을 견지했다. 부분적으로 인용해 보면, "세상은 천지, 일월로부터 시작해 만물에 이르기까지 모두 음양의 두 기운에서 생겨나고, 오행의 이치가 결합하여 인연을 이루면서, 세상 가득 만물이 퍼져 나갔기 때문에 세상 만물에 이치 아닌 것이 없다. 다만 그 이치를 아둔하게 생각하는 데 가 있다 할 수 있다……". 요목 제7절

'존재'와 '공空'이라는 단어를 말할 때 이것은 서로 다른 두 개 단어이지만 그 뜻은 하나이다. 그것은 존재가 있기에 공없음이라는 단어가 생겨난 것이기 때문이다. 공이라는 하나의 단어가 있기 때문에 또 존재라는 하나의 단어가 만들어진다. 이 존재와 공은 머리와 꼬리가 연결된 하나의 고리와 같은 단어이다. 대략적으로 비유하자면 인간이 살아있을 때는 존재요, 죽으면 공이다. 구체적인 형태를 이룰 수 있으면 존재요, 망가져 수명이 다하면 공이다. 또 비유하면, 지나간 고대 수천, 수만 종류의 정치가들이 살아있을 때는 모두 존재하는 것이었으나, 이제 지나가 모두 공이 되었다. 현재의 우리의 이 나라, 이 육신은 지금 보면 모두 존재하나, 마침내 또 공이 되는 것에서 벗어날 수 없기에 존재이면서 공인데, 어찌 공이 아니라 하겠는가? 우리는 공이 되어 돌아간

뒤 훗날 또 후대인이 되기에 공이면서 어찌 존재가 아니라 하겠는가? 그렇기에 존재라고 한다면 모두 존재하는 것이요, 공이라 하면 모두 공인 것이다. 존재한 뒤에 곧바로 공이 뒤따르며, 공 가운데 존재가 생성되어 나타난다. 그렇기에 존재도 역시 공이요, 공도 역시 존재이다. 이것은 존재와 공이 서로 매우 친밀한 관계로 뗄 수 없는 관계에 있으며, 곧바로 하나의 단어가 될 수 있음을 말해주는 것이 아니겠는가. **요목 제7절**

인간 세상에 인류는 천자로부터 거지에 이르기까지 모두 인간이기는 마찬가지이지만 어떤 자들은 행복을 발견했다 하고, 어떤 자들은 고통을 맛보았다고 한다. 행복을 얻은 자는 부귀하고, 고통을 맛보는 자들은 궁핍하다. 이것은 이미 정해진 이치이지만 이 가운데 또 부귀를 누리면서도 괴로움을 맛보는 자가 있고, 가난하면서도 행복을 누리는 자들도 적지 않다. 대부분 고대에 나라를 잃은 군주와 개국한 군주들, 물질을 더 풍요롭게 한 부자들, 물질에 탐욕을 부렸던 백성들은 대부분 모두 괴로움을 겪고 신음했다. 의를 이룬 성인들과 지식을 얻은 학자, 소원을 일룬 백성, 자신의 욕망을 인내한 현자들 대부분은 모두 행복한 삶을 영위했다. 이렇게 괴로움과 행복의 근원은 모두 인간의 마음에서 비롯된다. **요목 제4절**

어떠한 행위에 있어 그 잘한 것을 칭찬해도 그 잘못된 점을 살피라. 그 잘못된 점을 혐오하여도 그 좋은 점을 깨달으라 (…중략…) 이 세상의 수만 가지 사건의 좋고 나쁜 점은 세상의 음양의 두 기운처럼 머리와 꼬리로 연결되어 있다. **요목 제5절**

이처럼 깊은 의미를 가진 말을 꽤 많이 인용할 수 있다. 여기서 인잔나쉬는 자신이 견지하는 이론적 견해가 이렇다 저렇다 하며 현재화하여 설명하는 대신 어떻게 서사를 기술했는가를 곧바로 근거 삼는 것이 옳다고 보았다.

대문호는 자신의 세계관과 성찰 이외에 깊이 없이 가볍게 생각하는 자의 해악된 행동을 비판하고, 많은 독자에게 몽골을 위해 그 정신을 일깨우는 교훈의 말을 여러 번 기록해 남겼다. 예를 들면, "다른 나라의 사건은 분명히 알면서 자기 민족의 푸른 몽골국의 일은 전혀 알지 못한다", "자신의 뿌리를 자세히 살피지 않고, 불필요한 당나라, 송나라의 서정시에 힘쓰는 태도에 대해 타이지[10] 인잔나쉬는 많은 날 한숨을 내쉬었다" 등 다른 나라에 기대어 몽골 문화와 몽골 관습이라고 비하하는 정신적으로 자존감이 없는 자들을 비판한 일이 적지 않다. 또 우리 지역의 신중하지 못한 자들은 최선의 노력을 경주하여 자신의 언어와 문자를 살피지도 않으면서, 한두 가지 한자어를 알면 곧 몽골어를 얕잡고, 몽골어로 한인들의 생각을 어떻게 온전히 표현해낼 수 있느냐며 입에서 나오는 대로 지껄인다. 그것은 크게 잘못된 일이다! 그렇게 스스로 애써 노력하지 않고, 은유적이고 함축적인 단어들을 충분히 알지 못하면서 몽골어에 무슨 깊이 있고, 심오한 뜻이 반영되어 있겠느냐고 한다. 그것은 바닷가에서 몸을 씻으면서 바다가 얕다고 하는 것과 무엇이 다르겠는가!"라고 했다.

10 왕이나 귀족의 후계자 또는 황족의 후손에게 부여되던 칭호.

인잔나쉬의 이와 같은 말을 이 시대에 연장시켜 말하자면 오늘날 우리 몽골 사회의 매우 심각하고, 마음을 괴롭히는 많은 문제와 직결된다. 위로 부모와 연장자들을 존중하지 않고, 아래로 자식과 손아래사람들을 훈육하지 않는다. 후대 몽골인들은 영원한 일을 생각하는 대신 오직 오늘 내일의 육신의 이익만을 바라보고, 몽골의 물질적, 정신적 자산을 조금도 아끼지 않고 낭비한다. 또 민족의 언어, 문화, 역사를 존숭하기는커녕 뒤처지고 낡은 것처럼 여기며, 다른 나라에 우호적인 자들의 경박함을 모방하고, 아첨꾼들이 알랑대는 것을 믿고, 위선적으로 무언가를 이루고 쉽게 얻고자 한다. 많은 것을 마음으로 또 여러 가지 방법으로 몽골을 해치는 몽골인들이 많아졌는데, 대부분 이를 인식하지 못하는 것이 우리 시대의 쓰디쓴 진실이 아닌가!

우리는 몽골 현대문으로 옮기는 작업을 할 때 원문을 대조하고, 여러 방법을 모색하여 전사하고, 다시 반복해서 자세히 살피며 각주를 붙이는 등 적지 않은 노력을 기울였다고 생각한다. 대문호 인잔나쉬가 『청사』를 저술하기 위해 여러 언어로 문헌 자료를 읽고, 세밀히 살펴온 힘을 다해 부단히 노력하고 애쓴 것을 생각할 때 참으로 존경스러운 마음을 금할 수 없다.

인잔나쉬 나는 여러 문헌을 대조하여, 이 『흥륭한 대원제국의 청사』를 오류나 의심스러운 점이 없이 서사를 연결해 저술해 나갔다. 이러한 저술 작업은 진실로 마음과 생각, 간장과 폐, 온몸, 눈과 손을 함께 지치게 했다.

천 년의 사건의 내력을 붓과 먹에게 묻고
어지러이 벌어지는 사건을 문헌 자료와 대화하며 기술했네

나의 이 몸과 말, 마음을 지치게 한 것을
후대 지성인들은 살필까, 그렇지 않을까?

민족의 위대한 계몽가 웨.인잔나쉬의 이 정선된 저서를 모두 진심으로 존숭하는 마음을 갖고, 손에서 손으로 전하며 자랑스러운 마음으로 읽기를 바란다. 우리 조상들이 온갖 신고를 겪으며, 독립적인 몽골국과 불후의 풍부한 기록문화 유산을 우리에게 자산으로 남겨준 은덕을 더욱 잘 알고, 과거를 향해 민족적 긍지로 자부심이 더하는 동시에 미래에 몽골 민족의 자긍심을 갖기 위해 온 마음을 다해 뜨거운 의지를 갖는다면, 대문호께서 후대를 믿고 일깨우며, 몸과 말과 마음을 다한 이유를 비로소 깨달을 수 있을 것이다.

마지막으로 몽골비칙에서 현대 키릴 문자로 옮기는 작업을 할 때 상당한 시간을 들여 애쓰며 도와준 제자 페.뱜바호롤과 그 외에 제자들에게 깊은 감사를 표한다.

몽골국립대학 정교수 샤라브 초이마
몽골국립대학 교수 막사르자브 바야르사이한

3 옮긴이의 말
9 몽골 현대문으로 옮긴이의 서문

흥륭한 대원제국의 청사

제2권

49 제33장
사내대장부와 탕부蕩婦를 들어 쓴 것은 천자의 인애함이요, 수려한 사내와 아름다운 여인을 맺어준 것은 성인의 자애로움이라네
78 제34장
성조께서 나라를 세우실 때 친자로 공훈 대신과 인척 관계를 맺으셨네 못된 아르스란 칸은 오기를 부리며, 죄 없는 대신에게 원한을 품었네
108 제35장
오만한 아르스란은 차스 올을 버려두고, 붉은 태양을 잡기 위해 말에 올랐네 지혜로운 모홀리는 하르 히굴에 숙영하며, 흰 눈이 오는 날 진격했네
137 제36장
천자는 한 발의 화살로 무쇠 돌을 쏘아 산산이 부숴 버리고, 지상의 장군별은 한 개 활로 금수金獸의 길흉을 시험하며 점쳤네
165 제37장
신령한 군주는 아홉 공신에게 아홉 가지로 축사했네 성조 칭기스 칸은 만대의 보위에 올랐네
193 제38장
태조 칸은 타이지, 부마의 만 년의 나라 존호를 정했네 성조 칭기스는 대신들의 천 년의 칭호를 내렸네
227 제39장
칭기스 칸이 모두에게 관직을 봉할 때 옛 대신으로부터 시작했네 이방 나라가 함께 투항할 때 태조에게 매를 올렸네

254 제40장
일테시성에서 토도를 죽일 때 육신과 머리를 모두 해했네 한가이 산에서 곡굴율을 베어 죽일 때, 그 피와 살이 모두 필요했네

281 제41장
사르탁그친 부족의 암바가이 칸은 모진 욕설을 퍼붓다가 벼락의 칼날에 죽임을 당했네 서하의 이안전은 깊은 깨달음으로 하늘의 은혜를 받았네

312 제42장
성조 칭기스 칸이 한 번 침을 뱉음으로 금나라의 뿌리를 흔들었네 지략 있는 대신들이 논의하여 중원의 시종始終을 결정했네

341 제43장
금나라 군주는 백성을 고통스럽게 하며 나라를 패망에 이르게 했네 몽골 칸은 백성을 가엾이 여기며 적을 단번에 물리쳤네

367 제44장
야율유가는 요동을 취하여 대몽골국에 귀순했네 칭기스 칸은 아홉 명의 젊은 장수를 이끌고, 중원의 금나라를 격파시켰네

393 참고문헌

흥륭한 대원제국의 청사 전체 차례

1

청사 제1권

서언
요목
제1장
제2장
제3장
제4장
제5장
제6장
제7장
제8장

2

제9장
제10장
제11장
제12장
제13장
제14장
제15장
제16장
제17장
제18장
제19장
제20장

3

청사 제2권

제21장
제22장
제23장
제24장
제25장
제26장
제27장
제28장
제29장
제30장
제31장
제32장

4

제33장
제34장
제35장
제36장
제37장
제38장
제39장
제40장
제41장
제42장
제43장
제44장

5

청사 제3권

제45장
제46장
제47장
제48장
제49장
제50장
제51장
제52장
제53장
제54장
제55장
제56장

6

제57장
제58장
제59장
제60장
제61장
제62장
제63장
제64장
제65장
제66장
제67장
제68장
제69장

제2권

청사

제33장

사내대장부와 탕부蕩婦를 들어 쓴 것은 천자의 인애함이요, 수려한 사내와 아름다운 여인을 맺어준 것은 성인의 자애로움이라네

송나라 영종 가태 2년, 금나라 장종 태화 2년, 임술년壬戌年. 태조 나이 41세였다.

임술년 태조 나이 41세였다. 봄의 마지막 달에 주순 부인과 신랑을 택하고 신부를 뽑는 일을 상의하고 있을 때 밖에서 조정의 중대사를 알리는 신호를 올리며 악기 소리가 울리기 시작했다. 태조를 모시고자 하는 신호를 올리자 태조가 사자 장막으로 나갔다. 그곳에는 많은 신하와 장수들이 모두 모여 좌우로 줄지어 서 있었다. 태조가 자리를 잡고 좌정하자 뭇 신하들이 절을 올린 뒤, 여러 무리 가운데서 한 대신이 앞으로 나왔다. 사람들이 보니 동남쪽에 있는 솔롱고드국의 보호 차간 칸이 나와 태조 앞에 무릎을 꿇고 울며 고했다.

"이번 중춘에 우리나라 변경에 연접해 있는 동 고르로스의 나란 칸이 20만 대군을 이끌고 쳐들어와 우리 지역을 공격하고, 신하 보가르지가 집안 식구들을 데리고 나갔습니다. 우리가 원래 다스리던 3개 지역과 주군께서 탈환해 주신 2개 지역, 전체 5개 지역을 한 치의 땅도 남겨놓지 않고 빼앗고, 또 베데국을 점령할 거라고 큰소리를 쳤습니다. 우리 소속 병사 중 일부를 자신의 군대 병사로 보강하여 30만에 이르는 군대를 조직할 것이라 했습니다."

그러자 태조가 크게 놀라 모훌리를 바라보니, 모훌리 역시 긴 두 눈썹을 위로 치뜨고 두 소맷자락 안에 주먹을 꽉 쥐고, 어깨를 높이 추켜세웠다. 태조가 여러 신하를 향해 "여러분들 생각에 이 문제를 어떻게 하면 좋겠소?" 하고 묻자 모훌리가 여러 무리 가운데서 나와 무릎을 꿇고 주먹 쥔 손을 땅에 대고 절하며 고했다.

"주군이시여, 혜량하여 주시기 바랍니다. 이 모든 것은 솔롱고드 변경에 인접한 왕촉과 얄고산이 이웃 부족을 제대로 살피지 않은 잘못에서 비롯되었습니다. 그 인접국이 다섯 개 지역을 빼앗길 때 그 두 사람은 자고 있었습니까? 신이 주력부대를 이끌고 가서 이 두 부족을 먼저 법으로 다스리고, 또 고르로스의 나란 칸과 대결하겠나이다. 주군께서는 왕구브, 나이만, 케레이트 세 부족의 대군을 이끄시고 뒤에서 출발하십시오!"

그러자 보호 차간이 옆에서 고했다.

"얄고산과 왕촉 두 사람은 과실이 없습니다. 제가 직접 싸울 수가 없었는데, 하물며 밖에 있는 그들이 어찌 싸울 수 있었겠습니까?"

그러자 모훌리가 그 말을 받아 말했다.

"사실 쳐들어오는 것은 알지 못했다 해도, 적이 온 후에는 싸우기 위해 나가야 하지 않겠습니까? 진정 가서 도움이 되지 않는다 해도 이웃

나라가 큰 재난을 당하고 있는데, 일로 여기지 않고 그대로 수수방관하는 그들 생각이 하나였다는 것은 사실이 아닙니까? 이러한 행동은 법으로 처단하여 처형하지 않으면 아니 됩니다!"

모훌리가 두 소매로 다시 자꾸 땅을 치자, 태조가 갑자기 모훌리의 계략을 눈치채고 "총사령관의 말씀이 참으로 지당하오. 반드시 얄고산과 왕촉 두 사람을 붙잡아 죄를 물어 죽음으로 처단하여 많은 이들에게 보이시오. 이제 곧 장수들은 대군을 이끌고 출발하시오!"라고 하자 악기 소리가 나기 시작했다. 태조는 곧 궁전으로 돌아갔다.

모훌리는 명을 받아 곧바로 조정의 여러 신하들과 함께 내려와 큰 북을 두드리게 해 많은 장수를 모이게 했다. 그리고 자신의 군 장막에 앉아 화살 두 개를 뽑아 들고, 신호 깃발을 흔들게 하고 두 장수에게 명했다. 많은 사람들이 보니 하사르와 벨구테이 두 사람을 불러 장막에 들이고, 각 사람에게 밀봉한 서한을 하나씩 주며 말했다.

"주군의 큰동생 벨구테이는 이제 100명의 기마병을 이끌고 가다가 도중에 내가 준 이 서한을 열어 보고, 반드시 얄고산을 붙잡아 와서 나를 만나시오. 이것은 중요한 일이니 실수가 있어서는 아니 될 것이오! 주군의 법이 엄격하니, 그대들은 여러 말 하지 마시오!"

그리고 계속해서 포를 쏘고 출발하게 했다. 또 몸을 돌려 세 개 화살을 뽑아 신호기를 흔들게 하고, 세 장수를 불렀다. 보가르지, 보랄, 촐론 세 사람을 불러와서 또 세 장의 봉인한 서한을 주고 보가르지를 향해 말했다.

"아형께서는 50명의 기병과 나이만의 알탄샤, 안도의 군대를 이끌고, 솔롱고드국의 남쪽에서 주군을 맞으세요. 보랄 아형께서는 또 50명의 기병과 왕구브의 데친호롤의 전체 군대를 이끌고, 서둘러 남쪽 길로 가서 큰 강에 이르러 주군을 맞으세요. 촐론 아우 그대 역시 50명의 기마병과 케레이트의 토스호, 솔롱고 남매와 병사들을 이끌고 주군을 맞으시오. 이것은 군대의 중대사이니 조금도 지체해서는 아니 될 것이오!"

모홀리가 각각 지시를 내리고 자리에서 일어나 포를 쏘게 하고 각각 출발하게 했다. 그리고 또 세 개 화살을 뽑아 신호기를 흔들게 하고, 세 명의 장수를 불렀다. 많은 사람들이 보니 처음 사람은 홍기라드의 데이 세첸의 아우 오치르 세첸이었고, 또 한 사람은 엔구드 부족의 투데흐 투르겐이었다. 또 한 사람은 바야호드의 을지였다. 이 세 사람의 장수에게 봉인한 서한을 주며 명했다.

"그대 세 사람은 이 서한을 가지고 하사르를 뒤쫓아 가서 만나면 이 봉한 것은 열어 보고 그 명에 따라 행하시오. 실수가 있어서는 절대 아니 될 것이오. 군법을 내 마음대로 바꿀 수 없소!"

또 그들을 배웅하고 출정케 했다. 그런 다음 또 열 개의 화살을 뽑아 열 명의 장수를 호명했다. 많은 이들이 보니, 그 열 명의 장수는 젤메, 제브, 시리 호톡, 하르 히루, 오르트 세첸, 사이한 소르탈트, 알흐, 수흐, 볼로, 울렌 치르비 이 열 사람이었다.

모홀리가 이들에게 말하기를 "새로이 훈련받은 주군의 친위병 2만 명의 병사를 그대 열 명의 장수들이 나누어 인솔하고 주군을 따르시오! 주군께서 진노하시어 공격해 들어가지 않게 하시오. 비록 주군의 아우들이 있긴 하지만, 여러분은 실수가 있어서는 아니 될 것이오. 이제 곧 내려가서 병사들을 정렬하시오!"라고 하며 내려보냈다.

그리고 또 다섯 개의 화살을 뽑아 다섯 명의 장수를 호명하여 난간으로 올라오게 했다. 많은 이들이 보니 그들은 다섯 호장이었다. 모홀리가 명했다.

"그대 다섯 장수는 강하고 용맹한 1만 병사를 다섯 개 군단으로 나누어 맡아서 나를 따르시오. 내가 먼저 그 나란 칸의 30만 대군을 격파하기 위해 바로 출정할 것이오!"

그리고 또 깃발을 내리게 하고, 토르곤 샤르를 모셔오게 했다. 모홀리는 자리에서 일어나 토르곤 샤르를 맞아 "주군의 열 명의 장수를 데리고, 주군의 앞뒤를 따르도록 하세요!"라고 하고 사람들에게 각각의 임무를 부여한 다음 자신은 노란색 밀봉한 서한을 가지고 태조 궁으로 가서, 북을 치게 하여 태조를 나오도록 청했다. 태조가 대전으로 나오자 무릎을 꿇고 서한을 올리고, 예를 다해 절하고 나와 대포를 쏘게 하고 곧바로 출정했다.

한편 하사르와 벨구테이가 말 위에서 밀봉한 서한을 열어보니, 그 내용은 다음과 같았다.

> 그대들이 서한을 본 뒤 도중에 얄고산과 왕촉을 붙잡아 죽이러 왔다고 소문을 내시오. 그 두 사람이 배반한 것처럼 하여 급히 병사들을 이끌고 처자와 함께 나란 칸에게 투항하러 가게 하시오. 왕구브와 나이만, 케레이트 세 부족의 군대가 도착하는 대로 곧바로 그들을 데리고, 고르로스 지역으로 들어가게 하

시오. 이때 따라 들어가는 병사들은 모두 우리 군대를 데리고 들어가게 하고, 장군의 다섯 부족의 10만 병사를 갖춘 연후에 보가르지 장군 역시 일반 병사의 무리에 들어갈 것이니, 장군께서는 그의 신호를 따라 나란 칸을 생포하시오.

나는 북로로 고르로스를 쳐들어갈 것이오. 그리고 나란 칸의 많은 병사가 포위되면 분명 수백 명의 병사를 거느리고 나라 쪽으로 달려갈 것인데, 이때 고르로스국의 서남쪽 국경인 헤레 히브게르 입구로 나갈 것이오. 그러니 하사르 그대는 왕촉과 얄고산 등의 민첩한 1천 명의 병사를 이끌고, 오치르 세첸, 투데흐 투르겐, 을지 세 사람을 데리고 한밤중에 강을 건너 고르로스의 헤레 히브게르 입구에 매복해 기다리다가 나란 칸을 생포하시오. 그리고 가는 길을 가리켜 그들을 출발케 하고, 벨구테이 그대는 돌아와 그들이 배반했다고 주군께 고하시오. 그리고 다른 사람들에게도 마찬가지로 그들이 배반했다고 소문을 내시오. 이 왕구브, 케레이트, 나이만 3개로의 군대가 나란 칸에게 투항하러 들어갈 때 보가르지 장군이 병사와 함께 따라 들어갈 것이니 반드시 그의 계략을 따라 행하도록 하시오!

그러자 하사르, 벨구테이 형제가 그 일의 정황을 알고 기뻐하며 서로 각자의 일을 수행하기 위해 갔다. 한편 보가르지와 보랄, 출론 세 사람이 그 밀봉된 서한을 펴보니 그 안에는 다음과 같은 내용이 적혀 있었다.

세 장군께서는 세 방향으로 각기 달려가세요. 그리고 나란 칸의 30만 대군이 분명 베데국을 섬멸하려 하니 3개 군단의 대장들은 과감하게 이제 이 기회에 나란 칸에게 투항하여 옛 원수를 갚고, 나라를 다시 세우고자 한다는 것을 사신을 보내 전하고, 공격할 때 세 장수께서는 일반 병사로 가장해 따라 들어가, 양측의 신호가 떨어지자마자 고르로스의 군대를 협공하세요. 그러면 매우 쉽게 적군을 무너뜨릴 수 있을 것입니다.

그러자 보가르지와 보랄, 촐론 세 장수는 모홀리의 이 같은 신묘막측한 전략에 놀라움을 금치 못했다. 그때 보가르지가 "이처럼 지략이 출중하신 모홀리 총사령관을 우리보다 더 귀히 등용했다고 뭐라 할 수 있겠소? 지자智者만이 그 지략과 깊은 생각을 알아낼 수 있소. 이와 같은 인물을 대 남송이나 금나라라 해도 쉽지 찾지는 못할 것이오!"라고 하며 세 사람이 서로 헤어져 각자 자신의 임무를 수행하기 위해 갔다.

한편 홍기라드의 오치르 세첸 등은 곧바로 서한을 가지고 하사르의 뒤를 추격해 갔다. 그리고 하사르를 만나 정황을 듣고 자신의 임무를 위해 길을 갔다. 태조가 궁으로 돌아와 모홀리의 서한을 펴보고 비로소 그 전략을 알았다. 태조는 손을 모아 자신의 무릎을 누르고, 머리를 끄덕이며 미소를 짓고 모홀리를 칭송했다.

태조는 열흘을 지내고 12만 병사를 이끌고, 보호 차간 칸에게 앞길을 인도하게 했다. 포성이 한 번 울리자 많은 병사들이 함께 진군해 솔롱고스 쪽을 향해 출정했다. 하룻길을 가지 않아 하사르와 벨구테이 군대 소속의 병사가 와서 고했다.

"왕촉과 얄고산을 붙잡아 데리고 나와 반나절 길을 가지 않았는데, 뒤에서 몇천 명의 병사가 뒤쫓아 왔나이다. 그들과 대적할 수 없었기 때문에 할 수 없이 그 두 사람을 놓아 보내 주었습니다. 그 두 사람은 나라로 돌아가 자신들의 병사들을 데리고 나란 칸에게 투항했습니다."

그러자 베데국의 장병들이 깜짝 놀랐다. 태조도 짐짓 분노하는 척하는 모습을 드러내자, 보호 차간 칸의 낯빛이 백지장처럼 창백해졌다. 그런 뒤 대군이 케레이트의 변경에 이르자 솔롱고와 토스호 남매가 장병들을 맞아 절했다. 보호 차간 칸은 케레이트의 3만 병사를 보고 어느 정도 마음을 놓았다. 10여 일을 가서 솔롱고드의 변경 우네겐강 서편 30리 거리에 이르자, 보가르지와 보랄 장군이 왕구브와 나이만 두 부족의 수장과 신하, 소속 장수와 병사를 이끌고 와서 태조를 맞아 절을 올렸다. 태조는 10여 만의 병사를 이끌고 있었기 때문에 보호 차칸 칸은 병사의 수가 적다고 걱정했다. 그리고 모홀리가 어디로 갔는지도 모르자 태조가 강을 따라 올라가 네 개 진영을 세우고, 그곳을 철통같이 지키며 싸울 날이 정해지기를 기다렸다.

한편 수년을 거슬러 올라가 고르로스국의 나란 칸에 관한 것을 말하면 다음과 같다. 이 고르로스의 나란 칸이라는 자는 용맹하고, 건장하며, 매우 지혜로운 사내대장부였다. 나라의 영토가 넓고, 그 강역이 몇천 리나 되었다. 그 가운데로 몇 개의 큰 강이 흘렀으며, 사람들의 성정은 상당히 예리하고 이해력이 있었다. 이 고르로스 경내에는 14개 도시가 있었으며, 땅이 비옥하고 곡물이 풍부했으며 가축이 많아 매우 풍요로운 곳이었다. 다만 북방 지역에서는 강직한 용사를 중시하기 때문에 사냥과 전투에 적극적이었지만 특별히 나라의 군주가 앞서 나가지 않으면 다른 사람들은 움직이지 않았다. 그렇기 때문에 군주는 사냥이나 진군할 때 반드시 몸소 선두로 나섰다. 이것은 정해진 일종의 불문률이었다.

이전 신유년에 베데국의 병사가 쳐들어와 솔롱고드의 두 지역을 공격해 점령할 때 고르로스의 나란 칸은 전혀 생각지 않고 있었고, 게다가 병사들이 준비되지 않았기 때문에 대항할 수가 없었다. 그러자 베데국의 군대가 돌아간 다음부터 지금까지 병사를 선발하고 그 수를 더해 병사를 훈련시키고, 조직을 강화해 힘을 기르게 했다. 그런 뒤 솔롱고드를 공격하기 위해 진군하려 할 때 그 아래 여덟 명의 장수가 있었다. 맨 먼저 모돈 오힌, 호막, 와라나, 보르 모즈, 두르붕 후헤드, 차간-우르, 후브츠, 운두르 젤 이 여덟 장수가 이 싸움을 말리며 고했다.

"우리가 듣자니 베데국의 군주는 하늘이 다시 반복해서 비와 바람, 구름, 무지개, 번개, 폭풍, 눈 등으로 여러 번 음우하고, 군신이 한마음으로 하나의 힘이 되어 천지가 함께 분투하는 것을 보면, 많은 사람이 그를 천자라 말하는 것이 분명 사실입니다. 신들은 그와 싸워 죽는 것을 두려워하는 것이 아니라, 주군께서 고통을 당하시지 않을까 두려워하는 것입니다. 우리는 어려서부터 주군 앞에 힘을 바치며, 최고의 충성을 죽음으로 여기기에 베데국과 싸워 죽는 것을 두려워할 이유가 없습니다. 다만 베데국 군주가 하늘로부터 명을 부여받고 태어났다면 사람이 그를 제거할 수는 없을 것입니다!"

이렇듯 극구 말리며 설득했지만 나란 칸은 이에 심히 진노하며 말했다.

"그대들은 평생 나의 은혜를 입고도 천자를 두려워하는 것이오? 테무진이 천자인 것은 그들 신하에게 천자이지, 저급한 그대들에게 무슨 천자란 말이오? 죽으면 나의 업보요, 살면 나의 운명인 것을. 그대들이 이미 두려워하고 있으니 그대들을 모두 붙잡아 여덟 개 나무판에 구멍을 뚫어 여덟 명에게 하나씩 칼을 씌워 감옥에 가두도록 할 것이오!"

나란 칸은 장수들을 가두게 하고, 200명의 병사에게 지키게 했다. 그리고 스스로 대군을 이끌고, 무예에 뛰어난 17세 된 자신의 연인 운구트 후르에게 후방군을 맡겼다. 그는 20만 대군을 이끌고, 보름 동안 솔롱고드의 다섯 지역을 손바닥 뒤집듯이 어려움 없이 점령하고, 곧 사람을 보내 갇힌 8명의 장수 죄인들을 함거에 가두어 데리고 오게 하여 솔롱고드의 다섯 지역을 두루 돌며 보여 주었다. 그때 생각지 않게 부드네 부족의 얄고산과 자로드 부족의 수장 왕촉이 두 나라 6만 명 이상의 병사를 이끌고 귀순해 오자 나란 칸이 크게 기뻐했다.

"그대들에 대해 들으니 모두 베데국에 투항했다고 하던데 이제 어찌하여 내게 투항하러 온 것이오?"

"인간은 육신을 가졌기에 죽는 것을 두려워합니다. 그러나 죽지 않으려고 해도 힘이 부족하고, 힘이 부족하면 일반적으로 죽는 것은 정해진 이치입니다."

그러자 왕촉이 이르기를 "우리나라를 모두 차지하여 내 딸을 그에게 내주었는데, 내 딸을 죽였소. 마침내 죽는 것이 두려워졌습니다. 폐하께서 30만 대군을 이끄시고 오고 계시다는 소식을 듣고, 우리의 흩어진 나라 사람들이 모두 기뻐했습니다. 우리는 겨울에 햇볕을 구하듯 오시는 것을 보고 있었습니다. 지금 오시고 계신다는데, 혹여 오지 않으실까 불안하여 식솔들을 데리고 나라를 버린 채 도망쳐 왔나이다. 또 케레이트, 나이만, 왕구브가 바라는 것은 결코 쉽지 않은 일입니다. 그들은 베데국의 군대에서 벗어나지 못하고 있습니다. 갑자기 벗어난다 해도 폐하께 도움이 되지 않을 것을 염려하여 먼저 우리로 하여금 소식을 전하도록 했습니다."

그러자 나란 칸이 "양편의 군대가 싸우고 있는데, 이처럼 배반하는 것은 절대 삼가는 것이 좋을 것이오. 다만 생각해 보면 요 몇 년 동안 베데국의 군주가 당신들의 몇몇 작은 나라를 점령해 모아들인 것은 정말 고통스러운 일이었다는 것이 사실이오. 그대들이 만약 내게 투항해 온다면 가솔들은 어찌 오게 되는 것이오?" 하고 물었다.

얄고산이 "만약 이곳에서 우리를 받아 주시겠다고 하면 곧 사람을 보내 먼저 가솔들을 보내고, 뒤에서 곧 도망쳐 올 것입니다"라고 했다.

이에 나란 칸이 말하기를 "그렇다면 답신을 보내시오. 내가 즉시 받아들이도록 하겠소. 나의 30만 대군에 당신의 6만 병사, 그리고 왕구브와 케레이트, 나이만 이 세 부족의 9만 병사를 아우르면 전체 40만이 넘는 군대가 될 것이오. 이 정도의 병력이면 이제 베데국을 섬멸하지 못할까 걱정할 필요가 없을 것이오. 군량은 이 솔롱고드의 다섯 지역에서 원하는 대로 3년을 먹이기에 충분하오."

그리고 날짜를 논의해 사람을 보냈다. 그런데 갔던 사람이 돌아와 고했다.

"케레이트의 토스호와 솔롱고 등이 자기 집으로 갔습니다. 다만 왕구브의 한 부족과 알탄샤의 한 부족은 가솔들을 데려오기 위해 사람을 보냈습니다. 그렇게 해서 며칠 안에 남쪽 길로 나라에 들어간 다음 소식을 듣고 오겠다고 했습니다. 이제 모레 양편에서 서로 전투를 개시하기 때문에 가능하면 모레 전투에서 아군이 거짓으로 패한 것처럼 가장하여 도망쳐 나와 논의하는 것이 좋을 듯합니다."

나란 칸이 태조의 병사에 대해 묻자 "베데국 자신의 병사는 2만을 넘지 않습니다. 모두 다른 나라 병사를 데리고 출정했습니다"라고 했다. 그러자 나란 칸이 크게 기뻐하며, 곧 얄고산에게 돌아올 날을 약조케 하자 나이만과 케레이트, 왕구브 부족이 모두 "전투할 때 서로 보게 될 것입니다. 다만 우리 병사가 물을 건널 때 베데국이 또 여기서 호볼강을 건너면 돌아갈 길이 없어지고, 또 식량이 떨어질 상황이 되어 필사적으로 싸울 것입니다. 생각해 보면 폐하께서 병사를 재촉하여 밤에 배로 강을 건너 베데국의 진영을 쳐부수면, 우리가 돕는 일이 매우 쉬워질 것이며, 한 사람이 열 사람에 맞먹는다 하고 우리와 약조한 병사와 함께 연합하면 전체가 40만 이상의 병력이 될 것이니 2만 명의 베데국 진영을 곧바로 짓밟아 쳐부술 수 있을 것입니다!"라고 했다.

나란 칸이 "이 또한 도움이 되는 계략이오"라고 하며 등불을 켜고, 곧 빼앗아 온 100척 이상의 작은 배로 많은 병사에게 강을 건너게 했다. 후군은 아침 해가 떠오를 때 비로소 모두 건너갔다. 후군은 운구트후르가 지휘했으며, 병사들이 모두 설영하고 배를 강 가까이에 정박시켰다.

그리고 둘째 날 큰 강가에서 진시辰時가 끝날 때 군대를 정렬하고, 오시午時가 시작될 때 나란 칸의 군대가 태조의 중군에 맞섰다. 나란 칸은 대오 앞에 나와 크게 소리쳤다.

"베데국의 군주는 나와 죄상을 들으라!"

그때 태조의 수호기가 움직이면서 곧 대오의 문이 열리고, 양쪽의 열 명의 장수들이 대열을 이루자 붉은 보개가 움직였다. 태조가 대오 앞에 나타났다. 그 모습을 보니 엷은 회색빛 용마를 타고, 낯빛은 여름 태양과 같고, 눈빛의 위광은 불과 같았으며, 다섯 갈래로 꼬아진 수염과 누에같이 넓은 눈썹은 참으로 놀라움을 자아냈다. 나란 칸이 말하기를 "이러한 기품이 있기에 만인이 모두 그대 베데국 군주 테무진을 천자라 한 것이었구려. 과연 그러하오!"라고 하며 "우리가 한 번 맞붙어 싸워 봅시다. 단, 은밀히 공격해 들어오면 아니 될 것이오!"라고 했다.

그리고 양편의 군대에 단단히 일러 곁에서 공격해 오는 것을 금했다. 나란 칸이 곧 붉은 절따마를 타고 날듯이 달려와 태조를 겨냥하여 공격해 오자, 태조는 그에 맞서 쇠창을 비틀어 쥐고 공격해 들어가 20번 이상을 대결해 싸웠다. 나란 칸은 한편 "괜찮은 사내로다!"라고 칭송하고, 자기편 대오 쪽을 향해 돌아갔다. 태조가 분기탱천하여 그 뒤를 좇아가자 나란 칸이 뒤돌아 태조의 뒤를 좇았다.

베데국의 병사들이 대단한 위세를 드러내며 나란 칸을 맞아 함성을 질렀다. 그때 태조는 모르는 척하며 가다가 나란 칸이 가까이 다가올 무렵 갑자기 뒤돌아 창을 휘둘러 나란 칸을 찔렀다. 그러자 나란 칸은 오른쪽 무릎을 찔려 크게 고통스러워하며 곧장 돌아서서 달아났다. 태조는 승리의 여세를 몰아 네 자의 긴 채찍을 치며 빠르게 공격해 들어가자, 많은 병사들이 함께 공격해 들어갔다.

한편 고르로스의 병사들이 급히 도망칠 때 후군 가운데 황금 갑옷을 입고, 황금 투구를 쓴 17, 8세 정도의 한 아름다운 여인이 있었는데, 그녀는 투구에 긴 꿩 꼬리를 꼽고, 목에 여우 꼬리를 달고, 손에 은 창을 횡으로 잡고 길을 가로막아 자신의 군대를 비호하고 있었다. 이때 태조가 이끄는 군대가 남쪽으로 공격해 들어가는 바로 그때 알탄샤의 군대를 만났다. 그 운구트 후르는 알탄샤를 베데국의 장수로 알고 있었다. 알탄샤라는 자를 알지 못했기 때문에 꾀꼬리 같은 목소리로 그를 향해 물었다.

“이름이 있으면 이름을 말하시오. 이름이 없으면 돌아서 칼을 받으시오!”

알탄샤가 계략을 쓸 때라는 것을 알고, 이 기회를 타서 말했다.

“나는 나이만의 타이얀 칸의 아들 알탄샤요!”

운구트 후르는 갑자기 그를 알아보고, 곧 웃는 낯빛을 드러내는 척하며 공격해 오다가 비껴가면서 말했다.

“이제 베데국의 군대에 대해 듣겠다면 어떡하겠소?”

알탄샤가 머리를 저었다. 그러자 그녀는 이것은 분명 다른 계략이 있는 거라며 곧바로 서쪽의 막다른 사구를 돌아서 쉴새 없이 추격해 갔다. 알탄샤가 한 구릉의 보이지 않는 곳으로 돌아들어 갔다. 운구트 후르가 또 뒤쫓아가자 안탄샤가 서둘러 말에서 내려서 멈추어 섰다. 그러자 운구트 후르는 분명 무슨 말을 할 거라고 크게 기뻐하며, 알탄샤 가까이에 다가가 곧바로 말에서 훌쩍 뛰어내려 알탄샤와 대화를 하기 위해 가까이 다가갔다. 알탄샤가 보니 이 운구트 후르는 죽순처럼 늘씬한 참으로 세련된 자태의 여인이었다.

"이 여인은 참으로 매력적이군! 나의 계략에 걸려들었어!"

알탄샤는 그녀 가까이 가서 손을 움직여 여인을 눌러 쓰러뜨려 붙잡아 묶으려고 하자, 운구트 후르는 욕정이 매우 크게 동했기 때문에 알탄샤를 경계하지 않다가 갑자기 상황이 심상치 않음을 알고, 문득 무언가를 깨닫고 갑자기 크게 화를 내며 달려들었다. 그리고 알탄샤의 가슴을 움켜쥐고 그를 말 위에 올려 안고 달려갔다.

바로 그때 케레이트의 솔롱고 군대를 만났다. 이에 솔롱고는 알탄샤를 주시했다. 그런데 나란 칸의 한 아름다운 여인이 알탄샤와 대오에서 벗어나서 달려가고 있었다. 이는 분명 잘못된 일이라고 의심하고 있는데, 사구의 보이지 않는 곳에서 이 여인이 알탄샤를 태우고 달려가는 장면을 정면에서 맞닥뜨렸다. 솔롱고의 병사들이 크게 놀라 곧 큰 북을 두드리며 공격해 들어갔다. 케레이트의 폴고다이는 솔롱고의 신랑을 한 아름다운 여인이 껴안고 가는 것을 보고 크게 충격을 받고, 그들을 병사로 둥글게 에워쌌다.

그때 마침 나이만의 곡사례와 이데르 도보 등이 대군을 이끌고 와서 많은 사람이 막으며 사방에서 싸울 때 운구트 후르는 홀몸으로 많은 사람을 대적하기가 어려웠기 때문에 알탄샤를 두고 달아났다. 그러자 이데르 도보와 폴고다이가 그녀를 뒤쫓아가 포위했다. 솔롱고가 날쌔게 달려들어가 알탄사를 빼앗아 포박된 것을 풀고 말을 태웠다. 알탄샤는 혼약한 여인과의 뜻밖의 만남에 크게 부끄러움을 느꼈다. 솔롱고는 알탄샤를 보고 얼굴을 붉히며 입을 가리고 웃자, 알탄샤가 대군에

둘러싸여 몹시 부끄러워했다.

이때 고르로스의 군대는 나이만과 케레이트, 왕구브 세 부족이 이미 자신들에게 투항했다고 여기고 생각 없이 있었는데, 갑자기 베데국의 군대가 연속해서 포성을 울리자 세 부족의 군대가 갑자기 돌변했다. 고르로스 군대가 2개로로 끊어져 싸우기 시작했을 때 고르로스 병사들은 돌아가는 길이 막혀 버렸다. 고르로스의 나란 칸은 서둘러 진영 쪽으로 달아나면서 보니, 베데국 군대가 이미 자신의 대진영을 점령해 버렸기 때문에 대경실색하여 서둘러 강을 향해 도망쳐 강가에 이르렀다.

그러나 그곳에 있던 배는 새로 투항한 얄고산과 왕촉 두 사람의 병사들이 모두 빼앗아 가서 건너편 강가에 세워져 있었다. 그러자 나란 칸이 크게 놀라 "계략에 빠졌다!"고 하며 강가를 따라 북쪽으로 달아났다. 그때 갑자기 또 1개 군단의 병사들이 길을 가로막았다. 이것은 나이만의 두 장수인 보돈과 울렌 치르비의 병사들로 느닷없이 나타나 횡으로 열지어 공격하며 나란 칸 병사들의 진로를 차단했다.

이때 나란 칸의 병사들은 어찌해야 좋을지 몰라 허둥댔다. 돌아가는 것과 싸우는 것이 모두 어려운 진퇴양난에 빠지자 당혹해 하며 아우성쳤다. 그 사이에 "나이만의 병사들이 운구트 후르 부인을 붙잡았다!"라고 하자 모두 크게 두려워했다. 나란 칸은 강의 자갈밭에 병사들을 모두 모이게 해 5개 군단으로 나누었다. 나란 칸 자신은 몰래 깃발을 다발로 묶어 몇백 명의 기병을 데리고 강을 건너갔으며, 다른 병사들은 모두 강 건너편에 남았다. 그렇게 나란 칸은 옷이 젖고, 안장이 젖은 채로 달아났다.

부레 보르스 초원이라는 곳에서 촐론의 한 무리의 매복한 병사들이 적군을 맞아 싸울 때 나란 칸은 몸에 갑옷을 입지도 투구를 쓰지도 않았기 때문에 곧바로 싸울 수가 없어 병사들 가운데로 들어가 목숨을 부지하고, 자기 나라를 향해 도망쳐 달려갔다. 이때 알탄샤와 솔롱고, 폴고다이, 이데르 도보, 곡사레 등이 모여들어 운구트 후르를 말에서 당겨 떨어뜨리고 붙잡아 포박했다.

한편 고르로스의 20만 병사들은 머리 없는 용처럼 되어 물이 많은 강가 자갈밭에 갇히고 말았다. 자신의 주군을 따라 강을 들어갔던 병사 수백 명이 쓰러져 죽자 다른 병사들이 두려워 무슨 일이 있어도 물에 들어가려 하지 않았다. 다만 병사와 군마가 한곳에 밀집해 싸우며 투항하지 않자, 젤메가 서둘러 나란 칸의 부인인 운구트 후르를 포박하게 하여 높은 난간에 올라가게 해 사람들에게 보이며 소리쳤다.

"물 건너편에 매복해 있던 병사들이 이미 너희 군주를 살해했다. 너희 군주의 부인 역시 붙잡혔다. 그런데 투항하지 않고 무엇을 기다리는가?"

뭇 병사들이 그 말을 듣고 모두 간담이 서늘해져 갑옷을 벗고 무기를 버리고 절하며 투항했다.

그러자 태조는 세 부족의 병사들에게 고르로스 병사들의 갑옷과 무기를 거두어 들이게 한 연후에 포위하고 있던 병사들을 불러 고르로스 군대를 제압하고, 왕구브의 군대로 하여금 강을 건너게 하여 나란 칸을 추격하도록 보냈다. 왕구브의 데친호롤과 아들 살보는 배로 강을 건너 나란 칸의 뒤를 추격했다. 나란 칸이 계속 도망쳐 가다가 매복하고 있던 보가르지 병사와 마주쳤다. 나란 칸은 곧바로 싸울 수가 없어 동북쪽으로 방향을 바꾸어 도망칠 때 또 반수 이상의 병사들이 상해를 입고, 고작 200명의 병사만이 남아 있었다.

나란 칸이 정신없이 달려가면서 그의 몇 명의 병사들을 만나 일의 정황을 묻자 그들이 고하기를 "주군께서 병사를 데리고 가신 연후에 며칠이 안 돼서 베데국의 총사령관 모홀리의 다섯 명의 장수가 갑자기 1만 명 이상의 병력을 이끌고 우리 고르로스 성을 공격하여, 시를 빼앗고 백성들을 모두 굴복시켰나이다. 나라가 비어 있었기 때문에 어떻게도 대항할 수가 없었습니다"라고 했다.

나란 칸이 그 말을 듣고, "아!" 하고 비명을 질렀다. 그는 정신이 아득해지며 혼절하여 말에서 굴러떨어졌다. 놀란 병사들이 모두 물을 뿌리자 겨우 정신을 차렸다. 그때 갑자기 보가르지와 촐론, 데친호롤의 군대가 또 추격해 오자, 여러 병사들이 자신의 군주를 부축하여 말에 태우고 달아났다. 한나절 거리를 가서 겨우 헤레 히브게르 어귀로 들어가 서둘러 계곡을 지나가려고 건너편에 이르자 계곡의 입구가 돌과 나무로 막혀있었다. 나갈 길이 없어 멍하니 있을 때 양편에 매복해 있던 하사르의 병사들이 나타나 날카로운 돌을 굴리며 다가와 나란 칸을 생포했다.

그리고 이어 산에서 내려오자 보랄 등의 추격병이 달려왔다. 하사르가 병력을 연합케 하여 내려오자 모홀리를 대신해 호일다르가 2천 명의 병사를 이끌고 고르로스를 점령했다는 소식을 전하고, 태조를 모셔

가기 위해 왔다. 호일다르는 보가르지의 진영으로 들어가 보가르지를 만난 뒤, 나란 칸을 데리고 회군하려고 할 때 태조가 대군을 이끌고 강을 건너왔다. 그러자 하사르와 오치르 세첸, 투데흐 투르겐, 울지 등이 나란 칸을 떠밀며 데리고 가 태조에게 바쳤다. 또 알탄샤와 솔롱고, 폴고다이, 이데르 도보 등이 나란 칸의 부인인 운구트 후르를 데리고 왔다. 젤메는 갑옷과 무기의 수를 기록한 장부를 올렸다. 시리 호톡, 하르 히루, 제브는 투항한 병사의 수를 적은 장부를 올리고, 보가르지와 촐론은 강을 건너던 병사와 무기, 갑옷의 수를 적은 장부를 바쳤다. 호장 호일다르는 모홀리가 고르로스와 싸워 성을 점령했다는 상주문을 올리고, 태조에게 성에 오를 것을 고했다.

한편 태조가 나란 칸에게 물었다.

"그대는 내게 대체 무슨 원한이 있는가?"

나란 칸이 눈썹을 찌푸렸다.

"내가 그대에게 왜 나쁜 자란 말이오?"

그러자 태조가 미소를 지으며 말했다.

"그대가 나의 솔롱고드의 다섯 지역을 빼앗았기 때문에 내가 할 수 없이 왔네."

나란 칸이 껄껄 웃었다.

"그대가 나의 두 지역을 빼앗았기 때문에 내가 와서 그 지역을 되찾은 것이오."

그러자 태조가 묻기를 "솔롱고드가 원래 그대 땅인가?"라고 하자 나란 칸이 되물었다.

"그러면 원래 그대 나라요?"

"그 나라는 이미 내게 투항했으니, 나의 나라가 아니면 누구의 나라겠는가?"

나란 칸이 웃으며 "그렇다 해도 이전에 내가 그 두 지역을 다스렸으니 또 나의 나라라 할 수 있소"라고 했다.

태조가 설풋 미소를 지으며, "억지를 부리며 다툴 필요 없네. 솔롱고드는 원래 보호 차간 칸의 지역이네"라고 했다.

"그렇다면 그대가 투항시킨 지역들은 모두 주인이 있는데, 그대는 어찌 모두 그들 나라를 자기 것으로 만든 것이오?"

"그것은 모두 사내대장부의 능력이라 할 수 있네."

"나 역시 사나이의 능력을 발휘해 솔롱고드를 정복했소!"

태조가 그의 말을 듣고 미소 지었다.

"그대의 말하는 태도를 보면 고르로스의 대국을 지배하는 것 역시 손색이 없는 듯하군. 다만 그대 수하에는 전쟁의 이름난 장군들이 없네! 그러니 이 병사들을 어떻게 거느릴 수 있겠는가?"

나란 칸이 "나는 전투의 이름난 장수들을 모두 감옥에 가두고 왔소. 비록 100만 병사라도 한 사람의 신호에 따르는 것이니 많은 사람으로 무엇하겠소?"라고 했다.

"그런데 그대는 어찌 내게 붙잡혔는가?"

"그것은 싸우다 잡힌 것이오."

태조가 미소를 지었다.

"그대는 어찌 이리도 흐리멍덩한 것인가?"

그러자 나란 칸이 "내가 '나란태양'인데 어찌 흐리멍덩하다는 것이오?"라고 되물었다.

"그대가 흐리멍덩하지 않으면 어찌 오늘 이처럼 붙잡혔는가? 어찌 나란이라는 이름에 합당하단 말인가?"

"태양도 일식이 있지 않소? 오늘 내게 일식이 일어났다고 하면 되지 않겠소?"

그러자 태조가 말했다.

"내가 이제 그대를 어찌하면 좋겠나?"

"나를 놓아주면 좋을 듯하오."

"내가 그대를 놓아주면 그대는 배반하지 않겠는가?"

그러자 나란 칸이 차갑게 웃으며 말했다.

"놓아주면 어찌 배반하지 않겠소? 이제 여러 말이 필요치 않으니 나를 빨리 죽이시오! 나는 이 같은 성가심이 싫소!"

태조가 미소를 지었다.

"혼자서 백만의 백성을 다스리면 그뿐이거늘, 그대가 또 이 여인을 먹여 살리고 있는 것은 무슨 이유인가?"

"내 스스로 원하는 바이거늘 그것이 그대와 무슨 상관이란 말이오?"

이러한 말에 많은 신하들이 모두 분개하며 듣고 있다가, 혹 모를 두려움에 고개를 돌리고 외면하고 있었다. 그는 또 펄떡 뛰며 대들었다.

"죽이시오!"

나란 칸이 죽이라고 재촉하자 병사들의 대오에서 보가르지가 꾸짖어 말했다.

"어찌하여 당신은 당신 뜻대로 죽여 주어 단시간에 쉬게 해줄 것이라 생각하는 건가? 당신을 특별히 살아있게 해서 100일 동안 심한 고문으로 고통을 주어 죽일 것이다!"

그러자 밖의 단 아래서 갑자기 한 사람이 무릎을 꿇었다. 그를 보니 나이만의 이데르 도보였기 때문에 그가 말하기 전에 태조가 먼저 미소를 지었다. 이데르 도보와 나란 칸은 모두 성격이 강했다. 이데르 도보는 나란 칸과 말하는 뜻이 또한 매우 일치했기 때문에 듣고 있다가 그가 모진 고문으로 고통을 받게 된다고 하자 자기도 모르게 당황하여 조급한 마음에 무릎을 꿇었던 것이다. 그러자 태조가 미소를 지으며 말했다.

"이데르 도보가 청한 대로 고문하는 것을 멈추고, 그를 여기에 남게 하여 나라에 데리고 가는 것을 잠시 숙고하시오."

그러자 단 아래서 호일다르가 나와 태조에게 한 가지 작은 꾸러미를 바쳤다. 태조가 그것을 받아 보니, 종이에 모래언덕에 올가미와 말 다리를 묶는 족쇄가 그려져 있었다. 태조가 갑자기 그 그림의 의미를 깨닫고, 나란 칸을 함거에 가두고 하사르로 하여금 감시하게 해 나라로 보냈다. 태조가 곧바로 대군을 이끌고 고르로스로 갈 때 도중에 네 명의 호장이 차례로 태조를 맞아 축하의 절을 올렸다.

그때 모홀리가 성의 문을 열고 무릎을 꿇고 태조를 영접하자, 군신이 크게 기뻐했다. 성시에 들어와 궁전에 앉아 보니 그 세련됨은 톡그목에 미치지 못했지만 난간이 매우 크고, 또한 가구의 수가 매우 많았다.

태조는 여러 장군과 병사의 공로의 경중을 따져 그에 맞는 후한 상을 내릴 때 고르로스의 창고 반 정도를 상으로 사용했다. 또 창고를 열어 곡식을 병사와 백성들에게 상으로 나누어 주었다. 그리고 군신이 모두 큰 연회를 베풀어 잔치를 벌일 때 태조는 이 성을 어떻게 점령했는지 모홀리에게 묻자, 모홀리가 고했다.

"이 성시를 점령한 것은 신의 공이 아니라 나란 칸의 실수로 가능했습니다."

그리고 그들 감옥에 있던 나란 칸의 여덟 명의 장수들을 데리고 와서 태조에게 절하게 했다.

태조가 보니 여덟 명의 장수가 한 목소리로 울며 고하자, 태조가 모홀리를 보니 모홀리가 모르는 체하며 두 개의 막대를 갈라 잡자 태조가 기뻐하며 말했다.

"이 여덟 장수의 의로운 마음을 가상히 여겨, 그대들을 감옥에서 꺼내 주어 나의 네 명의 아우와 네 장군 수하의 신하로 삼아 군대 앞에서 분투하는 일에 쓰도록 하겠소!"

그러자 모두 눈물을 흘리며 절하고 나갔다. 이때 보호 차간 칸은 비로소 술에서 깨어났다. 꿈에서 깨어난 것처럼 베데국의 군주와 신하의 이와같이 단호하고 포용적인 태도에 깊이 감복했다.

그리고 고르로스의 다른 성을 엔구드의 투데흐 투르겐, 바야고드의 울지 두 사람에게 살펴 지키게 하고, 큰 성시에 보호 차간을 데려오게 하여 나란 칸의 작은 아들과 많은 가솔들을 함께 잠시 보살피라고 명했다. 그렇게 하여 뜨거운 한여름을 고르로스에서 지내는데, 베데국보다 날이 더 뜨거웠다. 동편에 큰 강의 물고기와 조가비 류가 매우 풍부했고, 강물은 맑고 부드러웠다. 또 초원에 풀이 좋아 베데국의 군마들이 매우 살이 찌고 체력을 회복해 갔다. 그리고 고르로스 병사들에게서 얻은 갑옷과 무기를 모두 하사르가 가지고 먼저 나라로 돌아갔기 때문에 가을 마지막 달에 병사들이 돌아가기가 매우 용이했다. 창고의 귀한 물품을 취해 5천 대 수레에 실어 나라로 돌아갈 때 태조는 모훌리를 향해 물었다.

"여기서 동쪽 변경으로 가면 어디에 닿소?"

"구면국狗面國에 이릅니다."

태조가 또 "그 나라는 어떻게 하면 좋겠소?"라고 물었다.

"그 나라는 경계 밖에 두면 좋을 듯합니다."

태조가 모훌리의 견해가 자신의 뜻과 같다는 말을 하려는데, 세 부족의 병사들이 당도했다. 이번에 세 부족의 병사들이 큰 공훈을 세웠기 때문에 태조가 크게 칭찬했다. 이후 태조가 출정할 때 늘 그들을 함께 데리고 가기로 했다.

한편 태조가 대군을 이끌고 나라로 돌아갈 때 우진 어머니에게 문안을 드리기 위해 주치와 차가타이 두 아들을 먼저 보냈다. 곧이어 첫 번째 영접단으로 부마 보토의 아들 난사르와 젤메의 아들 체첵이 나왔다. 두 어린 장수는 용모가 매우 수려했으며, 자세히 보면 얼굴이 참으로 잘 생겼다. 젤메의 아들은 14, 5세로 걸음걸이가 매우 안정되고 차분했다. 말하는 것이 예리하고 얼굴은 보름달 같았으며, 피부색이 백옥처럼 희었다. 이처럼 이들은 빛나는 풍모와 뛰어난 외모를 갖추고 있었다. 이에 태조는 그 자손들의 손을 잡고 말했다.

"용에서 뱀이 태어나지 않으며 말에서 강아지가 태어나지 않으니, 이 두 아이는 반드시 크게 귀하게 될 것이오."

두 번째 영접단으로는 하사르의 아들 타즈와 태조의 아들 우게데이가 나왔다. 세 번째 영접단으로는 태조의 막내아들 톨리가 여러 대신과 신하의 자식인 36명의 젊은 장수들을 이끌고 와서 태조의 일행을 맞이했다. 태조는 곧 궁전에 내려 우진 어머니께 절을 올리며 고했다.

"이제 주위의 만 리가 되는 곳에 저항하는 나라가 없게 되었습니다. 밤에 평안히 주무실 수 있는 때가 왔습니다."

풍성한 가을이 되어 큰 잔치를 배설하고, 베데국에 속한 부족을 다스리는 수장들이 모두 모여들었다. 그러자 부호 벨구테이는 예전부터 나이만과 케레이트의 중매인이었기 때문에 알탄샤의 부친상 기간이 끝나자 태조에게 알탄샤의 혼인에 대해 고했다. 태조가 잊지 않고 명했다.

"알탄샤는 이제 혼인 잔치를 위해 와서 예물을 올리고, 올 그믐달에 솔롱고를 아내로 맞으라. 또 솔롱고의 동생 토스호에게 청혼하여 하스토야를 아내 삼아주는 이 겹혼인을 하루에 치르고, 우리나라에 와서 혼례를 마치게 하라!"

가엾은 솔롱고는 알탄샤를 그대로 수년 동안 기다리다가 스물여섯 살이 되었다. 그러니 북쪽 지역의 정절 있는 여인이라고 할 만했다.

한편 태조는 나란 칸을 어떻게 처치할 것인가를 여러 대신들에게 논의하여 고하라고 명했다. 토르곤 샤르와 모훌리, 보가르지 등이 서로 상의하여 나란 칸의 랸호아[1]와 만다르와[2]라는 두 딸을 보랄의 보도란과 오한트 두 아들에게 아내로 맞게 해주고, 보가르지의 외딸 메르겐고를 나란 칸의 외아들과 인연을 맺게 해주자고 했다. 그리고 나란 칸의 죄를 면해주고, 서남쪽의 하르 히굴 변경에 살게 하자고 했다. 태조는 대신들의 제안을 받아들여 또 이듬해 정월 초하루에 혼인을 치르도록 하라고 명했다.

세월이 쏜살같이 빠르게 흘러 오래지 않아 또 새해가 다가오자 주순 부인은 솔롱고를 곧바로 불러 데려오게 하고 혼인할 길일을 기다렸다. 알탄샤도 여동생 하스토야를 데리고 와서, 보르한 갈돈 산의 서쪽 아래 호숫가에서 큰 진영을 세우고 지냈다.

곧 길일이 되어 주순 부인은 하사르, 벨구테이의 부인들을 혼례의 주재자로 삼고, 솔롱고를 나라의 공주의 예법대로 금과 진주, 비단으로 장식하고, 붉은 수레와 일곱 짐바리, 가축에 실은 예물 백 짐, 천 마리 말로 예물을 삼아 줄 때, 알탄샤는 또 길일에 황자皇子의 예법대로 장식하고, 누런 고삐와 옥 멍에, 은 등자, 금 안장을 얹은 말을 타게 했다. 그리고 몸에는 금사로 된 용포를 입고, 목에는 산호와 비취 등의 귀금속으로 된 염주를 걸어 주었다. 데이 세첸을 혼인을 주재하는 사돈으로 삼고, 하사르 벨구테이를 두 번째 주재자로 삼았다.

그리고 네 장군을 또 함께 보내고, 수행원들에게도 신부와 상응하는 장식을 내려 주었다. 아래 호수가 있는 초원에서 절을 하고 또 건너편에서 하스토야를 신부로 내어줄 때 같은 방식으로 보내 두 혼인을 함

---

1 '연꽃'이란 뜻의 이름.
2 '모란'이란 뜻의 이름.

께 진행했다. 사람들의 기쁨과 즐거움이 끝이 없었다. 이 두 혼인은 하루 한때에 행해졌기 때문에 작은 신랑, 신부는 서로를 갈망하는 바가 적고, 큰 신랑, 신부는 서로 그리워하고 오랜동안 고난을 겪으며 힘든 시간을 지냈기에 알탄샤와 솔롱고는 용을 그린 가리개와 이불 속에서 서로를 간절히 바랐던 갈망을 풀었다. 이에 대해 언급하여 몇 자 적으면 다음과 같다.

달빛 아래 고운 잠이 들 때
아름다운 사람이 연인을 그리워하네
그리워했던 날이 길고 길었기에
정의情誼가 참으로 두텁구나
금같이 귀한 육신이 온전한 성인이 되어
좋은 향기가 더욱 향기를 발할 때
순결한 꽃이 이슬을 보고 기뻐하며
목마른 밭에 단비가 내렸네
귀한 옥지가 침상에서 서로 엉기고
아, 육신이 서로 감기네
맑은 물이 긴 베개를 적시고
만 가지 화락이 침상 속에서 이루어졌네

그때 양측의 혼례가 끝나 일정을 마치고 두 쌍의 신랑, 신부가 와서 태조와 주순 부인에게 베풀어준 은혜에 감사의 절을 올리고, 각자의 나라로 돌아갔다. 베데국은 시국이 평화로웠고, 베데국에 복속된 많은 부족의 수장들은 모두 새해 선물을 가지고 와서 신년 하례의 예를 행했다. 보르한 갈돈 산신과 천신에 제의를 지내고 사찰을 올리며 묵은 해를 보내고, 복된 새해를 맞이할 때 온 나라 신하들이 사자 장막 아래 모였다. 그때 홍기라드의 오치르 세첸이 굵직한 목소리로 축사를 했다.

묵은해는 지나가고
복된 해로 다시 왔네
천명을 받들어 내려오신 주군께서
북방 천하를 평화롭게 평정하셨으니
복된 나라는 모두 모이고
연합한 백 개의 부족 수장들은
길한 두 잔의 술을 올리며
오랜 천 년의 가을을 바라노라!

그는 한 해 마지막을 보내는 예법대로 절을 올리고, 태조는 조상의 영전에 제의를 드리며 절했다. 독자들이 다음 이야기를 알고자 한다면 사관인 내가 연이어 쓴 다음 장에서 그 내용을 보게 될 것이다.

사관의 시 한 수

성인의 본질은 진정 복된 것이기에

옳고 그른 자를 감화시켜 그릇으로 사용하시네
무모한 나란 칸은 가소롭기 그지없고
욕정 강한 운구트 후르는 음란하고 가증스럽구나

제34장

성조께서 나라를 세우실 때 친자로 공훈 대신과 인척 관계를 맺으셨네 못된 아르스란 칸은 오기를 부리며, 죄 없는 대신에게 원한을 품었네

송나라 영종 가태 3년, 금나라 장종 태화 3년, 계해년癸亥年. 태조 나이 42세였다.

다음 날 계해년 새해 정월 초하루 아침, 태조는 축시에 자리에서 일어났다. 진시가 될 즈음 금관을 쓰고, 옥대를 차는 등 의관을 갖추고, 천지에 절을 올리고 선조의 영령에 예를 행했다. 또 우진 어머니에게 절을 올리고 덕담을 듣고, 곧 밖의 사자전에 올라 보니 네 명의 지혜로운 장군, 많은 대신, 신하들이 구름 떼처럼 모이고, 등불과 불등, 불빛에 천지가 환히 비추었다. 단향과 노간주나무 향 연기에 사람의 얼굴이 어지러이 어른거렸다. 원근에서 아홉 가지 악기가 연주되고, 수많은 나라, 신민들이 초원을 온통 뒤덮었다. 그리고 많은 신하가 새해 예법대로 절하고, 장군 보랄이 축사를 했다.

처음의 묵은해는 가고

득이 되는 더 좋은 새해가 도래하였나이다
황금빛으로 빛나는 신성한 주군이시여!
산과 바다 같은 장수長壽의 복을 더하시고
분투하며 힘들게 정복한 나라의
신하들 모두가 함께 모여
사자전에서 주군께 절을 올리나이다
나라의 영원한 발전과 만수무강하시를 기원하나이다!
인애하심으로 거두신 나라의
성인과 신하, 대신들이 절을 올립니다!
위대하신 주군께서 칸 위에 오르시는 것은
멀고 넓은 천지의 뜻에 부합하고
빛나는 황금빛 세상, 만인의 바람입니다
신민, 나라 전체가 기쁘게 청하옵기는
처음 조상들의 귀한 보좌에 오르시어
황금빛 세상 모두가 평안함과 화락을 누리게 하소서!

이렇게 축사하며 절을 마치자, 태조가 답례로 네 명의 동생과 네 아들, 네 명의 장군, 9경, 여러 부족의 수장들에게 술을 따라주며, 스스로 고양된 목소리로 축사했다.

이전 해는 이미 지나가고
의미 있는 해가 도래하여

뭇 신하들이 오래도록 즐거워하며
나라를 함께 다스리며 천하를 평화롭게 했네
선조들이 비록 칸의 보위에 앉으셨으나
지혜가 일천한 나는 감당할 수 없네
부질없이 존귀한 명칭을 올리기보다
모두가 오래 평화롭게 살기를 바라네!

그러자 백관들이 다시 주군의 은혜에 절하며 복된 향연을 벌였다. 해가 솟아오르고, 악기 연주가 시작되자 태조는 궁으로 돌아갔다. 많은 신하가 흩어져 새해 명절을 지내기 위해 각자의 집으로 돌아갔다. 태조가 내궁으로 들어가자 주순 부인이 내궁의 여러 사람들을 데리고, 태조와 서로 하닥을 주고받으며 예를 다해 공손히 몸을 기울여 새해 인사를 하고, 서로 맞은편에 앉았다. 동서의 국모들이 새해 하례의 예법대로 절했다.

한편 내궁의 우진 어머니에게 음식을 올리고, 태조와 부인이 신년 하례식 잔치 자리에 좌정했다. 태조의 네 아들이 차례로 술을 올리고, 세첸 세첵그릭은 딸이라 함께 앉아있었다.

그러자 대소 신료들이 우진 어머니와 주순 부인에게 절하고 나라의 국모와 작은 주군들에게 예를 다하자, 태조는 큰 명절 잔치를 베풀었다. 북방 지역 전체가 안정되자, 이해 베데국은 태평한 때를 맞아 기쁨과 즐거움이 넘쳤다. 복사뼈 치기 놀이, 제기차기 또 사자의 위용을 드러내는 춤을 추며 씨름을 하고, 말경주를 하는 등 많은 신하들이 명절 잔치를 즐기며 새해 초하루 설날 행사를 마쳤다.

또 나란 칸의 두 영애를 보랄의 아들들에게 아내 삼아주고, 보가르지의 큰딸을 나란 칸의 아들에게 선물로 부인 삼아주기로 결정했다. 나란 칸과 아름다운 부인 운구트 후르와 식구 모두를 하르 히굴의 수비대에 보낼 때 50호의 인가 사람들을 내어 주어 보내자, 나란 칸은 자신의 목숨을 살려준 은혜에 감동했다. 그리고 곧바로 정해진 곳인 하르 히굴 고개의 수비대로 갔다.

그때 케레이트의 케 왕의 부인 나란게렐[1]은 딸을 내주었지만, 자기 아들에게 여인을 얻어주었기 때문에 매우 흡족해했다. 나이만의 알탄샤의 여동생인 하스토야는 태생이 매우 정결하고, 아름다웠으며, 지혜롭고 온유했다. 나이 어린 신랑, 신부는 서로 지극히 사랑했다. 또 알탄샤와 솔롱고 부부는 두 사람 모두 큰 고통을 겪은 후의 큰 구원을 받아 목숨을 건졌을 뿐 아니라 자기 나라를 다시 얻고 두 사람이 만났으니, 이에서 더 큰 행복이 없었다.

한편 양편의 신부와 신랑들이 모두 발가 호로에 와서 태조에게 신년하례의 예법대로 절을 하자 또 두 쌍의 사람들이 왔다. 그들은 부호벨구테이의 실 부인과 사이한 소르탈트의 아내 홍고르졸로 모두 주순 부인에게 세배를 했다. 주순 부인은 네 명의 아름다운 부인들을 보고 눈웃음을 지으며 흐뭇해했다. 모두 자신의 곁에 두고 잔치를 베풀며 음식을 나누었다.

---

1 '나란토야'를 잘못 말한 것 같다.

그러자 계속해서 다섯 명의 아름다운 며느리가 세배를 하러 왔다. 그들 중 한 사람은 보랄의 며느리 톡그목의 메호트 칸의 큰딸 이헤르였다. 그리고 울렌 치르비의 며느리이자 메호트 칸의 둘째딸 그리고 장군 보랄의 둘째며느리, 고르로스의 나란 칸의 두 딸인 랸호아과 만다르와, 장군 촐론의 큰며느리인 사르락의 자일트 칸의 외동딸 솝드릭이었다. 이 아홉 명이 함께 모이자 주순 부인은 눈빛을 빛내며 기뻐했다.

"지혜롭고 아름다운 이 아홉 명은 모두 북방 지역에서 태어났지만, 남쪽 금나라의 아름답다고 하는 자라도 이에 비견하지는 못할 것이오. 이들은 나를 따르며 지내고 있소. 나의 이 아홉 여인은 지혜로우며 아름다운 여성 대신들이오"라고 농담을 하자 아홉 명의 여인들은 매우 기뻐하며 절을 올렸다.

그때 주순 부인에게 한 가지 생각이 떠올랐다. 즉, 다른 사람의 며느리를 보고 자신의 신부를 택하는 일을 생각해 내고, 태조에게 이를 알렸다. 그리고 토르곤 샤르가 네 장군, 여섯 명의 대신과 9경의 아들, 딸 가운데서 며느리를 선발하고 사위를 택할 것이라고 선포하자 네 장군과 많은 신하들이 크게 기뻐했다.

한편 고르로스의 나란 칸은 죽음의 위기에서 벗어나 자신의 나라에서 가솔들을 모두 데리고 와 정해진 지역에서 지내고 있었다. 그때 나란 칸은 운구트 하르 부인이 처음 베데국과 싸울 때 나이만의 알탄샤와 정을 통했다는 것을 듣고 갑자기 크게 분노하며, 운구트 후르를 정조 없는 탕녀, 더러운 년이라고 때려죽이려고 했다. 운구트 하르는 무술이 매우 뛰어났기 때문에 서둘러 맨손으로 그의 검을 피해 달아났다. 그리고 마유주를 젓는 막대를 찾아서 나란 칸이 휘두르는 검을 막으면서, 말이 있는 진영으로 와서 안장 없는 말의 갈기를 낚아채 잡고, 말 위에 올라타 달려가며 억울하게 여겼다. '나는 사실 알탄샤를 막았던 뿐이지 나쁜 짓을 하지 않았다. 그자와 함께 붙잡혀 갇히는 고통을 견뎠다. 그런데 그는 이제 행복을 찾고, 다른 여자를 만났다. 내게 전후 사정도 묻지도 않고 부당하게 죽이겠다고 검을 휘두른 것은 참으로 원통하기 짝이 없는 일이다. 이미 일이 이렇게 되었는데, 어찌 내가 다시 가서 그와 함께 한평생 살 수 있겠는가? 이제 오명을 쓰게 되었으니, 이참에 이 오명대로 행하리라. 그런데 나이만의 알탄샤에게 가기도 전에 케 왕의 딸 솔롱고를 아내로 맞았으니 어찌 나를 취하겠는가?' 하고 생각했다.

그러다 갑자기 한 가지 계략을 생각해 내고, 곧바로 말을 달려 발가호로에 이르러 보랄의 집으로 들어갔다. 보랄의 두 아들인 보도란과 오한트를 만나 남편에 관한 사정을 말하고 또 꾀를 써서 이르기를 "지난해 우네겐강 전투에서 내가 케레이트의 솔롱고에게 작은 은혜가 있기에 이제 그녀를 찾아가서, 그녀로 하여금 군주께 고하도록 한 연후에 남편에게 가려고 하오. 그렇게 하지 않으면 그는 분명 나를 조석지간 부당하게 죽이고 말 것이오"라고 하며 수레와 말을 청하자, 그는 두 인척간의 우호를 생각하여 옷과 수레, 말과 시녀를 주어 보냈다.

그렇게 해서 운구트 후르는 나이만에 이르러 숙영지에서 지내며 솔롱고가 밖으로 나오기를 기다렸다. 솔롱고를 만나 길가에서 무릎을 꿇고 소리 없이 울자, 솔롱고가 분명 깊은 사연이 있음을 알고, 따라온 시녀를 멀리 가 있게 하고 사정을 물었다. 그러자 운구트 후르가 병영에서 돌아와 여기 오기까지의 일을 자세히 고하고 절하며 말하기를 "참으로 의리 없는 남편이 고통을 함께 했던 나를 이처럼 죽이려고 하여, 내게 이미 살길이 없게 되었기에 형님 그대를 찾아왔습니다. 여인인 저에게 살길을 주시어, 뒤옷자락에 품어 저를 거두어 주십시오. 귀하신 형님께서 무술에 능하신 줄 아오니, 보잘것없는 여인이 조금 익힌 검과 창을 사용하여 앞뒤로 심부름을 시키시고, 등자를 밟게 하시고, 채찍을 들게 하소서" 하고 운구트 후르가 눈물을 흘렸다.

솔롱고는 매우 지혜롭고 포용력이 있는 여인이요, 여장부 중에 여장부였기 때문에 알탄샤의 자신을 향한 지극한 사랑에 보답하고 싶었다. 자신은 이제 30세 가까이 되었기에 남편에게 특별히 자기 또래보다 더 어린 여인을 얻어 주어, 알탄샤의 지극한 뜻을 이루어주고, 또 많은 이에게 이름을 떨치게 하리라 생각했다. 그러나 그런 여인을 찾을 수 없었는데, 오늘 이처럼 이 일이 딱 맞아 떨어지는 여인이 나타난 것이다. 또 운구트 후르는 빼어난 미인이었으며, 세련된 자태를 갖추고 있었다. 게다가 무술에 능하고 나이가 또 갓 18세가 되었기 때문에 크게 기뻐하며, 서둘러 손을 잡고 부축해 일으켜 세웠다. 그리고 기꺼이 그녀의 말을 받아들이고, 자신의 궁으로 데리고 들어가 별실에서 지내게 했다. 또 밤에 알탄샤와 무릎을 맞대고 앉아 술을 마시며 정담을 나누는 사이에 이 아름다운 운구트 후르의 일을 처음부터 끝까지 자세히 말하고, 또 자신의 진심을 숨김없이 말했다.

그러자 알탄샤가 솔롱고의 손을 잡고 말했다.

"부인의 생각은 깊고 정의에 부합한 듯하지만, 이 일 가운데는 또 실상 세 가지 부정적인 일이 있소. 첫째, 부인께서 확고한 의지로 나를 지금까지 잘 지켜오셨는데, 이제 부인 밑에 또 첩을 두는 것은 신의 있는 사내의 일이 아니라 생각하오. 둘째로는 내가 이미 베데국에 투항하여, 베데국의 법으로 지내고 있는데 다른 사람의 여인을 마음대로 취할 수 있겠소? 만약 그녀의 원래 남편이 소송을 제기한다면 나는 예법을 모르는 자로 체면을 깎이게 될 것이오. 셋째, 그녀는 이미 이전의 첫 남편을 견디지 못한 사람이기에 이제 나중의 남편을 참지 못하고 버리기 쉬울 것이오. 내가 무슨 흥으로 그녀를 첩으로 받아들여 지낸단 말이오? 이러한 가능치 않은 세 가지 요인이 있는데, 부인께서는 자신의 기량을 드러내려고 나를 세 가지 불의한 일에 연루시키려 하시는 것입니까?"

그러자 솔롱고가 웃으며 말했다.

"서방님께서는 제가 고하는 것을 들어보십시오. 제게 또 세 가지 일이 있습니다. 첫째, 제가 서방님을 향한 마음으로 절개를 지켰다면 서방님은 또 저를 기다리셨습니다. 아내가 남편을 위해 절개를 지키는 것은 정해진 도리요, 남편이 아내를 기다리는 것은 그리 흔한 일은 아닙니다. 먼저 저는 서방님이 저를 지켰다는 이름으로 아름다운 여인을 얻어 주어, 서방님께서 진정으로 저를 지키신 것에 대해 보답하고자 하는 것입니다. 둘째, 또 서방님의 마음을 존중하여, 당신의 사랑을 다른 곳으로 움직이게 하려는 것입니다. 셋째, 그 밖에 또 저의 관대함을 드러내어 기량을 보이고, 아름다운 이름과 지혜로운 칭호를 베데국에 알리고자 함입니다. 또 제가 보니 베데국의 군주께서 남쪽 지역을 점령할 것이 분명하기에 군주께 저의 무술 기량을 드러내어 공을 세우고자 합니다. 이것은 서방님이나 저에게 도움이 되는 세 가지 일이온데, 서방님께서는 어찌 저의 말씀을 받아들이지 않으시는 것입니까? 특별히 베데국의 법에 관한 일은 작은 일이요, 그녀의 원래 남편이 소송을 제기하지 않겠지만 소를 제기한다 해도 대응할 말이 아주 많습니다."

솔롱고가 여러 가지로 알탄샤를 몰아세우고 재촉해도 알탄샤는 계속 아니 된다고 하자, 솔롱고는 갑자기 한 가지 좋은 방법이 떠올랐다. 그녀는 곧 그의 뜻을 따라 더이상 강권하지 않고, 그의 기분을 맞추어 주며 "이 모든 것이 자애로운 서방님이 저를 지극히 사랑하는 까닭이니 제가 너무 강권하지 않겠습니다"라고 했다.

그리고 곧 자리를 만들어 알탄샤와 희롱하며 즐거운 시간을 보냈다. 그를 품에 안고 술잔을 올리며 계속 술을 권하다 알탄샤가 크게 취하자 곧 함께 휘장을 치고 들어가 옷을 벗고 침상에 들었다. 서로를 포옹하며 사랑을 나누다가 알탄샤가 잠이 들었다. 솔롱고는 생각이 있었기 때문에 알탄샤를 재우고, 살그머니 자리에서 일어나 옷을 입고 휘장에서 나와 등불 아래서 머리를 매만졌다. 그리고 곧 어린 시종을 보내 운구트 후르를 불러오게 했다. 그리고 시녀를 물러가게 하고, 자신의 생각과 특별히 알탄샤의 생각을 처음부터 끝까지 자세히 말했다.

"그대가 나를 한 번 보고 알아보았으니 나를 부끄럽게 하지 말게! 나는 그대를 위해 한 가지 좋은 계략을 준비했네."

그리고 그녀의 귀에 대고 소곤소곤 이런저런 말을 하자, 운구트 후르가 얼굴을 붉히며 할 수 없이 솔롱고의 말에 따라 알탄샤의 침소에 들어 그를 안아 보니, 자신의 원래 남편이었던 나란 칸과 사뭇 다르고 옥에 비교하면 옥보다 부드럽고, 연분鉛粉에 비해 보면 연분보다 더 생동감이 있었다. 여전히 전투 중에 먹었던 마음을 비로소 이루고, 속 깊은 솔롱고의 관대함과 현명함에 깊이 감동했다. 곧 휘장 밖에 등불을 멀리하고 알탄샤를 꽉 껴안고, 물결치는 욕정에 몸을 맡겼다. 한밤중에 알탄샤가 잠에서 깨어보니 아내 솔롱고가 자신을 포옹하고 애무하고 있자, 곧바로 다리를 올리고 반쯤 취한 상태에서 운우지정을 나누기 시작했다. 그녀의 욕정을 표현하는 몸짓이 욕망을 자극하자 곧 불같은 욕정으로 환락을 누렸다. 사지가 더욱 부드러워지며 그 즐거움이 특별하여 안팎으로 놀라며 알탄샤가 그 이유를 물었지만, 그녀는 다만 웃을 뿐 아무 말도 하지 않았다. 밤새 둘이 포옹한 채 자고 다음 날 아침에 보니, 그녀는 솔롱고가 아니라 나란 칸의 첩인 운구트 후르였다.

알탄샤는 깜짝 놀라 서둘러 자리에서 일어나 옷을 걸치고 휘장을 걷고 나오려 하자 운구트 후르가 서둘러 옥 같은 손을 뻗어 알탄샤의 허리를 껴안으며 솔롱고의 계략을 모두 이야기하자, 알탄샤가 상황을 비로소 깨닫고 별수 없이 웃으며 응대했다. 그리고 둘이서 옷을 입고 나와서 솔롱고의 처소에 둘이 함께 들어가 얼굴이 상기된 채 예를 갖춰 인사를 나누며 서로 웃었다. 솔롱고는 매우 기뻐하며 축하의 예대로 연회를 준비하여 베풀고, 나라의 아래 사람들에게도 모두 잔치를 베풀어 주었다.

그러자 알탄샤가 솔롱고를 향해 "그대는 일을 어찌 이와 같이 만들었단 말이오. 이제 예에 어긋나 위로 베데국이 벌을 논할 것이며, 아래로 많은 신하가 흠을 잡을 것이니, 이를 어찌하면 좋단 말이오?"라고 하자 솔롱고가 웃었다.

"신의가 있으신 낭군께서는 마음을 놓으십시오. 제가 생각해 놓은 바가 있습니다."

솔롱고가 또 옆에 나란히 앉아있는 운구트 후르에게 술을 따르게 하고, 스스로 술을 권하며 축하의 뜻을 표했다. 잔치를 벌이고 있을 때 밖에서 알탄샤를 부르는 신호 소리가 울렸다. 알탄샤는 시종을 내보내 어떤 상황인지 알아보게 했다. 이데르 도보가 알탄사가 첩을 얻어 솔롱고의 정의情誼를 잊었다는 것을 듣고, 분기탱천하여 서둘러 조정으로 나가 알탄샤와 단판을 짓기 위해 온 것이었다.

그러자 알탄샤가 상황을 깨닫고 솔롱고를 향해 "무슨 일인가 했더니, 우익의 대장군 이데르 도보께서 나를 질책하기 위해 오셨습니다" 라고 하자 솔롱고가 웃었다.

"이것은 제가 예견했던 일입니다."

그녀는 곧 스스로 바깥 궁으로 나와 이데르 도보를 안으로 들도록 했다. 그리고 몸소 얼굴을 맞대고, 알탄샤에게 자신의 진심을 말한 것처럼 그대로 모든 사실을 말했다.

"여러 대신들께서 이 일의 잘못된 점을 저의 부군되신 주군께 찾지 마십시오."

그런 뒤 알탄샤가 안 된다고 했던 말을 모두 말하고, 특별히 자신이 가능하다고 했던 세 가지 점에 대해 말을 꺼내자 뭇 신하들이 자세히 귀 기울여 듣고 솔롱고의 관대함에 감동했다.

이데르 도보는 급히 앞으로 나와 무릎을 꿇고 절하며 고했다.

“우리 나이만 부족에서 진실로 현명하신 부인을 얻었습니다.”

많은 신하가 절하고 나갈 때 솔롱고가 이르기를 “이것으로는 아니 됩니다. 제가 곧 발가 호로에 가서 주군 아버님과 왕후 어머님을 만나 고하도록 하겠습니다. 여러 대신들께서는 따라오실 준비를 하십시오” 라고 했다. 그리고 다시 안으로 들어가 며칠 동안 잔치를 벌이며 즐겁게 지낸 뒤 곧 이데르 도보와 수렐헥 등에게 대오를 정비하게 하고, 운구트 후르를 데리고 발가 호로에 가서 태조와 주순 부인에게 절하며 고했다.

“보잘것없는 신민인 저희 부부는 주군의 은혜로 평안과 행복을 누리며 지내다가, 초곤다이산에서 사냥을 하고 있을 때 고통 속에서 도망쳐 나온 한 여인을 발견했습니다. 소녀는 원래 부군 알탄샤의 깊은 정과 의로움에 보답할 길이 없었기에 아래로 또 아름답고 지혜를 갖춘 여인을 얻어 주어 첫째, 의로운 남편의 덕에 보답하고자 했으며 둘째, 소녀 제 자신의 선한 마음을 많은 이에게 알리려고 생각하며 여인을 계속 찾고 있었습니다. 그러던 중 이 여인을 발견하고 크게 기뻐하며, 남편 알탄샤에게 얻어주려고 하니 그가 극구 아니 된다고 하여, 소녀가 그에게 술을 권해 취하게 하고 잠자리로 결연의 예를 이루게 하였나이다.

다음 날 예식을 끝내고 또 여인에게 정황을 자세히 물어보니, 그녀는 원래 고르로스의 나란 대신의 첩이었습니다. 이전에 주군께서 목숨을 살려 주시고, 하르 히굴로 보내어 직무를 맡게 하였더니 그가 다른 여인들을 만나 좋지 않은 말을 듣고 감옥에서 어려움을 함께한 이 여인을 죽이려고 하자, 운구트 후르가 그곳에서 도망쳐 나왔던 것입니다. 또 추격해 죽일 것을 두려워하여 혼인하지 않은 처녀인 척 꾸며 다니다가 우리 지역에서 저와 마주쳤는데, 대례를 끝낸 뒤 비로소 그 사정을 알게 되었습니다.

그렇게 해서 저의 부군이 자신의 죄를 두려워하여, 이를 고하기 위해 오는 도중에 병을 얻어 돌아가게 되었기에 소녀가 그를 대신해 벌을 받으러 왔나이다. 비록 고르로스의 나란 대신이 의리가 없이 고통을 함께한 여인을 죽이려 하여, 그곳에서 도망쳐 나왔지만 이제 사정을 알고서 분명히 고하지 않으면 이중의 죄를 짓는 것이기에 어쩔 수 없이 분명하게 고하여 명을 받고자 하나이다."

태조가 전후 사정을 듣고 일렀다.

"고르로스의 나란이 자기 처를 죽이는 것은 올바르지 않지만, 운구트 후르가 다른 남자에게 시집가는 것도 합당하지 않은 일이오. 양측이 모두 불의의 죄를 저질렀으니 벌금을 부과하여 엄중히 벌하시오!"

태조가 보가르지에게 명을 내렸다. 보가르지는 곧바로 나란 대신과 운구트 후르에 대한 일을 자세히 조사하여 진상을 파악하고, 곧 나란 대신에게는 이 여인에게 정의롭지 못하게 행동하여 인륜을 저 버렸다 하여 양 100마리로 벌하고, 그것을 수비대의 병사들에게 나누어 주게 했다. 운구트 후르는 비록 매를 맞았지만, 정절이 없는 여인이니 원래 남편에게 내어주라. 다만 나란 대신이 이유 없이 괴롭히거나 죽일 수 없다고 판결하고, 나란 대신과 운구트 후르를 나란히 서게 하여 두 사람이 원하는 것을 묻자 나란 대신이 고했다.

“내가 이미 그녀를 죽이지 못했고, 저자는 이미 다른 남편을 얻었으니 이제 내게 주어도, 내가 그녀를 죽일 수 없소. 만약 함께 살다가 갑자기 내 욱하는 성질로 인해 실책을 범해 때리면 또 주군의 법에 어긋나니 그것이 두렵소. 나는 그녀를 받아들이지 않겠소. 내게 부과된 벌금을 저 정절 없는 여자에게 부과하게 하고, 그녀 마음대로 할 수 있기를 바라오.”

그러자 보가르지가 크게 기뻐했다.

“그것은 매우 합당한 일이오.”

그리고 곧 나란 대신의 100마리 양의 벌을 제해 주고, 운구트 후르에게 그 벌을 부과했다. 한편 알탄샤와 솔롱고가 상황을 잘 살피지 않고, 남편 있는 여인을 취한 것은 부당한 일이었기에 운구트 후르의 100마리 양을 알탄샤와 솔롱고로 하여금 대신 내게 했다. 또 그들이 버려진 여인을 취했으니 100마리 양을 내어, 나란 대신 수하에 있는 수비대 병사들에게 상으로 나누어 주라고 했다. 이렇게 네 사람의 죄를 단죄하고, 태조에게 일의 내력을 자세히 고하여 벌한 대로 시행하기로 결정했다. 그리고 곧 전체에 포고했다. 이 일로 인해 나라 전체가 솔롱고의 기량에 탄복했다.

솔롱고는 주순 부인에게 절하고, 운구트 후르에게도 절하게 했다. 그리고 그녀를 9명의 아름다운 부인 대신의 수에 포함시키고, 칭호를 주십사 고하자 주순 부인이 미소를 지으며 말했다.

"운구트 후르는 미모를 갖고 있지만, 그 마음은 진실하다 할 수 없다. 나는 그녀를 부인 대신에 포함시킬 수 없구나. 나의 칭송을 얻은 아홉 부인 대신은 부인의 예도를 잃지 않은 사람들이다. 운구트 후르는 여인의 9가지 법도의 가장 중요한 하나를 잃은 여인인데, 어찌 나의 부인 대신의 반열에 들어 칭찬과 칭호를 얻을 수 있겠느냐? 다만 너의 마음을 생각하여, 내가 다른 것으로 자비를 베풀리라."

주순 부인은 솔롱고가 관대하고 현명하다 하여 모자와 목도리, 염주를 상으로 내리자, 솔롱고는 상황을 깨닫고 크게 기뻐하며 그 은혜에 감사하고 절을 올렸다. 그리고 하사해 준 예물을 받고 나와 그 받은 것을 운구트 후르에게 주고, 밖에서 다시 절하고 돌아왔다.

그러자 온 나라 사람들이 주순 부인을 진정 만인의 어머니로 칭송했다. 곧바로 솔롱고는 짐수레와 아름다운 명성을 온전히 얻고, 자기 부족으로 돌아와 부부 세 사람은 크게 기뻐했다. 알탄샤가 솔롱고를 사랑하는 마음과 존숭의 마음이 더해진 것은 말할 나위도 없었다. 운구트 후르는 솔롱고를 어머니처럼 여겼다. 사관인 나는 이 일에 이르러 웃음이 나 시 한 수를 지었다.

신의 없는 남편에게 정조 없는 여인이 부부가 되어
창검을 들고 싸우다가 감옥에 갇히는 고통을 견뎠건만
행복을 얻자마자 죽이려 하여 서로 헤어져 이별하고
지략 있는 솔롱고의 이끌림으로
그녀는 남자를 사랑하고 만족시키는 여인이 되었네

한편 솔롱고가 돌아가자, 베데국 사람들은 혼 할진 호숫가에서 큰 모임을 갖고, 나라의 대신과 신하의 자제들을 모이게 했다. 우겔룬 우진 어머니와 주순 부인, 네 장군, 아홉 명의 대신, 신하들의 자제를 보고 신붓감을 택할 때, 모홀리의 둘째 딸 사란후후를 태조의 큰아들 주치의 신붓감으로 정하고, 보가르지의 셋째 딸 온드락 게렐을 태조의 둘째 아들 차가타이의 신붓감으로 정했다. 홍기라드의 데이 세첸의 큰아들이자 주순 부인의 동생 아즈나이 메르겐의 외동딸 혼노르는 태조의 셋째 아들 우구데이에게 정해 주고, 또 데이 세첸의 둘째 아들이자 주순 부인의 둘째 동생인 혼다르가 바타르의 큰딸 오요긴 주렉을 태조의 넷째 아들 톨리에게 신붓감으로 정해 주었다. 장군 보가르지의 넷째 딸 먀랄잔토야를 하사르의 큰아들 톡그토호의 신부감으로 정해 주고, 장군 촐론의 외동딸 투루브트를 하사르의 둘째 아들 호탁그트의 신붓감으로 정해 주었다. 시리 호톡의 셋째 딸 토고로세칙을 부흐 벨구테이의 큰아들 볼드에게, 제브의 큰딸 조릭그트고를 오란 가촉의 외아들 나란고에게, 초 메르겐의 외동딸 쉴렌볼락을 오이트 오칙의 외아들 조니 보가에게 신붓감으로 정해 주었다. 한편 젤메의 외아들 체첵을 태조의 외동딸 세첸 세칙그릭의 신랑감으로 정해 주었다. 그런 뒤 아홉 장군은 큰 연회를 베풀고, 9경들이 혼사를 정해 준 후한 은혜에 머리 숙여 절했다. 그리고 처음 말이나 가축에 하닥을 묶어 신성시하는 예법[2]을 정했다.

---

2 여기서 언급한 'хив татах ёс(khiv tatakh yos, 히브 타타흐 요스)'는 신에게 바치는 신성하게 구별된 가축(특히 말)의 목에 얇고 긴 비단천(히브, 하닥)을 걸어주는 예법을 이르

연이어 또 하브트 하사르, 부호 벨구테이, 오이트 오칙, 오란 가축 등의 딸들을 투항한 다른 나라 칸들의 자제에게 신부로 정해 주는 것을 사람을 보내 알렸다. 이로써 9경들은 혼약에 관한 사항을 분명하게 정했다. 여러 신하들은 마음 깊이 존숭하며 고했다.

"실제 외방의 투항한 군신들이 매우 많습니다. 주군의 영애들을 그들과 혼약을 맺어주는 것이 마땅한데, 특별히 우리 신민, 종들과 인척 관계를 맺어주기로 하신 것은 저희를 더욱 두텁게 보신 크나큰 자비이십니다. 더욱이 외동따님을 우익 대신의 반열에 드신 젤메의 자제에게 맺어주기로 정하신 것은 우리 아홉 공신의 신하들 모두에게 보편적인 빛이 되며, 외방에서 투항한 칸을 넘어서는 은덕일 것입니다."

그러자 태조가 미소를 지으며 말하기를 "내가 외동딸을 젤메의 아들과 맺어주는 것은 특별히 젤메의 아들이 위엄과 빛이 있고, 그 지혜로움을 자랑스럽게 여겨 맺어준 것이 아니오. 이것은 사르락의 다섯 지역을 투항시킬 때 젤메 장군께서 부모에게서 태어날 때 받은 자신의 육신을 해치고, 어깨를 베었던 공에 대해 내가 또 내 육신에서 나온 혈육을 주어 그 공을 치하하는 것이오. 이것은 나라의 흥성을 이루는 큰 이치에 부합하는 일이오. 그러니 사위로 정한 체첵의 모든 권한은 우리 넷째 아들과 동등하게 해야 할 것이오. 오돈 진영에서 함께 문무를 연마하게 하시오"라고 지시했다.

이에 9경들은 토르곤 샤르와 모홀리를 비롯해 태조의 진정한 자애

는데, 여기서 이 의미로 사용된 것인지 분명하지 않다.

로움에 깊이 감동하여 눈물을 흘리며 탄복했다. 그러자 젤메는 아들을 데리고 와서 삼대를 관직에 있었기에 9*9 예물을 올리고, 태조의 깊은 은혜에 고개 숙여 절했다. 이로써 젤메의 한 부족은 토르곤 샤르, 모홀리 등과 그 지위가 동등해지고, 많은 신하들은 그 아들 체첵을 작은 군주에 걸맞는 예를 행해 존중했다.

한편 자르치오다이 노인을 모시고 와서 태조가 선발해 정한 네 명의 며느리가 될 신부감을 살펴보게 했다. 이대 자르치오다이 노인은 나이가 80세가 넘어 매우 나이가 들었기 때문에 그 행동거지가 의연한 데다 그 손자가 나라의 부마가 되었기 때문에 나라 사람들이 모두 그를 크게 존숭했다. 그는 태조의 지시로 모홀리의 둘째 딸 사란후흐, 보가르지의 셋째 딸 온드라가 게렐, 아즈나이 메르겐의 외동딸 혼노르, 호다르가 바타르의 큰딸 오요 줄게 등의 네 신붓감을 살펴보고, 태조가 하사한 황금 막대기의 누런 장식술이 달린 지팡이를 짚고 와서, 지팡이를 다른 사람에게 들게 하고 천천히 무릎을 꿇고 태조에게 고했다.

"주순 부인의 두 질녀와 아즈나이 영애는 칸의 부인의 복을 타고난 것이 분명합니다. 다만 칸의 어머니상은 아닙니다. 호다르가 바타르의 영애는 칸의 부인상으로는 분명하지 않지만, 분명 성왕을 낳으시고 사해의 어머니가 될 상을 지니셨습니다. 다른 사람들은 모두 칸의 비호를 받으실 것입니다."

태조는 서둘러 측근 대신들에게 자르치오다이 노인을 부축해 일어서게 하고 자기 옆자리를 내어 주었다. 그리고 토르곤 샤르, 모홀리, 보가르지, 보랄 등을 앉게 하고 연회를 베풀 때 신하들이 절을 하고,

잔치 자리에 착석했다. 연회를 벌이는 사이에 모홀리와 보가르지는 이방 지역을 스스로 투항한 나라, 협의하여 투항시킨 경우, 의롭게 투항케 하거나, 공격하여 투항시킨 많은 지역을 자세히 조사하고, 그 순서를 정해 서로 분투하도록 고무하고, 이제 동남쪽 나라를 공격하는 일을 상의했다.

태조가 기뻐하며 이르기를 "내게 이런 생각이 있소. 많은 병사가 너무 지치지 않을까 염려된다며 아무 말을 하지 않은 대신 그대들이 볼 때 우리 북방 지역을 분명 평안하게 안정시켰다고 확실시할 수 있겠소?"라고 하자, 토르곤 샤르와 자르치오다이, 보가르지, 보랄이 고했다.

"이 세상이 평안하게 된 것은 주군의 위엄으로만 이루어진 것이 아니며, 대개는 주군의 자비와 덕으로 다른 이의 마음을 감화시킨 것이기에 다른 변란은 일어나지 않을 것입니다."

모홀리가 "그렇게 말씀하셔서는 아니 됩니다. 나라를 평화롭게 하기 위해서는 잠시도 마음이 멀어져서는 아니 됩니다. 한 곳에 작은 사고가 나면 그 지역은 곧 손실이 따릅니다. 이제 서남쪽 하르리고드 부족에 잔악한 아르스란 칸이 있습니다. 동남쪽에는 타이얀 칸의 숙부인 볼로와 그의 아들 곡굴률이 있습니다. 동북쪽 마일즈 부족은 비록 우리에게 투항하여 나라가 없지만, 수장 토도는 지금도 여전히 살아있습니다. 이 셋은 우리 북방 지역의 가시입니다. 이제 나이만의 볼로, 곡굴율 부자와 마일즈 부족의 토도는 비록 나라가 없지만, 어찌 그대로 가만히 있겠습니까? 서남쪽의 하르리고드국의 아르스란 칸의 나라는 풍요롭고, 병사들이 강건하고, 땅이 드넓고 부락이 많습니다. 이들은 눈앞에 있는 적이라 할 수 있습니다"라고 했다.

그러자 태조가 크게 기뻐하며 모호리의 앞을 내다보는 혜안은 비할 데 없이 탁월하다며 술을 내려 주었다. 다섯 신하는 잔치가 끝난 뒤 곧 여러 부족을 구별하여 지위를 정할 것이라고 공고하고, 8월 15일 큰 회의를 소집한다고 알렸다.

오래지 않아 여름이 지나고 중추가 되자, 태조는 투굴레강의 드넓은 초원의 높은 언덕 가장자리 은빛 정상에 세워진 사자 장막에 앉아 여러 현자와 장수, 대신, 신하들을 소집하고, 많은 외방 부족의 수장과 지도자 모두에게 언덕 아래 대오를 이루도록 했다.

곧이어 모홀리가 여러 부족의 이름을 써서 태조에게 올렸다. 그것을 사이한 소르탈트에게 주어 큰 소리로 읽게 했는데, 그 내용은 다음과 같다.

"때를 알고 스스로 찾아와 투항한 크고 작은 나라명은 1. 홍기라드, 2. 메르기드, 3. 마그나그트, 4. 졸라이, 5. 울후, 6. 고르로손, 7. 세 개 토르고드, 8. 하타긴, 9. 치마드, 10. 이질즈, 11. 치질즈, 12. 잘라이드, 13. 할하, 14. 차하르, 15. 안가릭, 16. 오이라트, 17. 울드, 18. 사모, 19. 우신, 20. 하르 체렉, 21. 살초드, 22. 오리안한, 23. 비티구드, 24. 힐루게드, 25. 미가스, 26. 오론고, 27. 오라드, 28. 수니드, 29. 두르워드, 30. 촐돈, 31. 혼긴, 32. 오이라트, 33. 투메드, 34. 오존하, 35. 호이츠, 36. 에드, 37. 치, 38. 조드, 39. 하삭, 40. 아오한, 41. 베수드, 42. 비르라스, 43. 바린, 44. 왕구브, 45. 베두네, 46. 부루드, 47. 오나이드, 48. 게추드, 49. 우지에드, 50. 주헨, 51. 조스 망간, 52. 잘라이드, 53. 하다르, 54. 토고친, 55. 호리, 56. 유이레드, 57. 주르헨, 58. 하타기, 59. 살촉, 60. 올호노드, 61. 먕고드 등 이 61개 지역입니다.

이외에 군대를 이끌고 공격하여 정복한 여러 부족과 나라명은 1. 타타르, 2. 타이치오드, 3. 라이하드, 4. 하랄다이, 5. 타르가드, 6. 마일즈, 7. 고르로스, 8. 고르로드, 9. 살지오드, 10. 살지다이, 11. 사초가, 12. 토즈, 13. 혼질라, 14. 케레이트, 15. 여진, 16. 비테구드, 17. 윱, 18. 솔롱고드, 19. 사르락, 20. 톡그목, 21. 엔구드, 22. 하르럭, 23. 자로드, 24. 나이만 등 이 24개 부족과 나라입니다."

그러자 태조는 스스로 투항한 나라를 상대上隊라 하고, 협상해서 투항한 나라를 중대中隊, 침략해서 투항시킨 나라를 하대下隊라고 했다. 이외에 군주가 죽고, 지도자가 없는 부족들을 공훈 있는 여러 아우와 장군, 장수들에게 나누어 주어 지휘케 하고, 그 지역을 삶의 터전으로 삼게 했다. 그렇게 해서 모홀리, 보가르지, 보랄, 촐론 네 장군을 사방 각지로 보내 네 진영에서 사람들을 모아들이고, 나라의 용감한 병사들 가운데서 용사, 무예에 탁월하고 날렵한 병사를 선발하도록 했다. 또 젤메, 오욘고, 오요트 세첸, 사이한 소르탈트를 또 사방으로 보내 나라 안에 있는 지혜롭고 영리하며 용감한 병사들을 선발하고, 부족마다 학당을 세워 위구르 문자와 위오 문자를 가르치게 했다. 그때 문무 시험에 참여한 사람이 3만 명 이상이 되었다.

계속해서 개머리 나라, 북쪽의 러시아, 외다리국, 위구르, 서북쪽의 여인국이 모두 예물을 보내오고 공물을 바치러 왔다. 그러자 태조가 몸소 나와 그들과 인사를 나누고, 교훈적인 말로 위무했다. 또 그들에게 연회를 배설해 주고, 답례로 선물을 주어 보냈다. 연이어 탕구트의 쇼다락 칸이 또 도르돈을 사신으로 보내 죄를 인정하고, 또 사신을 보내 5백 짐바리의 후한 예물을 올리게 했다.

그러자 태조가 미소 지으며 말하기를 "신뢰할 수 없는 검은 탕구트는 매우 변덕스럽고 가증스러운 부족이오. 찾아와 우호를 청하니 벌을 면해주고, 선물을 거두어들이도록 하시오"라고 하고 사신으로 온 도르돈에게 후한 은혜를 베풀었다. 그때 도르돈이 야보가의 집에 묵고 있었는데, 두 사람은 한담을 나누며 말했다.

"우리 주군께서는 부인의 말을 듣고, 내가 그릇된 마음을 갖게 되었다고 관직을 박탈했소. 이제 태조의 명예가 커지고, 주위에 에워싼 많은 부족을 모두 모아들이자 할 수 없이 또 나를 다시 원래 관직에 복귀시켜 이제 사신으로 보냈소."

그러자 야보가가 "사신께서는 자신의 나랏일을 더이상 언급하지 마시오. 내가 처음 그대의 군주와 부인에 대해 말하며, 그대 칸의 왕비 얼굴에서 빛이 난다는 등의 쓸데없는 말을 옮겼다 하여 나를 옆에서 내치고, 지금까지 원래 자리로 복귀시키지 않고 있소"라고 했다.

도르돈이 크게 놀라며 "그분은 진정 천자요. 다만 외적인 위엄에서만이 아니라, 내적인 영혼도 천자의 마음을 지니고 계시오. 지금 우리 주군의 부인께서는 500명의 과부를 모아들여 이상한 신술을 가르치고 있습니다. 이 나라 군주께서는 이처럼 하늘의 뜻으로 행하시는데 우리나라가 어찌 이길 수 있겠습니까?"라고 했다.

그러자 야보가가 "신술을 배워서 어찌합니까?"라고 물었다.

"나라를 지키지요."

야보가가 그의 말을 자세히 살펴 듣고, 밤에 모홀리에게 가서 고했다.

"탕구트는 늘상 좋은 생각을 갖지 않고, 그 말을 들어보면 그 나라에 500명의 과부를 모아 신술을 가르치고 있다고 합니다."

그 말을 들은 모홀리가 웃으며 "비록 다른 마음을 갖고 있다 해도 어찌겠소? 한담은 필요 없소. 지금 투항하겠다면 투항하게 하시오. 만약 배반한다면 그때 다시 논의해도 늦지 않을 것이오. 투항하는 것을 공격하면 투항하는 많은 병사에게 해가 될 것이오"라고 하며 돌려보냈다.

야보가가 두 번이나 탕구트의 정황을 전했지만 두 번 다 일이 부끄럽게 되자 말한 것을 후회했다. 한편 모홀리가 전군의 수를 검열하여 보니, 원래 나라의 40만 대군과 투항한 많은 부족의 병사 80만 이상을 합해 120만의 정예병이 되었다. 그러자 국사를 고하는 대전에 와서 태조에게 고했다.

"우리나라 전체 병사의 수는 좋고 좋지 않은 자를 합쳐 200만 이상이 되고, 정예병은 120만 이상이 됩니다. 여기서 100에 하나를 선별해낸 병사는 현재 5만 3천 명 이상이 됩니다. 신이 생각건대 우리 북방지역의 병사는 비록 남쪽 지역의 병사처럼 식량을 많이 사용할 수 있는 것은 아니지만 만약 병사들이 진군하면 반드시 식량이 필요합니다. 우리 군대가 강건한 것은 다른 부족들의 군대보다 병사들에게 식량과 음료, 옷을 더 많이 공급하기 때문입니다. 5할 이상을 더 후하게 공급하면 많은 외방 부족 병사의 마음이 돌아서서 죽도록 충성할 것입니다. 이제 식량과 옷을 이처럼 제공하면서 세월이 지나게 되면 우리의 국력이 쇠퇴해질 것입니다. 힘이 약해지면 병사들이 지치고 병사들이 지치면 사기가 떨어지고, 은혜를 잊고, 나라에 나쁜 해를 미치게 됩니다.

신의 생각으로는 병사의 힘은 무릇 날렵하고 강하며, 무예를 적합하게 사용하는 데 있다고 봅니다. 우리 군신은 실제 10대부터 군대를 조직해 사방으로 원정을 다닌 것에서 오늘에 이르기까지 모두 적은 수로 많은 병사를 공격해 왔습니다. 많은 수로 적은 병사를 이긴 경우는 전혀 없었으며, 다른 부족들의 많은 병사가 우리의 적은 병사에 패배한 일은 모두 우리의 놀라운 기량과 날렵한 무예를 사용한 것이 도움이 되었습니다.

그러하니 이제 병사들에게 병사가 되기를 원하는가를 물어 그 수를 줄이고, 이 일을 좋아하는 자를 병사로 삼고, 좋아하지 않는 자는 가축을 키우며 생활하게 하여 세금을 징수하려고 합니다. 이렇게 하면 나라의 근본이 튼튼해지고, 훗날 주군께서 비록 먼 이역의 나라에 원정을 가셔도 나라에 불안이 없게 될 것입니다. 이렇게 하면 첫째, 나라가 부유해지고 둘째, 군대의 힘이 커질 것입니다. 먼 나라로 많은 병사들이 원정을 가면 득이 없고, 자신의 나라에서 지출되는 바가 심히 많을 것입니다."

모홀리의 말에 태조가 크게 기뻐하며 데이 세첸, 우르룩 세첸, 토르곤 샤르, 리데르 세첸, 모홀리, 보가르지 등에게 심사숙고하여 결정하라고 지시했다.

그때 여섯 명의 대신이 국사를 논의하는 장막으로 와서 젤메와 찬드간 세첸, 호드간 베히, 오요트 세첸, 오욘고, 사이한 소르탈트, 세첸 베히, 바얀 이들 대신을 사방의 여러 나라에 보내 병사들이 원하는 바를 묻고, 병사의 수를 줄이기 위해 보냈다. 또 톡그통고, 수베데이, 길루겐, 줄게데이, 호일다르 이 다섯 명의 호장에게 5만의 용맹스런 병사들을 훈련시키고, 식량 등 보급품을 늘리도록 했다.

그 사이 탕구트의 사신 도르돈이 자기 나라로 돌아가다가 도중에 서남쪽에 있는 하르릭의 동남쪽 지역을 경유해서 갔다. 하르리고드[3]의 군주인 아르스란 칸은 매우 거만하고 고압적이었으며 힘이 장사였다. 원래 그의 가계의 군주 마이다르라는 자를 혼자서 살해하고, 몇 백 명이나 되는 사람들과 싸워 승리를 거두고 곧 나라를 차지했다. 마이다르는 사람됨이 자애로웠다. 이때 또 나라에 황교가 상당한 기세로 퍼져, 오늘날 몽골에 전파된 것처럼 널리 퍼지자 마이다르는 (불교에 귀의하기 위해) 곧 수하의 대군을 이끄는 아르스란이라는 대장에게 나라를 맡겼다.

그러자 이 아르스란은 나라의 정황을 살피고는 정권을 찬탈할 수 있다는 생각이 들자 곧 손을 써서 자신의 칸을 살해하고, 이에 대항하는 마이다르의 친위병들을 모조리 베어 죽여 기세를 제압하고 왕위를 찬탈했다. 사람들은 그의 위세를 두려워하여 감히 싸울 엄두를 내지 못하고 항복했다. 아르스란은 자신의 위세에 자만하며 칸 위에 앉은 자로 야심이 대단했기 때문에 그의 군대도 만만치 않았다.

한편 아르스란은 베데국이 북방 지역을 통합한 것을 듣고 심기가 매

3 하르릭과 동일한 나라로 생각됨.

우 편치 않았는데, 이제 또 그의 앞에서 탕구트의 대국이 투항하기 위해 사신을 보냈다는 것을 듣고, 도중에 병사를 보내 상황을 정탐하게 했다. 탕구트의 사신 도로돈을 붙잡아 데리고 가자 아르스란 칸이 크게 진노했다.

"그대의 군주 쇼다락은 요망한 여인의 말을 듣고, 어떤 자가 힘이 강하다 하면 그에게 붙어 아부하고 투항하니 대체 무슨 일이냐?"

도르돈이 이르기를 "우리 주군께서 기꺼이 투항한 것이 아닙니다. 베데국을 이기기 쉽지 않기 때문에 그것을 두려워하여 투항한 것입니다"라고 했다.

"나도 쉽지 않은 자인데, 그대는 어찌하여 나에게 투항하지 않는 것이냐?"

"제가 돌아가자마자 주군께 아뢰어 대칸께 투항하여 공물을 바치자 하겠나이다."

그러자 아르스란 칸이 그의 묶었던 포승줄을 풀어주고, 그의 나라로 돌려보냈다. 그리고 조정의 네 신하를 불러들였다. 첫 번째 신하 차스올, 두 번째 신하 하스 무룬, 세 번째 신하 잔 호로, 네 번째 신하 알탄마랄 네 사람을 불러 이르기를 "요 몇 년 사이에 베데국의 군주 테무진이 사방에 원정을 가서 우리와 맞먹는 10여 개 나라를 정복했소. 옛말에 '사내는 집에서 태어나서 초원에서 죽는다'라고 하지 않는가? 나는 이제 베데국을 정복하고, 원근에 있는 나라에 대단한 사내임을 알릴 것이오. 나의 50만 정예병이 베데국의 20만 대군을 두려워해야 할 이유가 없소"라고 했다.

그러자 차스 올이 고하기를 "주군께서는 무슨 일이 있어도 이번 원정을 나가시는 것을 멈추셔야만 합니다. 베데국의 군주 테무진이라는 자는 범인이 아닙니다. 또 속언에 '호랑이는 무성하고 깊은 산에서 떠나지 않는다. 깊은 숲을 떠나면 다람쥐, 토끼의 조롱감이 된다'고 했습니다"라고 하자, 아르스란 칸이 "우리가 베데국을 침략하기 위해 가지 않아도, 그 나라가 우리를 그대로 둘 리가 없소. 분명 정복하기 위해 올 것이오"라고 했다.

차스 올이 거듭 고하기를 "그가 우리를 공격하기 위해 진군해 오면 그때 우리가 공격해도 늦지는 않을 것입니다. 용은 바다 구름에서 떠나지 않고, 호랑이는 바람 부는 숲에서 벗어나지 않습니다. 이것은 모두 몸을 감추어 자신의 위세를 숨기면서 지내는 계략입니다. 주군께서 이제 군대를 조직해 베데국을 공격하기 위해 가시면 첫째, 우리 지역에서 떠나는 것이요, 그것은 호랑이가 깊은 산에서 떠나는 것과 같습니다. 둘째, 병사들의 식량이 상당히 필요할 것입니다. 셋째, 다른 사람을 침범한 잘못이 우리에게 있게 됩니다. 이렇게 세 가지 것은 해서는 아니 될 일이기에 주군께서 이번 원정을 멈추시는 것이 좋을 것입니다"라고 했다.

그러자 하스 무룬이 "우리의 최고 지위에 계신 신하께서 늘 우리 자신의 위세를 낮추고, 다른 자의 힘을 크게 여기며 말씀하시는데, 만약 주군께서 가셔서 전투에서 승리하면 어찌하시겠습니까?"라고 하자, 차스 올이 이에 대해 대꾸하기를 "그것은 매우 쉬운 일입니다. 우리 집을 나라에서 몰수하고, 저를 잡아 군대로 데리고 가서, 만약 우리 군대가 승리하면 곧바로 저를 진영에서 죽이셔서 수호기에 제의를 드리십시오. 그리고 돌아가 우리가 뜻하는 대로 우리 지역을 지키십시오"라고 했다.

그러자 아르스란 칸이 크게 노여워하며 "그대로 되기를 바라오"라고 하며 차스 올의 가족을 붙잡아 오게 하고, 그를 곧 함거에 가두게 했다. 그리고 많은 병사를 모아 59만 명이 되자, 다시 병력을 증가시켜 60만의 대군을 만들어 그 대오 끝에 차스 올의 함거를 보냈다. 그리고 차스 올 대신 그의 직위를 하스 무룬에게 맡기고, 하스 무룬 대신 샤르 골이라는 자를 그의 직위에 앉혔다.

60만 병력을 5개 군단으로 나누어 계해년이 지나고, 곧 갑자년 정월 초하루에 대군을 이끌고 베데국을 향해 출정했다. 선봉에 선 하스 무룬에게 1만의 병력을 이끌게 했다. 아르스란 칸이 "물을 만나면 다리를 놓고, 산을 만나면 길을 내라. 비를 만나면 높은 곳에 숙영지를 마련하라!"라고 명하자 세 번의 포성이 울렸다.

그리고 60만 대군이 바다 물결처럼 움직여 보름 가까이 진군해서 베데국의 변경인 하르 히굴에 도착하자, 베데국 병사들이 그들에 맞서 이미 그곳에 깊은 함정을 파 준비하고 기다리고 있었다. 아르스란 칸이 크게 두려워하며 "베데국이 어떻게 정보를 알아서, 이처럼 일찍부터 준비를 할 수 있었단 말인가? 우리 병사가 10일 동안 진군해 왔는데, 이들이 어찌 우리가 쳐들어오는 것을 알았을까? 분명 차스 올에게서 말이 나왔을 것이다"라고 했다.

차스 올을 함거에서 꺼내 데려오게 해 심문하자 차스 올이 웃으며 고했다.

"주군께서는 특별히 저를 죽이겠다고 하시니 곧바로 죽이시면 끝날 일인데, 이런 저런 죄를 씌우시는 것은 무슨 까닭입니까? 신은 이미 군대의 승패 두 가지 경우에 반드시 죽을 사람입니다. 만일 우리 병사가 승리하면 원래 말씀드린 대로 저를 죽이시고, 주군의 명을 많은 사람에게 알려, 여러 장수와 병사들을 놀라게 하고 경외하도록 하십시오. 만약 우리 군대가 패하면 수치스러운 일이니 먼저 저를 죽이고, 그다음 우리 가족을 남김없이 죽이실 것입니다. 어떻게 해도 어느 방향이라도 이미 죽을 목숨인데, 제가 베데국에 무슨 까닭으로 소식을 전하겠습니까? 이전에 탕구트의 사신을 놓아 주어, 분명 그가 달려가 이 정보를 먼저 누설했을 것인데 신이 말을 전할 필요가 있겠습니까?

사실 베데국의 군주는 진정 천자이기에, 그의 신하들은 모두 지살성地煞星임이 분명합니다. 또 그 나라의 총사령관 모훌리라는 자는 용맹함과 지략을 겸비했으며, 얼굴에는 강인함이 있고 마음에는 지혜가 있습니다. 그의 수하에 정탐꾼들이 이미 원근에 있는 나라에 가득합니다. 이와 같은데 저의 소식을 기다릴 까닭이 있겠습니까? 또 저의 육신을 조정에서 붙잡아 가두어 두었습니다. 저희 가족은 저와 함께 붙잡혔습니다. 신이 무슨 자유로 그렇게 먼 곳에 소식을 전할 수 있단 말입니까? 진정 소식을 전한다 해도 저의 삶에 무슨 관계가 있겠습니까? 우리 군대가 승리한다 해도 주군께서는 갑작스런 기쁨에 저를 풀어줄 리가 없을 것입니다. 패하면 저의 죽음은 더 빨라질 것입니다. 저를 의심하시는 것은 과한 생각이십니다."

그러자 아르스란 칸이 격노하여 소리쳤다.

"너 같은 하찮은 종이 어찌 감히 내게 혀를 놀리는 것이더냐? 선전 포고문을 보내고 테무진에게 멋지게 욕설을 퍼붓고 오라! 그가 너를 죽이지는 않을 것이다."

아르스란 칸은 모욕적인 언사의 포고문을 차스 올에게 쥐어주고 베데국으로 보냈다. 가엾은 차스 올이 어떻게 될지 알고자 한다면 사관인 내가 손님들과 인사를 나누고, 성무 황제 칭기스 칸 조상의 신령한 영전 8위 백궁에 제의를 드리고 난 뒤 회회국의 적병을 경계하는 신호 소리를 분명히 듣고, 연이어 쓴 것을 다음 장에서 보게 될 것이다.

사관의 시 한 수

황족의 혈육으로 공신을 인척으로 삼아 더욱 친근히 하는
진정 크나큰 은덕의 자애로운 성조!
순결한 솔롱고는 첩을 얻어 주어 사랑하는 남편을 존숭하고
먼 앞날을 내다보는 빼어난 지모의 현처!

제35장

오만한 아르스란은 차스 올을 버려두고, 붉은 태양을 잡기 위해 말에 올랐네 지혜로운 모훌리는 하르 히굴에 숙영하며, 흰 눈이 오는 날 진격했네

송나라 영종 가태 4년, 금나라 장종 태화 4년, 갑자년甲子年. 태조의 나이 43세였다.

한편 아르스란 칸은 차스 올에게 선전 포고문을 주고, 베데국 병영으로 보낼 때 차스 올은 그 전서를 받자 웃으며 말했다.

"주군이시여, 신을 죽이시면 될 일을 꼭 베데국에 보내시어 돌아온 뒤에 죽이려 하시는 것은 지나친 처사가 아니십니까? 훗날 범인들을 이런 식으로 보내셔서는 아니 될 것입니다. 그 두 가지 방식은 모두 죽임을 당하는 일이기 때문에 곧바로 배반하는 것은 정해진 일입니다. 주군께서는 신을 베데국으로 하여금 죽이도록 해서 우리 군대가 승리하거나 패하는 것을 보게 하지 않으시려는 뜻이 있는 듯합니다. 어찌 되었든 베데국에서는 저를 죽이지 않을 것입니다. 그 나라는 큰 뜻을 품고 있는 나라이며, 작은 분노로 다투지 않을 것입니다. 돌아온 후 주군께서 저를 죽이시기 바랍니다"라고 하며 전서를 가지고 베데국의 병영으로 갔다.

그런데 현명한 베데국에서 어떻게 그를 맞았는지를 듣기 바란다. 베데국의 모홀리는 이미 2년 전에 이 하르리고드국의 아르스란 칸을 의심하여 곧 국경에 수비대를 배치했다. 또 이에 더하여 하르리고드 나라 안에 몇몇 작은 신하들과 서로 내통하며 지냈다. 그런데 이제 또 동쪽 고르로스의 군주 나란 칸을 국경 하르 히굴에 수비대로 삼아 지내게 하고, 늘 몇 명의 첩자를 하르리고드에 심어 무슨 소식이 있는지 알리도록 했다. 이런 가운데 하르리고드국이 탕구트의 사신을 붙잡은 사건을 듣고, 베데국의 첩자가 곧 하르리고드의 국경 도시에 들어가 일의 정황을 알아보고 있을 때 탕구트의 사신을 죽이지 않고 놓아 주었다고 하자 서둘러 길에서 그를 맞아 이유를 물어 전후 상황을 알아냈다. 곧이어 하르리고드의 군대가 출격하려는 것을 저지한 수석 신하가 붙잡혔다는 모든 정황을 듣자마자 이 일이 매우 급한 상황이라는 것을 알고 곧바로 말을 달려 베데국으로 와서 이 일을 고했다.

그러자 모홀리가 한밤중이 되도록 깊은 생각에 잠겨 계략을 정하고, 소식을 알린 첩자에게 후한 상을 내려 돌려보내며 일렀다.

"그들 군대가 출병하는 날을 분명히 듣고 앞서 달려오라. 우리가 맞아 그가 사용한 계략을 격파시키고, 그 성질머리를 없애버릴 것이다. 또 그를 격분하도록 유도하여 싸워 무너뜨릴 것이다!"

그리고 곧 토르곤 샤르와 데이 세첸, 보가르지 등을 맞아 태조의 대전에 와서 아침 문안 인사를 올릴 때 하르리고드의 아르스란 칸이 공격해 오려는 상황을 고하고 명을 기다리자, 태조가 엷은 미소를 지었다.

"사자가 신기에 가까운 마법적인 힘을 가지고 있는 것처럼 하면서 잔꾀를 부리며 얼룩무늬 공으로 장난을 치고 있소. 화가 나면 해와 달을 삼킬 거라며 펄쩍펄쩍 뛰면서 짐승의 몸을 계속 치는 것이 아니오? 사실 또 한 가지 더 중요한 큰 사건이 있소. 올해는 육십갑자의 첫해인 갑자년으로 내 나이 43세가 되었소. 우리의 본향은 인도요. 그 지역은 하늘 가운데 땅이오. 고대 석사모니 부처와 칸들이 모두 그 지역에서 태어났고, 보위에 올랐으며 대업을 이루었소. 내 이번에 적진을 즉시 뚫고 나가 탕구트, 티베트를 거쳐 이 인도에 가 볼 것이오. 우리의 이 북방 지역은 햇볕이 멀고, 지표의 토양이 두텁지 않고 힘이 부족하여 대업을 이루기 어렵소. 그렇기에 나는 첫째, 서쪽 지역의 여러 나라와 부족의 생각을 살펴볼 것이오. 둘째로 인도 땅에 이르러 상황을 살펴보고 여러 대신의 뜻을 이루어 보려 하오. 그 뜻은 이미 정해졌소. 존경하는 대신들께서는 이제 곧 가병家兵[1]에게 명령을 내리고, 그대로 진행토록 하시오."

태조의 생각은 바로 모홀리 등 신하들의 뜻과 일치하는 것이라 모두 기뻐하며 절했다. 노간주와 단향나무 향이 은은히 퍼지는 가운데 태조는 궁으로 돌아갔다.

여러 대신이 그곳에서 내려와 총사령관의 장막에 모여, 사방의 큰 북을 치고 신호탄을 쏘아 뭇 장수들을 모이게 했다. 하브트 하사르, 부흐 벨구테이, 보랄, 촐론, 젤메, 제브, 하르 히루, 호르츠 바이르, 찬드

1 출정시 소나 말, 양 그리고 아녀자와 아이들까지 모두 데리고 가는 병사.

간 세첸, 호드간 베히 10명의 장수 아래 볼로, 울렌 치르비, 오치르, 알마스, 수르트, 폴고다이, 하트 투무르, 돌가 투무르, 호보라이, 소보라이, 와이진, 알진, 후데르 부스, 후렐 부스, 우드, 수드, 보가트 오하, 알락 토갈 이들 20명의 젊은 장수를 둘씩 지휘케 했다.

그리고 투항한 각 부의 10개 지역 군주와 만나 1만 가병을 이끌고 이달 안에 나라에서 출정하고, 타타르, 타이치오드, 라이하드, 살지오드, 자로드, 고르로스, 사르락, 톡그목, 케레이트, 나이만의 10개 지역의 군대가 출발하면 우리가 뒤좇아갈 것이다. 이번에 이 열 개 나라의 공과를 알게 될 것이다. 다섯 호장은 1만 명의 건장하고 용맹스런 병사를 이끌고, 나와 주군을 따르라.

오요트 세첸과 오욘고, 투그스촉그트, 사이한 소르탈트, 아즈나이 메르겐, 안돈 친, 데친호롤의 아들 실리얍보, 베두네부드네, 부두네 등으로 표기되기도 함의 얍고산의 아들 하조실, 운두르 세첸의 큰아들 볼리그트 바르스, 부마 보토의 아들 난사르, 젤메의 아들이자 부마인 체첵, 태조의 큰아들 주치, 둘째 아들 차가타이 이 두 작은 주군과 14명의 장수는 후군의 대진영을 따르라. 앞으로 서둘러 갈 때는 사람을 시켜 전군에게 알리라.

나라에는 데이 세첸과 토르곤 샤르, 우르룩 리데르 등 네 분의 국로께서 보가르지, 멩게릭, 오이트 오칙, 오란 가촉, 초 메르겐, 다이산다락그치, 부마 보토, 잠발, 멩게트, 오르트 보드로고트, 오한트 린친, 메르겐, 운두르 세첸의 아들 실릭그트 바르스, 테스겔 바르스, 다다통가, 그의 아들 돈윤, 오요트 세첸의 아들 욜린 바스, 오욘고의 아들 온지가

이, 손지가이, 오르트 보드로고트의 아들 사인 모호, 린친의 아들 기루이, 부섹, 부세브의 아들 타조나이, 마그니드의 톡그디, 체르비, 알흐, 수흐, 보도란, 오한트 이 30명의 장수를 데리고, 40만 대군을 통솔하면서, 5군단으로 나누어 나라를 지키세요.

특히 타타르의 시리 호톡과 솔다손의 참비 다르한, 고르로스의 세첸베히, 자로드의 야보가 네 사람은 탕구트와 하르리고드의 두 부족에서 투항한 4천 명의 병사를 이끌고, 하르리고드의 병사들의 옷을 입히고 깃발을 들게 하여, 모홀리 자신을 가까이서 따르게 했다. 각각의 임무를 분배하고 곧 하르리고드의 소식을 기다리고 있는데, 새해 정월 초하루에 소식이 왔다.

한편 베데국 측에서는 일의 준비가 이미 완료되었기 때문에 모홀리는 곧 대포를 쏘게 했다. 수많은 병사들이 자신의 천막을 싣고 행장을 꾸려 준비를 마쳤다. 모홀리가 태조의 전에 오자 태조가 또 벌써 나와 출정할 것을 기다렸다. 모든 행장이 이미 사흘 전에 갖추어져 있었다고 하자, 모홀리가 친위대 여덟 명을 말에 태워, 5만 명의 진영마다 짐이 잘 갖추어져 있는지 아닌지를 시찰할 때 진영마다 모두 간편한 행장을 갖추고 출발을 알리는 포성을 기다리고 있었다.

그때 모든 준비가 되어 있다고 알리자 두 번의 포성이 울렸다. 수많은 병사가 모두 말에 올랐다. 병사들이 왼손으로 고삐와 말 갈기를 잡고, 오른손으로 채찍을 움켜잡았다. 왼발을 등자에 올리고 출정을 위해 기다렸다. 모홀리는 말을 타고 태조 진영에 와 말에서 내려 자기 말을 이끌고, 신호기를 오른손에 들어 올리고 태조 가까이 갔다. 태조가 또 진영 문밖에서 사자 가죽으로 된 말 안장에 올라 멈추어 서서, 한 발을 등자에 올리고 포성을 기다리고 있었다. 모홀리는 태조가 군법을 이처럼 존중하며 지키는 것을 보고, 마음속으로 깊은 감동을 받았다. 그는 자신의 말 고삐를 잡고, 땅에 무릎을 꿇고 절하며 고했다.

모름지기 인연을 이룬 종 우리는
어느 생에 하늘같은 축복으로
황금빛으로 빛나는 천자를 만났나이다
비할 데 없는 현철하심은 해와 달처럼 밝으시고
신민에게 명한 군법을 이처럼 애써 준수하시며
황금 같은 옥체를 이처럼 움직여 분투하시네
아, 법을 따르는 수많은 병사를 얻기 쉬우나
아, 군법을 지켜 솔선하는 군주를 찾기 어렵네!

모홀리가 절하자 태조가 미소 지으며 응답했다.

법이라는 것은 군주에서 시작되어 신하로 하여금 알리고
법을 따르는 군주로부터 많은 병사에게 이르네
법을 엄격히 하려 할 때 모름지기 먼저 군주가 이를 지키면
법을 장악하고 있는 총사령관의 지시를 누가 감히 어기겠소!

그러자 뭇 신하들이 탄복하며 무릎을 꿇고 한목소리로 "천자 만세!"

라고 외치는 소리에 산천이 진동했다. 모홀리는 태조가 기다리는 것을 보고 감히 지체하지 못하고 곧바로 다시 앞에 서서 신호용 깃발을 한 번 휘돌리자, 모홀리의 등 뒤쪽 높은 장대 위에 신호 깃발을 곧추 세우고 다시 돌리니, 대포 소리가 하늘을 진동시키며 메아리쳤다. 그러자 태조를 위시하여 5만 병사가 함께 말에 올랐다. 태조는 앞에 있는 대포의 포성이 세 번 울리자 말을 움직여 출병했다. 산천이 이동하고 세상이 움직이듯 대군이 차례로 서쪽 하르 히굴을 향해 진격해 갔다.

도중에 톡그통고 바타르가 일만 명의 병사를 이끌고 선봉으로 가서 엿새가 되지 않아 하르 히굴 가까이에 이르렀을 때, 몇 100리 밖에서 전령이 하르 히굴에 온 것을 전하자, 나란 대신이 1천 명의 병사를 이끌고 나와 일행을 영접하고 예를 갖추어 절했다. 태조가 그가 자신의 임무에 힘쓰는 것을 칭찬했다. 그리고 하르 히굴 지역에 다섯 개 큰 진영을 마련하고, 나란 대신을 천거하여 태조가 자신의 병영으로 보냈다.

한편 모홀리는 태조와 하르 히굴의 산천, 초원과 지형을 살펴 공격할 계략을 결정할 때 하르 히굴 남쪽 길에 갈올이라는 지명의 언덕에 올라가 보고, 태조에게 고했다.

"이 언덕은 주군을 위해 하늘이 만들어 주셨습니다."

태조가 모홀리의 전략이 정해진 것을 알고, 속으로 은근히 마음을 놓으며 기뻐했다. 모홀리는 태조 진영 이외에 다른 진영을 이동시키고, 갈올 언덕 남쪽 옛 진영에 설영하며 닷새를 기다렸다. 하르리고드의 병사가 차례로 이르러 많은 병사가 있는 것에 놀라는 기색을 보였다.

그러자 모홀리가 4개 군단의 병력을 준마의 대열로 정렬하고, 5만 병력을 동서 양쪽 줄로 배열했다. 자신은 중군의 우두머리가 되어 태조의 대 진영을 뒤에 배치했다. 그리고 오요트 세첸, 오욘고 등의 군대를 준마의 뒷발로 삼고, 두 작은 주군을 꼬리로 삼아 대열을 이루게 했다. 이렇게 대오를 짓고 기다릴 때 하르리고드의 병사들이 와서 40리 너비와 60리 길이의 진영을 구축하고 곧 전서를 보내왔다. 모홀리가 서둘러 전서를 보내온 사신을 맞게 하여, 자신의 장막으로 전서를 가져오라고 명했다.

사신이 올 때쯤 모홀리가 스스로 맞으러 나와 그의 손을 잡고 영접했다. 그리고 궁에 들어가게 하여 윗자리를 내어 주어 앉게 하고 술을 올리며 환대하자, 하르리고드의 사신이 모홀리의 행동거지를 보고, 그가 하는 언행이 조금도 거짓이 없었기 때문에 차스 올은 두 바위 사이에 끼어 소리 없이 몇 방울의 눈물을 흘리며 곧 태조 앞에 전서를 올렸다. 그리고 몸을 돌려 자신의 진영을 향해 여섯 번 절을 하고, 곧 병사의 검을 빼어 들고 자신의 목을 자르려고 하자, 많은 병사들이 서둘러 검을 빼앗아 태조 앞에 데려가 그 연유를 물었으나 차스 올은 아무 말도 하지 않았다.

이에 모홀리가 그 연유를 어느 정도 알고, "이는 분명 나이만의 곡설오가 이데르 도보를 윽박질렀던 것과 같은 상황입니다"라고 했다. 그리고 전서의 답신을 작성하여, '다음 날 사시巳時'라고 써서 보냈다.

모홀리가 차스 올을 몸소 배웅하자 차스 올이 눈물을 흘리며 말없이 헤어져, 자신의 진영으로 돌아와 베데국의 답신을 올리고 죽음을 기다렸다. 그러자 아르스란 칸이 "그대는 나를 부끄럽게 만들었다. 이유 없이 왜 죽이겠는가? 다시 데리고 가 이전처럼 함거에 가두라! 우리 병사들이 승리하여 돌아올 때 이자를 죽여 승리한 군대 수호기에 제의를 드릴 것이며, 이자의 숨통을 막아 죽일 것이다"라고 하며 가두게 했다.

그리고 곧 다음 날 네 명의 장수들을 데리고 하르 히굴의 대 초원으로 갔다. 양편의 군대가 정렬하여 서 있자, 아르스란 칸이 칸의 수호기와 장식을 한 보개를 들게 하고 군대 앞에 나와 큰 소리로 외쳐 말했다.

"오늘 양편에서 몰래 불의의 화살을 쏘고, 어느 편에선가 먼저 돌로 치는 행동을 한다면 그 즉시 그는 자신의 아비의 자식이 아닐 것이다. 하르리고드의 칸 아르스란 나는 이미 테무진이 천자라고 들었다. 검은 머리를 가진 소인배이면서 어찌 감히 스스로를 천자라 하는 것이냐? 한번 향한 곳을 돌이키지 않는 나는 칸의 칭호를 가진 테무진을 죽이기 전에 그자를 만나보아야겠다! 모든 사람이 말한 것이 맞는지 아닌지."

그러자 모홀리가 "좋소! 좋소!"라고 하며 대열로 들어갔다. 오래지 않아 붉은 보개와 수호기, 깃발이 보이는데, 그 위에 모두 황금 사자를 새겨 넣었다. 병사들 속에서 유려한 악기 소리가 흘러나오고, 향기로운 냄새가 바람에 실려 은은히 풍겼다. 큰 북이 세 번 울리고 다섯 개 나팔을 열 지어 불었다. 9개 문의 수호기가 차례로 나오고 태조를 따르는 14명의 젊은 장수, 모홀리를 위시한 다섯 호장과 함께 20명의 장수들이 모두 은빛 갑옷과 은빛 투구를 쓰고, 호랑이 가죽으로 된 갑옷과 담비털로 된 어깨보호대를 걸치고, 양쪽 대열로 나갔다. 연이어 다섯 자의 방패를 들고 호랑이 가죽으로 된 전투복을 입은 100명의 병사가 대열을 이루고, 금패와 은제 무기가 태양빛에 빛을 번쩍이며 움직였다.

그리고 여섯 쌍의 붉은 사자 보개가 쌍으로 나가고, 또 네 쌍의 끈으로 묶은 황금 종이 나가고, 다음 여덟 개의 붉은 황금 사자가 그려진 수직의 깃발을 빼곡히 날리며 태조를 따라 나오자, 곧 유려한 악기 소리가 양쪽에서 울리기 시작했다. 그리고 포성이 세 번 울리자, 큰 금종이 세 번 울렸다. 그러자 태조의 옥체가 드러났다. 맨 먼저 진주가 박힌 황금 투구를 쓰고, 또 몸에는 진주가 박힌 사자 가죽과 금으로 장식된 갑옷을 입고, 큰 백색 용마를 타고 있었다. 안색은 맑게 개인 푸른 하늘 같고, 누에고치 같은 눈썹에는 만 리 국경을 걸어 잠궈 지키고, 밝은 별 같은 눈에는 만민을 보살피는 자애가 있었다. 두 손바닥에는 모든 나라를 장악하고, 가슴속에는 천하를 품을 기상이 있었다.

아르스란 칸은 처음에 태조의 천상 대열을 보고 콧대를 들어 올리며 웃었다. 그 뒤로 병사들의 대오가 연이어 나오다가 갑자기 큰 깃발이 두 개 군단으로 오면서 태조가 나타났다. 아르스란 칸은 이 같은 위엄을 가진 태조의 모습을 보고, 갑자기 심장이 두근거리며 말에서 떨어질 뻔했다. 겨우 정신을 가다듬고 큰 목소리로 외쳤다.

"나는 하늘에 올라가 천자를 보지 못했기에 베데국의 군주가 천자인지 아닌지 알 수 없다. 다만 그 모습이 사원에 있는 수호신에 버금가고, 범상한 수준 이상의 대단한 위엄을 갖추고 있는 것은 사실이로다. 우리보다 위광이 빛나는 것도 사실이지만 그렇다 해도 자신의 나라를 다스리고 지내면서 자신을 천자라 하고, 또 관계도 없는 많은 나라를 모두 마음대로 점령하여 모아들이는데, 그것은 또 무슨 까닭이냐?"

그러자 태조가 또 크게 소리쳤다.

"내가 먼저 상대 나라를 힘들여 공격한 적은 한 번도 없다. 특별히 나와 대결하고자 공격해 오는 자는 어쩔 수 없이 그에 맞대응하지 않을 수 없기에 그들 많은 부족이 패해 스스로 항복해 온 것이다. 보아하니 그대는 지금 분명 나를 침범하러 온 것이니 내 어찌 도망치겠는가?"

그러자 아르스란 칸이 말문이 막혀 또 묻기를 "내가 들으니 베데국은 대대로 북방 지역을 칸들이 다스려 왔다고 한다. 그대 조상 하볼 칸에 이르기까지 모두 칸이 되었는데, 그대는 이제 이 같은 칸들보다 위풍이 더 한데 어찌 칸의 보위에 오르지 않는 것인가?"라고 했다.

태조가 "천자만이 칸이 될 수 있다. 천자가 아닌데 어찌 칸이 될 수 있겠는가? 내게 칸의 능력이 없는데 어찌 칸이 되겠는가? 그대 같은 그런 칸이 되는 것이 어찌 어렵겠는가? 다만 칸의 본령으로 국사를 운영하는 것이 어려운 것이기에, 내가 감히 칸이 되기 힘든 것이다"라고 했다.

아르스란 칸이 다시 물었다.

"칸 된 사람의 본령이라는 것이 무엇인가?"

"그것은 털끝만치도 거짓이 없어야 하며, 하는 말이 모두 진실한 것, 그것이 바로 칸의 본령이라 할 수 있다."

아르스란 칸이 "그럼 그대가 지금 하는 말이 모두 거짓이겠구려"라고 하자 태조가 미소를 지었다.

"비록 그런 것은 아니지만 스스로의 일을 스스로 확고하게 할 수가 없다. 날마다 생각해도 전날의 행했던 그릇됨을 알고 후회하는 마음이 끊이지 않기에 그런 자신의 잘못을 씻어내지 못하는 것을 안다."

그러자 아르스란 칸이 "두려움이 없다는 것은 누구에게 두려움이 없다는 말인가?" 하고 물었다.

"상계 천신에게 두려움이 없다는 것이다."

"그렇다면 어찌 우리 북방 지역의 그 많은 칸들이 모두 칸이 되었단 말인가?"

태조가 미소를 지으며 "그러한 칸들은 그처럼 하늘을 거역했기 때문에 이제 모두 내게 패하고, 나는 그들의 칸의 보위를 폐위시켰다"라고 하자, 아르스란 칸이 다시 물었다.

"지금 나 역시 칸인데, 그대가 나를 어찌할 것인가?"

"내가 그대를 좋은 말로 일깨워 보위에서 내려와 내게 공물을 바치라고 할 것이다. 만약 좋게 권고하는데 말을 듣지 않고 저항한다면, 무력으로 공격하여 그대를 붙잡아 회유할 것이요, 만약 또 회유되지 않는다면 그대의 머리를 참수할 것이다."

그러자 아르스란 칸이 크게 웃었다.

"그대는 칸이 아니면서 어찌 칸 된 자를 죽인단 말인가?"

"그대의 그 칸이라는 것은 다만 그대 자신이 칭하는 것이지, 다른 사람은 모두 그대를 도둑이라고 여긴다."

그러자 아르스란이 물었다.

"그러면 뭇 사람들이 그대를 무엇이라고 하는가?"

"많은 이들이 나를 테무진이라고 한다."

아르스란 칸이 말문이 막혀 또 물었다.

"그대는 왜 무모하게 많은 칸을 죽이는 것이냐?"

"북방 지역에는 예를 모르는 칸들이 헤아릴 수 없이 많다. 자기 마음대로 성질을 부리고 수많은 사람을 온갖 것으로 괴롭히면서, 여러 해 동안 전투를 계속해 멈추지 않았다. 많은 백성이 죽는 것을 모래와 먼지가 날리는 것처럼 하찮게 여기기 때문에 나는 그러한 북방 지역 전체를 평화롭게 만들려고 하는 것이다."

"그렇게 해서 그대에게 무슨 유익이 있단 말인가?"

"한 사람이 세상에 태어나서 만 리를 평화롭게 해야 진정 인간이 되는 것이다. 만약 태어난 자들이 이러한 일이 가능하다면 높은 하늘에 공훈이 되고, 세상 사람들에게 자비가 될 것이다."

그러자 아르스란 칸이 "그대가 그와 같은 사람인데, 지금 어찌 나와 겨룬다고 왔는가? 그대는 본인 대신에 나를 칸으로 삼고, 그대는 스스로 나의 종이 된다면 내가 그대를 비로소 천자라고 생각할 것이다"라고 하자 태조가 미소를 지었다.

"나는 나를 천자라고 전혀 생각지 않는다. 내가 이렇게 말한 모든 것은 그대를 자비로움으로 인도하여 깨우치기를 원해서 하는 말이다. 그대는 어찌 나와 대적하며 소인배처럼 수다스럽게 함부로 지껄여대는 것이냐?"

아르스란이 말하기를 "아무리 지껄여도 공격하는 것을 멈추지는 않을 것이다. 그대가 사내대장부라면 이리 나오라. 우리 둘이서 맞붙어 싸워 보자"라고 하자, 태조 곁에서 모훌리가 위엄 있는 목소리로 호통을 쳤다.

"산 계곡의 다람쥐 새끼가 감히 호랑이와 겨루며 맞서겠다고 하는구

나. 흙에 있는 거미가 천둥소리에 대적하고, 여름에 작은 각다귀가 겨울의 차가운 얼음을 믿지 않고 빛에 모여들며 붉은 태양을 등불로 보는구나. 우리 신성한 주군께서 너 정도의 군주, 자기 아버지를 죽인 인간의 탈을 쓴 짐승 같은 파렴치한 소인배와 말을 주고받는 것이 곧 수치스러운 일이다."

그리고 큰 징을 세 번 울리고, 대포를 쏘고 깃발을 휘돌리자 차례차례 장수들이 몰려갔다. 아르스란 칸이 대노하며 곧바로 앞으로 나가며 공격해 들어갔다. 베데국의 호장인 호일다르가 선봉에 서서 30번 이상 교전하자, 하르리고드 병사 가운데서 하르 무룬이 자신의 주군을 도와 적과 맞서기 위해 앞으로 나왔다. 그러자 베데국의 대열에서 줄게데이 바타르가 나와 상대와 맞섰다. 하르리고드의 대열에서 약 모드가 또 달려 나오자 베데국의 대열에서 호장 길루겐 바타르가 나와 대적했다. 하르리고드의 대열에서 뭉군 사란이 나오자, 베데국의 대열에서 수베데이 바타르가 나와 맞서 싸웠다. 모홀리가 보니 호일다르 선봉이 아르스란 칸과 맞붙어 수비를 하며 맞붙어 싸우지 못하자 호장 톡그통고 바타르에게 명했다.

"호일다르 장수가 싸우는 것을 보니 아르스란과 대적할 수 없을 듯하오. 이제 그대가 나가서 교대하는 것이 좋겠소. 일찍부터 아르스란이 용력이 대단하다는 것을 들었소. 쉽게 보아서는 절대 아니 되오!"

그러자 하르리고드의 대오에서 또 샤르 골이 달려 나왔다. 바로 그때 톡그통고 바타르의 생각과 정확히 부합했기 때문에 급히 말을 달려 나와 대검을 휘두르며 샤르 골과 몇 번 대적하다가, 몸을 돌려 호일다르 쪽을 향해 말했다.

"선봉장 자네가 이자와 싸우게. 나는 저 아르스란의 힘을 시험해 보겠네."

톡그통고 바타르가 곧바로 돌격해 들어가 아르스란을 함께 공격하며 지원하자, 호일다르가 여유를 얻어 샤르 골을 맞아 싸웠다. 하르 히굴의 검은 기름기 있는 초원에서 다섯 쌍 열 명의 장수들이 맞서서 대결하는 모습은 마치 호랑이와 표범, 용과 봉황이 맹렬히 싸우는 듯했다. 다섯 쌍 열 명의 장수들이 80번을 서로 맞붙어 싸웠으나 그 승패를 가리지 못하자, 양편 진영에서 북과 바라를 치며 지르는 함성 소리에 산천이 진동했다.

이에 태조가 높은 곳에 올라가 싸우는 장면을 보고, 칭찬하며 미소 지었다. 신시申時가 될 때까지 싸우다가 양편 모두 징을 치고 병사들을 철수시켰다. 아르스란 칸이 돌아가 네 명의 장수와 전략을 상의했다.

"내가 보니 베데국의 장수들이 비록 그 수가 많지만, 병사들의 수는 매우 적소. 우리 30개 진영의 60만 대군을 20만의 3개 군단으로 편성해 오늘 밤 번을 정해 베데국의 진영을 에워싸고, 밤낮으로 3개 군단이 교대하며 싸우게 할 것이오. 그렇게 하여 열흘이 되면 마침내 베데국의 병사를 누를 수 있을 것이오."

그러자 곧 병사들에게 명을 알리고, 60만 대군을 세 개 군단으로 재편성했다.

한편 베데국은 징을 쳐 병사를 철수시키고, 진영으로 들어와 밤에 등불 아래 있던 모홀리가 태조의 장막으로 가서 나무를 쳐 신호를 하게 했다. 그리고 장막으로 들어가 태조에게 절하고 고했다.

"주군께서 하르리고드 병사의 분위기를 간파하셨습니까?"

"내가 보니 하르리고드의 병사들이 용력이 매우 강하고, 속으로 모종의 검은 살기가 있어 승리할 수 있는 기상이 보였소. 우리 병사는 비록 모두 정예 용사들이지만 그 수가 매우 적은 데 비해 그들 병사는 대단히 우직한 용맹함을 가지고 있고, 게다가 그 수가 매우 많소. 우리의 검은 수호기의 술이 특별히 바람 부는 반대 방향으로 서는 것을 보면, 오늘 밤 분명 적병들이 쳐들어와 진영을 덮칠 것 같소. 그러니 내 명을 전해 네 장수를 두 개 군단으로 나누어, 교대로 진영을 지키도록 하시오."

모홀리가 크게 기뻐하며 절을 하고 고했다.

"주군께서 살피신 것은 매우 지당하십니다. 주군께서 양의 견갑골로 점괘를 살펴보심이 어떠하십니까?"

그러자 태조가 모홀리의 뜻을 받아들이고, 투그스촉그트 호위병을 시켜 노란 비단 주머니를 가져오게 했다. 등불 아래 손을 씻고 입을 헹구고, 수호 천신께 향을 피워 올리며 치성을 드렸다. 그리고 견갑골을 정화시키는 의례를 행하고, 등불 빛 아래서 견갑골로 점괘를 보려고 밝은 빛 쪽을 향해 잡고서 보니, 그 견갑골에 깃든 오색의 빛이 모두 가운데 모여있고, 주위에 모두 검은 그림자가 져 있었다.

태조가 모홀리에게 그것을 보여주며 "우리 군대가 포위될 위험이 있소. 검은 그림자가 세 겹으로 되어있는 것을 보면 세 개 군단이 포위할 것이 분명하오. 이 일은 그리 멀지 않았소. 검은 그림자가 순간 덮였기 때문에 분명 오늘 밤에 곧 쳐들어올 것 같소"라고 했다.

모홀리가 서둘러 태조의 전통의 화살을 빼 들고 향을 피워 수호신께 올리고, 활의 시위를 세 번 튕겨 그 소리를 유심히 듣고, 화살을 모아 태조에게 고했다.

"주군께서 말씀하신 것이 분명 맞습니다. 적군이 틀림없이 우리 병사의 수가 적다 하여 우리를 포위하러 올 것입니다. 적을 피하는 것이 좋겠습니까, 아니면 그들을 맞아 대적하는 것이 좋겠습니까? 주군의 생각은 어떠하십니까?"

그러자 태조가 "정황을 보건데 피할 여유가 없소. 그러니 곧 철통같이 수비하여 그들을 맞아 싸우는 것이 최선이오"라고 했다.

"주군의 뜻이 저의 생각과 같습니다. 우리 병력은 5만, 그들의 병력은 60만입니다. 하루를 늦추게 되면 그들은 불리하게 될 것입니다. 우리 병사는 몇 달의 양식이 있습니다. 잠시 진지를 철저히 지키고, 상황을 보아 계략을 쓰도록 하겠나이다. 그즈음 우리의 10개 군단이 모두 도착할 것입니다. 그때 특별한 논의를 하도록 하겠습니다!"

모홀리는 곧 큰 북을 치게 하고, 주군 앞에서 29명의 장수를 4개로로 나누고, 5만 병력을 5개 부대로 편성했다. 1만 명의 병사를 교대로 하여 주군을 지키고, 남은 4만 명의 병력은 낮에 2만, 밤에 2만 전체 4만 명으로 하여 4개 문을 지키고, 열흘 동안 전체 병사들은 귀머거리인 척하고, 모홀리는 다섯 호장과 여섯이서 네 개 문을 돌며 교대로 진영을 순찰하기로 했다. 태조는 몸소 먼저 귀에 솜을 막고, 입에 구슬을 물고, 적편의 욕설을 듣거나 그 욕설에 대꾸도 하지 않으면서 조심하고 있다가 적병이 도랑 가까이에 이른 후에 신호로 활을 쏘라고 앞서 명을 알렸다. 태조는 몸소 일반 병졸처럼 꾸며 밤에 정찰을 돌았다.

그런데 정말 오래지 않아 서북쪽에서 검은 바람이 일고, 천지가 훅하는 열기를 띠면서 어두워지자 하르리고드 병사들이 와서 세 겹으로 포위했다. 그리고 갑자기 신호탄을 울리자마자 20만 명 병사가 함께 공격해 왔다. 베데국의 병사들이 일부러 모르는 척하자, 여전히 몇백 명의 병사들이 왔다 갔다 하며 함성을 질렀다.

하르리고드 병사들은 분명 적편에서 준비를 하고 있지 않을 거라고 여기고, 사방에서 동시에 공격해 와서 흙을 져 날라 도랑을 메우고 진영 가까이에 접근해 왔다. 그때 베데국의 5개 진영이 함께 연결하여 주둔하고 있었기 때문에 갑자기 신호탄이 울리고 각 부대마다 나무를 치자, 병사들은 어두운 곳에서 밝은 곳으로 쇠뇌와 활을 쏘아댔다. 요란한 휘파람 소리를 내며 날아오는 화살이 마치 메뚜기 떼가 날아오는 듯했기 때문에 앞으로 돌진하던 병사들이 돌과 화살에 맞아 크게 상해를 입고, 외마디 소리를 지르며 퇴각했다. 뒤에서 전투를 알리는 북을 아무리 두드려도 앞의 병사들이 돌격해 들어가지 못하자, 아르스란 칸은 그 이유를 묻고는 군대를 철수시켜 설영하게 했다.

그런 뒤 하르리고드 병사들이 날마다 공격해 왔다. 날마다 상당히 막상막하의 교전을 벌이다가 엿새째 날이 되어 하르리고드의 병사들이 아무리 치욕스러운 욕설을 마구 퍼부어도 베데국의 병사들이 조금도 게의치 않고, 여전히 웃으며 진영을 지키고 있었다. 밤에 다섯 호장이 와서 모홀리에게 고하기를 "병사들의 화살이 바닥났습니다"라고 했다. 모홀리가 밤 오경에 쏘았던 화살을 주워오라고 하자 여러 장수들은 크게 놀랐다.

갑자기 밤에 병사마다 한 다발의 풀을 몰래 밖으로 가지고 나가 고랑에 서 있게 했다. 그리고 풀을 건너편 고랑가에 드러나 보이게 높이 세우고, 첫 번째 포가 울리면 크게 소리를 지르라, 두 번째 포가 울리면 진영으로 돌아가고, 세 번째 포가 울리면 문을 닫으라고 명했다. 그날 밤 또 북풍이 불자 모래가 날리고, 달이 뜨지 않아 칠흑같이 어두웠다. 곧바로 모호리가 명한 대로 준비했다. 모홀리가 진영 고랑에 서서 살펴보고 준비가 다 되자 갑자기 첫 번째 포를 쏘게 했다. 그리고 많은 병사를 조마다 진영의 사이로 돌격해 나가라고 외치게 하고 북과 징, 나팔, 바라를 동시에 치게 하여 소란을 피웠다.

그때 하르리고드의 병사들은 엿새 동안 포위하여 지친 데다가 베데국이 조금도 움직이는 낌새가 없자 일시에 마음이 풀어져 흩어져 졸고 있었다. 그런데 갑자기 베데국의 병사가 조용히 나타나 깜깜한 어둠 속에서 공격해 오자 곧 한 개 활에 두 개 화살을 메겨 쏘아댔다. 그러자 베데국 병사가 더욱 큰 소리로 외치며 가까이 다가온 것처럼 하자 아르스란 칸이 또 취기에서 깨어나 깜짝 놀라 서둘러 활을 쏘라고 명했다. 두 문을 담당하는 병사들에게 명해, 더 많은 화살을 쏘게 하자 베데국의 병사가 또 돌아간 듯했다. 아르스란 칸은 병사들의 사기를 더하고자 북을 치게 하고 여전히 활을 쏠 때, 베데국의 군대가 무슨 연유인지 진영으로 돌아갔다.

아르스란 칸이 병사들에게 활 쏘는 것을 멈추게 하자 베데국의 진영에서 또 한 번의 포성이 울렸다. 그러자 병사들이 함성을 지르며 더 큰 소리로 가까이 진격해 왔기 때문에 또 서둘러 활을 쏘라고 명했다. 활을 쏘면서 공격한 지 반 시간이 되지 않아, 베데국의 병영에서 또 한 번의 포성이 울리자 많은 병사들이 함성을 지르다가 갑자기 멈추었다. 아르스란 칸은 크게 놀라 대군을 재촉하여 또 싸우러 가자, 베데국의 대진영 가운데 모홀리가 높은 수레 위에 서서 큰 소리로 아르스란 칸을 향해 외쳤다.

"어리석은 아르스란, 화살을 보내준 그대 편에 매우 감사한다."

그리고 풀 더미에서 얻은 화살을 보니 원래 자기 군대의 화살보다 5배가 많았다. 또 서부 지역에 좋은 화살이 매우 많고, 서부 지역은 철광석 지역이 가까웠기 때문에 화살이 매우 단단했다. 모홀리가 크게 기뻐하며 여러 장수와 병사들에게 화살을 나누어 주었다. 많은 장병이 놀란 것은 말할 것도 없고 태조 역시 놀라며 미소를 지었다. 그리고 모홀리를 칭찬하고 자신의 전통을 그에게 주었다.

한편 아르스란 칸은 모홀리의 속임수에 당하자 크게 수치스럽게 여겼다. 그는 불같이 진노해 큰 북을 울리게 하고, 세 부족의 병사를 합하여 이번에는 반드시 베데국의 진영을 짓밟아 초토화시킬 것이라며 공격해 들어가자, 모홀리가 또 큰 북을 세 번 치게 하고, 네 개 문의 장병과 특별히 세 진영의 병사들을 모두 소속 진영으로 오게 하여 대비를 했다. 그리고 하르리고드의 병사들이 가까이 오기를 기다리다가 곧 신호를 보내 활을 쏘게 하자 맞지 않는 화살이 없었다.

하르리고드의 군대는 세 번 진격하면서 세 번 큰 손실을 보았다. 그러자 아르스란 칸이 불처럼 진노하며, 앞으로 나아가지 않는 자는 죽여 버리라고 명하자 많은 병사들이 죽을힘을 다해 공격했다. 병사들이 고랑에 이르자 모홀리가 그 명을 알고, 갑자기 나팔을 불어 활 쏘는 것을 멈추게 했다. 그러자 하르리고드 병사들이 크게 의심하며 죽어도 가까이 다가가지 않았다. 아르스란 칸이 아무리 북을 치게 해도 병사들이 전진해 들어가지 않는 이유를 묻자 "베데국이 활 쏘는 것을 완전히 멈추고, 우리 병사를 유인하고 있습니다"라고 했다. 아르스란 칸이 크게 의심을 품고, 징을 쳐 병사들을 모아 퇴각하여 진영으로 돌아왔다.

이러한 것은 모두 모홀리의 작전으로 다급한 상황에서 적을 속이고 의심을 낳게 하는 전략이었다. 이렇게 서로 전투를 벌이며 보름이 되자, 나라의 10만 대군이 가까이 진격해 오는 소리가 나면서 갑자기 남쪽에서 바람이 불었다. 정오가 지나자마자 차가운 봄 눈이 내리기 시작했다. 그러자 모홀리가 크게 기뻐하며 주군에게 들어가 절하고, 말채찍을 들어 올렸다. 태조가 그 의미를 깨닫고, 곧바로 많은 병사에게 명했다.

"이번에는 전에 화살을 얻었던 방법으로 앞으로 나가 진영을 버리고 도망쳐 하르 히굴의 갈 올 언덕 북쪽에 설영하라. 도중에 짐과 무기를 버리고 도망쳐, 사방팔방으로 싸우며 나가 한곳에 집결한다."

그리고 고르로스의 나란 칸을 태조로 꾸미고 모홀리가 명했다.

"이번에 그대가 공을 세우는 것을 볼 것이오. 붉은 갑옷을 입은 병사 1만 명을 내어줄 터이니, 곧바로 아르스란 칸의 진영을 뚫고 나가시오!"

그런 뒤 모홀리는 그 아래 자신이 앞장서고 시리 호톡, 침비 다르한, 세첸 베히, 야보가 등을 데리고 태조를 지키는 자들인 것처럼 위장했다. 또 두 작은 주군과 부마인 체책 등을 위시해 10명의 젊은 장수들을 불러들여 명했다.

"동쪽으로 싸우며 나가시오. 태조를 네 명의 호장이 지키고 북쪽으로 싸우며 나가, 갈 올의 대진영으로 가시오. 호일다르 선봉은 5천 명의 병사를 이끌고, 서쪽 문에 불을 놓고 공격해 나가는 척하며, 하르리고드의 병사를 속이고 서쪽 문에 많이 모이게 하시오. 그 사이에 3개 군단의 병사는 세 방향으로 돌격해 들어가고, 주군의 한 군단의 병사가 나가면 밖에서 대포를 쏘시오. 또 신호로 호일다르 선봉은 동쪽 문으로 작은 주군들의 군대 후미를 지키며 나가시오."

그리고 또 밤에 즉시 화살을 얻었던 방법으로 나와 포를 울리고 함성을 지르자, 하르리고드의 병사들은 또 속이려고 왔으니 가까이 온 후에 나가라며 활 쏘는 것은 일시에 멈추게 했다. 그때 베데국의 진영에 또 한 발의 포성이 울리자 베데국의 병사들이 갑자기 소리 지르다가 일시에 멈추었다.

그러자 하르리고드의 병사들이 서로 웃으며 말했다.

"그런 계략을 두 번이나 사용할 수 있는 건가?"

그 말이 끝나기도 전에 베데국의 병사가 있는 곳에서 갑자기 불빛이 일더니 사방에서 병사들이 물밀 듯이 공격해 들어왔다. 그 형세는 마치 돌이 구르고 홍수가 나서 물이 범람해 내려오는 듯했다. 하르리고드 병사들은 베데국 병사들이 분명 다시 자신의 진영으로 돌아갈 거라며 방심하고 있을 때, 갑자기 서문에서 불꽃이 일더니 태조의 보개와 깃발이 올라가자 많은 병사가 급히 서둘러 서문을 단단히 지키고 병력을 강화했다. 그러자 베데국의 병력 모두가 4개로로 세 방향의 군대를 있는 힘을 다해 돌격해 뚫고 나갈 때 모훌리는 가짜 태조를 의연하게 엄호하며 갔다.

한편 아르스란 칸은 많은 눈이 내린 것을 걱정하며 술을 많이 퍼마시고 잠이 들려고 하는데, 갑자기 전령이 화살을 얻어 간 병사들이 나타났다고 고하고는 얼마 되지 않아 또 "서문으로 베데국 병사들이 공격하기 위해 나간다며 횃불을 높이 올렸습니다"라고 했다. 그러자 아르스란 칸이 일어나 장수들에게 적을 향해 달려가라고 명하고, 스스로 갑옷을 입고 말을 타고 서문을 단단히 사수하러 가겠다며 나가는 바로 그때 가짜 태조가 보개와 깃발을 올리고 대오을 지어 모훌리의 군대와 함께 지나가자, 서문에서 스스로 1개 군단의 병사들을 이끌고 추격해 갔다. 아르스란 칸은 시리 호톡의 군대 후미를 찾게 해 그들과 싸우며 50번을 맞붙어 교전했다. 시리 호톡이 더 이상 싸울 수가 없어 도망치자 아르스란 칸이 불같이 진노하며 소리쳤다.

"살아서 빠져나갈 생각을 하지 마라. 테무진을 넘겨주면 너희들의 목숨을 살려 보내줄 것이다."

아르스란 칸은 베데국 병사들을 추격해 10여 리를 가지 않아 태조의 군대를 거의 추격해 가까이 다가갈 때 모훌리 등의 장수가 몇천 명의 민첩한 정예병을 이끌고 날듯이 도망쳐 북쪽으로 달려갔다. 아르스란 칸이 그들을 놓치지 않고 또 몇천 명의 병사를 이끌고 그 뒤를 바싹 추격해 갔다.

이때 태조는 네 명의 호장을 데리고 벌써 진영에서 나와 하르리고드의 군대를 돌격하여 흩어지게 하고, 북쪽을 향해 갈 때 작은 주군들과 열네 명의 장수는 비할 데 없이 용감무쌍했다. 보름을 진영에 갇혀 지낸 분노에 분기탱천하여 검을 휘두르며 나갈 때 태자 차가타이가 하르리고드의 장수 샤르 골의 목을 화살로 쏘아 말에서 쓰러뜨렸다. 베데국의 병사들이 크게 기뻐하며 그 머리를 참수하여 들어올리자, 차가타이가 그것을 말의 술에 묶어 앞서 돌진해 갔다. 하르리고드의 많은 병사들은 대장이 죽임을 당하자 사기가 꺾여 달아났다. 동문의 병사들이 와서 태조에게 절하고, 차가타이가 죽인 샤르 골의 머리를 바치자 태조가 흡족해 하며 칭찬했다.

한편 병사들이 나온 것을 보고 호일다르 선봉이 곧 신호탄을 울리고, 거짓으로 갑자기 병사들을 퇴각시켜 동문으로 나갔다. 이때 하르리고드의 뭉군 사란이 북문의 태조 군대에 패하고, 동문으로 병사들을 이끌고 가는 바로 그때 호일다르 선봉장과 딱 마주쳤다. 호일다르 선봉이 마음이 다급해지며 분기탱천하여 곧 말의 갈비뼈 쪽에 딱 붙어서 돌격해 달려가자, 뭉군 사란이 급히 창을 거두고 도망쳤다. 호일다르는 분기탱천하여 갑자기 일어나 작은 올가미를 꺼내 뭉군 사란의 목에 올가미를 던져 씌워 당기자 뭉군 사란이 말에서 떨어졌다. 생포한 뭉군 사란을 곧바로 방패막이 삼아 빽빽이 포위된 곳을 뚫고 나갔다.

한편 북쪽에서는 태조를 추격해서 함께 갈 올의 북쪽 지역에 이르자, 아르스란 칸이 몇천 명의 병사만을 이끌고 모홀리가 이끄는 1개 군단의 가짜 태조를 쫓아가자, 가짜 태조는 1개 군단의 병력을 이끌고 갈 올 언덕으로 올라갔다. 그러자 아르스란 칸이 또 갑자기 추격해 와서 멈추지 않고 산 위로 올라가 산의 반쯤 이르렀을 때, 북쪽 산등성이에서 갑자기 포성이 울리더니 모홀리, 시리 호톡, 침비 다르한, 세첸 베히, 야보가 등이 나타나 길을 가로막았다. 돌아보니 태조의 많은 병사들이 또 돌아가는 길을 막고 있었다. 언덕 위에 태조가 서서 대오를 이루고 산등성이에서 싸우는 것을 보고, 아르스란 칸이 노여움을 참지 못해 산이 울리도록 큰 소리를 외치며, 즉시 말에 채찍을 가해 산 위로 사력을 다해 돌격해 갔다.

그때 야보가가 그의 창 손잡이에 공격을 당해 큰 산의 구렁에 말과 함께 굴러떨어졌다. 침비 다르한이 서둘러 산 위로 도망치려고 하자 아르스란 칸이 맹렬히 창을 휘두르며 공격해 침비 다르한의 오른쪽 허벅지를 찔러 말에서 떨어뜨렸다. 그러자 하르리고드의 병사들이 그를 붙잡아 결박했다. 시리 호톡과 세첸 베히 두 장수가 그를 맞아 싸우다가 또 이길 수 없는 상황에 되자 아르스란 칸의 창이 커다란 구렁이의 혀처럼 잽싸게 빛을 번쩍였다. 세첸 베히와 시리 호톡이 양쪽으로 갈라져 산비탈로 도망칠 때 모홀리와 태조가 남쪽 산등성이 위에서 보니 아르스란 칸의 말도 바위에 매우 숙련되어 산 위로 오르는 것이 매우 빨랐다. 따르는 병사들 역시 용맹스러웠기 때문에 대적하기가 결코 쉽지 않았다.

모홀리가 전략을 생각하고 있을 즈음 해가 떠올랐다. 동쪽에서 해를 가리고 눈발이 날리는 그때 대군이 도착했다. 아르스란 칸이 그것은 분명 자신의 군대라고 기뻐하며, 기백이 더욱 솟구쳐 "반드시 태조를 잡고야 말리라" 다짐하고 산 위를 향해 올라가자, 위에서 포성이 한 번 울리더니 붉은 깃발이 열리고 태조가 손에 창을 쥐고 아르스란 칸을 가리키며 욕설을 퍼부으며 내려왔다. 그러자 아르스란 칸이 소리쳤다.

"진정 나의 공훈을 이룰 때가 되었도다."

아르스란 칸이 크게 기뻐하며 달려갈 때, 시리 호톡과 침비 다르한이 구렁에 떨어진 야보가 등을 다시 모아 데리고 갔다. 그때 동쪽 산 위에서 모홀리가 갑자기 바위를 아래로 굴리듯이 돌격해 내려왔다. 급히 빠르게 달려 내려와 말을 멈추게 할 수 없게 되자 아르스란 칸이 피할 수가 없어 곧 주춤거릴 때 모홀리가 쇠 방망이로 아르스란 칸의 이마를 향해 일격을 가했다. 그러자 그의 골이 튀어나오고, 말과 사람이 함께 열 길 아래로 굴러 떨어졌다.

모홀리는 자신의 말이 멈추지 못하는 것을 알고, 서둘러 양손으로 안장 받침대를 누르고 두 다리를 등자에서 빼내 뒤로 물러서며 껑충 뛰어내리자 말이 앞으로 달리다가 큰 구렁을 뛰어넘고서야 비로소 멈췄다. 모홀리가 서둘러 검을 꺼내 아르스란의 친위병들을 일시에 베어 쓰러뜨리고, 말을 타고 5천 명의 병사를 이끌고 하르리고드의 군대를 제압해 들어가자, 하르리고드의 친위대인 민첩한 병사들은 자신의 군주가 이미 죽은 것을 보고, 서둘러 투구를 벗고 무기를 버리고 투항했다.

그러자 모홀리가 아르스란 칸의 머리를 수호기 위에 꽂고, 거짓 태조를 데리고 내려와서 침비 다르한을 묶었던 끈을 풀게 했다. 산속에서 시리 호톡, 세첸 베히, 야보가 세 사람이 많은 병사를 정비하고, 다가오는 병사를 보니 10개 군단의 대군이었다. 태조와 모홀리 등이 크게 기뻐하며 곧 가짜 태조를 군대의 선두에 서게 하고, 뭉군 사란을 포박하여 앞에 두었다. 또 샤르 골의 머리를 높은 장대에 걸어 병사들이 돌아가는 도중 하르리고드의 병사들이 자신의 군주를 찾으며 갈 때 자신들의 군주의 머리가 장대 위에 있는 것을 보고, 모두 두려움에 떨며 무리 지어 이전 진영으로 갔다. 그때 하르리고드의 대군이 진영을 점령하고, 하스 무룬과 작 모드 두 사람이 주인이 없는 많은 병사를 모아들여 점호하고 있을 때 갑자기 병졸이 와서 고했다.

“우리의 칸을 하르 히굴의 갈 올이란 지역에서 베데국의 총사령관 모홀리가 몽둥이로 때려죽이고, 그 머리를 장대에 샤르 골의 머리와 함께 걸어 두었습니다. 또 우리의 흩어진 병사 반 정도를 투항케 하고 가까이 오고 있습니다. 그들 나라에서 또 30명의 대장수들이 10개국의 40만 병력이라 이름을 드높이며 달려와 연합하고, 베데국의 군주가 몸소 앞장서서 돌격해 오고 있습니다.”

그러자 하스 무룬이 크게 놀라 큰 소리를 지르고 울며 이를 악물었다. 작 모드 등 여러 사람과 병사를 정렬하고, 곧바로 베데국의 병사와 정면으로 맞섰다. 이때 베데국의 군대는 크게 승리를 거두어 사기가 충천해서 갈 때, 가짜 태조는 이 대오를 보고 자신이 나라의 군주였던 것을 생각하고, 이제 이런 상황에 이른 것에 마음이 흔들렸다. 그때 앞의 병사가 멈춰서는 이유를 물을 때 하르리고드 군대의 두 장수가 공격해 들어왔다. 이에 선봉 장수들이 그들을 맞아 대적하고 싸웠지만 힘이 미치지 않자, 나란 칸이 자신이 만만한 자가 아님을 만인에게 보여주겠다며 돌격해 들어가, 하스 무룬과 싸워 5번을 맞붙어 싸웠지만 승부를 가리지 못했다. 그러자 작 모드가 그 뒤에서 창으로 찔러 나란 칸의 어깨에 상처를 입히자, 나란 칸이 크게 분노하며 하스 무룬의 얼굴을 창으로 찔러 쓰러뜨렸다.

그러자 작 모드가 다시 한 번 창으로 나란 칸의 목덜미를 찔러 죽였다. 곧 뒤의 대오에서 14명의 젊은 장수들이 돌격해 들어와 작 모드를 둥글게 에워싸 공격했다. 작 모드가 재빨리 움직여 장수들에게 잡히지 않자 체첵이 급히 병사들에게 지시하여 끈으로 된 망을 던지게 해 군마를 걸어 넘어지게 했다. 그리고 작 모드가 일어서기 전에 몽둥이로 쳐서 정신을 잃게 해 생포하여 포박했다.

하르리고드의 병사들은 이미 대장이 없어지자 진영을 버리고 달아났다. 그러자 모홀리가 새로 편입된 10개 군단에 명하여 하르리고드의 병사를 사방으로 추격하여 투항케 하고, 닷새가 되지 않아 50만 정도의 병사들을 항복시켰다. 또 상처 입은 자들에게 상처를 치료해 주고, 새로운 10개 군단을 먼저 보내 하르리고드의 지역과 성시를 공격하지 않고 평정했다. 태조는 천천히 뒤쫓아가기로 했다. 태조는 나란 칸이 전사한 것을 크게 슬퍼하며 술을 뿌리고, 작 모드를 죽여 제의를 지내게 했다. 또 한 많은 그의 영혼을 위로하고, 그의 아들을 나라에 돌려보내라고 지시했다.

사관의 시 한 수

관대한 태조의 말씀은 진실로 경외감을 낳고

엄청난 모홀리의 담력은 참으로 놀라울 따름이로다
아르스란 칸의 성질은 웃음을 참을 수 없고
밝은 지성을 가진 차스 올은 진정 가슴을 아프게 하네!

제36장

천자는 한 발의 화살로 무쇠 돌을 쏘아 산산이 부숴 버리고, 지상의 장군별은 한 개 활로 금수金獸의 길흉을 시험하며 점쳤네

송나라 영종 가태 4년, 금나라 장종 태화 4년, 갑자년甲子年. 태조 나이 43세였다.

한편 뭇 신하들이 경하의 예법대로 절을 올리고, 또 모훌리에게 물었다.

"총사령관께서 어떻게 단 5만의 병력으로 60만 대군에 대항하여 이처럼 승리할 것을 아셨습니까?"

모훌리가 웃으며 뭇 사람들을 향해 "병법은 무엇보다 먼저 전술을 중시하오. 만약 오만한 적을 만나면 약한 모습을 보여 주어, 그 오만한 마음을 부추겨서 경계하지 않고 방심하는 틈을 타 제압하는 것이오. 만약 겁이 많은 적을 만나면 짐짓 위엄으로 그의 간담을 서늘하게 하고, 위협해 맞서는 것이오. 또 힘이 강한 적과 싸우게 되면 계략을 사용하여, 그의 힘을 무디게 하고 정신을 잃게 하지요. 또 미련한 병사를 만나면 세밀한 전략을 사용하여 전투를 이끌어가는 것이오. 강적을 만

나면 약한 모습을 보이고, 약한 적에게는 위엄을 사용하는 것이지요. 이러한 전략들은 모두 적을 잘 간파하고, 그에 따라 능란하게 사용하는 방법이오.

하르리고드의 아르스란 칸은 원래 오만한 마음이 매우 컸기 때문에 작금 우리의 5만 정도의 병사를 그는 단번에 이길 수 있다는 자만심을 갖고 있었오. 그렇기에 경계하고 조심하여 계략을 사용할 생각은 하지 않고 일부 병사로 우리 병사들을 짓밟겠다고 했소. 우리 5만 병력은 수가 적지만 가르침이 깊고, 땅을 적게 차지해 물러나기가 쉽고 앞뒤로 전진하고 후퇴할 때 걱정할 일이 없지요. 하르리고드의 아르스란 칸[1]에게 있어 이것은 사자를 이끄는 오색의 꽃이 있는 공과 같소. 우리가 사용하는 것은 오행을 구비한 천상의 군대라 할 수 있지요. 이렇게 주군께서는 이 계략을 이미 깨달으시고 내게 '사자를 꾀로 붙잡으라, 힘으로 되지 않는다'라고 이르신 것은 모두 우리의 신령한 주군의 가히 필적할 수 없는 전략이었소.

그렇게 해서 내가 먼저 말을 타고 5만 병력을 보이고, 그들의 자만심을 발동시켜 부추겼던 것이오. 또 진영을 단단히 지킴과 동시에 약한 모습을 보이고, 또 화살을 얻어 나중에 도망칠 길을 준비했소. 또 뒤에 전략적으로 달아나 그들의 생각을 충동질했소. 고르로스의 나란 대신을 주군 모습으로 분장해 아르스란을 유혹하는 공으로 삼고, 봄눈을 기다려 하르 히굴의 갈 올 언덕으로 데리고 갔던 것이오. 천리天理와

1 '아르스란'은 '사자'라는 뜻이다.

땅의 법칙, 인간의 시기적 상황을 결합시켜, 그 힘과 흐름으로 사자[2]를 우리에서 유혹하여 봄눈이 녹는 불 산[3]으로 이끌어 데리고 갔던 것이오. 사자라는 것은 마법적인 힘을 가진 동물로 새끼 때부터 해와 달을 볼 때마다 펄쩍펄쩍 뛰는 훈련을 하지요. 이 산에서 저 산으로 날듯이 뛰면서 몇십 년 사이에 그 실력이 출중해지고, 힘이 갖추어지면 몇천 리를 날아 뛰어오를 수 있어 태양을 삼키겠다며 힘이 다할 때까지 뛰어오른다오. 땅에 떨어지는 것도 불사하고 이미 뛰어올랐다면 곧바로 떨어져 산산이 부서지게 되는 것이오. 그렇게 해서 나는 나란 대신을 앞장세워 눈 오는 날을 기다렸다가 불 산에 데리고 갔는데, 그것은 사자가 설산에 사는 짐승이기 때문이오. 눈에서 벗어나면 힘이 약해지는 법이오. 봄은 눈을 녹게 하는 때이며, 불이라는 것은 더운 기운을 일게 하는 근본이오.

그러기에 나는 주군의 명에 따라 5만 명의 병력으로 5색의 공을 만들어, 어리석은 사자를 즐겁게 하여 유인했소. 그리고 녹는 봄눈에 태조로 꾸민 나란 칸을 보여 주어, 그의 극도의 오기를 낳게 하여 그를 이끌어 하르 히굴의 갈 올에 들어가게 했던 것이오. 그의 털과 오만, 위엄을 태워 몇천 명의 병력으로 위에서 누르며 공격해 죽였소. 만약 그를 죽이지 않았다면 이 60만 대군을 언제까지 죽여 이길 수 있었겠소? 이것은 곧 100개의 다리가 달린 벌레의 머리를 자르고, 많은 다리를 멈추어 세우는 전략이오. 앞으로 여러분들은 이 말을 숙고하고, 가

---

2 '아르스란 칸'을 비유한 것.
3 '갈 올'을 이름.

슴에 새겨 작은 주군들께 힘을 바치기 바라오."

그러자 내외의 많은 장수가 진심으로 모홀리를 경외하며 그에게 절했다.

그때 하르리고드의 병영의 함거에서 차스 올을 꺼내 병사가 밀면서 데리고 왔다. 모홀리가 놀라 그 연유를 묻자 차스 올이 눈을 감고, 입을 다물고 아무 말도 하지 않았다. 하르리고드 병사가 이에 대한 연유를 모두 고했다. 모홀리가 처음부터 끝까지 듣고 이자는 하르리고드의 진정 충의가 있는 대신이라며 태조에게 고하여 함거에서 꺼내 주었다. 그러나 차스 올은 무릎을 꿇지 않은 채 수레에서 죽기로 마음먹자 태조가 물었다.

"그대의 군주는 잔인하고 몽매하여 의로운 대신을 이처럼 죄없이 고통스럽게 하는데, 그대는 또 무엇을 생각하고 이처럼 고집을 피우는 것이오?"

그러자 차스 올이 길게 한숨을 내쉬었다.

"신하된 자는 자신의 군주가 죽이고 살리는 것을 기다리는 법이오. 그 옳고 그름을 함부로 비판해서는 아니 되지요. 나는 살아있을 때 하르리고드의 대신이요, 죽어서도 하르리고드의 귀신이 될 것이오. 주군의 머리가 베어졌는데, 신이 살아서 어찌 해와 달을 보겠소? 교묘히 부드러운 말로 나를 포섭하려는 것은 부질없는 일이오. 자비를 베풀어 빨리 죽여주시오. 나의 충의를 온전히 이루게 해 주시오. 그렇게 해주지 않으면 내가 스스로 죽겠소. 절대 항복하지 않을 것이오."

그러자 태조가 자신의 많은 신하를 향해 "여러분, 보시오. 주군을 얻지 못한 신하의 쓰디쓴 고통이 이와 같은 것이오"라고 하며, 차스 올을 향해 "그대가 죽어 자신의 주군에게 충성을 다하는 것은 사실상 잔꾀를 부리는 간신에 속하는 일이오. 실제로는 진정 정의로운 신하의 반열에 들지 못하는 것이오"라고 했다.

차스 올이 화를 냈다.

"주군을 따라 죽는 것이 간신에 속한다는 것이 대체 무슨 말씀입니까? 그 이유를 알지 못하겠습니다."

그러자 태조가 미소를 지으며 말했다.

"'금을 가까이하면 누런색을 띠고, 똥을 가까이하면 냄새가 난다'고 했는데, 이것은 참으로 지당한 말이오. 내가 그대를 보니 상당히 지혜롭고 사려 깊은 듯한데, 아르스란 곁에 있다가 이제 어리석어진 것이오? 그대가 어찌 이 정도를 모른단 말씀이오? 이제 그대의 군주가 죽임을 당하였고, 장수들이 붙잡히고 병사들이 모두 투항했지만 나라와 성시는 모두 그대로 있소. 이제 계속해서 그대의 나라를 모아들이러 간다면, 그대 군주의 처자가 모래 부스러기처럼 짓밟히고, 조상의 제의는 여기서 끊어지지 않겠소? 그대 한 사람이라도 살아있으면, 먼저 군주의 뼈를 모아 묻을 수 있고 둘째, 그대 군주가 남긴 많은 사람들을 지킬 수 있을 것이오. 하르리고드의 100만의 무리가 죽어 흩어지는 것을 막고, 한 나라를 평화롭게 할 수 있지 않겠소? 그대가 만약 하찮은 작은 충의를 지키고 죽는다면, 누가 그대 나라에 가서 나의 이러한 계속적인 믿음과 자애로운 마음을 알리며, 수만의 사람을 평화롭게 할 수 있겠소? 또 많은 병사들이 짓밟히며 싸우다 죽어 끝장이 나게 될 것이오."

태조가 하는 일련의 말에 차스 올은 갑자기 큰 깨달음을 얻고, "쿵!" 소리가 나도록 바닥에 두 무릎을 꿇고 눈에 눈물을 흘리며 절했다.

"공작이 비록 커도 참새류요, 까마귀가 비록 작다 해도 새입니다. 봉황과 극락조의 큰 지성을 어찌 감히 작은 날짐승이 따를 수 있겠나이까? 종이 기꺼이 투항하여 하르리고드를 이끌어 따르게 하겠나이다. 주군께서 잠시 죽음을 면하게 해 주십시오!"라고 하며 태조에게 감복하여 말했다.

그리고 자신의 군주의 뼈를 거두어 제브와 젤메 등의 10개 군단을 뒤따라가서 먼저 하르리고드에 들어가, 지금까지 있었던 모든 정황을 많은 사람들에게 자세히 말하고 12개 성과 20개 지역을 모아 투항했다.

베데국의 군대는 검에 피를 묻히지 않고 하르리고드를 완전히 정복하고, 이어서 태조의 군대가 또 와서 상황을 점검했다. 아르스란 칸은 아들이 없었기 때문에 이전의 군주였던 마이다르의 아들을 아르스란의 의자義子로 삼고, 그의 제사를 잇게 했다. 또 성시마다 창고를 열어 많은 병사들에게 상을 내리고, 하르리고드의 백성들에게 창고의 많은 곡식을 내어 나누어 주었다. 하르리고드의 뭇 백성들은 태조를 진정 천자라고 외치며 기뻐했다.

한편 태조는 뜨거운 여름을 하르리고드 지역에서 지내면서 군대를 정비하고, 가을에 수많은 병사를 이끌고 서쪽 티베트를 향해 갈 때 모홀리는 차가타이와 주치의 14명의 장수를 하르리고드에 남기고, 서하를 경계하라고 명했다. 또 데친호롤과 얄고산에게 서한을 남기고, 차가타이에게 전달하게 했다. 이렇게 각각 서한으로 지시하여 남기고,

태조는 10개 군단을 이끌고 서쪽 티베트를 향해 출발할 때 탕구트의 쇼다락 칸이 여러 신하를 데리고 이들을 맞아 투항했다.

태조가 보니 쇼다락 칸은 얼굴이 작고, 몸집이 왜소한 사람으로 변덕스러웠기 때문에 "그대를 보니 마음이 좁고 순간 변덕이 있는 사람으로 보이오. 다만 그대가 일찍부터 와서 투항했기에 그대의 이전의 죄를 면해주도록 하겠소!"라고 하며 위안의 말을 하고, 많은 병사에게 후한 상을 내리게 했다. 그리고 탕구트의 공물인 5천 짐바리와 올가미, 모직물, 양탄자, 비단, 금은을 나라에 보내게 했다.

을축년 초봄 모훌리는 다섯 호장을 데리고 티베트로 들어갔다. 태조는 10개 군단의 대군을 이끌고 북쪽에서 들어가 티베트 쪽으로 갔다. 이것은 서하국의 서쪽에서 들어가는 길을 막는 계략이었다. 서하의 군주 이안전李安全[4]이 이 소식을 듣고, 병사를 보내 낙사성과 역길리채를 빼앗기 위해 오자 베데국의 군대가 이를 사력을 다해 지키고, 베데국에 소식을 보냈다. 이에 보가르지가 5만 병력을 이끌고 왔다. 한편 하르리고드에 남아있던 차가타이와 주치는 이미 12명의 장군과 하르리고드의 3만 병력을 이끌고 와서 포위한 군대를 진압하고, 성시로 들어가 시 전체를 모두 평정했다. 또 많은 병사를 이동시켜 역길리채를 경유해 갈 때 역길리채 지역의 병사들이 이미 성의 군대가 진압된 것을 들었기 때문에, 성시에 들어가 전체를 모아서 나라로 돌아가는 길에 보가르지의 군대를 만나 서로 큰 기쁨을 나누었다. 또 도중에 완구브

4 서하의 제7대 황제. 1206년 전 황제를 폐위시키고 스스로 황제 자리에 올랐으나, 1207년 몽골의 침입으로 칭기스 칸의 지배를 받게 된다.

부족을 거쳐 갈 때 차가타이가 모홀리의 서한을 내어주자 데친호롤은 서한을 보고 크게 기뻐하며, 밤에 여러 사람과 은밀히 논의했다. 가까이 있는 병사들을 모두 물러가게 했기 때문에 무엇을 논의하는지 사람들이 알지 못했다.

한편 데친호롤은 얄고산을 불러 둘이서 5천 병력을 이끌고 옛 몽국蒙國의 하구 일대를 파서 흙을 쌓고 성시를 축조했다. 서하군의 성채는 모두 비어 있었기 때문에 군대가 들어가도 먹을 것이 없어 할 수 없이 병사들이 돌아갔다. 그러자 차가타이가 이 두 지역 백성들의 말과 낙타, 금은, 비단과 피륙, 각종 용기를 몇만 수레를 얻고 곧바로 많은 백성을 지휘하여 오논 강가에서 살게 했다.

태조가 서남쪽으로 들어가자 베데국 군대의 이름을 들은 지역과 작은 부족들이 바람 아래로 흔들리는 풀처럼 투항하여 조공을 바치며 지냈다. 회회국의 호린시에 이르자 회회국의 군주 바바포가 20만 대군을 이끌고 모홀리의 군대를 가로막아서며 그들이 길을 가는 이유를 물었다.

그러자 모홀리가 "우리 주군께서 티베트의 남쪽 인도를 향해 그 지역의 태양에 반짝이는 물결을 보기 위해 가고 계시오. 도중에 우리 주군께서 천자임을 알아보고 나와서 투항하고 조공을 바칠 자들을 거두어들이시나, 투항하지 않는 나라를 애써 찾아 정벌하지는 않을 것이오. 만약 우리에게 저항하여 싸우고자 한다면 이미 준비된 병력을 거느리고 나가 즉시 대적할 것이오. 그대의 20만 대군은 말할 것도 없고, 백만의 병력이라도 우리 주군께서는 두려워하시지 않소. 우리의 5만 병력으로 침입해 온 하르리고드의 60만 대군을 제압하고, 하르리고드를 모두 거두어들인 일을 그대는 듣지 못하셨소?"라고 했다.

바바포가 "벌써 북방 지역에 북극성이 내려와 천자가 태어났다는 것과 베데국의 군주가 그 천자라는 것을 들었소. 요 몇 해 동안 그대 나라가 사방으로 원정을 다닌다는 것을 듣고, 상당히 이치에 합당한 상황이라 생각하였소. 또 원근의 많은 사람이 그대 군주에 대해 빛으로 잉태되고, 손에 피떡을 쥐고 태어났으며, 만인 가운데 위엄과 빛이 있고 다른 사람들을 위협할 수 있는 막강한 기세를 갖고 태어났다고 하였소. 이제 10여만 대군을 이끌고, 우리나라를 지나가는 것을 우리는 의심하지 않을 수 없소. 만약 우리를 해치지 않고 지나가면 우리가 공격하지 않을 것이며, 그뿐 아니라 병사들에게 또 식량을 원조하고, 국경에 나갈 때까지 전송하여 주겠소. 또 그대의 주군을 만나 우리가 확실히 타진해 보고, 그가 정말 천자라는 것을 알게 되면 조공을 바치고 투항하기는 어렵지 않을 것이오!"라고 했다.

그러자 모훌리가 기뻐하며 병사를 주둔케 하고, 태조가 오기를 기다렸다가 이러한 정황을 고했다. 태조가 만나보겠노라 하고 양편에 대오를 정렬하고, 다음 날 진시에 대오 앞에서 서로 만나기로 했다.

밤에 태조가 수호신 천부 앞에 아홉 개 불등을 켜고 향을 피우고 고하기를 "테무진 제가 천부의 명을 받고 와서 내일 진시에 회회 사람들과 상견할 때에 모름지기 테무진 저를 지켜 주시고, 상대편의 눈과 마음을 감화시킬 수 있는 한 가지 징표를 내려 주시어, 대국인 회회국 사람들을 거둘 수 있게 해 주시기를 바라나이다"라고 기원하며 절했다.

모홀리가 밤에 태조의 진영을 보니 갑자기 태조가 있는 큰 장막의 은으로 된 꼭대기 장식에서 9가지 빛줄기가 흰 무지개처럼 떠서 사방으로 퍼져 하늘의 반에 이른 것을 두 나라 사람들이 모두 보았다. 모홀리가 놀라 대장막에 들어가서 보니 수호신 앞에 아홉 개 불등이 피어오르고, 그 연기가 천창으로 나가 흰 무지개가 되어 보였던 것이다. 모홀리가 측근의 병사들에게 물으니 주군께서 몸소 불등에 불을 피워 올리시고, 하늘을 향해 기도하며 절하자 이렇게 되었다고 했다.

모홀리가 10개 부족의 우두머리들을 불러들이자 많은 사람이 이와 같은 이적을 보고 모두가 놀라움을 감추지 못했다. 이 빛이 밤새 없어지지 않자 회회국 사람들이 태조를 우러러보았다. 다음 날 태조의 9개 대오가 차례로 나가고 9개 대오의 문이 차례로 열렸다. 깃발을 펼치고 태조의 모습이 드러나자 양옆의 신구 대신을 비롯해 많은 장수들이 좌우로 대열 지어 섰는데, 그 모습은 비단같이 눈부시고 금이나 진주같이 빛났다. 태조를 보니 9척 장신에 신령 같은 모습을 드러내고 있었다. 길고 수려한 다섯 갈래 수염에 얼굴 가득 해와 달빛이 서려 있고, 신체 전체에 푸른 하늘의 깊은 징조가 배어 있었다.

회회국의 군주 바바포는 태조를 보자마자 마음이 감동되어 서둘러 말에서 뛰어 내려 큰 소리로 외쳤다.

"어젯밤 흰빛과 오늘 그 모습을 보니 진실로 천자의 풍모를 지니셨습니다. 그러나 제가 또 한 가지 놀라운 증거가 될 일을 보고자 하는데, 가능하겠습니까, 아니 되시겠습니까?"

태조가 "나의 이 모든 것은 성심을 다해 천부께 의지하여 비롯된 것이오. 군주께서 나를 시험해 보겠다면 곧 시험할 준비를 하시지요. 나 또한 내 자신이 바르게 신임을 받고 있는지 시험해 볼 수 있어 좋습니다"라고 했다.

"그러하시다면 매우 좋습니다."

바바포는 서둘러 북을 치게 했다. 병사 가운데 100명의 병사가 커다랗고 푸르스름한 빛깔의 큰 바윗돌 하나를 밀어서 100보가 되는 곳에 놓고, 그 밑에 오색의 작은 깃발을 꽂아 놓았다.

바바포가 "베데국의 군주께서 100보 끝에서 세 개의 화살을 쏘아 돌에 흠을 내어 부술 수 있다면 진정 천자임이 분명할 것이오. 그러면 제가 그 대단한 하늘을 따르지 않겠습니까?"라고 하자 태조가 큰 소리로 외쳤다.

"나도 그러한 천부를 믿고 활을 쏠 것이오. 저 바윗돌이 부서지지 않을 것을 어찌 두려워하겠소?"

악기가 연주되기 시작되자 태조는 문을 열고 보석으로 장식한 전통에서 신궁과 마법의 화살을 꺼내 말을 앞으로 나아가게 했다. 그리고 왼손으로 쇠 활의 줌통을 밀고 오른손으로 시위를 당기며 큰 소리로 "천부이시여, 굽어살펴 주소서!"라고 외치며 활을 쏘았다. 그러자 화살과 함께 화살에서 계속 불이 번쩍이며 날아가더니 표적에 이르러 돌에 맞자마자 천둥소리가 나고 불꽃이 타오르며 바윗돌이 산산이 부숴졌다. 그 불이 일며 탄내와 푸른 연기가 연병장에 가득했다.

그러자 양편의 백 가지 악기가 함께 연주되고, 사람들의 놀라움에 탄복하는 소리가 천둥소리와 함께 뒤섞였다. 회회인들의 군주 바바포는 눈에서 눈물을 흘리며 무릎으로 기어가 태조에게 절하며 고했다.

회회의 군주 바바포 저는
그대가 세상에 비견할 수 없는 천자임을 알았나이다
저것은 빛바랜 돌이 아니라 푸른 무쇠입니다
천신이 아니고 누가 저것을 부술 수 있겠나이까!

바바포가 태조에게 절할 때 태조 편의 장수와 병사들도 모두 경악하고 눈물을 흘리며 탄복해 마지않았다. 그러자 태조가 서둘러 말에서 내려 바바포를 부축해 일으켰다. 그 돌이라고 했던 것을 보니, 바바포가 태조의 능력을 시험하기 위해 특별히 주조하여 준비한 무쇠였다. 이제 진정한 말을 했던 천자가 성심을 다해 외치자 화살에 벼락이 떨어져 무쇠를 모두 부수자, 양편의 사람들이 모두 놀라 태조를 우러렀다. 그때 양쪽 편의 장수와 병사들이 앞으로 가서 보니, 정말 부서진 것이 모두 무쇠였다. 벼락에 부서진 무쇠가 마치 흙처럼 되자 모홀리가 많은 사람을 데리고 태조에게 와서 술을 올리고 축사했다.

일월과 같이 복되신 주군이시여
주조한 무쇠를 활로 부수시어, 회회국을 조복케 하셨나이다
나뭇잎과 꽃 같은 중신인 우리는
흔들림 없이 전진하여 분투함에 어찌 어려움이 있겠나이까!

이렇게 축사하고 태조의 마법의 화살을 성시 남쪽에 꽂아 놓고, 부서진 무쇠를 남겨놓았다. 이것은 훗날 기념 유적이 되길 바란다며 자신의 병사와 회회국 병사 양측 병사로 하여금 사람마다 용기에 세 번 흙을 날라다 더하게 하자 한 시간 안에 큰 산이 되었다. 태조는 그 동산을 '쇠가 나오는 산'이라고 명명했다[원주] 일부의 사관들은 이 산을 탕구트의 쇼다락 칸의 아내 구르웰진고의 활과 화살을 부러뜨려 만든 곳이라고 하여 본 내용과 매우 상충되는 점이 있다. 이것은 모두 잘못된 내용이다. 오늘날에도 이 산에서 석탄이 나오는 것처럼 쇠를 파낸다.

한편 회회국의 군주 바바포는 태조를 성시에 모시고, 많은 병사에게 식량을 후하게 내어주고 한 달 정도를 푹 쉬게 했다. 그리고 스스로 5만 병력을 이끌고 앞서 티베트를 향해 갈 때, 도중에 작은 부족들이 작은 나뭇잎처럼 차례로 투항해 왔다. 그 무쇠를 쏘아 부수었던 소문이 벌써 서쪽 티베트의 정탐꾼들에 의해 퍼져나갔다. 그들은 눈으로 보고 티베트의 군렉도르지 칸에게 가서 회회와 탕구트에서 있었던 일을 고했다.

태조가 무쇠를 쏘아 산산조각 낸 사건을 말하자 군렉도르지 칸이 신하들을 모이게 해 홍교의 대법왕에게 고하고, 이레 동안 법회를 열고 점쳐 보자 북동쪽 베데국의 군주는 법륜을 힘 있게 돌릴 수 있는 칸이며, 그에게 귀순하지 않으면 아니 된다는 점괘를 얻었다. 그러자 곧바로 부드럽고 귀한 예물 3천 짐바리, 금은, 진주 터키석, 비단, 올가미, 가는 모직물 등을 만호장 졸로라는 이름의 신하에게 300명을 대동시켜 티베트의 국경 가까이 가져다가 차이담이라는 곳에 이르러, 먼저 예물을 올리고 투항하는 이유를 고했다. 계속해서 자신의 1만 바리의 짐과 병사들의 식량을 보내왔다. 그리고 태조를 만나 신하의 예를 갖추어 절했다.

그리고 태조를 티베트의 큰 성시에 모셔 잔치를 벌이고, 베데국 병사들에게 상을 내렸다. 모훌리가 먼저 성에 들어가 보이고 보이지 않는 것을 자세히 살폈다. 그리고 곧 태조를 성시로 모시고 들어갔다. 이에 태조가 군렉도르지에게 묻기를 "그대의 지역과 나라의 지세를 살펴보니 서북부의 메그리[5] 티베트가 있고, 서쪽에 네팔과 연해 있습니다. 큰 지역은 세 개나 있고, 이름난 병사가 88만이나 되는데, 우리가 온다는 소식을 듣고 도중에 맞으러 나와 투항하는 것은 무슨 까닭입니까? 칸께서는 전날 나와 싸우고, 또 전투를 벌여 우리 병사가 이기기 쉽지 않다는 것을 안 것 같지도 않은데, 이처럼 기꺼이 투항하는 이유는 무엇입니까?"

그러자 군렉도르지 칸이 사실대로 고했다.

"우리의 이 지역은 석가모니 부처님의 여섯 가지 넘어야 할 가르침이 모두 있습니다. 간단히 말하면 세 가지 계가 있는데, 이에는 닝마파, 사캬파, 까르마파의 세 가지 종파가 있습니다. 또 이 세 가지를 온전히 익히고, 동물이나 곤충을 살생하지 않는 승려가 있는데, 그 이름은 로자와 아난다 가르비라는 승려입니다. 그는 바위 동굴에서 지내며, 엄격한 수행을 한 지 수백 년이 되었습니다. 그 스님은 이미 '나'라

5 여기서 '메그리'가 무엇을 말하는지 정확히 알 수 없다.

는 개아個我에서 벗어나 인간이 맞게 되는 죽음을 이미 초극한 자입니다. 그렇기에 우리는 온 나라에서 그를 숭앙하고, 중요한 사건에 대한 구원과 가르침을 모두 그 스님에게 얻고 중생의 화와 복을 정합니다. 이번에 전능하신 전륜 황제께서 이곳을 지나 인도의 부처님께서 명상하시던 곳으로 가신다고 하여, 그 스님께 싸울 것인지 모셔드릴 것인지를 여쭈어보았는데, 스님께서 말씀을 전해 왔습니다. 7일 동안 세 가지 종파의 승려들이 명상을 통해 얻은 명은 이러합니다. '베데국의 군주는 인간 세상의 법륜을 돌리는 황제가 분명하다. 그 이름과 칭호를 듣는 곳은 모름지기 그의 권력 아래 모이고, 그에게 조공을 바쳐야만 한다. 그렇지 않으면 고통으로 신음하게 될 것이며, 마침내 폭력으로 공격을 당해 그 아래 점령될 것이다'라고 했습니다. 그렇게 해서 우리는 마음으로부터 숭앙하여 투항하는 것입니다."

그러자 태조와 모훌리는 비로소 그들이 조건 없이 진심으로 투항한 것을 알고, 곧 티베트에서 여름을 지내고, 모훌리는 네팔에 사신을 보냈다. 네팔의 칸 와르나시는 1천 수레의 예물을 바치고, 투항하여 해마다 공물을 보내겠다고 약조했다. 그때 태조는 티베트의 만호장 졸로에게 후한 은혜를 베풀고, 또 아홉 가지 보화와 아홉 짐바리를 선물로 주고, 로자와 아난다 라르비 승려에게 줄 서한과 예물을 그에게 주어 보낼 때 태조는 구두로 졸로에게 분부하여 "그대가 가서 아난다 가르비 승려에게 말씀을 전하시오. 진정 이 큰 지식을 가지신 활불을 나라에 모셔 스승의 예로써 모시면 좋을 듯싶소. 다만 나의 이 세상 사업이 끝나지 않았고, 대국이 평안하지 않기에 당분간 모실 수가 없소. 그렇다 해도 활불의 신령한 종교에는 멀고 가까운 것에 구애를 받지 않기에 멀리서 스님을 숭앙하며 생각할 터이니, 스님께서도 나를 가까이서 지키고 살펴 주시기 바란다고 전하시오"라고 일러 보냈다.

한편 메그리에서 세 개의 큰 지역과 88만 병사의 검은 티베트를 투항시키고, 여기서 1만 명의 용맹하고 강인한 병사를 선발했다. 모두 처자식이 없는 자 가운데서 병사를 뽑았다. 이러한 것은 모두 모홀리의 생각이었다. 그렇게 뜨거운 여름 한 철을 티베트에서 지내고, 초가을에 티베트에서 출발하여 서남쪽을 향해 한 달 이상을 가서 인도의 변경인 치트가란 고개에 이르러 그 정상에서 설영했다. 다음 날 출발하여 치트가란 산등성을 넘어가려고 할 때 서남쪽에서 한 줄기 황금빛 별똥별이 떨어지는 것 같은 빛이 일었다. 많은 사람이 그 장면을 보고 있는데, 털이 황금빛이요, 머리에 한 개 뿔을 가진 세루일각수라는 짐승이 나는 듯 달려왔다. 그러더니 태조의 준마 앞에 두 다리를 구부려 무릎을 꿇고, 머리를 땅에 세 번을 부딪치며 절하는 듯한 모습을 보이자, 태조를 위시해 모두가 그 장면을 보고 크게 놀라워했다. 그 짐승의 털마다 그 끝에서 금빛이 퍼져 나왔다. 여러 장수가 모두 웃으며 경탄할 때 다만 모홀리만은 크게 화를 내며 꾸짖었다.

"우리 천군께서 천하를 평화롭게 하러 가시는데, 어찌 이처럼 하찮고 이상한 짐승이 감히 천자의 길을 막는 것이냐?"

모홀리가 검을 빼 들고 베어 버리려고 하자, 태조가 서둘러 손을 저으며 제지했다.

"총사령관께서는 잠시 기다리세요. 내가 들은 바로는 태양은 둥글고, 대지는 네모나다고 들었소. 그 사방의 극점에 모두 5행의 동물이 있소. 황금 털을 가진 것을 보니 이 짐승은 서쪽의 금으로 된 짐승이 분명하오. 이 동물은 사람에게 복되게 살아가는 것을 가르치는 것을 좋아하고, 변경을 지키는 동물이라 하오. 고대 주나라 목왕이라는 황제 때 인도에서 한 불세출의 현자 석가모니 부처가 빛을 비추며 태어났소. 원래 우리 조상 마하사마드 칸과 그 아들 사도 칸이 그곳에서 태어나셨기에 나는 우리의 옛 땅에 가서 대업을 이루면 어떨까 생각하여 진정 가보고자 했소. 생각지 않게 사람의 언어를 모르는 이런 짐승이 백만의 사람을 피하지 않고, 나의 준마를 막고 무릎을 꿇은 것은 필시 나쁘다고 할 수 없을 것이오. 만약 내가 인도의 중심 지역에서 대업을 이룰 수 있는 복이 있다면 어찌 북방에서 태어났겠소. 또 이제 변경의 짐승이 나의 길을 막고 절하는 것은 분명 내가 그곳에 겨우 당도해도 나에게 도움이 되지 않는다는 것을 말해주는 것이라 할 수 있소. 나의 많은 장병들이 물과 풍토가 맞지 않아 질병과 고통을 당하고, 죽음에 이를지 모르오. 이것은 천부께서 내게 징조를 보이시어, 내게 돌아가라 하시는 것이 아닌지 모르겠소."

태조는 자신이 점치는 견갑골을 가져오라고 하여 해를 향해 기도했다. 천부에게 향을 올리고 점을 치기 위해 견갑골을 햇빛에 비춰 보았다. 그러자 그 오른쪽과 아래쪽이 먹처럼 검은 것이 보였다. 태조가 모홀리에게 그것을 보여주며, 그에게 화살의 시위를 당겨보게 하자 시위에서 옥 같은 맑은 소리가 나지 않았다.

그러자 모홀리가 서둘러 말에서 내려 태조에게 절하며 고하기를 "종

된 저희는 천군의 놀라운 지혜를 진정 따를 수 없나이다"라고 하며 회군을 결정했다. 태조는 손수 그 동물의 목에 노란색 하닥을 묶어 장식하고, 웃으며 일러 말했다.

"그대는 천부의 명을 받들고, 나를 설득하기 위해 온 것이 분명하다. 내 인도에 가지 않겠노라. 그대는 이제 나의 군대의 원근을 따라다니며 길흉을 예조하도록 하라!"라고 지시하자, 그 짐승은 다시 세 번 고개를 숙여 절하고 일어나 곧바로 동남쪽으로 쏜살같이 달려갔다.

태조가 곧 군대를 이끌고 돌아가는 길에 회회국의 칸 바바포에게 사람을 보내 흰옷을 입은 회회 사람들에게 선포하여 투항케 할 것을 알렸다. 그리고 사르탁그친의 암바가이 칸에게 평화의 인사를 고하게 하기 위해 하르리고드의 차스 올을 보냈다. 그리고 일행은 티베트에서 추운 겨울을 지내고, 초봄에 곧바로 북쪽을 향해 진군할 때 바바포가 와서 말했다.

"백의국의 구르하, 또 로마의 군주 산초브 등이 각각 천 바리의 예물을 바치고 투항해 해마다 공물을 보내기로 약속했습니다."

태조가 크게 기뻐하며 후한 상을 내리고 잔치를 베풀고, 다시 길을 떠나 사르탁그친의 서남쪽으로 갈 때 88만 병사의 검은 티베트 변경을 나갈 때까지 배웅을 하고, 또 그해 공물을 함께 보냈다.

그러자 모홀리가 "새로 투항한 나라들의 군주가 직접 공물을 보내도록 하시오. 시간적 여유가 없으면 반드시 대신과 상경上卿을 통해 보내게 하시오"라고 알렸다.

한편 차스 올은 사르탁그친의 암바가이 칸을 만나 태조의 선물을 바치고 태조의 자비와 덕을 말하자, 암바가이 칸이 크게 진노하여 큰 소리로 웃으며 말했다.

"베데국은 외방이요, 테무진 칸은 우리와 아무 관계 없는 자이거늘 관계도 없는 나라가 어찌 한 지역을 모두 함부로 거두어들이는 것이오. 또 그 맛이 들려 제멋대로 꾀를 내어 집에서 지내는 암바가이 나와 교류하겠다고 당신을 보냈소. 잘못한 것이 없는 암바가이 나를 공격하려 하니 그대는 집으로 돌아가시오. 여러 말 필요 없소."

그러자 차스 올이 크게 분노하며 욕설을 퍼붓고, 할 수 없이 돌아가는 길에 오초가 국과 제국 이 두 나라를 설득하여 공물을 바치게 하고 태조 뒤를 쫓아갔다. 태조가 계춘 중순에 나라에 이르자, 주치와 차가타이가 14명의 장수를 이끌고 첫 번째 영접단으로 일행을 영접하고, 절을 올리며 경하했다. 나라 가운데 오이트 오칙, 오란 가촉 등이 보가르지, 호로가, 태조의 아들 우게데이와 톨리를 데리고 20명의 장수들과 태조를 영접했다. 발가 지역의 변경에서 데이 세첸과 토르곤 샤르, 우르룩 리데르 등이 나이 든 신하 멩게릭 등을 모시고 태조를 영접하고 절을 올렸다. 많은 이들이 술을 올리며 축원했다.

태조는 귀국하여 선조의 영전에 절하고, 우진 어머니를 뵙고 절을 올렸다. 또 산천에 제의를 드리고, 큰 잔치를 배설하여 원정에 따라갔던 병사들과 고향에 남아 나라를 지킨 자 모두 함께 잔치를 즐기며, 그들에게 후한 상을 주어 큰 은혜를 베풀었다. 그리고 원정에 따라갔거나 나라에 남아있던 부족의 수장들을 모두 불러들여 연회를 베풀고 상을 내렸다. 그리고 모훌리는 데이 세첸, 토르곤 샤르, 우르룩 리데르,

보가르지, 보랄, 태조의 네 아우, 네 명의 작은 주군들과 함께 상의하여 원근의 나라에 오논강 입구에서 모임을 갖을 것이니 준비하라, 만약 일에 잘못되면 국법으로 다스릴 것이라고 선포하고 태조에게 들어가 고했다.

"원래 우리의 이 보르한 갈돈을 여름영지로 삼고, 남쪽 오논강 원천과 옛 몽국의 강 하구는 땅이 비옥하고, 산천의 지세가 평탄하고 넓으며 5행의 기운이 두루 갖추어져 있습니다. 남쪽 편으로는 투구 모양의 봉우리가 있고, 서쪽 편에는 금사슴 모양의 세 개 산이 있습니다. 북쪽으로는 오논강의 초원과 강굽이가 펼쳐져 있고, 동쪽으로는 하르 쇼호이 초원이 있고, 가운데는 큰 동산이 있습니다. 이 지역은 실제 주군께서 지내시는 지역이며 더위와 추위가 고르고, 조상들이 또 이 지역에서 칸이 되시어 지내셨습니다. 후에 주군의 어린 시절에 이곳이 넓어우진 어머니께서 이곳으로 이동해 오셨습니다.

이제 나라가 커지고, 지역이 상당히 확장되어 가축을 이곳에서 다 키울 수가 없게 되었습니다. 특별히 어린 주군들이 혼례를 치룰 나이가 되었고, 또 사돈이 넷으로 늘기 때문에 이곳이 상당히 좁다고 할 수 있습니다. 이곳은 적은 수를 먹여 키우고, 어린아이를 키우는 데 기운이 좋은 곳입니다. 그러나 세력을 확장하게 되어 여러 나라를 모아들이게 되면 이곳에 다 수용할 수가 없습니다"라고 하며 "이 땅은 막내톨리 주군을 위해 준비해 주시는 것이 좋을 듯싶습니다!"라고 고했다.

태조가 생각해 보니 모홀리의 말이 매우 지당했기 때문에 곧 이동하기로 결정했다. 그러고 나자 하르리고드의 차스 올이 와서 사르탁그친의 암바가이의 말을 전했다. 또 새로 투항한 오초가, 제 두 나라의 수장인 마하발라, 발라림보 두 사람에게 연회를 베풀어주고 상을 내렸다. 그리고 모임을 기다리게 했다.

한편 사르탁그친의 암바가이 칸에 대한 정황을 묻자 차스 올이 암바가이 칸이 했던 많은 말과 고압적인 태도를 모두 고하자 태조가 미소지었다.

"옛말에 '많은 말을 하는 것보다 말을 삼키라'라고 했소. 암바가이는 어찌 그리도 말이 많고, 오만하게 군단 말이오? 이것은 분명 좋은 일이 아니오. 내가 이번에 서두르지 않고 가는 길에 들러, 그 연유를 물은 연후에 진상을 알고 나서 공격할 것이오. 이를 그냥 가볍게 두어서는 아니 될 것이오. 사실 또 그 탕구트의 쇼다락 칸 역시 얼굴에 사악한 기운이 가득하고, 몸에는 거짓과 부정적인 기운이 있소. 이 두 자들은 좋은 사람이 아니오."

또 태조가 주치와 차가타이에게 "낙사성과 역길리채 지역의 많은 사람을 어떻게 이동시켜 데리고 왔는가?" 하고 묻자, 차가타이가 고했다.

"그 두 성의 많은 사람이 여전히 서하국을 그리워하며 우리의 후한 은혜를 잊어버리고, 서로 정보를 보내 변심하려 하기에 조금 고통을 알게 하려고 이동시켜 데리고 왔나이다. 이제 총사령관께서 오논강 초입에 시를 축조할 때 그들의 손재주와 힘을 사용하여 부릴 것입니다."

그러자 태조가 이르기를 "너는 아직 어리기 때문에 혈기가 넘치고 분노하기 쉽다. 사람의 수가 1만에 이르면 하늘과 같고, 인간의 고통이 1만에 이르면 땅을 덮는다. 이들 수많은 사람으로 하여금 고향을 떠나 땅과 농사일에서 멀어지게 하여 이동시켜 데리고 오는 것은 비록 군대의 권력으로 할 수 있는 일이긴 하나 사람들의 원한이 깊어지고, 노인이나 아이들에게 고통이 이어지는 일이다. 이것은 분명 죄가 되는 일이다. 이렇게 백성들을 끌려다니게 만드는 것은 그 군주와 수행원들의 자애로운 행동이 아니다. 비록 병사가 지킨다 해도 죽이고 싸우는 일이 벌어지게 되면 그것은 어쩔 수 없게 된다. 성시 전체 백성을 이동시켜 데리고 온 것은 결코 작은 일이 아니다. 백성의 군주는 모두를 지키는 군주이지 수행원들의 일을 하는 자가 아니니, 훗날 이런 일은 좀 더 깊이 생각하도록 하라.

성에 사는 자들을 초원에 살게 하는 것은 동일한 것이 될 수 없고, 물에서 지내는 것들을 산에 데려다 놓고 살게 하는 것 역시 동일한 것이 될 수 없다. 그들 백성이 그 나라에서 벗어나면 곧 재산을 잃고, 사는 방법에 혼란이 올 수 있느니라. 천하를 지배하는 것은 사람을 지배하는 데 있고, 사람을 다스리는 것은 그들의 마음을 다스리는 데 있느니라. 사람의 마음을 얻으면 곧 세상을 얻었다 하고, 사람의 마음을 잃으면 곧 세상을 잃었다 하는 것이다. 사람이 없는 곳에서 사람이 될 수 없고, 사람이 있는 곳에 비로소 사람이 모이는 법이다. 사람의 풍모에 두려움을 느껴 투항하지만, 속마음은 상대를 존숭하지 않는 것을 위선이라 한다. 속마음으로부터 투항하는 것을 곧 투항했다고 하는 것이다.

천하를 얻으려 할 때는 비록 권세 없이는 되지 않지만, 그 권세를 사용하는 것은 대개 거짓된 형태를 불러온다. 진정한 것은 지혜로 존숭케 하는 것이다. 10할의 세상에 8할은 위력으로 대상을 두렵게 하고는 은혜로 여기게 하여 떠받들게 한다. 2할은 그 스스로 깊이 깨달아 아는 것을 받아들인다. 이렇게 해야 비로소 사내대장부의 장구한 계략이라 할 수 있다. 내가 너를 군대에 데리고 나오자마자 네가 곧바로 이처럼 가혹한 일을 행한 것은 대군의 장수가 되는 데는 비록 실수 없이 용감하고 단호한 행위이라 할 수 있지만, 오랜 나라의 군주가 되기에는 적합지 않다. 너는 이제 갓 스무 살이 되었다. 군주가 되고자 하는 마음과 대신이 되는 마음은 서로 다른 것이다. 이후 이것을 염두에 두고 생각하는 것이 좋을 것이다"라고 교훈했다.

그러자 네 명의 아들과 손자, 여섯 명의 사위가 태조에게 절하고, 여러 신하들이 모두 놀라움을 금치 못했다. 이번에 대원정에서 투항한 많은 나라에서 바친 수만 수레의 공물과 금은보화를 쌓아놓고, 모두 오논 강가에서 많은 나라와 부족에게 상을 나누어 주기 위해 준비했다.

말머리를 돌려 전해에 있었던 일을 말하면 다음과 같다. 왕구브 부족의 데친호롤, 베두네의 얄고산 등이 모두 성과 궁전 짓는 일에 힘쓰고, 낙사성과 역길리채 백성들을 모아 먹이면서 성을 축조하고 20개 진영을 준비했다. 텡게르 엘스 남쪽과 촐로트산의 남쪽 경사지에 거목을 수레로 날라 게르 관청과 망루를 짓게 하고, 나라 간의 국사를 논의하는 회의당과 병사를 점호하는 곳, 그밖의 객사를 모두 궁의 언덕과 관청 주위에 둥그렇게 짓고, 대전 주위에 또 28개 구역을 토성으로 축조하여 전체를 이루고, 또 21개 객사 주위에 높은 담이 있는 성을 축조했다. 2년 사이에 견고한 도성을 지어나갔다. 비록 이전의 지역처럼 정교한 것은 아니지만 북방 지역에는 없었던 높고 규모가 큰 시를 이루었다. 20개 지역 가운데 8천 호 이상의 가옥을 새로 짓고 3단으로 구분하여 지었다. 그리고 또 다른 장막은 천과 가죽을 이용하여 매우 정교하게 만들었다. 창고를 높은 곳에 짓고, 객사와 인가를 낮은 지역에 에둘러 지었다. 기와와 벽돌로 지은 성시와는 달랐지만 일종의 편리함과 독특함이 있었다. 그것은 1할을 기와와 벽돌, 5할은 돌과 쇠, 10할은 진흙과 모래 그리고 나무와 펠트, 천과 비단을 사용하여 지어 웅장하고, 신비한 안개가 덮고 있었다.

데친호롤은 성을 짓고 나서 거듭 생각하며, 태조가 병사들을 살펴보는 연병장과 장수를 선발하는 곳, 외국 사신들을 맞이하는 영빈관, 자신의 나라 대신들이 모이는 관청들을 세세히 준비하고, 처소들을 스스로 순시하며 흡족해 했다. 또 이러한 공관을 지은 낙사성과 역길리채의 장인들은 생활비를 얻고, 부질없이 죽고 흩어지는 일을 당하지 않았다. 이 객사 주위의 30리에 걸친 곳에 또 세 겹의 구렁을 만들어 군진영을 준비하자 도성은 더욱 견고하고 놀랄 만큼 훌륭했다. 성벽은 모두 흙으로 만들어졌지만, 두께가 일반 성처럼 두꺼웠기 때문에 성이 높고 웅장했다. 또 궁전과 장막, 누각 등에서 북방 나라의 위용이 잘 드러나 있었다. 또 각가지 금은보화로 장식하고 만들었기 때문에 빛나고 눈을 부시게 했으며, 마음을 감동케 했다.

궁전의 높은 누각은 푸른 연무 가운데 즐비하고, 깃발을 높고 멋지게 걸어 그 모습은 장관을 이루었다. 또 많은 사람이 즐거이 말을 훈련시키고, 무예를 익히는 모습은 경이로움을 자아냈다. 북방 지역은 요몇 해 동안 태조의 은혜로 금과 비단 및 물자가 풍부해졌는데 이러한 일이 지금까지 없었기 때문에 소란스러움과 활기, 거리 등을 보고 사람들은 놀라움을 금치 못하고, 태조를 칭송하지 않는 자가 없었다. 여러 다른 나라와 부족들도 이러한 것을 보고 정교히 만들 때는 쉽게 만들고, 파괴할 때도 빠르게 파괴한다며 모두 침을 삼키면서 경이롭게 여겼다. 그리고 또 오논강에 가서 신성한 다리를 또 8발[6]을 넓혀 세웠다. 이때 사방에서 투항한 백성들이 명을 들은 바에 따라 모여들어 5백 리 길이, 300리 너비로 오논 강가에 모여 산과 초원을 덮으며 숙영을 했다. 밤의 불빛은 지상의 별이 빛나는 것처럼 보였다. 또 이 모임에 모인 백만의 사람들은 태조가 회회 사람들에게 가서 활을 쏘아 무쇠를 산산히 부순 사건에 대해 서로 주거니 받거니 이야기하면서 베데국 전체가 하늘을 향해 찬미했다.

그때 모홀리가 먼저 와서 지어진 건물들을 보았다. 축조된 성시의 모든 것이 매우 탁월했기 때문에 데친호롤의 멀리 내다보는 안목을 알고 윗자리에 앉게 해 술을 올리고 칭송하며 기뻐했다. 또 수고한 사람들에게 후한 상을 내렸다. 나이만의 다다통가에게 9궁 팔괘, 오행과 사시의 기운을 분명하게 하여, 큰 제단을 그리게 하고 또 깃발을 새로 만들어 바꾸게 했다.

나라에 돌아와 9경과 여섯 대신, 네 명의 아우와 네 명의 작은 주군들, 다섯 호장을 모이게 하여, 태조를 이해에 칸으로 추대하는 방안을 논의하자, 나라 전체가 기뻐하지 않는 자가 없었다. 특히 나이든 노인

6 1발은 양팔을 벌린 길이.

과 어린아이들은 손을 흔들어 좋아하며 발을 굴렀다. 태조의 네 아우와 네 명의 아들은 말할 나위 없이 기뻐했다.

그러나 사람들은 다만 태조가 이를 허락지 않을 것을 걱정하자, 태조의 셋째 아들 우구데이가 모훌리에게 가만히 가서 말했다.

"총사령관께서는 이 일을 어찌 결정하실 것입니까?"

그러자 모훌리가 "나는 주군께서 허락지 않으실까 그것이 두렵습니다. 이전에 몇 번이나 말씀드렸지만 모두 실패했어요. 이제 작은 주군께서 무슨 좋은 방법이라도 있습니까?" 하고 물었다.

"저에게 한 가지 방책이 떠올랐습니다. 이제 우진 할머님께서 칠순이 넘으셨습니다. 이를 구실 삼아 우진 할머님께서 주축이 되시고, 그 아래 네 숙부와 9경들께서 함께 힘써 간구하면 분명 일이 이루어질 것입니다."

그 말을 들은 모훌리가 크게 기뻐했다.

"천손은 진정 범인과는 참으로 다르십니다. 저는 그 방법을 잊고 있었습니다. 우진 모후께서 말씀하시는 것이 가장 좋은 방법일 것입니다."

모두가 기뻐하며 또 많은 신하들과 주군을 칸에 오르게 하는 방법을 논의하고, 다다통가와 남쪽 지역의 황제가 보위에 오르는 예법을 상의했다.

그러자 다다통가가 "물품과 의장을 사용하는 것은 큰 규범이 있으면 됩니다. 다만 칸께서 진실한 신하를 살펴 세우셔야 할 것입니다. 또 우리 주군을 볼 때 분명 천자이시기에 능히 천하를 평정하실 수 있을 것입니다. 대부분의 것을 사용하는 데는 문제가 없을 것입니다. 제가 천

문의 예조를 보니 규범과 의례, 악기가 대개 갖추어져 있습니다. 다만 천자는 하늘을 제의하고, 조상을 모실 때 반드시 동물의 왕인 코끼리가 필요합니다. 코끼리는 진정 천자의 명을 따르는 동물이며, 많은 신하의 뜻을 헤아릴 수 있습니다. 이번에 티베트에서 가져올 수 없었습니다. 러시아는 아주 멀고, 남쪽 지역도 역시 멀고, 동쪽에는 없습니다. 이를 어찌하면 좋겠습니까?"라고 했다.

그런데 바로 그때 네팔에서 공물을 보내왔는데, 열 마리의 커다란 코끼리에 갖가지 선물을 실어 왔다. 이에 다다통가가 손뼉을 치며 놀라워했다.

"참으로 주군께서는 천자이십니다."

모든 것이 바다처럼 풍요로워졌다고 하자 모두가 놀라움을 금치 못했다. 이 소식을 내궁에서 주순 부인과 여러 부인들이 듣고 남몰래 기뻐했다. 다만 총사령관의 군법이 엄했기 때문에 태조에게는 감히 알리지 못했다. 이때 이미 고위 대신과 신하들이 궁에 들어가 우진 국모에게 고하기로 결정하고, 그때 소식을 알리기를 기다렸다.

네팔 사신인 라란쉬라는 자가 열 마리 코끼리에 실은 예물을 바친다고 하자 모홀리 등이 잠시 연회를 베풀어 환대하며 기다리게 했다. 그리고 오논강 대진영의 데친호롤에게 보내고, 위로 데이 세첸, 리데르 세첸, 우르룩 노욘, 오치르세첸 등을 보내 다다통가와 천자의 의례를 논의하고 격식을 갖추게 했다. 또 많은 사람들이 올해는 작은 주군들의 혼사를 정할 것이라고 짐작하고 길일을 살펴보았다. 또 주순 부인은 세첸 세책릭의 각종 패물을 준비하고, 백 가지 휘장과 장식술, 옷,

궁의 안팎의 것을 준비하며 러시아의 많은 장인에게 일을 시켰다. 그 때 태조는 부인과 함께 며느리를 들이고, 딸을 시집보낼 일을 논의하고 있을 때, 갑자기 큰 북을 쳐 태조를 모시려는 신호를 보냈다. 그 이유가 무엇인지는 다음 장에서 보게 될 것이다.

사관의 시 한 수

> 단 한 발의 활로 회회국 사람들을 거두어들인 것은 천우신조
> 놀라운 방법으로 티베트를 평정한 것은 뛰어난 성군의 덕
> 가르비 승려가 때를 알았기에 예물을 올릴 수 있었고
> 야수가 도중에 무릎을 꿇은 것은 회군回軍하라는 뜻!

제37장

신령한 군주는 아홉 공신에게 아홉 가지로 축사했네 성조 칭기스 칸은 만대의 보위에 올랐네

병인년丙寅年 12월 초하루, 태조 나이 45세 칸의 보위에 올라 나라 명을 몽골이라 바꾸고, 이해를 몽골 칭기스 칸 원년으로 삼았다. 이때는 송나라 영종 개희開禧 2년, 금나라 장종 태화 6년이었다.

태조는 부인과 함께 네 장군과 여섯 대신, 9경, 문무백관의 자녀 가운데 며느리를 고르고, 사위를 선발하는 일을 논의하며, 위로 우겔룬 우진 부인에게 알릴 것을 상의하고 있는데 밖에서 세 번의 포성이 울리고, 큰 종과 북소리가 동시에 울려 퍼졌다. 태조를 조정에 모시고자 청하는 악기 연주가 시작되고, 뭇 신하들이 절하는 신호인 피리를 불고, 대국의 중대사가 있음을 고하는 신호를 보냈다. 이처럼 태조에게 조정에 납실 것을 요청하자 태조가 분명 나라의 중대사가 있음을 알고 서둘러 용포와 옥대, 머리에 관을 쓰고, 붉은 구두를 신고 조정으로 나왔다. 오른편에 토르곤 샤르, 찬드간 세첸 그밖에 많은 대신이 서 있었고, 왼편에는 모홀리, 보가르지 등 많은 장수들이 서 있었다. 태조가 나가서 붉은 용 무늬 깔개가 있는 보좌에 앉자, 대소 신료들이 절을 한

다음 토르곤 샤르, 모홀리가 나란히 나가 무릎을 꿇고 고했다.

"천자 주군이시여, 이론의 여지없이 30년 동안 온갖 신고와 분투하심으로 북방의 나라를 모아들여 많은 혼란을 가까스로 잠재우시고, 베데국이 하나의 집안이 되어 이 병인년에 이르러 태평천하를 이루었습니다. 주군께서 분투하시어 타국을 정벌하신 은혜로 이제 우리 베데국의 대신으로부터 아래로 백성에 이르기까지 모두 풍족하게 배불리 먹으며, 평화와 행복을 누리고 있나이다. 이것은 모두 권세 있고, 자애로우신 주군의 크나큰 은혜라 할 것입니다.

이제 또 주군의 중요한 세 가지 대사가 있나이다. 첫째로, 위로 우진 국모께서 선친이신 바타르 주군과 젊어서 사별하시고, 주군을 힘들게 키우셨습니다. 성장하시어 사방으로 병사를 이끌고 원정을 나가시면 아침저녁 불안함으로 마음고생을 하셨습니다. 이제 만방의 수많은 나라를 모으신 것을 보여드리고, 70세 기념에 맞추어 40년 동안 고생하신 마음을 기쁘게 해드리는 것이 첫 번째 중요한 일라 사료됩니다. 또 주군의 금지옥엽 귀한 자식들, 우리 작은 군주 네 사람에게 큰 나라의 부인을 얻어줄 때가 되었습니다. 주군께서는 큰 영애를 시집보낼 일이 있으시니, 사위를 고르시어 정하시는 것이 두 번째 중요한 일입니다.

또 주군께서는 백만의 신민을 직접 눈으로 보시고, 무예를 시험하시는 것이 옳을 것입니다. 우리 대 베데국은 북방의 많은 나라를 모두 점령하고 하나가 되었기에 나라의 규모가 매우 크고 넓어졌습니다. 병사의 수가 30만 이상에 이르고, 일반 백성들의 수도 7백만 이상이 됩니다. 그러나 관리하는 사람의 수가 고르지 않아 어떤 경우에는 많고 어떤 경우에는 적기 때문에 국가적인 규모의 대 모임을 가져, 그 크고 작은 규모를 자세히 구분하여 인원을 적절히 배정하고, 특히 북방을 평정한 많은 장병들의 공로의 대소를 구별하여 포상을 내리시고, 사방에서 전란이 일어나게 되어 빠지고 부족해진 것을 또 자세히 살피시고 다시 그 공로를 구분하여 상을 내리시면, 훗날 병사들이 분투하는 데 큰 힘이 될 것입니다. 이 세 가지의 중요한 일이 있기에 이렇게 주군께 고하여, 베데국 전체가 옛 몽국의 강인 헤를렌강 원천의 산천이 있는 드넓은 초원에서 대규모 모임을 가지려 하나이다. 또 주군의 진영을 또 함께 오논 강가에 세우고, 잘 자란 4월의 연한 풀과 맑은 물이 있는 호시절에 모두를 그곳에 모이게 하여, 대규모 모임을 갖고 만인이 서로 우호적이고 기분 좋게 어울려 나라의 이러한 중대사를 논의하여 정하고, 가을 8월이 될 때까지 그곳에서 여름을 지내면 매우 여유가 있어 누락되고 잊어버리는 실수를 면할 수 있을 것입니다. 이러한 연유를 주군께 고하고, 명을 받들어 대모임을 선포하고자 하나이다. 주군께서 감찰하여 주시기 바랍니다."

그러자 태조가 먼저 우겔룬 어머니를 즐겁게 하는 일을 말하자 모홀리가 크게 기뻐했다.

"여러 대소 신료들께서 저의 잠을 깨우시고, 잊었던 것을 생각나게 했소. 효를 행하고, 백성을 돌보며 자애를 베풀고, 훈육하고 상을 내리는 이 세 가지를 말씀하셨는데, 이것은 바로 나의 뜻과 크게 부합하오. 이제 곧 나의 영전令箭[1]으로 알려 사람들을 모이게 하시오. 오늘은 분명 길일이므로, 곧 일을 꾀하고 알리는 것이니 오늘부터 나의 진영을 시작으로 이동하게 하시오. 베데국에 속한 열 살 이상의 남아와 여아에 이르기까지 모임에 쳐지게 해서는 아니 될 것이오"라고 명을 내렸다. 많은 신하들이 명을 받고 절했다.

호르와 초르[2]가 연주되는 가운데 태조가 내궁으로 돌아갔다. 많은 용사와 대신들이 조정에서 내려와 사방으로 흩어졌다. 대장군의 장막에서 영전을 가지고 사방팔방 눈발과 빗방울처럼 많은 나라와 부족으로 달려가 소식을 알리게 했다. 그 내용은 다음과 같았다.

> 주군의 명으로 수석 신하인 토르곤 샤르, 총사령관 모훌리 등은 베데국의 전체 신민들에게 엄히 공고하니, 힘써 따르기 바란다! 이제 위로 우겔룬 국모께서 고희古稀가 되시는 큰 경사에 맞추어 전국에 포고하니, 모든 사람은 4월 초하루가 될 때까지 오논강 상류, 몽이라는 옛 나라의 대초원에 모이라. 우진 국모의 생신 축하연에 많은 신하들의 공로의 경중을 헤아려 상을 내리려 한다. 또한 우리나라의 작은 주군들에게 부인을 택해주고, 또 주군의 영애를 시집보낼 사위를 택하기 위해 문무文武의 기예를 시험할 것이다. 그러니 전국의 10세 이상에서 20세 미만의 소년, 소녀들을 모두 모임에 모이게 하라. 이것은 나라의 발전에 관련되는 대사이니, 모두 전력투구하기 바란다. 이 가운데 만약 멀다는 번거로움으로 오지 않거나 게으름을 피우는 자들이 생겨나 조사할 때 이에 연루되어 붙잡히면, 주군의 은혜를 저버리고 명을 어긴 벌을 받아 몸이 상하는 고통을 겪게 될 것이니 힘써 명을 따라주기 바란다!

1 군령(軍令)을 전하던 화살.
2 전통 현악기와 관악기를 이른다.

그리고 베데국의 모든 사람들이 산이 전진하고, 바다가 이동하는 것처럼 오논강 상류의 대모임을 위해 갔다. 또 크고 작은 나라와 부족 모두 하나도 처지지 않고 함께 이동해 갔다. 모홀리가 가장 먼저 도착해 왕구브 부족의 데친호롤과 베두네 부족의 얍고산 두 사람을 데리고, 5천 명의 병사로 태조의 장막을 준비했다. 그때 우겔룬 우진 국모와 부르트겔진 부인의 처소 이외에 태조의 9개 진영을 세우고, 북측의 2리 밖에 많은 병사를 지켜보는 넓은 언덕 위에 흙을 평평히 다져, 그 가운데 3층 단을 조성하고, 땅에서 위로 열여덟 발 높이, 꼭대기에 좌우 지름이 여든한 발 너비로 하여, 또 한 가운데 한 발 높이, 열여덟 발 너비의 주군이 지내시는 은 기둥을 세운 커다란 22한[3]의 게르 궁을 지었다. 또 두 발이나 되는 지붕의 높이 그 정상에 금강저를 세우고, 궁전을 누런 모전에 크고 작은 용이 그려진 81발의 덮개를 두르고, 주위에는 아홉 가지 색의 너비 아홉 발이 되는 휘장을 쳤다.

궁전 뒤쪽에는 북극성을 그린 수호기를 세우고, 궁전 동서쪽에는 태양과 달을 그린 큰 군기를 세웠다. 밖으로 돌아가며 일곱 개 별과 20개 별이 그려진 깃발로 에워싸게 하고, 그 사이사이에 오행의 색깔로 작은 깃발을 종류별로 둘러 꼽도록 했다. 또 8방에 8괘의 기를 세우고, 난간 둘레로 아홉 가지 궁宮의 아홉 가지 색으로 깃발을 나누어 꽂고, 궁정 바로 앞쪽에 아홉 발 높이의 삼발이 가운데 아홉 가지 귀금속으로 장식한 금봉이 있는 흰 수호기를 세우고, 주위에 아홉 가지 색의 비

3 한의 게르 벽채로, 게르의 크기의 단위. 보통 일반가정의 게르 크기는 5한.

단으로 아홉 개 술을 땅에 스치도록 늘어뜨렸다. 아홉 개 술이 있는 백수호기가 그것이다. 이 백수호기 앞, 뒤로 푸른색, 붉은색, 흰색, 검은색 네 개의 보개를 꽂고, 그런 다음에 앞쪽으로 마찬가지로 붉은 보개를 세우고, 다음에 한 줄로 아홉 가지 색의 깃발을 세웠다.

궁전 정중앙에는 3층의 단을 만들어 탁자를 놓고 전체를 누런 황금용 문양이 있는 비단으로 덮었다. 그리고 궁전 안은 크고 작은 81개 황금 용이 그려진 노란 비단으로 내부 벽채를 두르고, 3층의 탁자 위의 상석에는 또 아홉 마리 황금 용 문양이 있는 노란색 깔개가 보좌에 놓여 있었다. 뒤쪽 편에는 아홉 줄로 늘어뜨린 아홉 마리 황금 용이 있는 열 겹의 장식천을 누런 다리 삼아 매어 놓았고, 보좌 앞에는 또 황금용이 있는 노란색 비단이 덮인 높은 탁자를 놓았다. 중앙 탁자 후면의 높은 단 위를 또 노란 비단으로 덮고, 그 제단에 백천신을 제의하고, 아홉 개 황금 촛대에 아홉 개의 불등이 타오르고 있었다.

중앙의 제단을 빙 둘러가며, 두 번째 제단 동서에 푸른색, 붉은색, 흰색, 검은색의 네 가지 색의 장막을 치고, 4색의 큰 군기와 4색의 기와 4색의 작은 깃발을 꽂았다. 제단 앞쪽에는 큰 군기와 기, 작은 깃발을 모두 붉은색으로 하고, 마찬가지로 네 개의 장막을 세웠다. 세 번째 층의 큰 단에는 9궁의 아홉 가지 색과 아홉 개 장막을 세워 큰 군기와 기, 작은 깃발을 꽂고, 줄마다 81개 작은 깃발을 뼁둘러 꽂았다. 세 번째 층에는 가장자리에 연하여 아홉 가지 색의 깃발을 아홉 줄로 배열하였다.

네 번째 큰 언덕 위에는 또 아홉 줄로 9색의 81개 깃발을 꽂았다. 깃발마다 그 아래 갑옷과 투구를 쓴 병사 999명이 깃대를 잡고 서 있고, 한 줄의 한 가지 색의 병사가 9,999명이 모두 안쪽을 향해 서 있었다. 이 제단의 동서 양쪽 후면 0.5리 밖으로 3층의 작은 제단을 쌓고, 모두 누런 용의 보개와 군기, 깃발을 궁 장막 주위를 에둘러 세웠다. 또 많은 부족을 9,999개 진영으로 나누어 조직했다.

이 모든 것이 준비가 잘 되자, 주군의 소식을 알아보기 위해 사람을 보냈다. 9경의 수석 대신들과 많은 부족의 수석 신하들이 모두 보르한 갈돈에 가서, 태조에게 모임을 위해 모든 것이 준비되었음을 고했다. 태조가 어머니 우겔룬 우진을 모시고 부인들과 자녀를 데리고 나갈 때 포성이 천지를 뒤흔들며 일제히 세 번 울리고, 수많은 사람들이 함께 대진영을 향해 움직여 오논강을 향해 출발했다.

그때 모홀리는 앞서 9경 대신들을 달려가게 하고, 도중에 9경의 신하들은 차례로 남게 하여 아홉 영접단을 준비했다. 모홀리는 여덟째 영접단에 가서 토르곤 샤르를 단 아래 세웠다. 한편 36개 큰 나라와 72개 작은 부족들은 3부 9개 진영 주위를 빙 둘러 군단별로 각각의 군기를 세우게 했으며, 아홉 줄로 색을 구분했다. 그리고 각 조에 피리, 호르, 초르를 준비하게 하고, 영접단의 포성을 기다리며 대오를 이루고 서 있게 했다. 36개 대국을 살펴보면 훌리게 탕구트, 하르릭의 아르스란, 톡그목, 고르로스, 나이만, 케레이트, 샤르 사르톨, 솔롱고드, 주리에드, 하르 체렉, 타타르, 타이치오드, 마그나그트, 치마드, 메르기드, 졸라이, 마일즈, 치질즈, 이질즈, 고르로손, 자리론, 하지고드, 실데데, 하르가이, 하랄다이, 울후, 토르고드, 살지오드, 오이라트, 울드, 왕구브, 베두네, 두르워드, 오로드, 홍기라드, 라이하드, 하타긴, 잘라이드, 잘리라드, 하치고드, 앙가락, 사모, 살지다이, 사소하 우제이, 우신, 살초드, 하르노드, 한토드, 오리안한, 비투드, 힐로손, 미하스, 오론가, 수니드, 오라드, 두르워드, 줄덴, 차하르, 할하, 혼기드, 혼잘라, 외다리국, 여인국, 투메드, 주르치드여진, 롬, 오촌가, 호이츠, 온고드, 기추드, 우지에드, 주르헨, 조스 먕간, 우줌친, 자로드, 자일, 하다르, 토친, 호리, 주이레드, 비르라스, 호르치드, 오트곤, 수르드, 모먕간, 살촉, 몽, 모골지보, 오르도스, 올란차브, 구르하, 바린, 우지무드, 알샤, 청해, 오도달라, 실, 조, 골, 예헤르, 지림 이들 나라와 부족들이 20리 이상의 지역 주위를 덮었다.

한편 태조는 보르한 갈돈에서 대이동을 했다. 몇만 명이 거의 몇천 리 길을 줄지어 가서 오논강 상류에 이르자, 포성이 연이어 세 번 울리고, 주군을 영접하는 악기가 연주되기 시작했다. 첫 번째 영접단으로 베수드의 제브가 나와 일행을 맞았다. 또 100리 되는 곳에서 포성이 울리며 악기가 연주되자, 초 메르겐이 나와 태조를 영접했다. 또 100리 밖에서 포성이 울리며 악기가 연주되기 시작하자, 세 번째 영접단으로 젤메가 나와 길가에서 무릎을 꿇고 태조를 영접했다. 네 번째 영접단에서 포성이 울리기 시작하자 시리 호톡이 나와 일행을 영접했다. 또 다섯 번째 영접단에서 포성이 울리자 촐론이 나와 태조 일행을 영접했고, 여섯 번째 영접단에서 포성이 울리고 악기가 연주되자, 보랄이 나와 무릎을 꿇고 태조를 맞았다. 일곱 번째 영접단에서 포성이 울리고 악기가 연주되자 보가르지가 나와 영접했으며, 여덟 번째 영접단에서 모홀리가 나와 세 배나 큰 북과 징을 치며 일행을 영접했다.

태조가 눈을 들어 먼 곳을 바라보니 3층으로 만들어진 단이 마치 구름을 쌓아올린 듯 신기루처럼 흔들거려 보였고, 아홉 가지 색깔의 깃발을 날리며 수없이 많은 나라가 모인 것이 마치 바닷물이 끝없이 물결치는 듯했다. 수많은 깃발에 궁과 장막이 가려져 보이지 않았다.

태조가 마음속으로 놀라며 '저 높은 단은 무엇을 하는 곳일까?' 하고 의아히 여겼다. 아홉 개 흰색 장막 진영 가운데 첫 번째 진영 밖에서 토르곤 샤르가 태조를 맞아 무릎을 꿇고 절했다. 양쪽에서 악기가 연주되기 시작하고, 태조가 말에서 내려 장막에 들어가 앉자 오래지 않아 우겔룬 우진 국모의 대오가 도착했다. 태조는 여러 신하를 데리고 나와 무릎을 꿇고 절하며 우진 어머님을 맞았다. 그리고 중앙 장막에서 차를 올리고, 하닥을 올리며 축사한 후 비로소 우진 어머님의 처소로 모셨다.

대소 신료들이 절을 하고 나자 태조는 앞에 보이는 그 3층의 단에 대해 묻자, 모홀리와 보가르지가 고했다.

"나라의 많은 사람에게 직위를 봉해야 하기에 먼저 천지에 제의를 올리고 절하는 제단을 마련한 것입니다."

태조가 고개를 끄덕였다. 이튿날이 4월 초하루였기 때문에 많은 신하들이 모여 태조를 제단에 모시도록 했다. 우진 어머님을 위해 천지에 향을 피워 올리고 장수의 복을 기원하라고 고하자, 태조가 축하연의 예법대로 길한 상징의 델과 아름다운 보석으로 장식한 허리띠를 매고, 말을 타고 중앙 제단으로 갔다. 제브가 제단 아래서 가축의 젖이 섞인 물과 흰 하닥, 좋은 향기가 나는 향을 들고 서 있었다. 태조가 가축의 젖이 섞인 물로 입을 가시고, 얼굴과 손을 닦고, 향으로 몸을 정화시켰다. 그리고 흰 하닥을 듣고, 곧 제브를 의지하여 제단 위로 힘써 올라가서 세 번째 단에 올라가 커다란 궁전으로 들어가 보았다. 주위를 둘러보니 모든 것이 천자의 보좌를 마련한 것이었기 때문에 백천신에게 제의를 드렸다. 태조는 이러한 것들의 의미를 이미 익히 알고 마음으로 어떤 한 가지를 결정했다.

그리고 많은 신하를 데리고 향을 올리고, 우겔룬 우진 어머니의 장수의 복을 구하며 절하고 돌아 나올 때 갑자기 신단의 해와 달의 수호기 아래서 종과 북소리가 났다. 그러자 팔괘와 9궁宮의 수호기 아래서 아홉 가지 악기가 연주되기 시작하고, 악기를 세 번을 불고 치자 태조가 궁 앞의 바로 남쪽을 향해 섰다. 4색의 보개 아래 네 명의 아우가, 네 개 붉은 보개 아래 네 아들이 서고, 아홉 가지 색의 아홉 개 깃발 아래 9경이 섰다.

아래 단에는 백국百國의 군주가 모두 안쪽을 향해 서 있었다. 세 번째 단에는 뭇 장수들이 가득 안쪽을 향해 섰다. 언덕 위에는 아홉 줄의 병사들이 아홉 가지 색의 깃발 아래 색을 구별하여, 조별로 9만 9,999명의 병사가 아홉 가지 색의 투구와 갑옷, 깃발을 꽂은 채 차렷 자세를 하고 있었다. 세 번째 포성과 세 번째 악기가 연주되자 갑자기 모두 "쿵!" 소리가 나도록 무릎을 꿇었다. 백 가지 화음과 천 가지 소리가 일시에 쥐 죽은 듯 딱 멈추었다. 토르곤 샤르가 무릎을 꿇고 가슴에서 노란색 상주문을 꺼내 큰 소리로 리듬을 실어 유려하게 읊조렸다.

맨 처음 우진 어머님께서 주군을 회임하실 때 흰빛이 침상을 덮으며 황금빛 백천신으로 변하고, 우진 어머님이 꿈을 꾸심으로 주군을 낳으셨습니다. 또 신령한 주군께서 태어나실 때 델룬 볼독에서 흰빛이 환히 비추고, 오논강이 사흘 동안 투명하게 흘렀습니다. 두 손에 피떡을 쥐고 태어나셨으며, 그 날 또 타타르를 누르고 테메게친을 생포해 왔습니다. 주군께서는 13세부터 선친의 원수를 추격하고, 병사를 조직해 사방으로 정벌을 다니시며, 온갖 신고를 겪고 사나운 짐승의 위협을 당하셨습니다. 배고픔과 추위에 떨고, 곤핍에 시달리며 부당하게 괴롭힘을 당하고, 쫓기고 붙잡히며, 모욕과 멸시를 받고 음해를 당하는 등 수백, 수천의 고통과 고난을 겪으셨습니다.

지금의 춘추 45세에 이르기까지 사방팔방으로 원정을 다니시며 무기의 숲을 뚫고, 피와 살의 강과 바다에 뛰어들며, 천만 번 죽음의 위험을 극복하시고 가까스로 32년이란 연륜으로 비로소 주위 만 리를 통합하고, 몇몇 강성한 나라를 모두 투항시키셨습니다. 이제 남쪽 금나라와 송나라가 있지만, 모두가 편안히 쾌락을 즐기고 있는 나라로 오래지 않아 모두 주군의 속국이 될 것입니다. 이제 이 45년 동안 다른 많은 사람은 모두 여유 있게 지낼 수 있었지만, 오직 우진 어머니만은 한시도 마음의 여유가 없었습니다. 주군께서 비록 천신이시지만 우진 어머니 몸에서 태어나셨기에 그런 생각을 하지 않으셨습니다.

그러기에 주군을 낳으시고, 오늘에 이르기까지 이 45년 동안 마음을 쓰고 염려하신 것을 생각해서라도 신성하신 주군께서 이제 선조의 보위를 계승하시고 천자의 자리에 오르시어, 위로 천신과 부모님, 더 나가 형제, 자녀, 이방국과 많은 부족, 특히 문무백관과 병사, 친지, 백성 모두의 바람을 이루어 주시기를 바라나이다. 오래전부터 주군께 여러 번 간언을 드렸지만 주군께서는 윤허하지 않으셨습니다. 오늘에 이르러 백관들은 많은 나라, 부족들에게 수치가 되고, 마음의 원망으로 밤낮없이 걱정을 그치지 않아 어쩔 수 없이 위로 천신의 뜻과 우진 어머니의 마음을 생각하고, 아래로는 많은 부족들의 바람을 모른 척할 수가 없기에 여러 대신들과 논의하여 이미 그 의례를 준비하고 오늘 이렇듯 고하나이다. 간구하옵기는 주군께서 먼저 우진 어머님의 45년 간 심려하셨던 마음을 생각하여 천자의 어머니로서 한번이라도 그 은혜에 보답해 주시길 바라나이다! 이를 위해 원근에서 모두 한 마음 한 뜻으로 널리 주군께서 보위에 오르시길 간구하나이다.

상주문을 읽기를 마치고 절하자 종과 북소리가 울렸다. 태조는 또 아무 말도 하지 않고, 윤허를 하려 해도 스스로 보위에 앉을 뜻이 생기지 않았다. 윤허를 하지 않으려니 뭇 사람들의 진실한 마음이기에 물리치기도 어려웠다. 이렇게 난감한 상황이 되자 사람들을 향해 말했다.

"여러 국로 대신, 장수 제위들께서는 무엇을 아십니까? 사내대장부가 권세와 인애함을 가지면 자연히 칸에 오를 수 있을 것이요, 권세와 인애함이 없다면 비록 칸이 되어도 종이 되는 것과 같다고 할 수 있소. 작금에 나는 그대로 있으면서 이처럼 성시 가운데 보위에 올랐던 칸을 모두 12명을 붙잡아 죽였소. 그런데 스스로 또 그런 칸의 보위에 올라 마음의 부끄러움을 어찌하겠소? 여러 대신들은 잘 알지 못하실 것이오. 이 칸이라는 지위에 오르면 일반 지위와 마찬가지로 마음대로 실언을 할 수 없소. 칸은 특별히 진실한 사람이어야 칸에 오를 수 있으며, 모든 사람이 다 칸이 될 수는 없소. 진실한 칸은 칸이라는 칭호를 올리지 않아도 자연히 만인의 마음에 칸처럼 보일 것이며, 이런 자야만 비로소 칸이라 이를 수 있을 것이오. 거짓된 태도와 겉모습으로 칸이 될 수 없소.

이제 나의 최근 행적을 보면, 사방으로 원정을 다닐 때 많은 대신의 도움으로 어떤 칸보다 강하니 이름 없는 대칸보다 낫지 않겠소? 칸이 아니면서 칸의 일을 행하면 그건 곧 재미 있는 일이라 할 것이오. 만약 칸이 되어 칸의 덕행을 행하지 않는다면 칸이 되어 무엇하겠소? 이것이 본래 나의 생각이오. 여러 대신들께서는 지금 특별히 내게 분수에 지나친 칭호를 올리겠다고 하는데, 그것은 내가 사방으로 다니는 것을 막는 일이 될 것이오. 칸으로서의 덕이 부족한데 어찌 내가 칸의 자리에 오를 수 있겠소?"

태조가 보위에 오르는 것을 윤허하지 않자, 토르곤 샤르가 또 모자를 벗고 절할 때 모자를 벗는 신호에 맞추어 모든 사람들이 모자를 벗고 무릎을 꿇었다. 백만 병사와 백성, 남녀노소를 불문하고 모두 3리가 되는 너비의 오논 강가 초원을 덮은 수많은 사람들이 한 목소리로 외쳤다.

"만세의 은혜를 베풀어 주소서!"

그러자 그 함성소리에 제단을 쌓은 언덕이 진동하여 흔들리고, 사람의 심장을 요동치게 했다. 이것은 많은 신민들이 이미 논의하여 정한 계책이었다. 토르곤 샤르가 모자를 벗은 것은 곧 태조가 신하들의 말을 받아들이지 않는 신호였기 때문에 많은 사람들이 합세하여 함께 재촉하는 방법을 썼던 것이다.

이에 태조는 이들 병사와 백성의 눈에 모두 눈물이 고여있는 것을 보고, 그 생각이 진심임을 알고 어쩔 수 없이 "그대들 모두의 뜻에 따라 내 보위에 오르겠소. 그런데 내게 세 가지 부탁이 있소"라고 하자 많은 사람이 주군이 칸이 되겠다고 약속한 것을 듣고 모두 크게 기뻐했다.

"주군께서 직접 보위에 오르시겠다는 말씀을 하신다면 곧 하늘이 이르신 것이니, 세 가지뿐 아니라 서른 가지라도 나라 전체가 따르지 않을 일이 있겠나이까?"

그러자 태조가 "천자가 칸이 된다는 것은 진정 천자가 분명할 때 비로소 가능한 것이오. 그러니 그 증거를 아홉 번 점쳐 보고, 모두 부합하면 곧 칸의 보위에 오르겠소. 첫 번째 예조는 내가 오늘 어머님의 수복을 간구하며 올린 세 개의 향이 내일 아침까지 타면 그것이 곧 첫 번째 예조가 될 것이오!"라고 했다.

그런 뒤 태조는 몸소 노란색 비단으로 궁의 문고리를 둘러 묶고 손수 밀랍을 녹여 봉인하고 제브를 의지해 제단에서 내려와 먼저 장막으로 들어가 우겔룬 우진 어머니에게 현재의 상황에 대해 고하자, 우진 어머니는 크게 기뻐하며 미소 지었다.

그때 많은 속국의 신하들이 모여 매우 초조해하며 "이번의 이 방법은 잘 되지 않을 것입니다. 그 향이 어찌 내일 아침까지 탈 수 있겠습니까? 많은 이들이 상심을 하고 있습니다"라고 하자 모홀리가 웃었다.

"여러 아형들께서는 마음을 편히 놓으십시오. 그 향은 내일뿐 아니라 모레까지도 탄다는 것을 제가 보장하겠습니다."

사람들이 그 이유를 묻자 모훌리가 "우리의 군주께서 탄생하실 때의 일곱 가지 예조를 모든 분들이 아시지 않습니까? 첫째로 그와 같은 예조를 믿지 않을 수 없기에 외적으로 드러난 것뿐 아니라 이제 이 32년 동안 사방으로 원정을 가서 많은 나라를 모을 때 반드시 그들 자신의 뜻에 따라 투항하기로 한 것을 보아도 우리 주군은 분명 천자라는 것을 알 수 있지 않습니까? 만약 확실히 천자라면 그 향은 하루를 탈 뿐만 아니라 열흘 동안 타라 하면 그 즉시 열흘 동안 타야만 할 것입니다. 특히 나라가 흥성하고 있는 이 시기의 칸과 주군, 천자는 말할 것도 없고 비록 쇠하고 저무는 시기의 칸의 말씀도 신령한 주군의 말씀이니 그 명을 저버리지 못할 것입니다.

고대 칸들의 흥성했던 시대 황탄무계한 신이한 예조가 나타났을 뿐 아니라, 오늘날에도 남송의 패망 직전에 있으면서 그들이 금나라가 두려워 남쪽으로 도망쳐 갈 때 강 왕이 진흙으로 만든 말을 타고 강을 건넜지요. 패배한 한인도 싸워나갈 수 있었는데 흥기하는 우리 주군 천자께서는 말해 무엇 하겠습니까?"

이에 왕구브 부족의 데친호롤은 크게 놀라 탄복했다. 다음 날 아침 많은 이들이 제단 아래 모여 악기 연주를 시작하면서 태조께서 납시기를 청했다. 날이 밝자 태조가 몸소 묶어 놓았던 자물쇠를 풀러 여러 신하들과 함께 방으로 들어가 보니, 세 개 향이 정말 10분의 1만 탄 상태였다.

그러자 태조가 "이것은 분명 천천히 타는 향일 것이오"라고 하며 아홉 개 향을 가지고 내려와 제브의 일반 장병의 공과 노고를 가려 상으로 주었다. 또 그해 크게 가물어서 많은 사람들이 갈증에 시달리고 있었다. 태조가 그 상황을 떠올리며, 5월 초하루 제단에 올라가 모자를 벗고 남쪽을 향해 천신제를 드리며, 많은 제물과 향, 불등을 준비하고 살아있는 소, 말, 양을 줄지어 세우고, 몸소 무릎을 꿇고 큰 목소리로 이렇게 읊조리며 절했다.

> 영원한 푸른 천부께 향과 불등으로 제의를 드리나이다
> 존귀하신 하늘의 안개로 어루만져 주소서
> 원하옵기는 이 나라의 모든 신민들을 평안케 하여주소서
> 가뭄으로 힘들어하는 이 나라에 비를 내려주소서
> 영원한 천부께 제물을 바쳐 제의를 드리나이다
> 제가 이른 모든 나라의 수장들이 모두 맛보기를 바라나이다
> 만약 제가 진실로 만인을 다스릴 칸이 될 운명이라면
> 흡족한 비를 내려 모두 함께 행복을 누리게 하소서!

기도를 마치자 갑자기 순식간에 하늘이 구름으로 뒤덮이더니 많은 비가 내렸다. 태조가 곧 초 메르겐을 의지해 제단에서 내려와 장막으로 돌아갔다. 이틀 동안 세차게 내리던 비가 멈춘 뒤 많은 이들이 태조를 우러르며 절하자 태조가 말하기를 "때마침 비를 만난 것일 수 있소. 이를 믿으면 아니 될 것이오!"라고 했다.

그리고 초 메르겐의 1개 군단 장병들에게 그 공로의 경중을 따져 상을 하사했다. 6월 초하루 젤메를 의지하여 제단에 올라 보니, 하얀 안

개가 제단을 덮고 제단의 모든 것에 벨벳 같은 희끄무레한 털이 자라나 있었다. 그러자 태조가 향과 불등을 갖고 내려와 이것은 분명 습기가 내린 것이라고 하며, 젤메의 한 부대의 장병들에게 공의 경중을 구분하여 상을 내렸다. 또 6월 20일부터 곧 큰비가 내리고 멈추지 않아, 보름 동안 해를 보지 못한 사람과 가축들이 비로 인해 고통을 겪게 되었다. 땔감이 크게 부족해지자 7월 초하루에 시리 호톡을 의지하여 제단에 올라 향과 불등을 올리고 비가 개이기를 간구하자, 정말 그때 곧 하늘이 그 소원을 들어 주어 구름이 양쪽으로 갈라지더니 푸른 하늘이 보이고 해가 나타났다. 태조가 또 "이것은 분명 간구한 때와 비가 개일 때가 우연히 들어맞은 것일 뿐 나의 능력이 아니오"라고 했다.

그리고 태조가 제단에서 내려가 시리 호톡의 1개 군단 장병들의 공로의 경중을 구별하여 상을 내렸다. 8월 초하루에 촐론을 의지하여 제단에 올라가 향과 불등을 올리고 나자, 갑자기 태조의 준마 떼 가운데서 전체 아홉 마리의 말이 달려와 제단 주위를 돌며 울자, 태조가 말을 전부 잡게 하고 전투 말의 선두로 삼게 했다. 이 말들은 사료를 먹는데 익숙하기 때문에 이곳까지 달려온 것이라며 장군 촐론의 한 군단 장병들에게 논공행상을 행했다.

9월 초하루에 태조가 보랄을 의지하여 제단 위로 올라갔다. 서북쪽에서 일시에 바람이 불고, 모래 폭풍이 일어 제단 앞 언덕의 모래가 날려 그 가운데 바윗돌 일부가 드러났다. 그 형상은 마치 두 마리 소가 엉겨 누워있는 모양을 하고 있었는데, 높이는 사람 키만 했다. 태조가 이것은 분명 옛날부터 있었던 돌에 모래가 쌓인 것이라고 생각했다.

지금 이것은 역풍을 맞아 사구가 쓸려 날아가 돌이 드러난 것이 분명했다. 그러자 참으로 놀라운 일이라며 보랄의 1개 군단 장병들의 공을 따져 상을 하사했다.

10월 초하루에 태조가 또 보가르지를 의지해 제단에 오르자 정남향에서 소만한 큰 몸집을 한 오색의 종달새 같은 빛나는 새 한 마리가 날아와 그 돌 위에 앉더니 태조를 향해 "칭기스! 칭기스! 칭기스!" 하고 세 번 울며 제단 위를 세 번 돌아 남쪽으로 날아갔다. 태조는 그 새가 특이한 새임을 알았다. 제단에서 내려와 보가르지의 1개 군단 장병들에게 그 공을 구별하여 상을 내렸다.

11월 초하루 모홀리를 의지해 제단에 오르자 제단 위에 풀이 푸르게 자라 있었고 야생화가 피어 있었다. 또 그 오색의 새가 날아와서 돌에 앉아 "칭기스!"라고 세 번을 노래하고 날아가자, 그 돌에서 또 소리가 났다. 모홀리가 태조를 제단의 빈 보좌에 모셔 앉게 하고, 스스로 가서 그 돌을 살펴보자 두 소가 엉겨서 누워있는 것 같은 형상을 하고 있었고, 칼등 크기 정도의 틈이 나 있자 모홀리가 주군에게 고하여 큰 쇠막대기와 도끼를 그 틈에 집어넣어 벌려 보니 쉽게 쪼개졌다. 그리고 그 안에서 가로, 세로가 한뼘이나 되고, 네 손가락 너비만한 백옥이 나왔다. 그것을 살펴보니 대개 인장 같았고, 그 위에 거북 등에 두 마리 용이 엉겨있는 듯이 얹혀져 있었다.

한편 많은 신하들이 태조가 제단에서 내려오지 않고 곧바로 태조를 제단 위에 있는 궁으로 모시고 가서 몸을 정화하게 하고, 아침에 향을 피우고 하늘에 제의를 드리게 했다. 그러자 태조는 곧 모홀리의 1개 군단 장병들에게 공훈의 경중을 따져 상을 하사했다. 이미 많은 사람이 이러한 예조를 여러 번 마주하게 되자 태조도 마음속으로 놀라며 뭇 사람들의 뜻을 거스르지 않기로 마음먹었다.

그리고 몸을 정화하고 한 달 가까이 되는 11월 28일부터 남풍이 불고, 온갖 만물의 조화로운 기운이 피어올랐다. 제단 위에 푸른 풀이 자라고 땅에서 꽃향기를 발하면서 하얀 수증기가 제단 위로 피어올랐다가 아래로 녹아 떨어졌는데, 제단 주위를 돌며 10리의 넓은 반경에 콩알 크기의 주황 빛깔의 꽃비가 내렸다.

12월 초하루 새벽 자시에 토르곤 샤르가 먼저 세 번 포성을 울리게 하자 사방팔방에서 9개로의 병사와 수많은 나라들이 함께 악기를 연주했다. 태조의 중앙 제단의 황금 첨탑에서 흰빛이 퍼져나가 나라 전체에 불과 불등을 사용하지 않아도 환했다. 그러자 데이 세첸과 토르곤 샤르, 모홀리, 보가르지 등이 태조의 장막 앞에 와서 축사하며 고했다.

"4색의 나라, 오방의 이국,[4] 여섯 대신과 9경, 친인척, 문무대신, 나라 신민, 장병과 백성, 종, 한인 속민들이 모두 모였나이다. 천부께서 주군께 아홉 가지 징조를 내리셨습니다. 보배로운 궁에서도 흰빛이 퍼져 나왔습니다. 첫 번째 아침에 한 개 향이 이틀 동안 탔습니다. 두 번

---

4 4색(四色)의 나라와 다섯 이방국은 몽골이 점령한 나라를 통칭한다. 사색의 나라는 푸른 몽골, 동방의 고려와 솔롱고드는 흰옷을 즐겨 입어 백색의 나라라 하고, 남쪽 중원은 불과 관련이 되면서 더운 나라로 붉은 나라, 서쪽의 티베트, 탕가드, 회회, 위구르는 생각이 악하고, 피부가 검은빛을 띠어 검은 나라라고 부른다. 다섯 이방국은 서남쪽의 인도, 네팔, 초론, 로마 등을 이르고, 서쪽의 사르락, 사르톨, 카자흐, 부루드 등을 두 번째 이방국, 북쪽의 러시아, 토그목, 일데쉬, 주르헨 등을 세 번째 이방국이라 한다. 또 동쪽의 여인국, 개머리 나라, 관흉국, 외눈박이 나라를 네 번째 이방국이라 하고, 동남쪽으로 외다리국, 긴다리국, 마두국을 다섯 번째 이방국이라 불렀다(『청사』 I, 요목 제4절).

째 아침에 동물들이 흡족할 정도로 가뭄의 단비가 내렸습니다. 세 번째 아침에 향기로운 꽃이 피도록 안개가 내렸습니다. 네 번째 아침에 가랑비가 내리고 한 시간 안에 개었습니다. 다섯 번째 아침에 아홉 마리 준마가 스스로 왔습니다. 여섯 번째 아침에 상서로운 바람이 불어 귀한 돌이 드러났습니다. 일곱 번째 아침에 5색의 신조가 울었습니다. 여덟 번째 아침에 바윗돌이 저절로 깨졌습니다. 아홉 번째 아침에 흰빛이 지금까지 두루 비추고 있습니다.

진정 하늘이 점지하신 주군께서 곧 친히 위로 오르시어 천지와 인간 모두의 뜻에 응하심이 옳을 줄 아옵니다. '순천자順天者는 흥하고, 역천자逆天者는 망한다'고 하였습니다. 흰빛이 변해 태어나신 천주께서 천부의 뜻을 따르시어 모든 후손의 바람을 이루어주소서."

그러자 태조는 어쩔 수 없이 향으로 얼굴과 몸을 정화하고, 신성한 새 용포를 입고 옥대를 바꾸어 매고, 머리에 아홉 마리 용이 새겨진 탑과 같은 봉이 있는 관을 썼다. 또 귀에 진주를 박은 금 귀걸이, 목에는 아홉 가지 보석으로 된 목장식을 걸고, 발에는 산과 물에 다닐 때 신는 승마화를 신고 나왔다.

뭇 신하들이 보니 천자의 타고난 빛이 일월과도 같이 빛났다. 성인의 덕스러운 위엄은 천둥, 번개와 같았다. 수 많은 사람들의 웅성대는 소리가 잠잠해졌다. 3층 제단에서 울리는 아홉 가지 현악기와 초르, 나팔의 리듬이 새벽 동틀 무렵이기 때문에 하늘 멀리 바다 먼 곳에서도 들리고, 흰빛이 사방으로 퍼져 나갔다. 태조는 천자의 중앙 궁전에 와서 향과 불등을 켜고 천지에 제의를 드리고, 자신의 조상 칸들에게 향과 불등을 올리며 예법대로 제를 올렸다. 그리고 손을 씻고 입을 헹구고, 델의 먼지를 털었다. 그리고 향기로운 냄새로 정화하고, 토르곤 샤르와 데이 세첸 두 사람을 의지하여 3층의 높은 천자의 용상에 올라가 정남쪽을 향해 천자의 보좌에 앉아 칸에 등극했다.

그러자 문무백관들이 세 번 무릎을 꿇고 아홉 번 절했다. 천자의 등극을 위한 악기가 울리기 시작하고 종과 북이 울리자, 3층 제단과 주위의 큰 언덕, 20리 반경에서 외치는 "만세!" 소리가 산천을 진동시켰다. 이에 태조가 보니 게르 궁의 천창에서 쟁반만한 넓은 흰 빛줄기가 내려와 태조 앞에 있는 탁자에 비쳤다. 태조를 위시해 문무백관들이 모두 그 장면을 보자 빛 아래쪽 옥그릇에 물이 가득 출렁이며 탁자에 떨어져 모두 크게 놀랐다. 태조가 옥그릇을 들고 보니 오염되지 않은 맑은 물 같았는데, 그 냄새가 매우 향기롭고 맛을 보니 이루 말할 수 없이 맛이 있었는데, 술 같지는 않았다.

그러자 태조가 잔에 그 물을 받아 첫 모금을 맛보자, 옆에서 하사르와 벨구테이가 그것을 보고 "우리도 주십시오" 하고 청했다. 태조가 그 청을 받아들여 마시고 남은 반을 두 사람에게 나누어주며 마셔 보라고 상으로 내렸다. 그런데 두 사람이 나누어 마시려고 했지만, 그 누구의 입 속으로도 들어가지 않았다. 놀라서 그릇을 되돌려 태조에게 올리자 그릇이 태조의 손에 들어가자마자 그 맑은 물이 또 그릇 밑에서 솟아나왔다. 하사르와 벨구테이가 크게 두려워하며 태조에게 절을 올렸다.

태조가 또 한 모금을 마시고 꽤 남아 있었기 때문에 네 명의 태자를 불러 손수 금수저를 쥐고 물을 떠 각각 아들의 입에 넣어주려 하였으나, 우구데이 이외에 다른 자식의 입에는 물이 들어가지 않았다. 그러자 태조가 머리를 끄덕이며 뭇 신하들을 향해 명을 내렸다.

"우리 베데국은 원래 북방의 한 나라였을 뿐이오. 그런데 이제 20여 개의 다른 나라가 투항했기 때문에 나라에 또 다른 명칭을 사용하는 것이 좋을 듯하오. 나라의 외척인 데이 세첸께서 나라의 수석 신하인 토르곤 샤르, 문서와 국새國璽를 관장하는 다다통가, 찬드간 세첸, 호드간 베히, 젤메, 오욘고, 오요트 세첸, 사이한 소르탈트, 데친호롤, 얄고산 등께서 함께 그 명칭을 논의하여 말씀해 주세요."

여러 신하들이 논의하고 있을 때 동쪽에서 막 여명이 터오고 있었다. 그때 오색의 신조神鳥가 날아와 큰 궁전 위에 앉아 "칭기스! 칭기스!" 하고 아홉 번을 울고 날아갔다. 그러자 여러 대신들이 그 명칭을 정하고, 데이 세첸이 내궁으로 들어가 무릎을 꿇고 고했다.

"하늘이 성조 주군께 아홉 번이나 예조를 보여 주시고, 보위에 오르실 때 하늘의 놀라운 신조가 세 번이나 날아와 '칭기스, 칭기스'[5] 하고 불러 '천명으로 새 시대를 연 성무황제'가 되셨으니 성조께서 뛰어나신 인걸 성조 칭기스 칸이라고 하심이 옳을 듯하나이다. 성조 주군께서 32년 동안 어디에 이르시든 그 나라에서 존귀하게 추앙을 받으시고, 군주마다 와서 투항하였나이다. 이제 우리 베데국의 백만 나라가 모여 옛 몽골 부족이 지배하던 '몽'이란 명칭의 나라 중심에 모여들어

5 라시드 앗 딘은 "'칭'의 뜻은 '강하고 단단하다'는 것이며, '칭기스'는 그 복수형"이라고 했다(라시드 앗 딘, 김호동 역, 『칭기스 칸기』, 사계절, 2003, 252쪽). 또 '칭'은 돌과 관련이 있다고 보기도 한다.

주군께서 아홉 번 하늘의 예조를 청하였나이다. 하늘이 그 효험을 보이시어 황제의 보위에 오르셨으니, 우리의 이 나라를 높여 '높고 푸른 몽골국'이라 하고자 합니다!"라고 했다. 이를 다다통가, 데친호롤, 얄고산 등이 한자로 번역했다[원주] "법천계운성무황제(法天啓運聖武皇帝)"가 오논 강가에서 황제에 오른 것을 『주자강목』에서는 오논강을 오난하(斡難河)라고 쓰고, '칭기스'라는 단어를 '성길사가한(成吉思可汗)'이라고 단어를 분리해서 썼다. 그리고 '차간 야스트(신성한 가계)'라는 것(일반명사)을 씨족명(고유명사)으로 잘못 쓰고, '차간(흰색)'을 '기우온'이라 잘못 기록했다.

또 이날부터 시작해 몽골이라는 단어가 생겼는데, 우리 몽골 문헌을 번역할 때 요나라, 금나라, 거란, 서하, 티베트, 탕구트를 모두 몽골이라 이름하여 크게 잘못 사용했다. 이 몽골국이 자리해 몽골이란 단어가 만들어졌다. 이것은 금나라 장종의 태화 6년 섣달 초하루 자시, 송나라 영종 개희 2년(1206) 섣달 초하루 자시에 비로소 생겨났다. 그 이전에는 조나라, 진(秦), 한(漢), 진(晋), 당 등의 나라 정사에는 아라르, 차하르, 위구르, 솔롱고드 등의 나라를 모두 몽골이라고 했다. 이것은 잘 살피지 않아 생겨난 오류라 할 수 있다.

그리고 태조는 천상의 성수를 우겔룬 태후에게 올려 맛보게 하고, 또 부르트겔진 황후에게 주어 맛보게 한 것을 다른 사람은 보지 못했다.

한편 태조는 뭇 신하들을 데리고 우진 태후를 서북쪽 높은 제단으로 모시고 갔다. 그곳에서는 온갖 악기가 연주되고 있었고, 태조 칭기스 칸을 선두로 많은 이를 데리고 절했다. 20리 너비의 초원 가득 백만의 사람들이 우겔룬 태후에게 머리를 숙여 절하자, 태후는 천지에 기원하며 태조 칭기스 칸의 팔을 잡고 축사했다.

"칸 내 아들, 만민을 자식처럼 돌보시게! 주군 내 아들, 모든 백성을 자신이 낳은 자식처럼 자비를 베푸시게. 45년 동안 힘들게 살아온 늙은 내 삶이 헛되지 않았네. 내 자식이 만인을 다스리는 칸에 즉위하여 나의 은혜에 보답하였네."

우진 태후는 눈물을 흘리며 기뻐했다. 그러자 태조 칭기스 칸이 바친 하늘의 성수를 맛보며 기뻐했다.

또 부르트겔진 부인을 청해 동북쪽 제단에 좌정하게 하고, 태조는 그 반대편에 좌정해 서로 하닥을 교환한 뒤 나라의 신민 전체가 제단 아래 무릎을 꿇고 절하자 부르트겔진 부인이 태자들에게 데이 세첸을 부축하여 일으키게 했다. 한편 칸의 명으로 예전의 예수헤이 바타르를 '열조신원황제烈祖神元皇帝'라고 추봉했다. 우겔룬 우진 국모를 '선의 태후宣懿太后'에 봉하고, 부르트겔진 주순 정비를 '광헌 황후光獻皇后'로, 또 동서 궁의 비妃인 주스트, 주스릭, 골린 사란을 동서궁의 귀비貴妃로 봉했다.

하사르, 벨구테이, 오칙, 가촉 네 명의 친왕, 주치, 차가타이, 우구데이, 톨리 네 사람을 네 태자 왕이라고 했다. 태조 칭기스 칸은 데이 세첸과 토르곤 샤르 두 사람을 문관의 수석 신하, 남북의 여러 나라를 총괄하는 대신으로 삼았다. 그리고 모홀리와 보가르지 두 사람을 전군 총사령관과 무관을 지휘하는 원수, 좌우익 2만 명의 병사를 지휘하는 부장군으로 삼았다. 보랄, 촐론, 초 메르겐, 시리 호톡, 젤메, 제브 다섯 호장과 그밖에 내국의 36명 무신과 외방의 72명 맹장으로 나누고, 36명의 무신은 멩게릭, 멩게트, 찬드간 세첸, 호드간 베히, 하르 히루, 호르츠 바아르, 오요트 세첸, 오욘고, 아르가손 호르골즈, 사이한 소르탈트, 오르트 보드로고트, 오한트 린친, 보토, 보손, 아즈나이, 호다르가, 다인산다락그치, 잠발, 볼로, 울렌 치르비, 수베데이, 투그스촉그트,

알탄샤, 데친호롤, 얄고산, 길루겐, 토스호, 이데르 도보, 체첵, 안돈, 바토르, 다다통가, 볼릭그트 바르스, 실릭그트 바르스, 테스겔 바르스 이 36명 무신들이다.

남은 72명의 외방의 맹장들은 알호, 수흐, 알마스, 오치르, 볼릭그다이, 볼락, 오하다이, 아난드, 소보다이, 하트 투무르, 돌가 투무르, 호볼로이, 소볼로이, 와이진, 알리진, 후데르 부스, 후렐 부스, 우드, 소드, 보가트 오하, 알락 토갈, 욜린 바스, 온지가이, 손지가이, 모노호, 수르트, 차가라시, 줄게데이, 침바이, 수렐헥, 먕가탄, 호일다르, 난사르, 길루툰, 다조나이, 사모, 아하이, 야시, 시질리얍보, 실, 볼곤, 호탁그트, 소보하이, 투주, 추이 시리, 치극트 진, 보가, 메넨, 메니르, 콜로, 다리손소그치, 엘레, 보돈, 훈드, 유복, 돈 지온, 사란, 다조나이, 유종록, 안도, 폴고다이, 쇼다락, 솔롱고, 홍고르졸, 실린 부인, 하스토야 등이다. 이 72명의 선봉 맹장들을 위시해 민첩한 병사 40만, 나라의 남자 백성의 수가 800만 이상이 되었다.

태조 칭기스 칸은 많은 나라의 창고를 열어 큰 상을 내리고, 후한 보시를 베풀었다. 몽골국의 속한 모든 지역에 명을 내려, 많은 죄인 가운데 열 가지 악업[6]과 다섯 가지 살인죄[7]의 큰 죄 이외에 죄인들을 모두 사면해 주었다. 또 낙사성과 역길리채의 7만 이상의 백성을 돌려보냈

---

6 불교에서 말하는 10악죄. 몸으로 짓는 3가지 악업-살생, 도둑질, 사음(간음), 말로 짓는 네 가지 악업-망언(거짓말), 양설(이간질), 악구(괴롭히는 말), 기어(진실 없이 꾸민 말), 뜻(생각)으로 짓는 세 가지 악업-탐욕, 진에(성냄), 사견(邪見)(ko.wikipedia.org/wiki/십악_(불교)).

7 아버지, 어머니, 연인, 반려자, 승려를 죽이는 다섯 가지 죄.

다. 국가적으로 보르한 갈돈에 조상의 사당을 짓게 하고, 제의소로 삼았다.

그때 몽골의 칸은 불교의 의례대로 장식하고, 옷과 신발, 모자 모든 것을 서쪽 티베트 수호신 담징의 형상으로 장식했다. 목에는 보석 염주를 가득 걸고, 귀에는 금고리, 팔에는 진주 팔찌, 머리에는 탑 모양의 관을 썼는데, 관의 위쪽 끝을 터키석과 산호를 박아 장식했다. 아래 신하들에게 9가지 색의 보석으로 정수리 부분을 장식하여 쓰게 하고, 아홉 개 군단의 병사들을 구분하여 관리하게 했다. 그 시대에는 술이 달린 모자를 쓰고, 어깨가 높고 소매가 가는 델전통 의상을 입는 것이 성행했다. 다만 칸만은 남달리 장식했다.

한편 성무황제 칭기스 칸을 비롯해 나라 전체가 아흐레 동안 큰 잔치를 벌일 때 9로의 상경들이 태조에게 예를 올림으로써 9경 우르룩[8] 이라고 한 것이 이들이다.

그때 천기가 칸의 뜻에 응하여 날이 화창하고, 대연회장 가까이서 초원의 종달새가 지지배배 노래하고, 흰 새가 풍요로운 곳에서 날개를 치며 날아올랐다. 많은 것들이 대연회에 부합되자 칭기스 칸은 네 명의 아우와 네 아들, 네 장군, 다섯 친지, 여섯 명의 대신, 9경, 36명의 용사, 72명의 장수들을 차례로 잔치 자리에 앉게 하여 잔치를 즐길 때, 동서의 수많은 나라의 군대를 이끌었던 총사령관 모홀리와 원수 보가르지에게 명을 내렸다.

---

8 칭기스 칸의 9명의 우르룩(ürleg)은 몽골 칸의 진정으로 마음을 나누는 의형제와 같은 벗이자 장군을 이른다.

"내가 어렸을 때 벨구테이, 하사르 두 아우를 의지하여 사방으로 활을 쏘고 다녔소. 벨구테이의 씨름과 하사르의 활쏘기로 세상을 정벌하며 다닐 수 있었다고 오랫동안 말하곤 했소. 나중에 그대 네 사람이 모여 힘을 합해 도왔기에 오늘날 내가 존귀하고 높은 천자의 자리에 오르게 되었소. 이제 두 사람이 분투했던 것이 하사르, 벨구테이보다 조금도 못하지 않소. 비록 나와 한 배에서 태어나지는 않았지만 한 아버지에게서 태어난 것과 마찬가지로 세운 공이 적지 않소. 내 그대 두 사람을 친형제와 조금도 다르게 생각지 않았소. 내 그대들을 내 몸의 두 어깨와 같이 생각하오. 나라의 두 동량과 같이 여기고 있소. 네 명의 친동생과 신하 가운데 네 사람의 준마훌릭[9]는 네 개의 사지四肢와 같소. 나라의 외척은 나라의 우두머리가 맞을 것이오. 그대 두 사람은 나의 양손이요, 열 명의 신하는 열 개 손가락이요, 20명의 신하는 20개의 손가락, 발가락이라 할 것이오. 백관들은 나의 터럭이요, 나라 전체의 백성들은 나의 신체라 할 수 있소. 제위 신하 그대들은 모두 초심을 잃지 말기 바라오. 이전과 마찬가지로 분투하기 바라오!"라고 명을 내리자 백관들이 모두 한 목소리로 만세 삼창을 크게 외치며 절했다.

독자들은 이제 테무진이 칭기스 칸이 된 후 20년 동안의 사건을 알기를 원한다면 사관인 나의 다음 글을 잠시 기다리기 바란다.

---

9 칭기스 칸의 네 명의 준마인 사준(四駿)은 네 명의 충견인 사구(四狗)와 함께 칭기스 칸을 도와 몽골제국을 건설한 건국공신을 이른다. 사준은 보르치, 모호라이(무칼리), 보로홀, 촐론을 이르며, 사구는 제브, 쿠빌라이, 젤메, 수베데이를 이른다.

사관의 시 한 수

자애로운 어머니 우겔룬 태후께서는
크나큰 복을 지니시고
덕스러운 칸 태조 성조께서는
두려움을 느끼게 하는 위엄을 지니셨네
관대하고 고귀하신 광헌 황후는
늘 현명하신 명성이 있고
금나라를 멸망시킨 우구데이 태자는
모든 것을 통치하는 운명을 지니셨네

제38장

태조 칸은 타이지, 부마의 만 년의 나라 존호를 정했네 성조 칭기스는 대신들의 천 년의 칭호를 내렸네

병인년丙寅年, 대몽골국의 칭기스 칸 원년. 태조 칸의 나이 45세였다. 송나라 영종 개희 2년, 금나라 장종 태화 6년이었다.

병인년 겨울 섣달 초하루 태조가 칸의 보위에 오르고, 베데국이라는 나라 이름을 몽골이라고 바꾸어 부르고, 연호를 칭기스 칸 원년이라 했다. 한편 사흘 동안의 경축일이 지나고, 토르곤 샤르, 모홀리 등이 상주문을 올려 나라의 세 가지 대사를 고했다. 첫 번째는 금나라 장종 황제 완안경이 포악하고, 지나치게 음란한 생활을 하며 간신의 참언을 듣고, 변경의 수비 장병을 북쪽 나라와 내통했다고 모함하여 핍박하고, 재산을 몰수하려고 했다. 그러자 북쪽 변경을 수비하는 수장인 유중로, 유복, 동준이라는 세 사람이 초조해져 아내와 자식 그리고 5천 명의 병사를 데리고 몽골국에 투항한 것이 하나의 사건이었다. 또 티베트의 칸 군렉도르지와 네팔의 칸 두 나라 군주가 두 마리 코끼리로 일곱 가지 귀금속을 싣고 공물을 전해온 것이 또 한 가지 사건이었다. 또 옛 나이만의 타이얀 칸의 형 불로가 스스로 옥황玉皇이라 칭하고, 나이만의 타이얀 칸과 알탄샤가 베데국에 투항했다 하여 군대를 일으켜 공격했다. 이때 알탄샤가 태조를 따라 서쪽으로 원정을 갔기 때문에 솔롱고, 사이한 후르운구트후르 두 부인이 여러 장수와 병사를 이끌고 그들을 맞아 싸워 돌려보냈는데, 이제 또 공격해 올 거라는 소식이 있다는 것이 또 하나의 사건이었다.

그러자 태조 칭기스 칸은 다음과 같이 명을 내렸다.

"네팔과 티베트의 공물을 보낸 것은 내가 칸의 보위에 오른 때와 일치하고, 때마침 코끼리를 보낸 것은 우리나라와 만민의 길조라 할 수 있소. 그러니 온 사신에게 후히 포상하고, 그 보답으로 풍성한 선물을 보내시오. 또 투항하기 위해 온 금나라 세 장군의 5천 명 병사들은 비록 신뢰할 수는 없으나 다른 나라에서 핍박을 받고 투항하기 위해 온 것을 돌려보내게 되면 모든 것을 보살피고 먼 것을 포용하는 칸된 자의 자애로움이 아니니 세 장수를 나와 만나게 하고, 천총千總의 관직에 봉하시오. 그리고 그들에게 역길리채와 낙사성을 지키게 하고, 금나라와 서하를 경계하고 변경을 지키게 하시오.

또 내가 새로 칸 위에 올랐고, 서쪽 티베트의 한 부족국가의 로자와 아난드 가르비 승려께서 매우 고매하시다 하오. 얄고산이 원래 옛 요나라 사람이어서 불교의 교의를 잘 아니, 이제 낙사성의 북남쪽으로 향하게 하여 '양덕사揚德寺'라는 절을 짓고, 나의 법이 사해에 이르기까지 떨쳐 널리 전파되는 데 도움이 되도록 하기 바라오. 서쪽 티베트, 탕구트와 옛 요나라에서 18명의 고승을 모셔와 지내게 하고, 날마다 일을 바르게 하고 선업을 이루게 하라고 명을 내렸소.

금나라는 우리 친족인 사인 부호 칸을 죽인 원수이지만, 이제 우리 나라가 새로 세워지고, 지금은 많은 병사가 원정으로 인해 지친 몸이 아직 회복되지 않았소. 또 금나라는 옛 나라이고, 죄가 아직 드러나지 않았기에 공격하는 것을 잠시 멈추고 병사를 튼실히 지내게 하고, 그 잘못이 드러나는 것을 기다렸다 공격합시다. 또 나이만의 볼로는 인륜을 저버리고 자신의 친동생을 몰래 죽이고, 또 능력도 없으면서 분에 넘치게 대칸의 자리에 앉아 스스로 옥황玉皇이라 칭했소. 또 하늘의 때를 알고 기꺼이 투항한 알탄샤를 병사를 일으켜 공격했기에, 이제 곧 내가 몸소 2만의 용맹한 정예 기병을 이끌고 그를 치러 갈 것이오. 열흘 뒤에 곧바로 출병하도록 하시오."

이렇듯 태조가 강조하여 명하자 많은 신하들이 감복하지 않는 자가 없었다.

계속해서 하사르와 벨구테이 두 동생이 세 아이를 데리고 무릎을 꿇었다. 태조가 보니 한 아이는 오이트 오칙의 아들 에르덴 사란이었고, 또 한 아이는 그의 동생, 나머지 한 아이는 오란 가촉의 아들로 모두 10세가 지난 아이들이었다. 하사르와 벨구테이가 무릎을 꿇고 고하기를 "이 세 아이에게 주군께서 큰 이름을 내리시고, 혼처를 상으로 정하여 주십시오"라고 하자 태조가 기뻐했다.

"어젯밤 한 마리 사슴이 입에 해와 달을 물고 나의 사냥터로 들어가는 꿈을 꾸었다. 이제 또 우리나라가 비로소 몽골로 명칭을 바꾸었을 때 마침 꾼 꿈이기에 아우 친왕 오란 가촉의 외아들에게 '몽골 보가'[1] 라는 이름을 내려주겠노라. 아우 친왕 오이트 오칙의 큰아들은 에르덴 사란이니, 작은 아들에게는 또 몽골이란 글자를 이름하여 '몽골 사란' 이라고 이름을 지어 주시오. 이 세 아이들에게 혼처를 택하는 일을 광헌 황후에게 맡기고, 9경 대신의 자녀들 가운데서 택해 주도록 하시오!"라고 명을 내렸다.

계속해서 또 고 공주를 시집보낼 시기와 또 부마 보토의 아들 난사르에게 아우이자 친왕인 하사르의 딸 메르겐 세칙궁 하금파주[원주] 실제로 친왕의 딸 파주를 모두 금이라 한다. 그렇게 해서 군주라고 쓸 때 원나라 사서에 모두 파주라고 썼다. 아니면 그 시대 군주 등을 파주라고 한 것이 아닐까. 아니면 후의 사관들이 잘못 쓴 것일지도 모른다. 어느 것인지 잘 알지 못한다. 그래서 감히 내 마음대로 바꾸지 못하고 원래 사서대로 파주라고 함께 쓴 것을 학자 제위들은 살펴 알기 바란다를 신부로 정해 혼사의 명을 내려 줄 것을 청했다.

그러자 칭기스 칸이 모두 이들의 의견을 받아들이고, "태자 차가타이와 주치의 혼인을 다음 해 정월 길일을 잡아 예식을 올리는 것으로 정하시오. 공주 세첸 세첵그릭도 마찬가지로 명년 정월에 길일을 잡아 대례를 행할 날을 택하시오. 성이 다른 씨족으로 부마 보토의 아들 난사르에게 아우 친왕의 딸 메르겐 세칙궁 하금파주를 맺어주는 것이 안 될 법은 없소. 곧 혼약을 하세요. 원래 사촌지간에 혼인을 금한 것은 위에 모두 남방 중국의 풍속으로, 이는 곧 근친혼으로 자식을 낳으면 좋지 않다는 뜻이오. 그러나 실제 성이 다르면 인척 관계를 맺는 혼례에 있어 크게 저촉되지 않소. 예전부터 내가 다른 이에게 하지 않은 한 가지 말이 있소. 오늘 이제 말하지 않으면 안 될 것 같소. 내가 알기로

---

1 '몽골 사슴'이라는 뜻.

우리 선조는 고대 석가 종씨인 마하사마디 칸에서 시작되었소. 또 오늘날 서쪽 변경의 티베트 서북쪽 나라에 또 석가의 법도가 있소. 우리가 이제 아래쪽 지역에서 북방으로 이동해 왔으니, 그 옛 제도의 예에 따라 인척 관계를 맺는 것은 그다지 이치에 합당하지 않을 것이오. 성이 다르면 곧 혼인하는 데 있어 인륜에 저촉되지 않소. 그러니 우리 어머님 선의 태후를 위시하여 나라 전체가 꿈의 백천신 천부에게서 나를 얻었다고 늘 말씀하시는 것을 나는 믿지 않았소. 그런데 후에 케레이트부를 공격할 때 바조나이 강가에서 몸에 피를 내어 탁한 물을 마시며 어려움을 겪을 때, 나의 네 아우의 피를 술에 떨어뜨렸지만 내 피가 전혀 섞이지 않자 나는 비로소 예전에 사람들이 했던 말을 믿고, 우리 어머니 태후께서 말씀하신 대로 내가 황금가문의 고귀한 신분이라는 말씀을 신뢰하게 되었소. 이때 네 명의 아우들 역시 또 모두 이곳에 있으니, 나라의 모든 대신과 신하들 앞에 이를 분명히 하는 것이 큰 도리에 합당할 것이오.

생각건대 나의 육신은 분명 천신족이기에 나를 계승해 갈 자손도 어찌 되었든 보통과는 다른 귀한 존재일 것이 분명하오. 이제 나의 자식을 다른 지역의 귀한 자손이나 공훈 있는 대신의 자식과 혼약을 맺으면, 다른 씨족이 모두 이 귀한 자손을 얻을 수 있으니 그들 자손은 특별한 복을 가지고 태어난 것이 분명하고, 특별한 능력을 쉽게 얻을 것이오.

다만 우리 가계와 나의 네 아우들은 세상의 명분상 근본적으로 하나의 계통이 아니지만, 현상적으로 하나의 가계라 하여 모두 다른 종족과 혼인을 맺게 되면 몇 대가 되어 보르지기드의 가문은 또 의미가 퇴색되고, 고귀한 전통 가문이 혼혈화되는 데 이를 것이오. 또 다른 가문보다 더 특별한 무언가가 사라지는 것은 분명 매우 안타까운 일이오. 그러니 네 명의 아우들은 나와 같은 혈통, 한 자손이 아니니 우리 시대가 지나 5대 7대 후에 우리 자손과 혼인을 하면 본래 우리의 보르지기드 가계도 신성한 가문의 천손인 보돈치르의 가계요, 또 이제 내가 백천신 천부에게서 태어났으니, 두 신성하고 힘 있는 근본을 함께 하여 훗날 힘 있는 가문의 자손, 고귀한 가문의 자손이 서로 이어져 갈 것이오. 그러면 자손들이 필시 범상한 수준을 넘어 다른 이들보다 훨씬 특별한 자질을 갖고 태어나 신이함을 얻기 쉬울 것이며, 만 년이 되도록 번성하며 잘 지내게 될 것이오. 이 말을 내가 스스로 분명히 하지 않으면 후에 나의 어머니 태후께서 소천하시고, 내가 세상을 떠난 뒤 누가 이처럼 분명히 분별해 말해줄 수 있겠소? 내가 이러한 사실들을 분명히 말하는 것은 내가 칸의 보위에 올라서이거나 네 명의 아우를 얕잡아보고 한 말이 아니며, 자손대대를 생각해서 한 말이오. 이제 비록 당장은 필요 없는 말이지만 후에 백 년, 천 년, 만 년의 세월 동안 매우 큰 도움이 되어 의미가 있게 될 것이오!"라고 했다.

그러자 네 아우는 우겔룬 태후로부터 이전에 들었던 말이고, 또 이런 일을 나라 전체가 이야기하며 분명히 알고 있었기 때문에 벨구테이, 하사르, 가촉, 오칙 등을 위시해 백관들이 크게 탄복하며 한목소리로 "만세! 만세!"를 외치며 절했다.

그러자 태조 칭기스 칸이 또 명했다.

"이후 부마 보토와 현재 우리 사위, 나라의 부마 체첵의 두 공주에게서 낳은 자식들을 오늘부터 나의 태자들과 동등한 자격을 갖게 하시오. 이것을 자손 대대로 전승시킬 법으로 삼으시오!"

그리고 곧 칭기스 칸은 네 아우와 9경들을 데리고, 선의 황후의 궁에 가서 있었던 일의 자초지종을 자세히 고했다. 또 태조 칭기스 칸의 근본이 다른 것에 대해 나라 전체가 선의 태후가 몸소 하신 말씀을 분명히 듣고, 그것을 쇠판, 황금 패에 기록하고 태조의 말씀을 그 아래 새겨 몽골 전체에 알렸다.

그때 태조 칭기스 칸이 조정으로 돌아와 백관에게 명했다.

"내가 이 법을 후에 말년 즈음 정하리라 생각했소. 다만 세상 사람들이 영원히 사는 법이 없기에 우리 어머니 태후께서 만약 소천하신다면, 이 말이 부질없어지지 않겠소? 그래서 할 수 없이 오늘 분명히 말해 남기려 한 것이오. 또 훗날 보위를 이을 자손들이 만약 우리 외가인 올호노드와 나의 처가인 홍기라드 이 두 부족에서 부인을 얻었다면 그 외에 다른 부족에서 정실의 황후, 태후로 봉해질 수 없소. 이것은 우리 몽골의 근본이 되는 기초이기 때문이오."

그러자 조정의 백관들이 한목소리로 "만세!" 하고 외치며 절했다. 그리고 이러한 어명을 금과 쇠, 대나무, 돌에 새겨 기록하고, 비단과 종이에 써서 나누어 주어 베껴 쓰게 했다. 태조 칭기스 칸 곁에서 사이한 소르탈트가 나와 큰 목소리로 물었다.

"백관들께서 일이 있으시면 말씀하시고, 일이 없으시면 주군께서 궁으로 돌아가실 것입니다."

토르곤 샤르와 데이 세첸은 태조 칭기스 칸이 법으로 정해 기록하게 한 국사의 세 가지 조항을 보았다. 그리고 칸이 몸소 이끌 나이만을 공격하는 한 부대를 보고 동시에 나와 고했다.

"주군께서는 나라의 우두머리시니, 옥체를 귀히 여기심이 옳을 듯합니다. 예전과 비교하셔서는 아니 됩니다. 용과 봉황은 가볍게 돌아다니지 않습니다. 용은 반드시 두터운 구름으로 자신의 몸을 감추고, 호랑이는 반드시 산과 숲에서 자신의 위엄을 감추고 지냅니다. 사자는 설산에서 벗어나지 않습니다. 이제 주군께서 몸소 원정을 가지 마시기 바랍니다. 9로의 대신 가운데 한 사람을 지목하여 병사를 이끌고 가게 하십시오."

그러자 태조가 곧 자신의 생각을 언급했다.

"경들이 말씀하시는 것이 비록 옳지만, 하나를 알고 둘은 알지 못하시는 것입니다. 내가 비록 황제의 후예이지만 3대의 간격이 있습니다. 비록 베데국이 칸 위를 계승해 왔지만 일반적으로 천지의 정수인 몽골을 지배한 것은 중원 대국이 아닙니다. 이제 여러 대신과 장수들이 사력을 다해 분투함으로써 종횡으로 만 리를 합병하고, 대몽골국을 세웠지만 이 또한 외방에 속하지요. 외방은 무슨 일이 있어도 중원의 상황을 모방해서는 아니 됩니다. 비록 중원이라 해도 국사를 게을리하는 것을 경계하는데, 이제 제가 어찌 중원이 멀리 하는 것을 본받겠습니까? 천자, 만인의 칸이라는 존재는 그 지역의 습속대로 많은 이들을 평안하게 하는 것을 중시합니다. 어제 비로소 칸 위에 오르고 칸이 되자마자 오늘 나라의 명분을 내팽개치고, 육신의 행복을 추구한다면 작금의 대국에 저촉되는 행동이며, 훗날 자손들에게 좋지 않은 가르침이 될 것입니다. 세상의 모든 일들은 애써 분투함으로 성취되고, 게으름으로 패망하는 것입니다. 우리가 오늘 출정하는 것은 매우 합당한 일이니, 경들께서는 부정적으로 말씀하시지 말기 바랍니다."

그러자 데이 세첸이 앞서 말했다.

"참으로 주군의 명철하심을 신이 미치지 못하였나이다."

그때 모홀리가 상주문을 올렸다. 태조가 보니 그 내용은 다음과 같았다.

> 성주께서 친히 병사를 이끌고 출정하시는 것은 나라에 분투하심을 보여주는 중대사입니다. 그러하오나 이를 잡으려고 칼을 꺼내지 않는다는 말처럼 주군께서 몸소 출정하시면 오히려 적편을 놀라게 하여 일을 이루기 어려우니, 주군께서는 출정을 위해 떠나시고 그 사이에 신이 보가르지와 함께 앞서 달려가 매복해 기회를 보겠습니다. 만일 신들이 그사이에 적을 생포하고 주군을 맞는다면 주군께서 쉬지 않으신다는 명분이 나라에 널리 퍼질 것이고, 일도 쉽게 이루어질 것입니다. 이제 정탐꾼에게서 들으니 나이만의 볼로 하스 칸이 남쪽 우룰트산에서 대 사냥을 할 거라고 합니다. 이 기회에 그를 생포하면 두 가지의 일을 이루는 방법이 될 것입니다. 싸우다가 도망치면 붙잡겠나이다.

태조가 이 상주문을 살펴보고 용안에 희색을 드러내며 "용맹함과 지략을 함께 지닌 태부의 만족할 만한 계략은 내 생각과 크게 일치하오. 그 계획에 따라 치밀하게 가서 공격하고, 생포할 방법을 지금 곧 강구하기 바라오" 하고 명을 내렸다.

그러자 모홀리가 절하고 그 명을 받고 서 있었다. 그러자 사이한 소르탈트가 또 "고할 일이 있으면 고하시오!"라고 하자 백관이 모두가 한결같이 움직이지 않았다. 낮은 소리로 악기가 연주되기 시작하고, 징과 북이 울리며 아름다운 향기가 났다. 칭기스 칸이 용포 소매를 한 번 털고 내궁으로 들어갔다.

백관이 조정에서 내려와 구름처럼 사방으로 흩어졌다. 그때 모홀리와 보가르지는 원수元帥의 관저로 가서 화살 여덟 개를 택해 여덟 명의 장수에게 임무를 부과했다. 친왕 차가타이를 위시해 부마 체첵, 난사르 또 알호, 수흐, 볼로, 울렌 치르비, 실릭그트 바르스, 테스겔 바르스 여덟 장수에게 8천 명의 병사를 내어주고, 보가르지를 원수로 하여 옛 나이만의 북쪽 우룰트산에 매복케 했다. 그리고 나이만의 볼로 하스칸을 생포하고, 그 아들 곡굴룩을 죽이라며 연이어 병사들을 출정시키고, 자신은 다섯 명의 호장과 5만 병력을 이끌고 옛 나이만 지역으로 가기로 했다. 그리고 보랄과 촐론, 젤메, 제브, 하사르, 벨구테이, 초 메르겐, 시리 호톡, 아즈나이, 호다르가, 토스호, 알탄샤 그리고 젊은 장수인 아난드, 소보다이, 호보다이, 소보로이, 와이진, 알리진, 후데르 부스, 후렐 부스 이 20명의 장수들은 10만 대군을 이끌고, 태조를 따라 열흘을 기한으로 나이만을 향해 떠나기로 했다.

그날 모홀리는 곧바로 조정으로 나가 태조에게 고하고 먼저 출정했다. 그리고 연이어 칭기스 칸은 선달 보름 용시에 천자의 대오로 네 장수와 10만 병력을 이끌고 천천히 출발했다.

이제 화제를 바꾸어 옛 나이만의 볼로 옥황에 대해 말하려고 한다. 볼로는 원래 나이만의 타이얀 칸을 죽이고 도망쳐 가서, 타이얀 칸의 나라를 차지하고 자신을 또 타이얀 칸의 지위에 봉했다. 또 금나라와 대항한다고 하며 자신을 옥황이라 칭하고, 아들 곡굴율을 황태자 대친왕에 봉했다. 그리고 병사를 선발하여 30만에 이르게 하고, 베데국의 정황을 보며 때를 기다리면서 칭기스 칸이 몇 번 멀리 원정을 떠났을 때, 베데국을 정복하려고 했지만 나라를 지키는 수비가 삼엄하여 틈을 얻지 못했다.

그런데 마침 지난해 칭기스 칸이 서쪽 티베트로 원정을 떠난 사이에 서요와 새로운 나이만의 알탄샤도 칭기스 칸을 따라 한 부족과 함께 갔기 때문에 그 틈에 5만 병력을 이끌고 스스로 베데국에서 오는 지원병의 길을 막고, 아들 곡굴율에게 5만 명의 병력을 지휘케 하고, 마일즈 부족의 토도를 선봉으로 삼아 새 나이만을 점령하기 위해 갔다. 알탄샤의 두 아내인 솔롱고와 사이한 후르운구트후르 두 사람은 이미 볼로가 병사들을 이끌고 공격해 온다는 소식을 듣고, 소속 병사를 점검하고 먼저 보르한 갈돈에 있는 보가르지에게 사람을 보내 이를 알렸다. 그리고 병사들과 먕가탄, 수렐혝, 우넨 칙그트, 메넨 등을 데리고 부족의 경계 밖으로 가서 그들을 기다리고 있었다. 바로 그때 다가오는 곡굴율을 보고 곧 대오를 짓고 나가 싸울 태세를 취했다. 곡굴율이 보니 그들이 그의 두 제수씨였기 때문에 화를 내며 말했다.

"관계도 없는 어리석은 여인들이 부끄러움도 모르고 사내를 따라 적편 베데국에 투항하고, 이제 무슨 낯짝으로 나와 싸우러 왔느냐?"

그러자 솔롱고가 말 위에서 제수씨의 예대로 정중히 말했다.

"아주버님께서는 어찌하여 저희 얼굴을 보자마자 무례한 말씀을 꺼내십니까? 제수인 우리가 아주버님을 존중하는 것은 우리 남편이 존대하는 까닭입니다. 이제 아주버님께서 병사를 이끌고 동생을 공격하기 위해 오셨으니, 우리는 아주버님의 동생의 아내이기 때문에 동생의 나라를 지키는 것이 제수인 우리의 중요한 도리일 것입니다. 아주버니께서 어찌 저희를 책하시는 것입니까? 아주버님께서 병사들을 이끌고 이곳에 온 것은 무슨 까닭입니까? 그 이유를 분명히 한 연후에 제수의 예를 갖추어 절을 올리기 위해 아주버님을 맞으러 왔습니다."

그러자 곡굴율은 더욱 분노가 치밀었다.

"이 염치도 없는 여인네가 멋대로 지껄이는구나. 네 남편은 아버지를 죽인 베데국에 투항하여 종이 되었기에 내가 이제 군대를 이끌고 너희들을 구하러 왔는데, 너희들은 나를 불쾌히 맞으며 대드는구나. 그것은 무슨 이유 때문이더냐? 특히 아버지를 죽인 베데국에 영원히 종이 되는 것을 기꺼워하는 것이냐?"

그러자 솔롱고가 실소를 하며 작은 깃발을 거두자, 대오 가운데서 두 명의 장수가 300명의 병사를 이끌고 나왔다. 두 장수를 보니 먕가탄과 수렐헥이었으며, 300명의 병사는 타이얀 칸이 죽임을 당할 때 낙양落陽 고개로 따라간 병사들이었다. 이날 300명의 병사가 함께 와 곡굴율을 손가락으로 가리키며 저주했다.

"삼촌을 죽인 패륜아가 무슨 주둥이로 그런 말을 함부로 지껄이는 것이오? 의로움을 완전히 망각한 패륜적인 종이 무슨 낯짝으로 그런 말을 하는 것이오? 우리의 칸 주군께서 낙양 고개에 계실 때 당신은 우리 면전에서 말할 여지도 주지 않고 우리의 주군을 베어 말에서 떨어뜨리고, 베데국의 보가르지와 보랄에게 투항하고는 밤에 도망쳐 돌아오지 않았소. 그러면서 이제 우리의 부인들과 어찌 이처럼 대결이를 하며 가축과 짐승처럼 지껄여대는 것이오?"

그러자 우넨 칙그트가 또 욕설을 퍼부었다.

"우리 작은 주군께서 당신 집에서 아파서 누워계실 때 당신은 몇 번이나 독을 드려 죽일 생각을 품지 않았는가? 내가 곧 주군을 모시고 몇 달 간 산에 숨어서 주군의 병을 간호하여 호전되었을 때 당신은 또 병사를 이끌고 추격해 오지 않았는가? 이제 어찌 당나귀처럼 주둥이와 턱을 마음대로 놀리며 귀하신 부인과 이런저런 쓸데없는 말을 지껄이는 것이냐?"

그때 수렐헥과 망가탄이 또 그 말을 받아 말했다.

"제 아버지를 죽인 마왕 같은 종놈, 우리 주군을 뒤에서 베어 떨어뜨린 너. 베데국의 병사에 포위되어 당황하고 있을 때 우리 주군을 몰래 해치고 어쩔 도리 없이 도망치다, 베데국의 칭기스 칸에게 투항하지 않았느냐? 칭기스 칸께서 우리 주군의 시신을 경건하게 거두시어 묘를 만들고, 몸소 무릎을 꿇어 술을 떨어뜨리시며 원한에 찬 영혼을 위로하셨다. 그렇기에 이제 우리 성조 칭기스 칸의 은혜로 우리는 또 나라를 찾고 돌아가 평화롭게 지내고 있는데, 너는 또 어찌하여 병사들을 이끌고 공격해 와서 이처럼 돼 먹지 못하게 성질을 부리는 것이더냐?"

그러자 곡굴율이 크게 진노하여 소리를 외치며 욕설을 퍼부었다. 곧 전투를 개시하는 큰 북을 치게 하고, 토도와 돌격해 들어가자 솔롱고도 창창한 목소리로 한 번 크게 꾸짖고, 곧 촉이 있는 창을 바람 바퀴처럼 돌리며 곡굴율을 향해 공격해 들어갔다. 사이한 후르도 큰 검을 흔들며 공격해 들어갔다. 이에 토도가 두 부인이 곡굴율을 협공하자 옆에서 비호하며 공격해 들어갈 때 이편에서 수렐헥과 먕가탄이 함께 맞아 싸워 20번 이상을 교전했다.

곡굴율은 이 두 여성 장수의 검과 창이 매우 날렵한 데다 틈을 주지 않자 방어만 하며 대항했다. 마침내 전혀 대항하여 맞설 수 없게 되자, 크게 당황하며 틈을 찾아 도망갈 궁리를 했다. 그때 솔롱고가 갑자기 뒤로 물러서서 매서운 목소리로 한 번 꾸짖더니 날카로운 창으로 곡굴율의 오른쪽 허벅지를 찔렀다. 곡굴율은 참을 수 없이 고통스러워하며 서둘러 말의 갈기를 움켜 잡고 뒤돌아 달아났다.

이를 본 사이한 후르가 그 뒤를 추격해 가서 또 있는 힘을 다해 창으로 일격을 가했다. 창이 곡굴율의 왼쪽 허벅지를 찔러 창끝이 살을 뚫고 나오자 그것을 잡아 뽑기 전에 토도가 수렐헥 등을 데리고 곡굴율을 구하기 위해 다가갔다. 사이한 후르가 창을 놓고 검을 잡고 토도를 맞아 싸울 때 솔롱고는 서둘러 활에 구리 공을 메겨 토도를 향해 활시위를 당겼다. 그 공은 바로 토도의 앞니를 맞춰 그의 두 개 앞니를 부러뜨리면서 구리 공이 이 사이에 박혔다. 토도는 눈에서 불이 번쩍하자 창을 끌고 도망쳤다.

솔롱고는 곧 승리의 여세를 몰아 붉은 신호기를 한 번 흔들며 뒤쫓아가 40리를 추격해서 그를 죽여 버렸다. 그녀는 싸움에서 크게 승리하고, 남은 병사들을 이끌고 볼로 옥황의 병사를 추격해 위협하며 달려가자, 볼로 옥황은 체첵산에서 베데국의 보가르지의 병사에 대항하며 이틀 동안 싸우고 있었다. 또 그 이튿날 여전히 싸우고 있을 때 솔롱고와 사이한 후르의 군대가 뒤에서 연이어 공격해 들어오자 볼로 옥황의 병사들이 생각지 않은 일에 크게 놀라 대혼란이 일어났다.

그러자 볼로가 급히 초원 아래로 도망칠 때 베데국과 나이만 두 나라의 병사가 볼로 옥황의 군대를 100리나 추격하고서야 비로소 싸움이 멈췄다. 이 전투에서 얻은 전리품을 솔롱고가 모두 베데국의 병사들에게 상으로 나누어 주었다. 보가르지는 솔롱고와 사이한 후르의 행한 일에 크게 놀라면서 한편 그들을 칭찬했다. 솔롱고와 사이한 후르는 나라에 이르러 장병들에게 후한 상을 나누어주고 나라를 지켰다.

볼로 옥황의 두 개 군단이 나라에 돌아오자, 아들 곡굴율이 오른쪽 허벅지에 구멍이 뚫리고, 왼쪽 허벅지에 화살이 꽂혀 그 꼬리를 끌고, 토도는 입에 구리공을 문 채 돌아왔다. 상처를 치료하고 병사들을 훈련시키며 원수를 갚을 생각에 절치부심하고 있을 때 예상치 않게 베데국의 군주가 서 티베트, 네팔, 회회, 하시가르, 하르리고드에서 돌아와 1년 이상 병사들을 소리 소문없이 여름을 지내게 하고, 적군이 몰래 접근해 오는 것을 경계했다. 한편 나이만의 정탐꾼이 그 정황을 듣고 와서 고하자, 알탄샤가 원수의 관저에 고하여 세 개 군단이 출정했다. 몽골국의 큰 태자인 주치 친왕과 둘째 태자 차가타이 친왕이 여덟 명의 장수와 8천 명의 병사를 이끌고 보가르지를 선두로 우울트산에 도착했는데, 그때 마침 볼로 옥황이 사냥을 하러 나간 때여서 한밤중에 우룰트산의 아마르 호쇼라는 언덕에 매복했다.

다음 날 사냥을 하면서 진격해 갈 때 포성을 울리고 북을 한 번 치자마자, 여덟 명의 장수가 동시에 나가 볼로 옥황을 막아섰다. 그때 차가타이 친왕이 화살 한 발로 볼로 옥황의 오른팔을 겨냥해 쏘아 오른팔에 화살이 박히자, 보가르지가 민첩하게 공격해 들어가 볼로를 생포했다. 그리고 곧바로 2천 명 이상의 사냥꾼 병사들을 모두 데리고 돌아갔다. 나라 변경에 이르자 오른쪽에서 또 모홀리가 승리한 병사들을 이끌고 달려왔다. 그 상황을 물으니 모홀리가 한밤중에 볼로 칸의 회군하는 병사로 가장하여 돌격해 들어가 옛 나이만을 완전히 점령했다고 했다. 곡굴율은 토도와 단지 몇백 명의 기마병을 데리고 겨우 목숨을 유지해 빠져나가 일테시강 쪽으로 달아났다.

한편 태조 칭기스 칸은 군대를 움직인 지 사흘이 되어, 두 군단의 병사들이 모두 승리를 거두자 회군을 명했다. 한편 모홀리는 검에 피를 묻히지 않고, 두 지역을 더 거두어들이고 창고를 점검했다. 톡그통고로 하여금 1만 명의 병사와 나이만을 지키게 하고 다른 병사들은 돌아갔다.

이와 같은 몽골국의 크고 작은 경사로 기뻐하지 않는 사람이 없었다. 태조의 군대가 여기서 움직이자마자 적군이 저곳에서 패했다. 진정 천자의 위세와 빛이 천하에 널리 알려지자, 그 군대의 이름을 듣고 군대가 이른 곳은 곧 정복되고 투항한다며 경축의 대연회를 베풀 때 모홀리는 또 돌아와서 곧바로 알탄샤로 하여금 옛 나이만을 함께 지키게 했다.

한편 원수 보가르지가 볼로 옥황을 산채로 생포해 오자, 태조가 그에게 주군인 타이얀 칸을 죽인 이유를 물었다. 그러자 볼로가 "내가 죽인 것이 아니라 내 아들이 죽였소. 아들이 죽인 죄를 어찌 아비에게 묻는 것이오?"라고 했다.

태조가 미소를 지으며 명했다.

"그대는 삼촌을 죽인 아들을 어떻게 벌했소?"

볼로가 아무 말이 없자 태조 칭기스 칸이 그를 동쪽 변경의 알탄을 지키는 수비대의 소식을 정탐하고 오라고 보냈다. 그러자 모홀리가 속으로 크게 기뻐했다. 볼로 옥황은 길을 가다 사흘째 되는 날 한가이산에 이르렀을 때, 나이만의 이데르 도보가 자신의 주군을 죽인 원수를 생각하고, 밤에 서둘러 적병이 되어 추격해 왔다. 자신의 얼굴을 검댕으로 칠하고 밤에 천막에 들어가 큰 소리로 외쳤다.

"네 아들이 나를 죽였기에 내가 너를 죽이고야 말 것이다."

그는 귀신처럼 들어가 단번에 그를 베어 두 도막을 내고는 서둘러 도망쳐 돌아왔다. 그때 정탐꾼이 와서 나이만의 타이얀 칸의 영혼이 한가이산에서 볼로 옥황을 죽였다고 고하자, 모홀리가 눈썹을 치켜세우고 한참을 생각하다가 "그 혼은 필시 대단한 악귀일 것이오. 사정을 알지 못하는 사람들은 우리를 의심할 것이오. 다만 증거할 만한 자가 없기에 추격할 수가 없소"라고 했다.

모홀리는 곧바로 태조 칭기스 칸에게 이를 사실대로 고했다. 칭기스 칸이 "맞소"라고 하며 미소를 지었다. 그리고 알탄샤에게 그 뼈를 모아 묻어주라고 했다. 그때 볼로의 16세 된 여식 지르겔렌을 나란 칸의 아들에게 내어주고, 그의 아버지 나란 칸이 군대 가운데서 죽었기 때문에 고르로스로 돌아가게 했다.

한편 태조는 큰태자 주치 친왕과 둘째 태자 차가타이 친왕 그리고 모홀리, 보가르지 등에게 전투의 공훈을 높이 여겨 후한 상을 내렸다. 모홀리, 보가르지와 여러 사람들의 봉직을 은밀히 논의하고 헤어졌다. 연말이 되자 태조 칭기스 칸은 대전에서 잔치를 준비하고, 칸의 용상에 올라가 앉아 악기를 연주하게 했다. 잔치를 배설한 것은 첫째 칸 위에 올라 마침 나라의 친인척, 공로 있는 대신이 모였고 둘째, 승리한 병사들의 공훈의 경중을 따져 상을 내리기 위해서였으며 셋째, 연말이라 하여 길일을 잡아 이처럼 잔치를 베풀었다. 네 명의 아우 친왕과 네 명의 태자 친왕, 두 명의 부마, 여섯 대신, 다섯 태부, 28명의 하위 태부를 위시하여 크고 작은 수장, 대신, 신하가 모두 모여 잔치를 즐길 때, 문무백관이 태조의 명을 듣고 그 은혜에 절했다.

다음 날 모홀리와 보가르지 두 원수, 주치와 차가타이 두 태자가 논공행상을 하는 사이에 칭기스 칸은 장수들을 차례로 칭송했다. 또 모홀리, 보가르지와 논의하여 말하기를 "나라에서 내가 비록 재주가 없으나 강력하게 나를 추대하여 칸의 보위에 앉게 했소. 이제 아래로 신하들의 좋은 점을 살피고 구별하여 직위를 높이는 것이 옳을 것이오. 다만 이제 누구로부터 시작해야 할지 모르겠소. 그대 두 사람은 죽고 산다 해도 떨어지지 않고 살아갈 사람이오. 실제로 그대 두 사람부터 시작하면 목숨을 바치는 많은 사람들을 격려하는 데 좋을 듯하오."

그러자 모홀리와 보가르지가 함께 고했다.

"옛말에 '사람을 등용할 때 종친을 만인 뒤에 남게 하지 말고, 인척을 만인 뒤에 두지 말라. 대신을 임명할 때는 큰 기대를 하지 말고, 신하를 지극히 존귀한 자리에 이르게 하지 말라'고 했습니다. 친족을 만인 앞에 쓰고, 인척을 많은 이 앞에 으뜸으로 삼으면 친인척들에게 증오와 원한을 사지 않을 것입니다. 대소 신료들도 질시할 수 없을 것입니다. 또 대소 신료에게 자신의 뜻에 이르게 하고, 장수들을 높은 지위에 이르게 하면 문신과 무신들이 만족을 얻어 진취적으로 노력하는 힘이 없게 될 것입니다.

그러니 주군께서는 친인척으로부터 시작해 먼저 품계를 내리시어 직위에 봉하시고, 이를 근본으로 삼아 많은 이가 들을 때 편안하게 하시고, 그 다음 신하들을 차례로 봉하시면 신하들이 또 있는 힘을 다해 분투할 것입니다. 이것은 종 된 저희의 지극한 마음입니다. 지금 폐하께서는 가까운 친족이 매우 적고, 다만 톡그통고 바타르와 그의 아들 안돈, 또 사인 부흐 칸의 아들 잠발 그 외에는 없습니다. 또 인척을 보면 기본적인 외척인 선의 태후의 두 동생 올호노드의 우르룩 노욘과 리데르 세첸 두 분 그리고 나라의 장인이자 광헌 황후의 부친이신 데이 세첸, 동서 양궁의 귀비의 부친 이흐 조로, 비에 오란, 동편 비의 부친 솔롱고스의 차간 칸 또 우리나라의 수석 신하 토르곤 샤르 이 다섯 분에게 먼저 상을 베푸시면 친인척, 문무백관과 신민들에 이르기까지 관례가 바르게 되어 곧 다른 사람의 비판하는 말이 적어질 것입니다."

태조 칭기스 칸은 기뻐하며, 그들의 의견을 흔쾌히 수락했다. 그리고 연말에 사흘 동안 큰 잔치를 베풀어 많은 친인척과 문무백관에게 관직을 봉하고, 9로 상경을 마지막 날 추대할 것이니 9로 상경들은 각자 나라를 치리하는 몇 가지 방안을 고하라고 명했다. 그리고 첫 번째 날 종친들을 관직에 봉하는 잔치에 톡그통고 바타르, 잠발, 톡그통고의 아들 안돈, 잠발의 아들 아하이, 야시 등을 잔치의 상석에 앉게 했다.

그때 태조 칭기스 칸은 친족 다섯 사람을 향해 "석가에서 갈라져 나와 인도에서 도래한 선조, 불조佛祖와 같은 가문인 보돈치르, 천자의 후예 보르지기드, 살지오드에서 갈라져 나와 좋은 사람들과 우호적으로 지낸 후손, 보살과 같은 마음을 지닌 지혜로운 친족, 하볼 칸으로부터 4대가 될 때까지 떠나지 않고 베데국을 지탱해 준 친족이여, 왕정에 울타리가 되어 준 뜨거운 마음을 지닌 황족이여"라고 하며 톡그통고, 잠발 두 사람을 종친의 태보에 봉하고, 그 자식들을 상태부에 봉했다. 그리고 상으로 손수 금잔에 술을 따라 주고, 대 연회장에 모시라는 명을 내리자, 많은 사람들이 태조의 은혜에 절하며, 친족을 후대하며 잔치를 베풀었다.

둘째 날 올호노드의 우르룩 노욘과 리데르 세첸, 또 홍기라드의 데이 세첸, 술덴의 토르곤 샤르, 차간 칸 다섯 사람을 다섯 태사 즉, 수석 신하의 직위에 봉하고 축사했다.

열조예수게이 바타르 칸에 자랑스럽게 투항한 올호노드는
베데국의 근본 외가가 되었고,
어렸을 적부터 따라나선 홍기라드도 나라의 외척이 되었네
양털 실은 수레에 나를 숨겨 구해주고

세상의 칸으로 삼은 으뜸의 신하여!

바다 멀리에 있던 나를 멀리서 알아보고

나라 사람들을 이끌고 귀순한 차간 칸이여!

그리고 보가르지의 아버지 라호 바얀, 젤메의 아버지 자르치오다이, 매제요 부마인 보토의 아버지 오리아차가이, 그의 사촌 동생 야보치다이, 단톡의 사이한 소르탈트 또 초초라이 이 다섯 사람은 모두 80세가 넘었기 때문에 이 다섯 사람을 나라의 다섯 노장 베일[2]에 추대했다. 이 다섯 태사를 잔치 자리의 다섯 줄 가운데 가장 앞줄에 앉게 하고 잔치를 베풀라고 분부하자, 백관들이 모두 그 은혜에 절하고 두 번째 날의 잔치를 베풀었다.

그리고 사흘째 되는 날 9로의 상경을 초대해 잔치를 베풀었다. 이 아홉 우르룩[3]의 수석 신하인 토르곤 샤르는 모홀리, 보가르지, 보랄, 촐로, 젤메, 제브, 시리 호톡, 하르 히루, 초 메르겐 이 아홉 명의 대신을 데리고 나와 무릎을 꿇자, 태조 칭기스 칸은 모홀리와 보가르지 두 사람을 동서 양로의 대원수이자 태보로 봉하고, 상태부들의 우두머리 신하의 반열에 올렸다. 말에 오르면 천하의 군대를 지휘하고, 말에서 내리면 천하의 나라를 치리하는 중요한 직책을 맡겼다. 남아있는 상찬賞讚을 주관하는 6명의 대신을 초 메르겐과 함께 모두 상태부와 태부의 관직에 봉했다.

2　청나라시대 4품 벼슬의 두 번째 품계. 패륵(貝勒).

3　여기서 '우르룩(өрлөг)'은 칭기스 칸이 가장 신뢰했던 최측근 용사, 장군을 이르는 말이다.

토르곤 샤르를 위시한 9경의 우르룩 노욘들은 함께 듣고, 그 은혜에 절한 후에 태조 칭기스 칸이 9경의 태보들에게 나라에 도움이 되는 말을 고하라고 하자, 토르곤 샤르가 먼저 아뢰었다.

해와 달과 같은 광휘를 발하시고
소나무와 측백나무와 같은 위엄을 갖추셨네
꽃과 잎사귀 같은 자손들이 번성하고
은혜가 호수와 바다 같고 상벌이 온전하신 칸 주군이시여
엄중한 법으로 모든 혼란을 제거하시고
사랑과 자비로 모든 칸들을 우러르게 하시며
속국과 신민이 바다를 넘어서까지 널리 퍼지게 하시고
왕정을 만 년토록 확고히 존립케 하시기를 바라나이다!

그러자 위대한 성조 칭기스 칸이 응답하기를

타타르에게 붙잡혀 쇠사슬에 묶이고
타이치오드에게 붙잡혀 초원의 풀에 누워 숨어 지낼 때
목숨을 돌아보지 않고 나를 구해주고
살진 양을 잡아준 고귀한 나의 태사

라고 하며 손수 황금잔에 술을 따라 주며 가장 앞자리에 앉혔다. 그러자 잘라이드의 모홀리가 앞으로 나와 무릎을 꿇고 고했다.

영양 있는 신령한 나무와 같은 신성한 주군이시여
효심과 자애로움을 두루 갖추신 하늘의 주군이시여
사자와 금시조 같은 용사의 용맹한 계략을 가지신 주군이시여
그 명성이 사해에 떨치는 은혜로운 칸 주군이시여
푸른 바다와 같이 깊은 마음을 빼앗기지 않고
대국을 키우시고 성장시켜 나날이 흥성하고
백성을 자식처럼 지극히 사랑하시는 주군이시여
힘센 바퀴로 온 세상을 지배하소서!

그러자 고귀하고 뛰어나신 성조 칭기스 칸이 손수 술을 따라 주며 축사했다.

원수들이 도망자 나를 찾아올 때 신호를 보내준 친구
타타르, 타이치오드에 핍박을 받고 헤매다닐 때 도움을 주었던 벗
반역적인 적을 향해 싸우며 공격해 들어갈 때 우직한 코끼리가 되고
싸울 계략을 생각하고 결정할 때 지혜가 출중한 협조자
엄동설한에 많은 눈 속에서 펠트를 잡아 눈을 가려주고
참을 수 없이 사악한 속임수를 쓰는 적들의 특징을 제때 간파하고
안정적인 나라를 함께 세운 나의 수레 쥠새여
신령한 천부께서 내려 주시어 돕게 하신 나의 총사령관이여!

칭기스 칸은 술잔을 가득 채워 손수 술잔을 건넸다. 그때 아르라드

의 보가르지가 나와 무릎을 꿇고 절하며 고했다.

보석으로 세운 영묘한 수메르 산 같은 주군이시여
위대한 젖 바다와 같은 주군이시여
밤낮의 천체로 둘러싸인 주군이시여
권세 있는 위대한 성조 칭기스 칸 주군이시여
칸 된 자의 36가지 중요한 조항을 지키시고
존귀한 나라의 법규를 엄격하고 바르게 하시며
모든 나라의 자손을 널리 훈육하고 가르치시어
모든 백성들이 함께 평화로워질 것입니다!

그러자 애정이 가득한 성조 용맹한 칭기스 칸이 따뜻한 술을 금잔에 손수 따라 주며 축사했다.

수말을 잃어 버렸던 그때 사귀었던 벗
줄곧 나를 따라다니며 오늘에 이르기까지 변함없었던 반려
적과 맹렬히 싸울 때 자신의 목숨을 돌아보지 않는 대신
평화로운 나라에 뜻을 함께하고 부정적인 마음을 품지 않는 신하

이렇게 말하고 금잔을 들고 술을 따라 상으로 내려 주었다. 그러자 촐론이 나와 무릎을 꿇고 절하며 고했다.

바위를 부수고 옥새를 얻으신 주군이시여
하늘에서 옥 잔에 성수를 받으신 칸이시여
모두를 당신의 권세 안에 들게 하시는 주군이시여
당신께 속한 모든 자를 평화롭게 하시는 칸이시여
귀하신 옥체를 가벼이 움직이지 마시고
나이가 드셔도 힘 있는 큰 뜻을 멈추지 않기를 바라나이다
경박한 모리배, 험담꾼, 아첨꾼을 멀리 쫓아내시고
지혜로운 신하를 격려하시고, 가까이 하시기를 바라나이다

그러자 푸른 몽골의 칸 칭기스 성조는 잔에 술을 따라 촐론에게 상으로 내려 마시게 하며, 가볍게 소리를 내어 웃으며 이렇게 화답했다.

양털 실은 수레에 나를 숨겨주고
적들이 찾아오자 그들을 맞아 욕설을 퍼붓던 벗
탈 말을 내어주고 함께 가서
물러설 줄 모르고 분투하며 나를
백성의 군주로 만들어 대업을 이루게 했네

그리고 앞의 잔에 다시 손수 술을 따라주며 마시게 했다. 그러자 보랄이 나와 경건히 절하며 무릎을 꿇고 고했다.

인간의 권세를 가지고, 법륜을 돌리시는 칸 주군이시여

자손들에게 물려줄 만대의 정권을 세우신 성조 주군이시여
명장들을 자식처럼 살피시는 푸른 하늘 같은 주군이시여
준마를 타고 전투에서 세운 공을 격려하시고, 상을 주시는 칸 주군이시여
계략과 힘이 무궁해도 범사에 신중하시길 바라나이다
비록 엄청난 힘을 가졌어도 늘 자긍심이 지나치지 않으시길 바라나이다
세상을 다스릴 때 현명하고 충성된 신하를 주위에 두시며
멀리서 들어도 명예로운 이름을 만대에 남기시기를 바라나이다

그러자 자애와 덕으로 나라를 연 성무황제 칭기스 칸이 또 금잔에 술을 따라주며 화답하기를

처음 황후를 맞이할 때 복된 예물을 바치고
조심해야 할 귀한 말을 혼인 예절에 남기고
장인의 지역으로 갔을 때 약속이라도 한 것처럼 나를 도왔던 대신이여
적과 싸울 때 용감한 사자처럼 가장 앞서 싸우는 장수여

라고 칭송했다. 그러자 오리안한 젤메가 나와 무릎을 꿇고 고했다.

옛 모든 선조를 빛내신 칭기스 칸 주군이시여
꽃과 즙 같은 자손들을 남기신 칭기스 칸이시여
피로 공을 세운 신하들을 자식처럼 보살피시는 주군이시여
굶주림과 배부름을 병사들과 함께 하신 아버지 주군이시여!

사려 깊은 현자의 지성을 키우시어 측근에 두소서
해악을 일으키는 죄인의 뿌리를 끊으시고, 법으로 제거하기를 바라나이다
전진하는 용사들의 마음을 어루만지시고 곁에 두어 평안하시기 바라며
간교한 자들을 근절하시고, 앞서 법으로 화근을 제거하시기 바라나이다

그러자 탁월한 지혜를 가진 성조 칭기스 칸이 크게 기뻐하며 손수 술을 따라 주며 칭송했다.

나라 앞에서 진실한 사표가 된 오리안한의 대신이여
목이 타 고통스러워할 때 타락을 마시게 한 오리안한의 친지여
맞선 적의 깃발을 베어 버리고, 수많은 화살을 멈추게 한 지성 있는 자여
나라를 위해 자신의 어깨를 벤 사려 깊고 지혜로운 친지여

그러자 또 제브가 나와 무릎을 꿇고 절하며 고했다.

선조를 빛나게 하시고, 후대를 교화시키시는 하늘 궁의 태자
많은 이를 편안케 하고, 세상을 평화롭게 하신 성조 칸 주군이시여
예전의 대신과 옛 신하들을 인척으로 삼아 덕을 베푸시는
진정 비견할 데 없이 자애로우신 성조 칸 주군이시여
성스러운 하늘의 운명을 타고나 세상에서 늘 기원하고 지내시며
모아들인 나라, 먼 부족을 다스리시며 만민을 행복하게 하시네
악한 적 간사한 자를 깎아내듯 제거하시고

법을 만 대에 널리 남기시기를 바라나이다

그러자 신성한 성조 칭기스 칸이 잔 가득 술을 따라 손수 술을 내리고 화답하며 칭송했다.

길을 막는 적으로부터 돌아서지 않고 쏜살같이 돌진하는 신하
이방의 적병을 만나면 매처럼 분투하는 용맹스러운 선봉
적에서 떨어질 생각을 하지 않는 바위와 같은 강한 의지의 용사
모든 사람과 갈등 없이 조화하는 방패와 같은 대신이여!

그러자 주르치드여진족의 초 메르겐이 나와 무릎을 꿇고 고했다.

28숙宿과 36개 행성을 지배하시는 주군이시여
모든 나라와 3계를 지배하시는 주군이시여
못된 적과 먼 부족을 당신의 권력 안에 모아들이신 주군이시여
복과 덕을 지니신 위대한 성조 칭기스 칸이시여
고아와 과부에게 헤아릴 수 없는 은혜를 베푸시고
엄격한 법으로 아첨꾼들을 징계하시고
대국을 법으로 다스리시며
결코 사라질 수 없는 나라의 법을 정하시기를 바라나이다

그러자 무한한 복을 지닌 위대한 성무황제가 술을 따른 잔을 들고,

초 메르겐에게 상으로 권하며 화답했다.

가리킨 것을 실수 없이 맞추는 천둥 화살이여
행복과 고통에 두려움 없이 가는 나의 견고한 방패
아첨하는 적을 화살촉마다 맞추는 오른손 엄지손가락이여
운명의 군주를 늘 지키는 나의 충성된 대신이여

이렇듯 칭송하자, 그다음으로 오이라트의 하르 히루가 나와 무릎을 꿇고 절하며 고했다.

지고하신 천신의 자애로운 마음을 가지신 성주시여
세상의 모든 아버지가 되신 칸 주군이시여
위아래를 함께 감찰하시는 천신 주군이시여
세상의 진실을 말씀하시는 하늘 주군이시여
노인과 어린아이들을 자기 자식처럼 살피시기를 바라나이다
고아와 과부를 자신의 몸처럼 사랑하시기를 바라나이다
자신의 과실을 다른 이보다 더 두렵게 여기시길 바라며
신성한 지혜를 만세토록 남기시기를 바라나이다

그러자 인애한 태조 성조가 크게 기뻐하며 미소를 지었다. 곧 황금잔을 들고 우르룩 노욘 하르 히루에게 상을 내리며 화답했다.

적과 죽을힘을 다해 싸울 때
곰처럼 힘 있게 뚫고 들어가는 자
예를 논할 때는 늘
아침 햇살처럼 밝고
전투에서 아군을 비호하며 돌격해 들어갈 때는
소처럼 분투하는 자
진실한 말로 일깨우고 상기시킬 때는
편견 없이 정직하게 고하는 자

이렇게 칭송하자, 타타르의 시리 호톡이 나와 무릎을 꿇고 절하며 고했다.

바퀴 있는 수레가 넘을 수 없는 젓 바다와 같은 주군이시여
준마가 달려가 넘을 수 없는 수메르산 같은 칸이시여
세상 모두를 지배하시는 수호 천신이시여
권세의 힘 있는 법륜을 돌리시는 위대한 칭기스 칸 주군이시여
큰 행복과 쾌락을 늘 멀리하시며
진정 대국의 사직을 아침마다 새롭게 하시기를 바라나이다
끊임없이 분투하는 신하들의 간언을 받아들이시고
황위에 오르셔도 측근 장군 공신들을 잊지 마시기 바라나이다

비할 데 없이 지혜로운 칭기스 칸은 하는 말이 모두 진실하다고 칭송

하고, 곧 황금잔을 들고 시리 호톡에게 상으로 술을 내리고 화답했다.

출병하여 싸울 때 큰 소리를 외치며 앞으로 돌진하는 대신이여
즐거워할 때도 진실을 말하는 장수
확증할 수 없는 것은 말하지 않는 믿을 만한 대신이여
분명치 않은 일의 화근을 일찍부터 살펴 말하는 충직한 벗이여

이렇듯 칭송했다. 그리고 천명을 받은 성무황제, 인간의 권세를 가진 위대한 칭기스, 법륜을 돌리는 태조 칸이 크게 기뻐하며 여러 사람을 향해 일러 말했다.

"오늘 아홉 장군들께서 나라의 예도에 대해 고하신 마음의 말씀을 사이한 소르탈트는 잘 기록하시오."

그러자 사이한 소르탈트가 서둘러 기록한 것을 태조에게 올렸다. 태조 칭기스 칸이 그것을 받아 보니, 9경들이 널리 고한 말과 자신이 화답한 내용이 한 자도 빠짐없이 모두 잘 기록되어 있었기 때문에 태조는 크게 기뻐하며 또 이르기를 "오늘 이후 9경의 우르룩 노욘들께서는 반드시 날마다 나의 적합지 못한 일에 대한 상서를 올려 말씀해 주세요. 내 비록 원래 마음 깊이 뜻하지는 않았지만, 생각지 않게 행동하는 일상적인 일이 있다면 장군들께서 스스로 아시거나 합당하지 않은 일을 보시고, 생각지 않은 일상의 잘못된 일을 서둘러 말씀해 주세요. 그러면 잘못을 고치고 개선하여 몇 년 안에 진정으로 천자에 부합한 행동거지를 하게 될 것입니다. 그 외에 저의 부주의한 행동을 태사, 지역

왕들을 비롯해 내 면전에서 고하는 자에게 10냥의 은과 비단 한 필을 상으로 내리겠소. 만약 먼 대신이나 작은 신하들이 나의 잘못을 기록해 우리의 지역 왕이나 대신, 태사, 태보 등에게 와서 고하여 내게 알리면 100냥의 은과 열 필의 비단을 상으로 내릴 것이오. 만약 병사나 신민들 가운데서 나의 잘못을 고하는 사람에게는 100마리 말과 1천 마리 양을 상으로 주고 신하로 기용할 것이오!"라고 하자 백관들이 기뻐하며 "만세!"를 세 번 외치며 절했다.

그러자 먼저 9경의 대신은 주군의 이 명을 많은 이에게 널리 알리고, 또 금패와 쇠판에 기록하고 석비와 대나무 막대에 새기게 했다. 또 비단과 종이에 기록하게 하여 많은 지역 왕과 태사, 태보 등의 가정마다 한 부씩을 보관하게 하고, 또 외방 부족들에게 알리도록 하라고 명했다. 태사와 태보들이 논의하여 태조 칭기스 칸이 보위에 등극한 것을 다른 나라에 알리고, 자신의 나라에 선포할 명을 청하자 태조 칭기스 칸이 내린 명은 다음과 같다.

> 가장 먼저 인도의 석가 가계 마하사마드 칸에 뿌리를 두고, 후준 산달트 칸에게 전승되고 그의 아들 달라이 소웬 알탄 시레트 칸으로 이어졌소. 그의 셋째 아들이자 첫 번째 천자 부르테 촌이 지드 훈후 지역으로 이동하여, 그곳에서 텡기스 바다를 건너 동방으로 와서 고 마랄을 부인으로 얻고, 바이칼 강역 보르한 갈돈 산 남쪽에 베데라는 이름의 나라에 칸이 되어 9대를 지나 보르지기다이 메르겐을 낳았소. 그의 아들은 토르골진 바얀이고, 그의 둘째 아들은 도보 메르겐이며, 그의 다섯째 아들은 두 번째 천자인 보돈치르요.

그의 자손은 베데국에서 번성하고, 그 조상들은 보르지기드 씨족을 이루게 되었소. 이 씨족은 보돈치르 천손에게서 전승되었고, 또 보돈치르 칸의 아들은 하비자이 바타르 칸이며, 그의 아들은 베히르 바타르 칸, 그의 아들은 마하토단 멩게 칸이고, 그의 아들은 하이도 칸이오. 그의 아들은 바야손고르 칸, 그의 아들은 증조부 하볼 칸, 그의 아들은 선조 바르담 바타르 군주, 그의 아들은 용맹한 영웅 열조 예수헤이 바타르 부황이오. 이 9대에 걸쳐 선조들이 베데국의 군주로 지냈으며, 나의 어머니 선의 태후께서는 백천신에게서 얻어 불초한 나를 낳으셨소.

나는 열세 살부터 열조이신 선대 바타르 칸 아버님의 원수를 갚고, 계속해서 사방 70여 개의 혼란한 나라를 정벌하고, 자기 마음대로 지냈던 12명의 칸을 공격하며 32년간을 분투했소. 북방 지역을 평정하고 하나의 집안으로 만들고 나자 적을 누르고 만 리를 평화롭게 했다 하여, 만국 전체가 부족하고 재주 없는 나를 다시 칸에 추대하여 보위에 앉게 했소. 이는 만인을 평화롭게 하기 위한 것으로, 나라명을 존숭하여 '높고 푸른 몽골'이라 바꾸고, 신조神鳥가 '칭기스'라고 울었던 것을 예조로 하여 나를 '칭기스 칸'이라 명명했소.

그렇게 하여 부족한 내가 100만 신민을 위해 괴롭고 힘든 것을 생각지 않고, 어쩔 수 없이 천명을 따라 예조를 받아들이고, 감히 하늘의 뜻을 거스르지 못하여 칸의 보위에 올라 원근의 나라와 부족에 알렸소. 간단히 말해 하늘을 거스르는 자들을 반드시 몸소 공격하여 제거할 것이며, 하늘을 따르는 자들을 존중하여 이들을 들어 쓸 것이오. 이를 위해 우리 대 몽골국에서 시작하여 송나라, 금나라, 요나라, 진나라, 서하, 솔롱고드에 이르기까지 이를 알리도록 보냈소.

한편 문서와 국새를 관장하는 대신 데친호롤, 얄고산, 다다퉁가, 잠발, 사이한 소르탈트 등이 연합하여 각 지역의 문자로 옮겨쓰고, 원근과 내외 중원, 티베트, 네팔, 회회, 호란고드, 탕구트, 하쉬가르, 솔롱고드 등의 대국에 사방으로 예물과 성지를 가지고 이를 널리 알리기 위해 사람을 보냈다.

이제 여기서 다음 이야기를 알고자 한다면 사관인 내가 살라르 회회의 병사 소식을 알아보고, 그다음 연이어 쓴 것을 보게 될 것이다.

사관의 시 한 수

천하를 지배하는 것은 진정 성조만이 할 수 있고
위아래를 함께 치리하는 것은 천자만이 할 수 있네
못된 저의를 가진 중원이 비록 몽골을 폄하하며 기록을 남겨도
원나라의 칸이 된 것을 제거할 수 없으니 어찌하리오!

제39장

칭기스 칸이 모두에게 관직을 봉할 때 옛 대신으로부터 시작했네 이방 나라가 함께 투항할 때 태조에게 매를 올렸네

정묘년丁卯年, 칭기스 칸의 나이 46세, 대몽골국 칭기스 칸 2년. 송나라 영종 개희 3년, 금나라 장종 태화 7년이었다. 이해 송나라와 금나라는 서로 큰 전투를 벌였으며, 송나라 군대가 손실을 입었다.

몽골국의 칭기스 칸 2년, 정월 초하루 천명으로 나라의 운을 연 성무황제 태조 칭기스 칸은 자시子時에 일어나 목욕재계하고, 새 옷을 갈아입고 천지에 예를 갖춰 절하고 조상에게 제의를 드렸다. 그리고 어머니 태후께 절을 올리고 대전으로 나갈 때 아홉 가지 악기 소리가 나고, 열 가지 단향의 향기가 피어오르며, 금과 옥 소리가 울렸다. 또 소란을 잠재우는 신호로 종과 북을 세 번 쳐 소리를 울렸다. 신하들이 무릎을 꿇고 기다린다는 신호가 이르자 천자가 나와 높은 제단에 올라 용상에 좌정했다.

백관들이 소리를 외치는 예법에 따라 대신의 선창으로 세 번 무릎을 꿇고, 아홉 번 절하며 예를 행한 후에 태조 칭기스 칸이 명하여 이르기를 "내가 보니 오늘 이들 천자의 존호와 의장, 악기가 모두 남쪽 중원의 의례요. 여러 대신으로부터 아래로 백성에 이르기까지 한마음으로 짐을 칸이라 추대했기에 이러한 의례와 의장을 사용치 못할 것은 아니나, 이 가운데 또 일반 백성의 오기를 낳게 할 부정적인 것이 있소. 속설에 '델이 너무 많으면 입는 사람의 몸에 짐이 되고, 안장이 너무 무거우면 안장을 얹은 말의 등에 부담이 된다. 존귀함이 지나치면 사람의 마음에 어려움이 되고, 겉치레가 지나치면 나라의 백성들에게 고통이 된다'고 했소.

내가 다스리는 이 몽골국은 모두가 진실하기에 내가 비록 몸에 가죽옷을 입어 그 모양새가 가볍고 조야해도 짐의 나라 신민들은 나를 가볍게 보지 않을 뿐 아니라 오히려 존숭하고 신뢰할 것이오. 이러한 종류의 예악의 의장과 모양새는 위압적이고 사람을 놀라게 하는데, 우리 북방 지역에서는 지금 이러한 것들이 필요치 않소. 특히 신실한 자애로써 하층민들의 마음을 얻고, 충직함으로 위 군주에게 충성을 다하면 그것이 예라 할 수 있을 것이오. 이러한 허장성세는 세월이 오래되면 칸이나 군주들의 오만을 더하게 하고, 대신들이 충성을 다하는 데 방해가 될 것이오"라고 했다.

그러자 왕과 대신, 태사, 태보 많은 신하가 함께 이 명을 만 대에 걸친 특별한 교훈이라고 탄복하며 절을 올렸다. 네 친왕과 태사 데이 세첸, 우르룩 노욘, 리데르 세첸, 토르곤 샤르, 차간 칸, 수석 대신 데친호롤, 얄고산, 다다통가 등이 나와 무릎을 꿇고 고했다.

"성군의 심원하고 사려 깊은 말씀은 진실로 대대의 칸들에게 큰 교훈이 될 것입니다. 이러한 의전이 비록 우리 몽골국에는 필요치 않다

해도 궁에 남겨 사용할 수 있을 것입니다. 먼 다른 나라의 군주와 사색오방[1]의 나라들이 모두 새해 명절 예법에 따라 절하기 위해 오기에 그들에게 천자의 위엄을 보이지 않으면, 그들이 힘쓰고 조심스러워하는 진정한 경외심을 이끌어내기가 어려울 것입니다. 그러니 이런 의장을 사용하도록 윤허해 주시기 바랍니다. 이것은 백만 민심의 한 강령이요, 하나의 끈이 될 규범입니다"라고 하자 태조가 미소를 지으며 허락하고 화답했다.

"내 듣자니 옛 선대 송나라의 허례가 지나치고, 백성들은 군주와 소통할 수 없게 됨으로써 간신들이 중간에서 이득을 얻고, 북쪽 변경에 요나라를 세우게 하는 데 이르게 했소. 그때 요나라는 서쪽 티베트의 불교 가르침에 침혹되어, 국사를 방치하고 또 스스로 향락과 음란함이 과해져 여진의 아골타가 항쟁하게 되고, 금나라는 또 유교를 중시한다 하여 탁상공론과 허례허식이 지나치게 되고, 또 향락이 과도해지면서 오늘날 서하와 거란국, 우리의 남쪽 타타르국의 신뢰를 잃고, 그들이 싸우기를 원했소. 이제 우리 몽골국이 막 세워지자마자 또 지나치게 거들먹거리면 새로 투항한 나라의 근본적인 뜻에 위배되고, 후에 보위를 이어나갈 자손들이 자신의 존귀함에 자만하여, 경계하고 분투할 생각을 하지 않게 될까 두려운 것이오."

그러자 백관들은 태조의 깊은 뜻에 놀라 태조를 경외하고 깊이 신뢰하면서 만세 삼창을 하며 절했다.

---

1 오색으로 말하기도 한다. 흰 솔롱고스, 검은 티베트, 붉은 중원, 노란 사르톨, 푸른 몽골.

한편 연초 신춘가절의 대잔치를 베풀 때 태조 칭기스 칸은 이전의 가신家臣이었던 늙은 신하 멩겔릭을 불러 앞으로 모시고 오게 하여 그를 상태부上太傅에 봉하고, 자신이 입고 있던 갑옷을 상으로 입게 했다. 또 그의 두 아들 알호와 수호를 중태부에 봉했다. 또 아르가손의 호르골즈를 중태부에 봉하고, 예복과 옥대를 상으로 하사하고, 멩게릭과 호르골즈 두 사람에게 손수 술을 따라 주며 이렇게 명했다.

부황父皇을 따라 충심으로 분투하고
어머니 태후를 모시고 지금까지 힘썼네
일찍이 황후를 맞을 때 대신들이 위아래로 분주히 뛰어다녔는데
이제 짐이 칸에 오르니 대신들이 고령이 되었네
옛날에 온갖 고초를 겪을 때 함께 고통을 맛보고
이제 집안을 주관하는 신하가 되었으니
우리 집안의 모든 것을 그대들이 앞장서 총괄하세요!

칭기스 칸의 말에 멩게릭과 호르골즈가 진심으로 감동하여 코를 훌쩍이며 그 은혜에 절했다. 한편 그들을 황실 전체를 총괄하는 신하로 봉했다. 아르가손의 호르골즈는 부대신으로 봉하고, 멩게릭은 알호, 수호 두 아들을 데리고, 많은 왕들과 태사, 태보, 태부 등의 순서대로 첫 번째 잔치 자리에 좌정하게 했다.

그리고 찬드간 세첸, 호드간 베히, 호르츠 바이르 이 세 대신을 상로上路의 태부, 또 오요트 세첸, 오욘고, 사이한 소르탈트, 모홀리의 동생

다이산다락그츠, 촐론의 동생 투무르, 보토의 숙부 보손, 멩게릭의 동생 멩게트, 투구스촉그트 이 여덟 명의 신하를 어전 대신의 중로中路 태부로 봉했다. 또 아즈나이 메르겐, 호다르가 바타르, 차일즈 부족의 오르트 보드로고트, 오한트 린친, 마일즈의 다리손소그치, 자로드를 하로下路의 태부, 케레이트의 토스호, 나이만의 알탄샤 두 사람을 동서 베일 대장군, 그리고 나라의 부마로 삼고, 타이얀 칸의 딸 하스토야, 케레이트의 왕 칸의 딸 솔롱고 두 사람을 나라의 공주로 봉했다.

"케레이트와 나이만은 비록 공격하여 투항케 했지만 원래 우리 인근 국가요, 그의 윗세대와 우리 부친 바타르 주군의 시대 늘 고락을 함께 나누며 지냈소. 그런데 이제 우리가 존귀하게 되고 옛 동등했던 관계가 약해졌다 하여 냉대하는 것은 내 성격상 견디지 못할 일이오."

그러자 알탄샤와 토스호, 나라의 두 공주인 솔롱고와 하스토야의 눈에 눈물이 고였다. 그들은 감동하여 모자를 벗고 칸의 두터운 은혜에 절했다.

한편 친족인 톡그통고 바타르와 여진의 수베데이 바타르, 길루게드의 길루겐 바타르, 주호헨의 줄게데이 바타르, 망고드의 호일다르 선봉 이 다섯 호장을 상공上公 대장군으로 봉했다. 또 왕구브 부족의 데친 호롤과 부드네 부족의 얄고산을 동서 대베일로 삼고, 나라의 한림학사에 봉했다. 그밖에 이전과 나중에 스스로 투항한 부족들의 수장과 50명 이상의 나라 군주를 모두 북로의 상태부에 봉했다. 그리고 싸워서 투항케 했던 10여 개 부족의 수장들을 모두 외로外路의 중태부에 봉하고, 일괄적으로 지위를 높였다. 젊은 장수들은 다음과 같이 봉했다.

모홀리의 큰아들 볼로, 보가르지의 큰아들 울렌 치르비, 보랄의 큰아들 보돌란, 촐로의 큰아들 알마스, 제브의 큰아들 아난드, 젤메의 외아들 왕 체첵, 초 메르겐의 큰아들 호보로이, 하르 히루의 큰아들 우드 등 9위 우르룩 노욘의 칭호를 계승하는 자식들을 모두 하로下路의 태부로 봉했다. 또 네 아우 친왕의 자녀들에게도 작위를 봉했다. 베 친왕인 벨구테이의 큰아들 태자 호탁그트, 하 친왕 하사르의 큰아들 태자 토요, 가 친왕 가축의 큰아들 태자 몽골 보가, 오 친왕의 큰아들 태자 에르덴 사란, 몽골 사란 이 다섯 명의 태자에게 태조 칭기스 칸의 네 태자들과 동등한 의상을 입고 지내라고 했다.

또 모홀리의 둘째 아들 수르트, 보가르지의 둘째 아들 포릭그다이, 보랄의 둘째 아들 오하다이, 촐로의 손자 오치르, 시리 호톡의 둘째 아들 소보다이, 제브의 둘째 아들 돌가 투무르, 초 메르겐의 둘째 아들 쇼보라이, 하르 히루의 둘째 아들 소드, 찬드간 세첸의 두 아들 와이진, 알리진, 호드간 베히의 두 아들 후렐 부스, 후데르 부스, 호르츠 바이르의 두 아들 보가트 오하와 알락 토갈, 오요트 세첸의 외아들 욜린 바스, 오욘고의 두 아들 온지가이, 손지가이, 보손의 아들 다조나이, 멩게트의 아들 탕고드, 투그스촉그트의 아들 네르귀, 초그트의 아들 사모, 사이한 소르탈트의 동생 우누 오르트 이들을 모두 하로下路의 태부이자 모든 병영의 우두머리 장수로 삼았다.

그리고 칭기스 칸은 명을 내려 케레이트의 전투에서 전사한 운두르 세첸의 자식인 볼릭그트 바르스, 실릭그트 바르스, 테스겔 바르스 세 형제를 불러 옆에 데리고 오게 하여, 의복에 은과 비단, 활과 화살, 검과 도끼, 안장, 말을 하사하고 명을 내렸다.

"그대들의 부친 운두르 세첸께서 자신의 군주를 위해 부모에게서 받은 몸을 바쳤소. 귀한 의로움이 있었기에 형 우넨을 따라 배반하지 않았소. 그대 아버님이 고귀한 공을 세웠으니 나의 네 아들 가운데 누군가 보위를 이으면 그대들에게 태사, 태부, 태보로 봉하도록 하겠소."

세 사람의 신하가 태조의 은혜에 절하고 물러갔다. 친족 잠발의 두 아들 아하이, 야시와 톡그통고의 아들 타이지 안돈, 멩겔릭의 두 아들 알호와 수호, 데친호롤의 아들 시리얌보, 얄고산의 아들 하조실, 다다통가의 아들 돈윤 이 일곱 명을 지혜로운 용사라고 칭했다. 그리고 이들을 모두 중태부에 봉하고, 부대신의 지위를 하사했다. 또 남은 젊은 대신을 모두 한 계급씩 지위를 올려주고, 5등급에 추대한 대신들에게 잔치를 베풀어주고 큰 상을 내렸다. 내외 백관들이 만세를 외치며 하늘의 은혜에 절했다.

그다음으로 공주 세첸 세첵그릭 영애를 체첵 부마와 맺어주는 대례를 시작하고, 많은 왕과 백관들이 축하의 의례에 따른 의관으로 성장했다. 젤메는 9*9 81의 많은 예물을 올리고, 아홉 번의 큰 상징적 의례를 거행했다. 아들 체첵 부마에게 공주를 부인으로 맞아줄 때 많은 지역 왕들의 부인, 백관의 딸과 부인들이 내궁으로 구름 떼처럼 모여들고, 외방의 네 지역 왕과 9경 6신, 백관들이 별처럼 모였다. 다섯 태사가 부마 체첵을 인도하여 내궁으로 들어가도록 하고, 네 왕과 네 명의 태자가 그를 맞아들여 태후의 궁으로 인도해 들어가게 했다. 그리고 칸 앞에서 예를 다해 절하게 하고, 황후의 궁에 가서 절하게 했다. 그런 다음 갈 골롬트화덕에 제의를 드리게 하고, 천지신께 절을 올렸다.

육례를 마치고 길일 아침 인시에 9중 누각 가운데서 나즈막한 악기 소리가 울리기 시작하고, 향기로운 향이 피어올랐다. 측근 대신들은 비단 장막 앞에서 양쪽으로 향을 들고 대열을 이루고 움직였다. 수석 대신이 노란 용을 수놓은 진주 장식의 수레를 호위하고, 좌우에 분부하여 황금 안장과 옥 멍에, 귀금속으로 된 고삐, 금 등자를 가져오게 하여 부마 체첵의 말에 장식하게 하고, 몸에 용을 수놓은 옷과 비단 델, 귀금속이 장식된 금 목장식을 하고 가마 앞에 가게 했다. 그리고 혼례를 행하는 궁에 이르자 밖에서 백관들이 부마 체첵에게 말을 태워 내전으로 이끌어 들이고, 천지에 제의를 드리는 제단 앞에 이르러 말에서 내려 노란 비단 전통을 체첵에게 올렸다.

그리고 이어서 혼례를 주관하는 대신이 공주의 진주 장식 수레를 호위하고 오자, 많은 지역 왕의 부인들이 공주를 부축하여 수레에서 내리게 하고, 부마와 함께 천지에 절하게 했다. 그리고 멀리서 칸과 황후 쪽을 향해 절하게 하고, 서로 예를 행하게 했다. 그리고 용과 봉황의 형상을 짜 넣은 비단으로 장식한 궁에 들어가, 진주를 달아 장식한 휘장 안으로 들게 했다. 그리고 합환주를 올리고, 휘장을 내리자마자 혼례를 마치는 은은한 악기 소리가 먼 난간에서 울려 퍼지기 시작했다. 칸을 위시해 조정의 백관들은 궁 안팎에서 사흘 동안 큰 잔치를 베풀었다.

그리고 오래지 않아 또 주치와 차가타이 두 태자 친왕이 혼례를 치를 나이가 되자 태보 모홀리의 둘째 딸 사란 후후를 태자 주치에게 아내 삼아 주고, 장군 보가르지의 셋째 딸 온드락 게렐을 둘째 태자 차가타이에게 시집보내, 이 두 경사가 함께 이어졌다. 가까운 게르의 하 친왕 하사르의 아들 태자 토요에게 장군 보가르지의 넷째 딸 마랄진 토야를 부인으로 맞게 하고, 베 친왕 벨구테이의 큰아들 태자 볼드에게 태보 제브의 큰딸 조릭그트고를 부인 삼아 주는 이 다섯 가지 경사스런 혼례를 초가을까지 연이어 이야기하며 매우 즐겁게 지냈다.

그때 역길리채를 지키는 동준과 낙사성을 지키는 유복, 유중 등이 상주문을 올렸다. 문서와 인장을 관장하는 대신 데친호롤과 얄고산, 다다퉁가, 사이한 소르탈트 등이 상주문을 보니, 서하의 군주 이안전이 5만 병사를 뽑아 몽골국에 원수를 갚고, 낙사성과 역길리채를 탈환하기 위해 올 거라는 내용이었다. 세 명의 장군들이 상황을 간파하고, 서둘러 사신을 보내 지원병을 요청했다. 그러자 문서를 담당하는 대신이 감히 지체하지 못하고, 총사령관이자 원수인 모홀리와 좌익의 원수 보가르지 등을 모시고 조정에 나갔다. 다음 날 백관들이 절한 뒤 태사, 태보, 여섯 대신이 나와 서하의 상황을 고했다.

그러자 칸이 이 일을 듣고 명하기를 "서하는 비록 금나라와 동등하지만, 예전에는 외방의 작은 나라였는데, 일찍이 다른 나라와 서로 은밀히 내통하여 내게 피해를 주었소. 다른 나라에 지원병을 보낸 일로 내가 분노하여 그들의 낙사성과 역길리채 등의 지역을 빼앗았소. 그 나라는 지금도 자신의 잘못을 알지 못하고 수시로 쳐들어온다면 싸우지 않을 수 없으니, 문무의 여러 대신들께서는 서하국과 싸워 그 지역을 정복할 계략을 잘 상의하여 고하시오. 내가 반드시 몸소 공격하기 위해 갈 것이오. 그 서남쪽에 칠지시라는 부족이 있고, 그 서쪽편에는 이디네르 부족이 있소. 또 그 서북쪽 변경에 알락 데르 에렌 실베트 부족이 있소. 이 세 부족에 좌익의 원수 태보 보랄과 중로의 태부 톡그통고 바타르의 아들 안돈 두 사람이 가서 서하의 잘못을 따지고, 그들 군대가 함께 합세하는 것을 멈추게 하시오.

좌익의 원수 태보 보가르지와 태보 촐론은 수베데이 바타르와 호일다르 선봉 두 호장과 함께 젊은 장수들 가운데서 6명을 선발하고, 2만 명의 병사를 데리고 먼저 가서 낙사성과 역길리채를 지키며 기다리시오. 나는 총사령관 태보 모홀리와 대군을 지휘하여 뒤에 출병할 것이오. 태보 모홀리께서는 데리고 갈 여러 장수들을 잘 살펴 정하도록 하세요"라고 했다.

명을 내리자 종과 북을 울리고, 노간주나무와 단향이 향을 발했다. 봉황의 보개를 돌려 움직이고, 천자는 용포의 소매를 한 번 털고 내궁으로 들어갔다.

백관들이 사방으로 흩어지자 모홀리의 장막 난간에서 대신들의 출발을 알리는 큰 북을 쳤다. 모홀리가 태보 보랄과 태보 안돈, 태보 젤메, 태부 사이한 소르탈트 네 사람에게 100명의 기마병을 내어주고, "칠지시 부족과 이디네르 부족, 알락 델트 부족 이 세 부족에 가서, 득실과 화복을 분명히 헤아려 말해 상황을 일깨우고, 서하에 병사를 지원하지 말라고 하시오"라고 지시해 보냈다. 또 좌익의 대원수 태보 보가르지와 태보 촐론에게 수베데이, 호일다르 두 대장군을 데려다주고, 그 아래 볼로, 울렌 치르비, 안돈, 소보다이, 호보로이, 쇼보로이, 난사르, 실리얌보 등 6명의 장수를 내어주고 명했다.

"2만 병력으로 앞서가서 역길리채와 낙사성을 지키고, 서하 군대가 공격해 오는 것을 경계하면서 준비하고 기다리시오. 오래지 않아 칸께서 병사들을 이끌고 서하의 변경으로 들어가실 것이오."

그리고 닷새가 지나 스스로 보가르지와 촐론 등을 자신의 눈으로 보고 출정시켰다. 계속해서 다시 큰 북을 치게 하여 여러 장수들을 불러 모아 명했다.

"하 친왕 하사르는 알흐, 수흐 두 장수를 이끌고, 칸의 우익의 1만 병사를 지휘하시오. 베 친왕 벨구테이는 우드, 수드 두 장수와 함께 칸의 좌익의 1만 병사를 이끌고 지휘하시오. 태보 톡그통고 바타르는 칸의 북쪽 정찰대와 아하이, 야시 두 장수를 데리고, 준마 대형의 끝에 서시오. 시리 호톡, 하르 히루 두 태보는 온지가이, 손지가이, 보가트오하, 알락 토갈 이 네 젊은 장수를 데리고, 준마 대형의 두 뒷다리의 2만 명의 병사를 지휘하고 따르시오. 나는 줄게데이, 길루겐 두 호장을 데리고, 주군 앞에서 1만 병사를 이끌고 준마 대형의 머리가 될 것이오. 태조께서는 부마 보토, 태자 우게데이, 톨리 두 작은 친왕과 제브, 초 메르겐 두 태보, 아즈나이 메르겐, 호다르간 바타르 두 태부, 오요트 세첸, 오욘고 두 태부 이 아홉 명의 장수를 데리고 중군으로 준마 대형의 몸통을 이루게 될 것이오."

고르로스 태사 친왕은 데친호롤, 얄고산, 다다통가 세 명의 상경 대신과 함께 따를 것이며, 식량, 칸의 물품을 책임지고 후방에서 가기로 했다. 그런 뒤 북과 피리 소리를 울리고 대오를 이룬 후, 대장군 태보 모홀리가 조정에 나가 모든 준비되었음을 고했다. 태조는 서하로 출정하는 4개 군단을 일정하게 나누어 배치하는 용병술이 자신의 생각에 크게 부합하자 용안에 희색을 드러냈다.

"나라를 지키는 다섯 원로와 네 명의 태사, 두 태자, 한 명의 부마, 네 명의 태보, 젊은 장수 12명이 또 사방에 진영을 구축하고, 경호하는 일도 역시 매우 적합한 계략이오. 또 케레이트와 나이만을 점령하여 지휘하게 하고 변경 밖으로 호위하게 한 것도 나의 뜻과 매우 부합하오."

이렇듯 칭찬을 하고 8월 초하루에 출발할 것을 정하고 모두에게 알렸다. 곧 노란색 보개를 움직이고, 백색 수호기를 모시고, 태조가 몸소 술을 뿌려 축원하며 수호기에 제의를 드렸다. 금과 옥이 맑은 소리를 내고, 북과 피리 소리가 울려 퍼졌다. 포성이 세 번 울리자마자 10만 대군이 서남쪽 산과 바다로 이동하듯 용맹스럽게 서하국을 향해 달려갔다.

한편 보가르지와 촐론 등의 선봉 군대가 역길리채와 낙사성 이 두 지역에 이르렀을 때 서하의 이영이 원수元帥가 되어, 이미 5만 병사를 이끌고 와서 두 지역을 막고 며칠을 지내고 있었다. 두 지역의 수비군은 적을 필사적으로 맞섰지만, 힘이 열세하여 수세에 몰려 조석간에 투항할 위기에 봉착해 있었다. 이때 보가르지와 촐론은 군대를 두 개 군단으로 나누고, 촐론은 역길리채를 막고 있던 병사들을 한밤중에 공격해 들어갔다. 그러자 안에서 몽골 장수 돈운이 지원병이 온 것을 알고 포를 쏘고 돌격해 들어가자, 서하국의 병사들이 지원병으로 온 병사들 쪽을 공격하고 안에서 나오는 병사를 경계하지 못했으며, 그로 인해 서하국 병사들 뒤에서 큰 혼란이 일어났다. 그때 촐론이 갑자기 병사를 모아들여 길이 나자 서하의 병사들이 그 길로 빠져나가 달아났다. 그러나 5리를 가지 못해 촐론이 밤에 파놓은 함정에 빠져 서하의 장수와 병사들이 말을 탄 채 구덩이로 가득 떨어지고 말았다. 그러자 몽골의 병사들이 함께 연합하여 돌격해 들어가 깃발과 무기, 갑옷과 투구, 안장과 멍에 등의 전리품을 얻었으며, 그 수량이 무려 수레 800대 이상이 되었다.

많은 병사가 계속 도망쳐 가다가 보가르지의 공격병들을 만나 이미 빠져나갈 수가 없는 상황에 이르자 모두 무릎을 꿇고 항복했다. 그러자 보가르지와 촐론 등이 이들을 시켜 서하 병사의 옷가지와 갑옷, 투구, 깃발, 말, 무기를 거두어들이게 하여, 자신의 병사들에게 바꾸어 입게 하고 낙사성을 향해 갔다. 도중에 낙사성을 지키던 유중로와 유복 두 사람이 성시를 빼앗기고, 3천 명의 병사를 이끌고 가는 상황에서 이들을 만나게 되었다. 보가르지가 그 사정을 알고 곧바로 그들에게 서하의 갑옷과 투구를 바꾸어 입히고, 2만 명의 병사를 세 개 군단으로 나누어 서하에 패배한 병사로 가장하여, 한밤중에 낙사성 남문과 동서의 문, 이 세 개 문으로 가서 보가르지의 군대에 패해서 왔다고 소리쳤다.

이때 서하의 이영 군대가 성시를 쟁취하고, 역길리채를 막기 위해 갔던 사신의 소식을 들을 때 먼 곳의 정탐꾼이 "역길리채를 거의 쟁취하려고 할 때 몽골의 태보 보가르지와 태보 촐론 등이 진격해 와서 싸움이 벌어져 우리 병사들이 패해 흩어졌습니다"라고 고했다. 그러자 곧 성문마다 서하국의 흩어진 패잔병들이 돌아왔다. 그 뒤에서 몽골 병사가 바짝 뒤쫓아 들어온다고 전하자, 이영이 "그렇다 해도 등불을 들어올려 그들을 확인하고 들여보내도록 하라. 역길리채에 싸우기 위해 간 주흠의 신호용 화살은 어찌 되었는가?" 하고 소리쳤다.

그때 밖에서 성을 지키던 병사들에게 주흠에 대해 묻자, 많은 병사들이 "우리 상장군께서 몽골국이 파놓은 구덩이에 빠져 돌아가셨습니다. 신호용 화살을 가져 왔습니다"라고 하며 화살을 끈에 묶어 들여온 것을 이영이 장막으로 가져와 보니 정말 자기 군대였기 때문에 서둘러 문을 열어 들여보냈다. 성문을 열자마자 많은 병사들이 밀려 들어와서 들으니 멀리서 몽골 추격병의 함성이 들렸다. 그러자 새로 도망쳐 온 병사들을 모아 성을 지키게 하라고 명을 내리는데, 갑자기 포성이 울리고 성안으로 밀려들어온 병사들이 이영의 병사들을 살육하기 시작했다.

보가르지가 유중로, 유복 두 사람을 곧 남문 성루로 올라오게 하여 돌격해 나가자 이영이 포성을 의심하여 성루에서 내려와 살펴보려고 성루의 계단으로 내려가는 바로 그때 보가르지가 이영과 유복과 마주쳐 이영 등을 베어 죽이고, 또 따라온 호위병들을 죽이며 흩어지게 했다. 몽골 군대가 곧바로 성을 완전히 찬탈하고, 혼란에 빠진 서하국의 병사들을 사정없이 베기 시작했다.

수베데이 바타르와 호일다르 선봉이 동서 두 문을 지키고, 성 가운데 있는 볼로, 울렌 체르비, 아난드, 소보다이, 호보로이, 쇼보로이, 난사르, 실리얌보 등 8명의 장수가 두 명씩 나누어져 많은 병사를 이끌고 사방으로 돌진해, 서하국의 병사와 살육전을 벌일 때 남문에서 서하의 대장 이영이 이미 죽임을 당했기 때문에 보가르지는 투항하는 자들은 죽이지 말 것을 명했다. 그리고 날이 샐 때까지 낙사성을 평정하고, 서하의 투항한 병사들의 갑옷과 무기, 말과 안장을 거두고, 촐론이 앞장서 성시에 들어가게 했다. 그리고 보가르지는 관저에 앉아 성을 잃었었지만, 이제 기회를 타서 다시 되찾은 것과 여러 정황을 상주문에 자세히 썼다. 또 유중로, 유복 두 사람의 죄를 사해줄 것을 청했다. 유중로와 유복을 데려다주고, 칸의 대군을 맞아 이러한 정황을 고하기 위해 볼로와 울렌 치르비에게 상주문을 주어 보냈다.

그때 태조가 대군을 이끌고 서하의 변경에 들어가자 멀리서 정탐꾼이 와서 역길리채가 빼앗길 뻔한 상황에서 군대를 나누어 싸운 것, 또 낙사성이 함락되어 태보 보가르지 군대가 싸우기 위해 간 것을 고했다. 오래지 않아 볼로, 울렌 치르비 등이 와서 상주문을 올리고 고하자, 태조가 크게 기뻐하며 벌을 받기 위해 온 유중로와 유복 두 사람을 불러 그들을 묶은 포승줄을 풀게 했다.

"1만이 되지 않는 병사로 5만의 군대를 어찌 대적하겠는가? 그대들의 잘못이 아니라 군대 힘이 부족한 데 원인이 있소."

태조는 그들의 죄를 면해 주고, 태보 모홀리에게 이 두 신하에게 원래 직위를 회복시켜 주라고 명했다. 유중로와 유복 두 사람은 태조에게 죽도록 감사하며, 그 한량없는 은혜에 절하고 나갔다.

한편 태조는 대군을 이끌고 역길리채를 경유하여 낙사성으로 갈 때, 도중에 많은 백성들이 태조가 돌아오자 이전의 은혜를 생각하고 탁자에 향을 준비했다. 태조를 영접하며 절하는 사람들이 길에 가득했다. 태조가 명해 많은 병사, 백성들에게 상을 하사하게 하자, 사람들이 곡물과 그릇에 차와 음식을 가져와 병사들에게 많은 음식을 내어 주었다. 그러자 태조가 모홀리에게 말하기를 "이 백성들이 은혜를 잊지 않았소"라고 했다.

한편 보가르지와 촐로, 수베데이, 호일다르가 젊은 장수 여덟 명을 데리고 성에서 나와 10리 되는 곳에서 태조를 맞아 절하자, 태조가 보가르지와 촐로 두 사람에게 손수 술을 따라 주고 칭송하며 격려했다. 그리고 성시에 들어가 장병들의 공의 경중에 따라 상을 내렸다.

한편 서하의 군주 이안전은 비록 용사는 아니었지만, 사람이 매우 지혜로웠다. 다만 슬하에 자식이 없었기 때문에 친척의 자식인 준욱을 데려다 양자로 삼고 보위를 물려줄 자식으로 삼았다. 이안전은 몽골군이 공격해 온다는 소식을 듣고, 신하들을 데리고 몽골군을 맞서 싸울 것을 논의했다. 그리고 이영을 대원수로 삼아 5만 병사를 내어주고, 예전에 잃었던 성채를 되찾고, 그곳에서 병사를 훈련시키며 몽골을 경계하라고 명했다. 그때 공교롭게도 몽골의 칭기스 칸이 몸소 서하를 공격하기 위해 군대를 이끌고 가고 있는 가운데 생각지 않게 선봉 태보 보가르지와 태보 촐로 등의 병사들과 만나 크게 참패하고 병사의 반은 돌아가지 못했다.

이에 이안전은 크게 충격을 받고 서둘러 큰 북을 치게 하고, 백관을 불러들여 몽골군에 맞서 싸울 계책을 논의할 때 조정의 상경인 고령공, 외명령공, 그리고 태부 서벽석, 유백림 등 네 사람과 논의하기를

"몽골군의 힘이 엄청나게 강하고 용맹스러운데, 이제 뜻하지 않게 죄를 묻고 원수를 갚기 위해 진군해 오고 있소. 우리가 비록 오래된 나라이긴 하나 병사와 백성들이 이미 안이해졌소. 이제 어찌 맞서 싸우면 좋겠소?"라고 하자, 외명령공이 "그 나라는 한 외방으로 성정이 거칠고, 야만적인 나라입니다. 비록 신흥 국가로 상당히 기백이 있지만, 우리가 계략을 써서 그들을 잡으면 단번에 심장이 오그라질 정도로 두려움을 줄 수 있습니다"라고 하자 고령공이 곁에서 그 말을 받아 웃으며 말했다.

"귀형의 그 말씀은 바로 제 생각과 일치합니다. 요 몇 년 동안 우리 병사들은 몽골을 매우 두려워해 왔습니다. 다른 대신께서 말씀하시어 설왕설래하면 일을 이루기가 어렵습니다. 또 이영과 주흠 두 대장군이 죽임을 당해 우리 병사들이 몹시 두려워하고 있습니다. 주군께서 은혜를 베푸시어 제게 10만 병사를 내어 주시고, 태부 서벽석을 함께 내어 주십시오. 신이 비록 몽골인들을 모두 죽여 그 뿌리를 뽑을 수는 없지만, 오늘 이후 영원히 우리 쪽을 향하지 못하게 만들겠나이다."

그러자 서하의 군주 이안전이 말하기를 "여러 대신들께서 우리나라와 황족에 충성을 다하시는 뜻이 참으로 진실하십니다. 다만 내가 전에 들으니 몽골의 군주 칭기스의 위엄과 덕망이 대단하고, 지성이 매우 탁월하다고 하오. 또 그 신하 가운데 군의 통수자인 모홀리라는 자의 자질이 매우 탁월하여 용병술이 귀신 같고, 겉은 조야한 듯하지만 속은 매우 치밀하다고 하오. 또 나이만을 무너뜨리고, 나이만의 문서와 국새를 관장하는 다다통가를 나라에서 잠시도 떼어놓지 않고, 고금

전적에 나타난 나라들의 득실을 경청하고, 누구의 지성이 깊고 낮은지, 누구의 지시에 득실이 있는지를 자세히 살피는 태도는 참으로 대단하다고 할 수 있소. 지금 금나라가 말하는 것을 들어보면 천문 현상에 북극성의 빛이 북방 지역에 나타난다고 하오. 이러한 것들을 보면 이제 하늘의 때가 된 것이 아닌가 두렵소"라고 했다.

그러자 태부 유백림이 앞으로 나와 고했다.

"주군의 말씀은 매우 명철하십시다. 북방 몽골국의 군주는 분명 북극성의 감응으로 태어난 천자입니다. 그와 싸우는 것은 투항하여 나라를 평안히 지키고 온전하게 하는 것만 못할 것입니다."

그러자 옆에서 고령공이 크게 노기를 드러냈다.

"존형께서는 어찌 몸의 안위는 생각하고, 나라의 치욕은 생각지 않으십니까? 우리 서하국이 세워지고 백 년 가까이 되었습니다. 금나라와 6, 70년 동안 우호관계가 있었고, 또 서남쪽 칠지시국과 서쪽에 이디네르, 서북쪽의 알락 델트 이 네 나라는 모두 우리나라와 깊은 교류관계가 있었습니다. 이제 비록 역길리채와 낙사성이 몇 번 점령을 당했지만, 그 이유는 싸우지 않았기 때문입니다. 이제 금나라와 칠지시국과 이디네르, 알락 델트 이 네 나라에 우리가 어려움을 겪는 상황을 말하고, 사신을 보내 지원병을 요청할 수 있습니다. 우리 병사는 또 30만 이상이 있습니다. 여기서 반을 사용하여 우리 올고이시의 분지에 가서 나라를 지키고 싸우면 힘든 종이 되는 것보다 훨씬 낫지 않겠습니까? 존형의 이 말씀은 조상에게 주군을 간교하게 만들고, 아랫사람들과 자식, 후손들에게는 수치스럽게 만드는 것입니다. 존형께서는 몽골이 천하를 지배할 것이라는 어떤 분명한 확신이 있으십니까? 별이라는 것은 모두 정해진 항구성이 있습니다. 또 지식이 상당한 사람들은 특별히 하늘의 때를 말한다고 합니다. 그러한 것들은 모두 자신을 내세우고, 다른 사람을 억압하고 속이는 일이라 할 수 있습니다."

유백림이 "맞소, 맞소"라고 하며 더 이상 다투지 않았다.

그러자 서하국의 주군 이안전이 싸울 마음을 먹고, 곧 4명의 신하를 뽑아 네 개 나라에 지원병을 요청하는 사신으로 보내고, 곧 고령공에게 10만 병사를 내어주고 올고이시의 계곡으로 싸우러 가라고 명했다. 유백림은 차갑게 웃으며 나와서 자신은 이제 늙었다고 네다섯 번을 간곡히 고하고, 관직을 내려놓고 식구들을 데리고 산으로 들어갔다.

한편 고령공은 서벽석와 함께 10만 병사를 이끌고 올고이산으로 가서 정탐꾼에게 몽골군이 어디 있는지 묻자, 정탐꾼이 와서 고했다.

"몽골군의 선봉은 보가르지, 촐론, 수베데이, 길루겐이라는 네 대장수이며, 여덟 명의 젊은 장수가 3만 명의 병사를 이끌고 오고 있습니다."

그러자 고령공은 자신의 10만 대군의 병사에 자만하여 곧 북을 치고 적을 맞기 위해 올고이 초원에 주둔하고 있던 몽골군 진영 가까이 가서 곧 진지를 구축하려고 서서 지역을 재고, 진영을 세워 병사의 반을 주둔케 하려 했다. 그런데 갑자기 몽골군이 북을 치고 포성을 울리며, 병사들이 한 번에 흩어져 나와 양 군단으로 갈라섰다. 이렇듯 사방에서 서하군을 향해 쳐들어오자 고령공의 병사들이 비록 그 수는 많았으나 여러 군단으로 나눌 여유가 없어 어찌할 바를 모르고 급히 한 곳에 모여 서 있다가 밖으로 적을 맞으려고 했다. 그때 한 줄의 붉은 먼지가 일어나더니 몽골의 네 대장수가 병사들 앞으로 나와 문을 부수며 12군단의 병사들과 함께 공격해 들어왔다. 그러자 고령공이 크게 두려워하며 달아나려고 하자, 갑자기 몽골의 네 장수들이 대열을 뚫고 미친 호랑이처럼 공격해 들어왔다.

그러자 서하국의 많은 병사들이 간담이 서늘해져 혼비백산 도망쳤다. 그때 고령공과 서벽석 두 사람이 서로 힘을 합해 네 장수와 맞서 싸울 때 선두에 선 키 큰 장수가 긴 창을 잡고 큰 소리로 질타하며 찌르자, 그 창이 고령공의 오른쪽 엉덩이에 꽂혔다. 고령공은 참을 수 없는 고통으로 병사의 반이 주둔하고 있던 진영을 버리고 서벽석과 먼저 도망칠 때, 서벽석은 여전히 혼자서 상대편 병사를 막아 싸우면서 달아났다. 그러자 네 명의 장수들이 그들을 놓치지 않고 추격해 갔다. 이 네 장수는 태보 보가르지, 태보 촐론, 수베데이, 호일다르 네 사람이었다. 그리고 많은 젊은 장수들과 3만 병사를 이끌고 10만 병사를 제압하고 올고이 성시로 들어갈 때까지 추격하며 무차별 적을 죽였다. 3천 이상의 죽은 병사의 뼈가 초원을 덮었고, 붉은 피가 강으로 흘러넘쳤다. 깃발과 갑옷, 투구, 무기와 10만 대군의 반 이상을 전리품으로 얻었다.

한편 성을 막고 여전히 싸우고 있을 때 태조가 대군을 이끌고 왔다. 그때 모홀리가 승리의 여세를 몰아 북을 치고 성시를 공격하겠다고 하자, 칭기스 칸이 이르기를 "잠시 기다리시오. 이 성은 북쪽 편이 산에 의지해 앉아 있으니, 우리가 앞산에 올라가 성인에 있는 병사와 백성의 상태를 보도록 합시다!"라고 했다.

그리고 둘이 함께 말을 타고 산 정상에 올라가자 올고이 성안에서는 악기를 연주하고 유유낙낙하며 지내고 있었다. 모홀리가 웃으며 고하기를 "주군께서는 이들의 계략을 보셨습니까? 방법 없이 수세에 몰리자 이제 옛 촉나라 제갈량의 공성空城 계략을 사용하여 우리 병사들의 마음을 두렵게 하는 것입니다. 이것은 모두 '100개 다리를 가진 독벌레가 자신의 꼬리를 용에 비유한다'고 한 것처럼 저 소인배들이 어찌 이처럼 행동할 수 있겠습니까?"

그러자 태조가 물었다.

"총사령관께서는 이 성을 어찌 공략하리라 생각하였소?"

이에 모홀리가 고했다.

"이 성의 분위기는 분명 강한 힘에 패할 것입니다."

그리고 곧 구름사다리 34개를 만들어 성을 향해 넘어갈 용맹한 88명의 병사를 선발하여 성을 빼앗은 연후에 사람마다 천 냥씩 상을 주기로 했다. 그리고 많은 병사들에게 다만 남문을 집중적으로 공격하게 하고, 성의 3면의 병사들은 모두 남문 밖으로 은밀히 와서 해가 진 뒤에 더욱 맹렬히 공격하자, 많은 병사들이 크게 놀라 뒤에 있는 3면의 병사들을 재촉해 앞쪽에서 공격하게 할 때 모홀리가 갑자기 신호용 횃불에 불을 붙이고 대포를 쏘게 했다. 그러자 성의 동서쪽과 북쪽 편에서 많은 병사들이 낙사성에서 만들게 한 바퀴 있는 구름사다리를 가져와 함께 분투했다. 한편에 12개 사다리를 세우자, 앞선 병사들이 모두 성문을 넘어가 위엄을 보이며 몇몇 병사들을 베면서 사다리 위로 올라갔다. 그것은 마치 수많은 개미가 나무로 올라가는 것 같았다. 이에 많은 병사들이 부족한 받침대를 받치고, 36개 사다리로 함께 올라갔다. 오래지 않아 몇천 명의 병사들이 성안으로 들어가 곧바로 남문의 성루에서 돌과 나무를 던지는 적의 병사 뒤로 공격해 들어갔다. 올고이시의 병사들은 몽골군이 이미 성으로 들어온 것을 보고 혼비백산하여 사방으로 흩어져 줄행랑을 쳤다.

이때 이미 날이 어두워졌기 때문에 성으로 들어온 몇천 명의 병사들이 서둘러 수문지기 병사를 죽이고 남문을 열자 대군이 물밀 듯 들어왔다. 이에 고령공이 크게 놀라 서벽석과 한 군단의 병사를 데리고 북문으로 나가 충신부로 달아났다.

또 밤에 네 개 문을 지키게 하고, 다음 날 성의 많은 백성을 안정시키고, 곧 태조를 입성하게 하여 대전으로 모셔 들였다. 이 성에는 산시성의 많은 부자들이 북방의 돈을 모으며 큰 장사를 하고 있기 때문에 참으로 풍요로웠다. 이곳 백성들의 집은 6만 호 이상 되었고, 창고 가득 물품들이 차고 넘쳤다. 성의 창고를 점검하고 곡식을 내어 많은 백성에게 나누어 주었다[원주] 북방 지역에서는 사람들에게 곡식을 내어준다는 것을 알지 못했기 때문에 어디에 이르든 곧바로 창고의 곡식을 백성들에게 나누어 주어 그들의 마음을 사곤 했다. 북쪽과 남쪽 나라의 백성들이 몽골군에 지원하기를 희망했던 것도 바로 이런 이유에서였다.

한편 서하의 고령공과 서벽석 등이 도망쳐서 충신부에 이르자, 고령공은 벌을 기다리며 군주에게 절했다. 서하의 군주 이안전이 말하기를 "군대의 승패라는 것은 변가지상사인데, 그대가 일부러 패하겠다고 생각할 리가 있겠소? 다만 하늘의 때를 어찌하겠소. 지금 우리는 사방에 있는 네 나라에 가서 단 하나의 부대, 반 개의 투구도 얻지 못했소. 서쪽 편의 작은 나라의 군주들이 몽골을 두려워하여 우리에게 병사를 지원하거나 돕지 못하겠다고 했소. 다만 금나라는 우리나라와 순치脣齒의 관계로 60년 이상을 우호적으로 지내왔소. 이제 내가 몽골에 패하면 금나라도 평안하게 지낼 수 없을 터인데, 우리를 이처럼 잊고 어찌 모른 척한단 말이오. 이것을 이제 어찌하면 좋겠소?"라고 하며 논의하자, 외명령공이 자신이 직접 가겠다고 나섰다.

그러자 이안전은 계략을 세워 말했다.

"내가 이미 생각하고 계략을 세워 놓았소. 우리 병사들이 겁에 질려 있기 때문에 이제 비록 30만 병사가 있다 해도 싸워 이길 수 없을 것이 분명하오. 그처럼 공연히 힘을 소모하는 것보다 유연한 계략을 사용해 몇 년 동안 힘을 기르고 숨을 돌리는 방법을 쓰려고 하오."

이안전은 곧 유백림을 불러들여 달래가면서 몽골에 투항할 의사를 전하게 하고, 올고이시에 보내 해마다 5만 근의 철과 5천 냥의 은, 천 필의 비단, 천 발의 피륙을 내어주고 해마다 이 예대로 공물 삼아 보내기로 했다.

그러자 군주의 뜻에 따라 유백림은 어쩔 수 없이 투항서를 가지고 올고이성에 가서 총사령관 모홀리와 만난 후, 칭기스 칸을 배알하고 투항서를 올릴 것을 고하자 모홀리가 안으로 들어가 태조에게 이러한 그들의 의사를 전했다. 태조가 명하여 말하기를 "그것이 어찌 진실이겠소? 분명 몇 년을 무사히 지낼 방편일 것이오. 그 사이 자신의 힘을 키우고, 병사를 훈련시키려는 것이 아니겠소?"라고 했다.

그러자 모홀리가 정중히 아뢰었다.

"주군께서 살피신 그것이 맞습니다. 다만 이제 잠시 그들에게 벌금을 받고, 나중에 배반한다면 엄중하게 징계하면 할 말이 없게 될 것입니다. 잠시 이들 계략을 이용하여 함정에 두고 생각하는 것이 큰 계략이 아니겠습니까?"

그 말을 들은 칭기스 칸이 흡족하게 미소 지으며, 곧 그들의 뜻을 받아들이기로 했다. 그런 뒤 서하의 사신 유백림을 인도하여 전에 들게 하고 칸 앞에 무릎을 꿇리자, 유백림이 두려워 떨며 애써 조심스럽게 투항 의향서를 올리고, 나라의 어려움을 자세히 말하며 한 나라 백성들의 삶을 간구하자, 칭기스 칸이 자비를 보이며 투항서를 받아들이고 사신 유백림을 보며 일렀다.

"내가 그대를 보니 충직하고 온후한 사람인 듯하오. 다만 훗날 그대 군주가 분명 말을 바꾸고 그대를 살기 어렵게 만들 것이오. 나의 이 말을 그대는 잘 기록해 두시오. 내가 이미 칸의 칭호를 쓰기 시작했고, 칸 된 자는 투항하는 자를 억지로 제압하지 않소."

태조는 공물을 받고 유백림에게 잔치를 베풀어주고, 상을 내렸다. 그리고 유중로로 하여금 올고이성을 지키게 하고, 대군을 이끌고 회군했다. 한편 몽골군이 대승을 거두고 5만 명의 병력으로 많은 전리품을 얻어 나라로 돌아갈 때 금나라 장종에게 서하의 전리품 반을 가져다주자, 장종의 친족인 위왕 영제가 정주성에서 태조를 맞았다. 그리고 태조에게 절하자 칭기스 칸이 옆에 있는 자리를 내주지 않은 채 내보냈다.

그러자 위왕 영제가 크게 노여워하며 돌아와 장종에게 고하기를 "칭기스 칸이 외국 사신을 만만하게 대하고, 그가 지내고 부리는 모든 것이 중원의 황제와 같으니 이를 정벌하지 않으면 아니 될 것입니다"라고 하자, 장종이 그 말을 받아들이지 않았다.

"북방의 나라는 원래 다른 부족이고, 예로부터 남쪽 나라에 투항하지 않았소. 이제 칭기스 칸이 예물을 보내온 것은 오히려 모범이 된다 할 수 있소. 그런 데다 특별히 그는 힘이 대단하니 가벼이 정벌할 수 없소."

위왕 영제는 몽골에 두 번 사신으로 다녀와서 복수할 마음을 품었다.

한편 몽골의 많은 병사들은 말의 등자를 치며, 서로 교창으로 노래하며 돌아와 나라의 변경에 이르자 큰태자 주치 친왕과 둘째 태자 차가타이 친왕, 부마인 체첵이 여러 대신들을 데리고 경하의 예법대로 그들을 맞아 절했다. 두 번째 영접단에 오이트 오칙 친왕, 가촉 친왕이 중태부를 데리고 일행을 영접하고, 성시 밖에서 네 태사와 5위 국로國老가 일행을 영접했다. 칭기스 칸이 궁에 내릴 때 또 종실의 일을 관장하는 대신 멩게릭과 호르골즈가 영접했다. 그러자 태조는 내궁으로 들어가 태후의 안부를 묻고, 서하국이 투항한 것을 고하고, 비로소 자신의 궁으로 오자 황후와 공주, 여러 비들이 태조를 맞았다.

다음 날 아침 조정으로 나가 나라에 남거나 원정에 따라갔던 장병들에게 포상을 내렸다. 바로 그때 보가르지와 젤메, 안돈, 사이한 소르탈트 등이 협의하여 칠지시국의 군주 차간과 이디네르국의 군주 아식그트, 아락 델트국의 군주 나이랄 이들 세 나라 군주가 서하에 병사를 지원하지 않았을 뿐 아니라 곧바로 몽골국에 기꺼이 투항 의향서를 써서 세 나라 모두를 대신해 최고위 신하를 사신으로 삼아 후한 공물을 바치고 절하기 위해 보냈다.

모홀리가 크게 기뻐하며 보가르지와 젤메, 안돈, 사이한 소르탈트 등과 새로 투항한 외방의 세 나라의 태부를 데리고 조정에 나가 태조를 알현케 했다. 나라마다 앞서 보낸 천 바리의 예물을 바치고 표문을 올렸다. 또 귀한 예물을 모두 천지 일월에 펼쳐 보이고, 이레가 되어 그것을 거두어들였다. 또 태조는 우호적인 말로 사신을 격려하고, 풍성한 잔치를 베풀어주고 상을 내렸다. 이디네르국, 알락 델트에서는 사냥에 탁월한 이름난 매를 바쳤다. 그 두 나라는 산과 바위, 나무와 숲이 울창하기 때문에 이름난 매가 많았다. 태조 칭기스 칸은 크게 기뻐하며 보답으로 많은 선물을 보냈다. 그러자 다섯 명의 태수, 네 명의 태부, 여섯 태보 등이 경하하며 축원했다.

진정 주군께서 보위에 오르셨기에
다른 나라에서 그 이름을 듣자마자 다투어 투항해 오네
이들 모두 마음으로 투항한 것이기에
자유로이 노래하고, 초원의 풀보다 마음이 확고하네

그렇게 즐거운 축하의 향연을 벌였다. 보가르지를 잔치 자리에 부르고 안돈, 사이한 소르탈트 등에게 후한 상을 내리고, 태조가 손수 술을 따라주며 그들을 칭송했다. 오래지 않아 9*9추위[2]가 지나고 또 새봄이

2 동지부터 시작되는 9*9추위. 9일씩 9번 추운 단계를 거치면 봄이 오는 것을 이른다. 그런데 본문에서는 3*9추위라 했는데, 이것은 9일씩 3번을 한 단위로 하여, 처음 추위는 어린

되자 이 향연에 나이만의 알탄샤가 오고 태수와 태부, 태보 등이 와서 한 가지 중요한 일을 고했다.

그것이 어떤 일인가를 알고자 한다면, 7월 30일 검은 비구름이 피어오르고, 바람이 일고 하늘에 천둥소리가 울리면서 사나운 비가 내려, 노모께서 놀라실 것을 걱정이 되어 옆에 가 있다가 돌아와, 다시 계속해서 써 내려간 내용을 다음 장에서 보게 될 것이다!

사관 인잔나쉬의 시 한 수

인간의 주군 성조 칸께서 푸른 몽골을 흥륭케 하시고
아들들을 훈육시키고 딸들을 시집보내 귀한 공을 드러내시네
말발굽이 이르른 모든 나라를 모으시고 산하를 하나로 통일시켜
강성한 나라에 위엄을 알리고 약한 부족들을 어루만지시네

아이 추위, 그다음은 젊은이 추위, 마지막 추위는 늙은이 추위를 이른다.

제40장

일테시성에서 토도를 죽일 때 육신과 머리를 모두 해했네 한가이산에서 곡굴율을 베어 죽일 때, 그 피와 살이 모두 필요했네

무진년戊辰年, 태조 칭기스 칸의 나이 47세 되는 해였다. 이해 네 번째 태자 톨리의 큰아들 뭉흐가 태어났다. 대몽골국의 칭기스 칸 3년, 송나라 영종 가정嘉定 원년, 금나라 장종 태화 8년이었다.

그때 나아만의 부마 알탄샤가 와서 태사와 태부, 태보 등과 논의하여 태조에게 상주문을 올렸다. 그 내용은 다음과 같다.

죄인 알탄샤가 고합니다. 저희 아버님을 죽인 사촌형 곡굴율이 자신을 스스로 옥황이라고 칭하고, 일테시강에서 토도와 함께 병사를 훈련시키고, 또 그의 인척인 거란국에 사신을 보내 3만 명의 지원 병력을 요청하기로 했습니다. 한편 이전 대신이 저를 제거하고 계속해서 칸과 접전하려고 한다는 것을 신이 정탐꾼에게 이미 분명히 들었습니다. 이제 일이 사실이 되었기에 주군께서 일테시강에 마일즈 부족의 토도와 곡굴율을 공격하기 위해 가신다면 신이 기꺼이 선봉이 될 것을 간곡히 청하나이다.

그러자 태조가 이르기를, “마일즈 부족의 토도라는 자는 원래 우리 운두르 세첸의 형 우누를 죽이고, 그 부족을 차지했던 자요. 후에 내가 마일즈 부족을 공격하기 위해 진격해 가자 마일즈 부족의 다리손소그치가 하늘의 때를 보고 내게 투항했는데, 토도가 다시 또 한 번 돌격해 들어왔소. 그때 내가 병사를 되돌려 공격하게 하자, 토도가 또 달아나 그대의 숙부 볼로에게 숨어들어 갔소. 지금도 고집스러운 마음을 꺾지 않고, 또 이처럼 도발 행위를 하여 공격하지 않을 수 없게 되었소. 내가 이제 일테시강으로 공격하러 가면 그곳에 또 거란국의 원병이 있으니, 그대가 짐의 두 태자인 주치와 차가타이 그리고 부마 체첵과 함께 좌익의 원수와 같이 나라를 지키고, 거란을 경계하시오! 나는 대군을 이끌고 태부 원수와 일테시강으로 갈 것이오”라고 명하고, 초가을을 기다려 대군이 출정할 것이라고 알렸다.

이제 또 다른 사건을 되돌려 말하려고 한다. 타이얀 칸의 형 볼로는 죽임을 당하고, 아들 곡굴율은 자신을 옥황에 봉했다. 또 토도와 논의하여 먼저 그의 거란인인 장인에게 가서 다시 나라를 세우고, 부왕과 숙부의 원수를 갚을 것이라며 울며 간청하여, 3만 병사를 지원받아 준비했다. 또 토도와 일테시강으로 가서 와일라 부족의 호비트 오하와 연합하여 자칭 옥황이라 칭하고, 토도를 대원수, 호비트 오하를 승상에 임명했다. 그리고 일테시강의 흩어진 백성을 모아 3만으로 만들고, 또 와일라 부족과 마일즈 부족의 도망병들을 합해 전체 5만 명이 되게 했다. 와일라 부족의 수장 호비트 오하를 나라 변방에 남게 하고, 몽골국이 쳐들어오는 것을 방비케 했다. 그리고 곡굴율과 토도 두 사람은 일테시강 서쪽 편 회회국의 일리 성시에 들어가 자신들의 어려움과 이익되는 바를 세세히 이야기하고, 지원병을 요청했다. 회회는 그때 서역국의 속지였기 때문에 회회 군주는 서역국에 사람을 보내 이를 고하자, 군주에게서 이를 허락지 않는다는 지시가 왔다.

곡굴율과 토도는 일이 이루어지지 않자 곧바로 돌아가 5만 병력을 훈련시키고, 병력이 10만에 이르자, 몽골국과 동남쪽에서 접전을 하겠다며 각 방향으로 공격해 갈 때 모홀리가 다시 정탐꾼을 보내 그 정보를 자세히 입수했다. 곧 초가을이 되자 대군을 선발하고, 여러 장수를 보내자 남쪽 변경의 정탐꾼이 와서 고하기를 "남쪽 송나라가 지난해 금나라에 패해, 올해 사신을 보내 금나라 황제 완안경[1]과 서로 우호적으로 잘 지내고 있습니다. 그런데 지금은 그의 친족인 위왕 영제[2]가 사냥터에서 완안경에게 술에 독을 섞어 주어 완안경의 병이 위중한 상태입니다"라고 했다.

모홀리가 설풋 웃으며 "우호적이었다가 싸우는 송나라의 행위는 못된 여인네나 하는 짓이오. 영제가 숙부에게 독을 먹이는 것은 패망할 나라의 짓거리입니다"라고 하며 칭기스 칸에게 고했다.

그리고 곧 서하로 출정했던 대오를 모두 사용하고, 장병 모두를 함께 하여 7월 15일 태조의 대군이 출정했다. 보가르지, 보랄 두 사람에게 나라를 맡기고, 톡그통고 바타르를 선봉으로 하여 대군이 서북쪽으로 진군했다. 나이만의 알탄샤는 병사를 모아 두 아내와 네 장수를 데

1 금나라 제6대 황제 장종(章宗).
2 역사적으로 보면 위왕 영제는 장종의 작은아버지이다.

리고 서남쪽 거란 국경을 감시했다. 그리고 일테시국이 거란으로 가는 길을 막고 있었다.

한편 몽골 대군이 변경 안으로 서둘러 가서, 다시 변경 밖으로 나가 중추에 곧 병사들을 재촉해 와일라 부족의 변경으로 들어갔다. 곡굴율 옥황과 마일즈의 토도 등이 벌써 이 소식을 듣고, 먼저 와일라 부족의 수장 호비트 오하에게 소식을 전했다. 그리고 2만 명의 병사에게 와일라 부족의 변경에 요새를 견고히 하고, 기다리게 하라고 했다. 와일라 부족의 군주가 곡굴율 옥황의 사신을 보내고, 자신의 신하들을 향해 말했다.

"내가 오늘 밤 꿈을 꾸었는데, 남쪽에서 한 마리의 용이 태양에서 나타났소. 내가 그것을 보고 있자니 북쪽에서 한 마리 검은 곰이 펄쩍 뛰며 달려오고, 그 용이 한 발로 곰을 움켜쥐고 가는 꿈이었소. 이것은 오늘 남쪽의 몽골국 소식과 북쪽의 일테시강의 그곳 사신의 말을 들어보니, 이 꿈은 그 일과 관련이 있는 것이 분명하오. 실제 이런 일을 일어나면 일테시 병사들은 만에 하나도 이길 수 없을 것이오. 이제 우리는 어찌하면 좋겠소?"

그러자 수하 신하 볼가 세첸과 토르바이 메르겐 두 현자가 고했다.

"주군께서 생각하신 것이 실제로 옳으신 생각이십니다. 몽골의 칸 칭기스라는 자는 어려서부터 비범하고 범인과 다르며, 그것은 나라 만리 반경의 사람들이 모두 아는 일입니다. 또 그는 거병을 할 때부터 작은 실수도 범하지 않고, 비록 가끔 작은 위험이 생기지만 그는 결코 죽지 않습니다. 그가 그처럼 사방의 강하고 약한 크고 작은 나라를 공격하고 평정할 때 그의 적들이 백 가지 전략을 사용하여 공격한 것으로 보면, 비록 한 사람의 테무진뿐 아니라 1만의 테무진이라도 죽음을 면키 어려울 것입니다. 그러나 지금 그는 어느 것에도 지쳐 하지 않고 탕구트, 티베트, 회회, 솔론, 서하 이들 나라를 차례로 투항시켰습니다. 이러한 모든 것은 단 한 사람의 힘이 아니라 분명 천우신조가 있었던 것이라 할 수 있습니다. 또한 근래의 일을 들어 말하면 나이만, 케레이트라는 나라는 모두 중원과 서로 관계를 맺고 지내고, 또 중원과 동등했던 나라요, 전략과 병력이 모두 우리보다 10배는 더 강한 나라인데, 그들의 군주가 죽임을 당하고 나라가 패망했습니다. 이를 통해 보건데 이제 우리가 시대를 거슬러 오만하게 대항하는 것은 그다지 합당치 않은 일이라 사료됩니다. 몽골국의 뜻이 크기에 잘못이 없는 나라를 공격하지 않으니, 우리의 이 한 부족을 지금까지 공연히 깔본 적이 없습니다.

그가 만약 우리나라가 나이만을 도운 것을 안다면, 벌써 죄를 묻고 이미 우리를 공격해 평정했을 것입니다. 다행히 그 당시 나이만의 병사가 많았고, 사방의 부족마다 병사가 매우 가득한데다가 또 우리 군대가 일찍 달아났기 때문에 그는 별로 신경을 쓰지 않았습니다. 그 덕에 지금까지 우리는 무사히 지냈습니다. 실제로 우리가 일찍부터 사신을 보내 공물을 바치는 것이 옳았을 것입니다. 지금 이미 좋은 기회를 놓치고, 자신의 지역을 붉게 물들인 곡굴율과 자기 부족을 빼앗긴 토도의 말을 듣고, 그들의 창끝과 화살의 방패가 되어 막강한 몽골 군주와 대적하는 것은 참으로 만부당한 일입니다. 그것은 몽골의 위엄이 대단하기 때문입니다.

또 몽골 군주의 좋은 점을 헤아린다면 몽골 군주 테무진은 일찍이 군대를 조직하여 사방을 정벌하여 나라를 점령하자고 했던 것이 아니라, 타이치오드가 반복해서 사건을 일으키며 계속 공격해 오자 몽골 군주가 견디지 못하고 어쩔 수 없이 군대를 조직하여 원수를 갚았던 것입니다. 그런데 그때 다른 나라가 또 그를 막고, 다른 나라를 충동질하다가 결국 그에게 정복을 당했습니다. 이것이 하늘의 뜻이 아니면 무엇이겠습니까? 그런데 몽골의 군주는 또 특히 마음에서 우러나오는 자애로움으로 포로들을 죽이지 않고, 투항한 자의 것을 빼앗지 않았으며, 특별히 투항한 나라 사람들을 모두 자신의 나라로 되돌려 보냈습니다. 죽은 자는 그의 자녀나 동생을 찾아내고, 그들이 성인이 되면 반드시 그의 뿌리를 계승하여 아내를 얻어주고, 자신의 나라로 되돌려 보내줍니다. 또 어떤 나라의 군주가 전사하면 반드시 그 뼈를 묻어주고, 자신의 장수나 병사에게 명해 나라의 군주를 무슨 일이 있어도 죽이는 데까지 이르게 하지 말라고 하는 이러한 모든 것들은 그의 지극히 덕이라 할 수 있습니다.

이러한 것을 놓고 보면 나이만과 케레이트는 그의 이웃에 인접해 있으면서, 그의 은혜를 망각하고 다시 반복해서 공격한 나라들입니다. 그런데도 몽골의 군주가 그들 가계의 아들, 딸들을 자식으로 삼은 것은 다른 나라의 인심을 얻을 준비를 하는 현명한 처사라 할 수 있습니다. 이러한 여러 가지의 일은 우리가 할 수 없는 것들이 분명합니다. 그러니 우리가 어찌 일개 곡굴율과 토도 등의 말을 듣고 그들과 싸울 수 있단 말입니까? 이렇게 몽골에는 인정할 만한 좋은 점이 있기 때문에 매번 하늘이 그를 도왔던 것입니다. 하늘의 도움을 들어 보면 첫째, 몽골 군주가 13세 때에 타이치오드가 붙잡아 가서 죽이지 못했습니다. 둘째, 세첸 부흐가 파놓은 구덩이에 떨어졌지만 죽지 않았습니다. 셋째, 독이 묻은 화살촉에 맞았는데도 지치지 않았습니다. 넷째, 매복한 타타르 병사들이 마구 쏜 화살에도 맞지 않았습니다. 다섯째, 나이만의 곡설오가 폭풍의 힘을 이용해 창과 불로 공격할 때 그가 한 번 크게 일갈해 꾸짖으며 곧 알락그타이산의 바위를 껴안자 바위틈에서 불이 나오고, 폭풍을 역류케 하여 나이만을 제압했습니다. 여섯째, 봄에 케레이트를 공격할 때 갈로트산에서 큰 홍수가 나서 케레이트를 제압했습니다. 일곱째, 타이치오드의 사인부흐가 사냥터에 파놓은 구덩이에도 빠지지 않았습니다. 여덟째, 톡그목을 공격할 때 올고이산의 바위가 병사들의 대오를 향해 떨어질 때 황금 용이 나타나 바윗돌을 막았습니다. 아홉째, 회회국에서 칭기스 칸은 한 개 화살로 무쇠를 부어 만든 가짜 돌을 부숴 버렸습니다. 열 번째, 아흐레 동안 아침에 하늘의 예조가 나타나 칸의 보위에 올랐습니다. 이러한 모든 것을 사람들 모두가 분명히 보았는데, 이것이 천우신조가 아니고 무엇이겠습니까?

이러한 것을 분명히 알고도 애써 죽음을 찾아 그와 싸우는 것은 조금도 사리에 맞지 않습니다. 주군께서 이러한 것을 아시고 소리 없이 지내시는 것은 제일 먼저 육신을 편히 하고 둘째, 많은 병사들에게 다행스러운 일입니다. 셋째, 오래도록 행복할 수 있는 길한 일입니다. 실제로 우리가 이러한 말을 하는 것은 신하된 자로서 해야 할 일은 아니지만, 주군께서 이미 이러한 것을 스스로 결정하셨기에 정황을 드러내 고하였나이다."

그러자 이 같은 말은 호비트 오하의 원래 생각과 크게 일치하는 것이었기 때문에 곧 투항서를 쓰게 하고, 몽골에 보낼 공물을 500마리 낙타에 싣게 했다. 그리고 서한을 볼가 세첸에게 주어 몽골군을 맞아 절하기 위해 보냈다.

한편 몽골군이 나라의 변경에서 나가자 곧 올빼미가 반대편에서 날아와 세 번 울었다. 태조가 이를 기뻐하며 모홀리를 향해 말하기를 "이것은 무슨 예조겠소?"라고 했다.

모홀리가 "이것은 분명 몰래 다가오는 적이 있음을 예조하는 것입니다"라고 했다. 그러자 태조가 미소를 지었다.

"이것은 분명 우리 군대에 좋은 징조일 것이오."

모홀리가 그 이유를 자세히 묻자, 태조가 말하기를 "올빼미라는 새는 밤에 활동하는 새요, 낮에는 눈이 어두워지오. 밤새가 낮에 울면 분명 나쁜 일이 좋은 일로 변하고, 낮의 길한 새가 밤에 울면 또 좋은 일이 변하여 나쁜 예조가 되오. 총사령관께서는 보시오. 내일 이때가 되면 분명 적의 편에서 길한 소식이 올 것이오"라고 했다.

정말 다음 날 오시 경에 와일라 부족에서 투항서를 올리기 위해 온 사신 볼가 세첸과 만나 와일라 부족이 투항하는 이유를 자세히 듣고, 모홀리가 내궁으로 들어가 칸에게 절하고 고했다.

"천자의 예지력은 진정 우리와 같이 비천한 종들의 생각과는 비교할 수가 없습니다. 정말 와일라 부족의 사신이 500바리의 선물을 바치고 투항하기 위해 왔습니다."

태조가 미소를 지으며 말했다.

"그렇다 해도 진실과 거짓을 또 잘 살펴 분별해야 할 것이오."

모홀리가 무릎을 꿇고 고했다.

"신이 또 의심하여 그의 행동거지와 하는 말을 살피니, 그 가운데 다른 허튼 이유가 없고, 꽤 진정성이 있는 듯하였습니다. 또 매우 믿을 만한 것은 그의 군주가 선봉이 되는 것을 원한다는 점입니다. 이것은 찾아보기 힘든 일입니다."

그러자 태조가 크게 기뻐하며 미소 지었다. 그리고 와일라의 사신 볼가 세첸을 들게 하여 알현케 하자, 사신 볼가 세첸이 내전에 들어와 태조의 용안을 보자마자 마음이 크게 감동되어 두려워 떨며 투항서를 올렸다.

그때 그 서한을 보니 내용은 이러했다.

와일라 부족의 지도자 호비트 오하 저는 천자의 위엄에 대해 이미 들었나이다. 날이 따뜻해지는 것을 기다려 이제야 가게 되었습니다. 듣자 하니 천자 폐하께서 보잘것없는 우리 부족을 지나시어, 일테시강에 곡굴율과 토드를 공격하기 위해 가신다고 할 때 신이 황금 용이 검은 곰을 잡는 꿈을 꾸었습니다. 다음 날 폐하의 소식과 하늘같은 위엄을 듣고, 신의 꿈과 대조해 보면서 신의 수하 대신과 논의를 하니 '하늘의 일월을 따르면 행운을 얻는다' 하여 진정한 마음으로 투항하기 위해 왔나이다. 만약 신이 미련하여 깨닫지 못하고 있다가 폐하의 은혜로운 빛을 찾아가지 않는다면, 투항한 백성의 죽을 죄를 용서해

주실까 생각하여 나라 변경에 포복해 가서, 일테시강에서 선봉이 되어 남북으로 달려가 힘을 바치고자 하나이다. 그렇기에 먼저 볼가를 보내 일행을 영접하여 절하게 하고, 작은 충심을 고하나이다.

태조는 투항서를 다 살펴보고 볼가를 향해 말했다.

"그대 군주는 원래 나에게 원한이 없었소. 이제 또 때를 따라 나를 도울 공이 있을 터인데, 무슨 죄가 있겠소. 자기 분수를 잘 지키는 나라를 내가 먼저 가서 공격한 적이 없소. 이제 우리의 많은 병사를 편안케 하고, 군대를 돕는 그대 군주와 대신께서는 참으로 사려 깊은 데가 있소. 나도 믿어 의심하지 않소. 어찌 이처럼 상대를 높이고 자신을 낮추는 말씀을 쓰셨소?"라고 하자, 볼가가 절하며 고했다.

"밝게 빛나시는 폐하께서 감찰하여 주시기 바랍니다. '공기가 통하지 않는 성은 없고, 빛이 들어오지 않는 궁은 없다'고 하였습니다. 우리 주군께서는 예전에 나이만의 군대를 지원하기 위해 한 번 가셨다가, 폐하의 천국의 위용을 보자마자 그대로 밤에 도망쳐 돌아오셨습니다. 나이만의 칸은 곧 죽고 나라가 망했습니다. 이제 또 토도와 곡굴율 등이 우리나라에 와서 함께 연합하자고 할 때 그들의 생각에 따르지 않으면 그들이 적대시할 것을 두려워하여 따르는 척하며 그 말을 받아들였나이다. 이제 생각지 않게 천군께서 오셔서, 이제 귀순하지 않을 수 없게 되었기에 전후의 잘못을 모두 밝히 고하나이다. 천군께서 용서해 주신다면 우리가 생명을 바쳐 분투하겠나이다."

그러자 태조가 미소를 지으며 말했다.

"이미 다 지나간 일이오. 패망했지만 그들 나라를 이제 내가 모두 먹이고, 평안히 살아가게 하고 있는데, 찾아와 귀순하는 것에 대해 어찌 더 말할 필요가 있겠소? 예전에는 처지가 같은 나라들이 서로 도왔는데, 이제 또 귀순하기 위해 오는 것은 부득이한 사정으로 인한 것이니, 이것은 나와 관계가 없는 일이오. 앞으로 최선을 다해 따르면 그만이오."

그러자 볼가 세첸이 머리가 부을 정도로 절을 했다. 그가 기뻐하며 나가 칸의 상을 받고, 그날 밤 곧 친구들을 데리고 먼저 고향으로 달려갔다.

한편 몽골 병사들이 며칠을 가서 와일라 부족에 당도하자, 그 부족의 수장 호비트 오하는 자신에게 죄수복을 입게 하고, 손을 묶게 하여 길가에 무릎을 꿇고 절하며 투항하자, 칭기스 칸이 스스로 말에서 내려 포박을 풀어 주었다. 그리고 그를 부축해 말에 태우고 나란히 가며 친근히 말을 하자, 와일라 부족의 군주와 신하, 병사, 백성들이 칭기스 칸의 만인의 부모와 같은 이러한 모습을 보고, 모두 감동하여 코를 훌쩍이고 눈물을 흘렸다. 그러자 칭기스 칸이 그 연유를 물었다.

와일라 부족의 군주와 신하가 함께 고하기를 "우리가 폐하의 자애로우심이 진정 세상의 부모와 같기에 참을 수 없어 코를 훌쩍이며 눈물을 흘렸나이다. 진실로 많은 사람들이 말하듯 천자라는 것을 오늘 비로소 알았나이다. 이 육신이 부서져도 이 마음은 변치 않을 것입니다!"라고 하며 절했다.

태조 칭기스 칸이 "이에 무슨 놀라운 점이 있단 말이오? 칸이라는 호칭을 올려 주었기에 어쩔 수 없이 칸의 일을 모방할 뿐이지, 내게 무슨 칸 된 자의 진정한 덕이 있겠소?"라고 했다.

그때 호비트 오하가 성시에 태조를 맞아들여 자신의 창고를 열어 몽골 병사에게 후한 상을 내리고, 병사들을 며칠 동안 쉬게 했다. 그리고 곧 스스로 선봉이 되어 일테시강을 향해 갔다. 이 북방 지역에는 남쪽과 북쪽 변경에 모두 많은 나라가 있었다. 토질이 단단하나 지역 간에는 수천 리의 모래 지역이 있었는데, 그 북쪽으로 가면 또 우리 남쪽 지역처럼 성시가 있고, 인가가 지어져 있었다. 그렇게 몽골의 북쪽 변경과 러시아 남쪽 변경에 모두 성시가 있는 것은 그런 이유 때문이다.

한편 일테시강에 있는 곡굴율과 토도 두 사람은 와일라 부족의 군대가 몽골군을 맞아 귀순한 것을 듣고, 이를 갈며 크게 분노했다. 이 일에 대해 논의해 말하기를 "이제 이 일을 어찌하면 좋겠소? 작금 우리 병사들은 노약자와 일반 병사들을 합해 6만 정도가 되오. 듣자니 몽골군은 10만 이상이 된다고 하오. 우리에게는 또 성이 없소. 이 늙고 변변찮은 6만 병사로 어찌 몽골의 정예병을 맞서 싸울 수 있겠소? 또 와일라 부족이 그들에게 귀순했소. 맞서 싸우자 하면 싸우지도 못하고 쉽게 붙잡힐 것이오"라고 하자 토도가 말했다.

"생사가 이번 전투에 달렸습니다. 적군이 오면 맞서 싸워야지 달아나는 법이 어디 있단 말입니까? 우리 소속 병사를 이끌고 가서 먼저 일리성을 빼앗아, 몽골군과 맞서 싸웁시다. 일을 지체할 수 없습니다."

그들은 곧바로 많은 병사 가운데 5, 60명을 한 조로 분산하여 농민과 장사하는 상인으로 가장하고, 갑옷과 투구, 병기를 수레에 감추고 성으로 들어갔다. 그런데 일리성의 바부라는 회회국의 정탐꾼이 이미 일테시 군대 안에 있었기 때문에 병사들이 성으로 들어가는 것을 기다렸다가 곧 수색해 잡아 죽이자, 후미에 있던 병사들이 정신없이 도망쳤다. 그때 토도 등은 계략이 들통나자 서둘러 병사들을 정렬하여 공격해 들어갔다. 일리 병사들은 그들을 대항하러 나와서 며칠 동안 싸웠으나 승패를 가리지 못했다.

이때 몽골군이 당도하여 곡굴율과 토도의 병사가 앞뒤에서 모두 적을 맞게 되자 서둘러 진영을 없애고 달아나려고 했다. 그때 와일라 부족의 병사를 위시해 톡그통고 바타르의 2만 명의 병사들이 연이어 쳐들어오자 토도는 죽을힘을 다해 싸워 진영을 사수했다. 연이어 태조의 대군이 당도했다. 모홀리는 지형을 보면서 원근을 살피고, 물을 보고 산을 의지해 진영을 마련했다. 일리성의 서역국 대신 바부라는 자가 몽골군의 위용을 보고 크게 놀라 동료를 향해 말했다.

"이 몽골군의 분위기에는 매우 이상한 데가 있소. 그의 군주를 만나보지 않으면 아니 될 것 같소."

그는 군 진영으로 가서 모홀리를 만나 태조를 접견하고자 하는 이유를 말하자 모홀리가 태조에게 고하고, 일행을 인도하여 칭기스 칸을 알현하게 했다. 그러자 바부는 칭기스 칸의 용안을 보고 몸을 떨며 무릎을 꿇고 고했다.

"먼 나라의 야만적인 백성이 폐하의 용안을 뵙고 비로소 필시 천자라는 것을 알았나이다. 소인이 폐하를 늦게 뵈온 것이 참으로 후회스럽습니다. 기꺼이 투항하여 공물을 바치고, 이번 전투에 출정하여 협력하고자 하나이다."

그리고 나와서 태조가 베푼 잔치를 즐길 때, 바부가 모홀리를 향해 말하기를 "내게 한 가지 계략이 있습니다. 대원수께서 듣고 결정하십시오!"라고 했다.

그는 병졸들을 멀리 가게 하고, 몇 마디 말을 나눈 뒤 갑자기 말다툼하며 목소리를 높이자 병졸이 들어왔다. 그때 바부가 몸에 숨겼던 무기를 꺼내 도망쳤다. 모홀리가 "빨리 붙잡으라"고 소리치며, 몸은 움직이지 않았다. 바부가 말을 타고 도망쳐 자기 성으로 들어갔다.

다음 날 곧바로 몽골 병사가 뒤따라가서 일리성을 포위했다. 한밤중에 서역의 바부가 서둘러 토도와 곡굴율에게 그들 병사와 연합해 성에 들어와 함께 성시를 지키자고 했다. 그때 토도가 또 사고를 두려워하고 있었기 때문에 곧 이를 수락하고 사신을 돌려보냈다. 사신이 와서 상황을 고하자, 바부가 성루로 올라가 말했다.

"내가 원래 그대 몽골에 투항하려고 생각하고 그대들에게 갔소. 그런데 그대들의 총사령관이 나의 좋은 뜻을 알지 못하고, 나를 의심하여 병영 가운데서 위엄을 드러내며 나를 잡아 죽이려고 해서 내가 도망쳐 나왔소. 본디 내게 큰 잘못은 없었소. 그대들이 만약 우리나라를 완전히 점령하려 한다면 군대를 회군시키고, 우리에게 사흘 동안의 여유를 주시오. 우리가 성시 사람들과 논의하여 결정한 뒤 문을 열어 주고 투항하겠소."

그러자 모홀리가 명령을 내리고 군대를 철수시켰다. 둘째 날 한밤중에 바부가 성문을 열고 곡굴율과 토도 등을 인도하여 성시로 들어오게 하자, 토도가 앞서 병사를 이끌고 성의 북문으로 들어왔다. 곡굴율이 군대의 후미를 지키며 갈 때 갑자기 병사의 반이 성으로 들어가지 않고, 곧 되돌아 도망쳤다. 성안에는 불이 나고 포성이 울렸다. 곡굴율이 계략에 빠진 것을 알고, 말을 되돌려 남은 병사 반을 이끌고 돌아가는 중에 이미 몽골의 대군이 가로막고 돌격해 오고 있었다. 곡굴율이 혼비백산하여 단단히 포위된 곳을 뚫고 나와 고개를 돌려보니, 성안에서 또 한 조의 병사들이 돌아 나왔다. 그들은 바부의 병사들이었기 때문에 서둘러 동남쪽을 향해 도망쳤다. 그때 그의 병사들은 이미 몽골군의 의해 무리가 끊어져 반 이상이 따라오지 못했다.

그렇게 곡굴율이 1만 명의 병사를 이끌고 진영으로 오자, 몽골군이 이미 진영을 장악하고 있었다. 그는 다시 몸을 돌려 또 동쪽을 향해 달아나 후브츠산 아래 이르렀을 때 갑자기 포성이 울리더니, 몽골의 네 장수가 나와 큰 소리로 일갈하며 둥굴게 에워싸 마치 우박이 쏟아져 내리는 듯이 무차별 공격을 했다. 그러자 곡굴율은 자신의 투구와 갑옷을 벗어 던지고, 병졸인 척 가장하여 자기 가까이에 있는 1천 명 가량의 병사를 데리고 포위된 곳을 빠져나가 곧 거란국을 향해 달아났다.

이것은 바로 일리의 바부가 제안했던 계략이었다. 모홀리와 논의하여 계략을 결정하고 고의적으로 말다툼을 하는 것처럼 행동했다. 모홀리가 문을 지키는 병사와 호위병에게 몰래 이에 대한 정보를 주고, 바부와 틀어진 것처럼 하여 흠을 잡아 포위했는데, 그것은 모두 곡굴율과 토도에게 신뢰를 주기 위한 계략이었다.

그러고 나서 성을 포위할 때 몽골의 톡그통고 바타르가 알흐, 수호

두 장수와 함께 300명의 병사를 이끌고 밤에 성시에 들어와 매복해 있었다. 그리고 토도와 곡굴율 등을 의심 없이 성으로 인도해 들어오게 했다. 곧 성시 가운데서 포성을 울리자, 몽골의 매복한 병사와 서역의 병사들이 함께 나왔다. 톡그통고 바타르가 토도를 대적하기 위해 나올 때 토도가 포성에 크게 놀라 서둘러 돌아나가려고 했다. 그러자 성문 위에서 많은 병사들이 무리 지어 웅성대며 북쪽 문의 큰 쇠 빗장을 닫고 돌아갔다.

성에 들어온 토도의 병사가 몇백을 넘지 않았기 때문에 큰 소동이 일며 모두 어찌할 바를 모르고 있을 때 몽골의 몸집이 큰 장수 한 사람이 토도와 맞서게 되자, 토도가 분명 계략에 빠진 것을 알고 무기를 잡고 움직였다. 그러자 톡그통고 바타르가 곧바로 대검을 휘두르며 돌격해 들어가 20번을 채 접전하지 않고, 토도의 머리를 베어 버렸다. 톡그통고의 힘에 토도의 베어진 머리가 멀리 튀어서 거리의 밥집 아낙네의 머리에 맞고 튀어서, 다시 누각에 앉아 놀라서 보고 있던 어떤 사람의 얼굴에 맞았다. 그러자 그 사람이 땅에 쓰러지고, 이에 머리 없는 토도의 육신이 말 위에서 휘늘어져 손에 잡았던 무기를 떨어뜨릴 여유도 없이 말이 자기편 병사들 쪽으로 달아났다.

마일즈 부족의 병사들은 자신들의 주군이 머리가 없이 달려오자, 한 여인이 앉아 있던 수레를 피할 여유가 없어 길옆에 피해 서 있었다. 그러자 그 말이 그 수레 반대편에서 달려와서 수레에 묶인 말을 한 번 박고는 달리기를 멈추었다. 그러자 머리 없는 토도의 육신이 바로 그 수레 안으로 들어가, 그 수레에 타고 있던 부인을 치자 여자가 하늘을 보고 쓰러졌다. 그러자 그 머리 없는 토드의 육신이 떨어져 그 여인의 몸 위를 덮쳤다.

한편 톡그통고와 알호, 수호 등이 곡굴율을 찾을 때 마일즈의 수많은 병사가 싸워도 빠져나갈 수 없다는 사실을 알고 무기를 버리고 달아났다. 그때 곡굴율을 찾으니 그가 병사들 후미에 있었는데, 성에는 들어오지 않았다고 했다. 그러자 곧 성문을 열고 다시 나오자 후군은 앞다투어 도망치다가 모훌리의 군대를 만나 3개 군단이 되어 여전히 혼란스러운 상황에 빠져 있었다. 그때 몽골군이 서역 병사와 함께 돌격해 들어가자 대혼란이 일어나면서 곡굴율의 병사의 반 정도가 투항해 왔다.

한편 곡굴율의 병사들이 구비산 아래 이르자 몽골의 볼로, 울렌 체르비, 후데르 부스, 후렐 부스의 매복해 있던 병사들이 곡굴율의 대군을 에워싸고, 곧 나무를 치고, 난살을 마구 쏘아댔다. 그러자 곡굴율의 수많은 병사들이 "우리 주군께서는 이미 달아났소. 우리가 투항하겠으니 목숨만 살려 주십시오" 하고 외쳤다.

그러자 모훌리가 명해 마일즈 부족 병사들의 무기를 모아들이게 했다. 그리고 다음 날 곧바로 그들을 데리고 그 수를 헤아려 보니, 투항한 네 부족의 병사가 전체 2만 6천 이상이 되고, 갑옷과 병기가 4만 점 이상 되었다.

모훌리가 수베데이, 줄게데이, 길루겐, 호일다르 네 호장에게 4천 명의 철기병을 내어주고, 그들을 보내 곡굴율 뒤를 추격하라고 명했다. 그리고 병사들을 모아 진영으로 돌아와 귀순한 병사를 나누어 지휘케 했다. 일테시의 한 부족으로부터 크고 작은 것, 귀하고 세밀한 물품을 모두 얻었다.

한편 톡그통고 바타르가 아낙네 머리 위로 튀어 나간 토도의 머리를 집어들고 보니 토도의 머리에 눌렸던 그 사람은 죽어 있었다. 그런 다음 그의 몸을 찾다가 수레 안에 한 여인의 몸을 덮쳐 누르고 있는 것을 끌어내 보니 두 사람이 주검이 되어 있었다. 그 안에 여인은 아름다운 부인이었는데, 둘이서 마치 엉겨 있듯이 죽어 있었다. 그러자 많은 병사들이 큰 소리로 웃으며, 죽은 여인의 시신을 또 수레에 올려놓고, 토도의 시신을 가져갔다[원주] 사관인 내가 보니 이 지점에 이르러 이유 없이 웃음이 난다. 이 토도가 또 흥미로운 것은 튀어 오른 머리와 몸에 맞은 모든 자가 죽었다는 점인데, 여기엔 무슨 연유가 있는 것일까? 이 남성과 부인이 무슨 비밀스런 죄가 있었던 것은 아닐까? 참으로 이상한 일이다.

한편 일리의 서역의 바부가 가장 큰 공을 세워, 6만 점에 이르는 많은 전리품의 반을 그의 병사들에게 상으로 내어주자 바부가 받지 않았다. 그러자 모홀리가 "이것은 우리 폐하의 은혜이니, 그대는 사양하지 마시오. 그대가 정말 진심을 다 바치겠다고 한다면 다른 선물을 바치는 것은 아니 될 일이 없소"라고 했다.

바부가 그 말에 따라 러시아제 갑옷과 투구, 병기 등 50대 수레의 선물을 바쳤다. 태조가 그 선물을 받지 않자, 바부가 마음이 편치 않다며 다시 반복해서 절하고 받아주기를 청하자 태조가 할 수 없이 그 반을 취하고, 그에 대한 보답으로 남방의 물건으로 후한 상을 내렸다. 대군이 압승하고 또 와일라, 일리 두 나라를 투항케 하고, 곧 경축의 의례대로 북을 치고 대군이 돌아가 설영했다. 며칠을 쉬고 중추 초순에 대군이 나라를 향해 출발했다.

한편 줄행랑을 쳤던 곡굴율 편의 정황을 보면 몇 해 동안 훈련을 시켰던 병사들이 모두 붙잡히고, 절친인 토도가 또 죽임을 당하자 밤낮으로 거란국을 향해 갈 때 마른 비상식량이 이미 떨어져 따라갔던 7천 명 이상의 병사들이 굶주리고 말이 갈 수 없는 상황이 되었다. 그러자 많은 병사의 마음이 변해 수백 명씩 뒤처져 흩어지고, 민가에 들어가 식량을 약탈하여 허기를 채웠다. 이렇게 10여 일을 가서 거란국 가까이에 이르러 병사를 점검해 보니 7천 명이었던 병사들이 2천 명도 채 남지 않자 곡굴율은 발을 구르며 분통을 터트렸다.

"일찍부터 일이 이리될 줄을 알고 벌써 부친과 몽골에 투항했어야 했는데"[원주] 불쌍한 곡굴율 옥황은 이 한 마디로 예전의 용맹했던 기상이 완전히 꺾인 것을 보여준다. 옥황이란 얼마나 안타까운 이름인가, 참으로 가엾도다라고 했다.

그리고 할 수 없이 병사들을 잠시 쉬게 하고 사방의 민가를 노략질하여 허기를 채웠다. 알탄샤의 정탐꾼이 이에 대한 소식을 이미 명확히 탐지해 달려와 고하자, 알탄샤가 자신의 군대를 3개 군단으로 조직해, 스스로 2천 명의 병사를 이끌고 곡굴율이 달아나는 길을 지키고, 이데르 도보에게 2천 명의 병사를 내어 주어 동쪽 길을 지키게 했다. 또 두 아내인 솔롱고와 사이한 후르에게 2천 명의 병사를 내어 주어 서쪽 길을 지키게 했다. 다른 한편 이 소식을 고하기 위해 사람을 보내, 몽골의 보가르지의 진영으로 달려가게 했다. 정보를 전하는 전령이 몽골의 군 진영에 와서 이를 고하자, 이곳에서는 또 이미 그 소식을 들어 알고 있어, 군대를 내보내 적을 막게 했다.

한편 곡굴율이 아직 사방으로 노략질을 하며 다닐 때 몽골의 네 호장의 추격군이 이르자, 곡굴율 옥황은 혼비백산하여 서둘러 병사를 이끌고 또 거란국으로 도망치다가 우르군강을 겨우 건넜다. 그런데 그때 갑자기 포성이 울리고, 1개 군단의 병사가 에워싸며 다가왔다. 그들을 보니 모두 붉은색을 사용하고 있었다. 대오 가운데 두 개의 큰 노란 기에는 '몽골의 둘째 태자 친왕'이라는 글자가 쓰여 있었다. 양측에 시리호톡, 하르 히루 두 태보가 각각 네 젊은 장수를 데리고 가는 길을 막아섰다.

곡굴율 옥황은 크게 두려워하며 혼비백산하여 싸우지도 못한 채 곧바로 동남쪽으로 달아나자 몽골군 가운데서 큰 북소리가 울리며, 그 뒤를 좇아 30리를 추격했다. 곡굴율 옥황은 병사의 태반을 잃고, 여전히 있는 힘을 다해 도망쳐 어두운 산 계곡으로 들어가 하룻밤을 지냈다. 말을 죽여 그 고기를 구워 먹고 서로 울면서 절규했다.

한편 주치와 차가타이는 병사를 재정비하고, 다시 추격해 갈 때 뒤에서 네 명의 호장도 추격해 달려와 고했다.

"총사령관께서 명령하시기를 비록 거란국으로 도망쳐 들어가도 추격해 그 뿌리를 잘라 버리라. 만약 그들이 앞다투어 거란으로 들어갈 수 있다 해도 나라에 소식을 전하고 대군을 이끌고 진격해 거란국을 함께 공격하여 멸하라고 하셨습니다!"

그러자 주치와 차가타이 두 태자는 곧 함께 곡굴율의 뒤를 추격해 들어갔다.

한밤중에 곡굴율 옥황의 꿈에 갑자기 타이얀 칸이 머리에 피를 흘리며 두 눈이 툭 튀어나온 채 머리가 산발이 되어 그의 반대편에서 공격해 들어오는 꿈을 꾸고, 깜짝 놀라 잠에서 깨어났다. 여전히 그 장면이 눈에 어른거리자 크게 소리치며 급히 검을 쥐고 자리에서 벌떡 일어나 달려갔다. 그리고 큰 검을 한 번 휘둘러 내리찍자 검이 빈 땅을 찍었는데, 지나치게 힘을 주어 자신의 발가락을 내리쳐 피가 났다. 그러자 그 혼이 사라졌다.

또 무슨 소리가 나 자세히 들어보니, 멀리서 또 추격병의 요란한 말발굽 소리가 났다. 서둘러 달려가 말을 타고 많은 병사를 깨워 함께 도망치려고 하자, 자신이 탄 말이 "히이힝! 히이힝!" 콧소리를 내며 놀라 도망칠 때, 또 타이얀 칸이 머리를 풀고 산발이 되어 말 머리를 가리는 것을 보았다. 그러자 곡굴율 옥황은 질겁을 하며 소리쳤다.

"죽은 영혼이 누구를 못살게 구는 것이오?"

그리고 검을 휘둘렀는데, 그 검에 자신이 탄 말의 한쪽 귀가 베어졌다. 말이 놀라 날뛰자 곡굴율이 말에서 굴러떨어졌다. 곡굴율 가까이 있던 호위병들이 모두 귀신을 보고, 모두 두려워 떨며 소리치자 그 혼이 사라졌다. 호위병들이 급히 곡굴율에게 다른 말을 바꾸어 태우고, 동남쪽을 향해 도망쳤다.

이때 알탄샤의 정탐꾼이 전한 소식으로 곡굴율이 가까이 오는 것을 알고, 알탄샤가 동서 양로의 대장에게 소식을 전하고, 3개로의 병사들 사이에 5리 정도 떨어져 있으면서 포성으로 소식을 전하는 것을 신호로 삼았다. 다음 날 곡굴율은 곧바로 달아났다. 그가 길을 따라 말을 달려가다가 알탄샤의 병사와 정면으로 마주쳤다. 알탄샤는 그에 의해 자신의 부친이 죽임을 당한 것을 생각하자 눈에서 불이 일었다. 묻고 따질 사이도 없이 이를 갈며 창을 비틀어 잡고 그를 향해 돌진해 들어가자, 곡굴율이 크게 두려워하며 몸을 돌려 서쪽으로 달아나려고 할 바로 그때 앞을 보니 어두운 낮에 한 줄기 검은 바람 속에서 여전히 타이얀 칸의 혼이 머리를 풀어헤치고 나타났다. 그것을 보고 곡굴율은 대경실색하여 급히 남쪽으로 달아났다.

이때 알탄샤가 신호탄을 한 번 울리자 곧바로 동서 양로의 병사들이 일제히 달려갔다. 곡굴율 옥황은 촐로트 고개를 넘어 계속해서 아래쪽으로 도망치는 그때 솔롱고와 사이한 후르가 이끄는 1개 군단의 병사들과 마주쳤다. 북소리가 나자 병사들이 곡굴율을 둥글게 포위했다. 이때 곡굴율 옥황의 병사는 500명이 넘지 않았는데, 낙오되는 자는 낙오되고, 죽는 자는 죽었다.

곡굴율 옥황이 보니 병사를 이끄는 자가 자신의 두 제수였기 때문에 혼비백산했다.

"아, 이제 어찌하면 좋은가?"

그는 소리치며 몸을 뒤로 하고 말을 되돌리자 뒤에서 또 타이얀 칸이 보였다. 곡굴율이 미친 듯이 달려가자 솔롱고와 사이한 후르가 양쪽에서 압박해 들어왔다. 사이한 후르가 낭낭한 목소리로 크게 꾸짖으며, 단번에 곡굴율 옥황의 오른쪽 어깨를 창으로 찔렀다.

그러자 곡굴율이 손에 잡고 있던 무기를 떨어뜨리며 "앗!" 하는 비명을 지르고 황급히 달아나면서 뒤돌아보니 타이얀 칸이 말꼬리에 매달려 있었다. 그리고 다시 뒤돌아보니 또 하나의 태양 기旗가 나타났다. 간담이 서늘해진 곡굴율이 머리를 들자 솔롱고가 날듯이 가까이 달려가 오른팔을 뻗어 그의 어깨를 베려고 했지만 되지 않자, 곧 말에 채찍을 가해 달려가 곡굴율을 곧바로 말 위에서 겨드랑이에 끼고 대오로 돌아왔다. 그러자 알탄샤가 또 추격해 고개 위에서 보니 부인인 솔롱고가 그의 형 곡굴율을 겨드랑이에 끼고 진영 가운데로 와서, 곡굴율을 땅에 메다치고 포박케 했다. 솔롱고는 남편을 맞이하고, 양측의 병사를 합해 진영으로 왔다[원주] 이 곡굴율 옥황은 어찌 이처럼 작은 아녀자의 손에 들어갔을까? 사관인 나는 예전에 그를 남성의 전형이라고 생각했었다. 그런데 후에 몇 번이나 참으로 그가 인간이 아니라는 것을 알았다.

알탄샤가 군대를 이끌고 돌아가는 길에 이데르 도보가 달려왔다. 이데르 도보가 "어찌 되었는가, 어찌 되었어?" 하고 묻자 병졸이 붙잡았다고 했다. 그러자 이데르 도보가 큰소리를 지르며 "박살을 내고 말겠다, 박살을 내주겠어. 어디에 있는가?"라고 하며 반대편에서 달려오자 알탄샤가 급히 막으며 멈춰 세웠다.

"어이, 이 어리숙한 사람 어디를 가시는 것이오? 그대는 그를 죽일 수 없소. 그대뿐 아니라 나도 죽일 수 없소. 둘째, 그의 죄가 역시 그다지 분명히 드러나지 않았소. 다만 주군께서 오시면 그가 스스로 죄를 드러낼 것이오."

그러자 이데르 도보가 앞으로 나오며 "아, 주인님을 살해해 쓰러뜨린 것이 생각나 한시도 참아넘길 수가 없습니다"라고 하자 알탄샤가 물었다.

"그런데 그대는 어찌 먼저 가서 붙잡지 않고, 왜 폐하를 움직이는 데

이르게 하였소?"

이데르 도보가 비로소 말을 거두고 그를 따랐다. 그러자 알탄샤는 곡굴율을 단단히 제어하고, 몽골 성시로 돌아오는 길에 따라갔던 두 호장의 병사들을 만나 서로 크게 기뻐했다. 길에 막 들어서자 몸소 1만 명의 병사를 이끌고 곡굴률을 쫓아 거란국으로 곧바로 추격해 가겠다고 했던 보가르지를 만나 서로 정황을 이야기하며 기뻐했다.

몽골 성시에 돌아와 병사를 주둔케 하고, 칭기스 칸의 첫 번째 영접단에 알탄샤를 보냈다. 계속해서 네 명의 태자, 한 명의 부마를 보냈다. 세 번째 영접단으로 보가르지가 몸소 많은 장수를 거느리고 태조를 맞이했다. 성 밖에서 태사와 국로들이 일행을 맞을 준비를 했다. 세 영접단에 태자와 부마, 태사, 태보가 차례로 서서 축하주를 올리고 절하며 영접하자, 칭기스 칸은 성시에 내려 조정으로 나가 좌정했다. 그러자 백관들이 절을 마친 후 다섯 명의 태사가 승리의 축하 예식대로 칭기스 칸에게 축하주를 올렸다. 그리고 다음으로 모홀리에게 술을 올리자 모홀리가 할 수 없이 술을 받았다.

칭기스 칸이 답주로 술을 주고, 알탄샤를 향해 "오늘 부친을 죽인 원수를 잡았소. 그대는 부친께 효도하고, 군주에게 충성하고, 군사 일에 용맹하고, 자신의 일에 신중한 자요"라며 그를 칭찬하고 손수 술을 따라 주었다.

알탄샤는 눈물을 흘리며 곡굴율을 밀면서 데리고 와 무릎을 꿇렸다. 그러자 칭기스 칸이 그를 보고 크게 분개하여 말했다.

"이 종놈, 너는 참으로 이상한 놈이다. 나와 싸우는 것은 너의 나라를 침범하기에 그렇다 치고, 너의 숙부 타이얀 칸이 평소에 너에게 조금도 모질게 하지 않았는데, 너는 어찌하여 숙부를 죽였느냐?"

그러자 곡굴율이 이때 눈에 타이얀 칸이 보이지 않자 속으로 크게 안심하며 칭기스 칸 곁에 가서 곧 사실대로 고했다.

"그에 대해 말씀을 드리면 폐하의 보가르지와 보랄 장수의 5천 병사가 나란 오나하일몰 고개에서 우리의 몇백 명 병사를 포위했을 때 우리 숙부께서 투항하지 않을 것이라며 싸울 때 우리가 분명 살아남지 못하고 모두 죽을 것이 자명했기 때문에 할 수 없이 그를 죽이고, 우리가 잠시 투항하여 틈을 타서 달아날 것을 노렸던 것이오. 만약 그의 의지대로 맞섰다면 우리 모두를 죽게 하고, 그 또한 스스로 살 수 없었을 것이기에 한 사람을 죽이고, 백 사람을 구하고자 했던 것이오."

그러자 알탄샤가 그가 말하는 것을 듣고 큰 소리로 울며 소리쳤다.

"신이 오늘 비로소 해와 달, 천지를 보았습니다. 폐하께서 가엾이 여기시어 신의 아버님을 죽인 저 원수를 신의 부친의 영전 앞에 보내 국법을 바로 세우시길 바랍니다."

태조가 이를 허락하자 곡굴율을 밀어내어 모훌리의 동생 다이산다락그치에게 법을 집행하는 신하로 삼고, 곡굴율을 항가이산의 나란 오나흐 고개로 데려가서 타이얀 칸의 시신 앞에서 국법대로 처형하라고 명해 보냈다.

그러자 다이산다락그치는 300명의 병사를 거느리고 곡굴율을 항가이산의 나란 오나흐 고개로 데리고 가서 주군 쪽을 향해 무릎을 꿇게 하고 참살할 때 알탄샤 일가 사람들이 모두 상복을 입고, 타이얀 칸의 시신 앞에 무릎을 꿇고 제의를 드릴 준비를 했다. 그를 죽이려 하자 홀연히 서북쪽에서 불어오는 한 줄기 바람결에 타이얀 칸의 모습이 나타났다. 그가 다이산다락그치 쪽을 향해 서 있는 것을 많은 사람이 모두 보았다. 이에 이데르 도보가 참수하는 칼을 잡겠다고 하자, 알탄샤가 머리를 저으며 제지했다. 이윽고 포성이 울리고, 곡굴율의 머리가 떨어지자 이데르 도보가 서둘러 손으로 피를 움켜쥐고 타이얀 칸의 제단에 뿌리고, 술을 떨어뜨리며 통곡했다.

그러자 나이만 사람들이 모두 태조를 향해 그의 두터운 은혜에 절했다. 그리고 사신을 예후하고, 곡굴율의 시신을 거두었다. 후에 알탄샤의 부친 타이얀 칸을 볼로 칸의 묘 앞에 매장하고, 그 앞에 전후 내력을 새긴 비석을 세웠다고 한다. 곡굴율은 자식이 없었기 때문에 볼로 일족은 여기서 그 대가 끊겼다. 그때 명을 받은 사신이 나라로 돌아가 법이 집행된 것을 보고했다. 알탄샤는 지혜롭고 세심한 사람이라 할 수 있다. 그가 아닌 다른 사람이었다면 곡굴율을 분명 자신이 죽였을 것이다. 이데르 도보를 멈춰 세운 것도 그의 성정 때문이었다.

한편 남쪽에서 두 가지 중요한 일을 고하는 사람이 왔다. 한 사람은 금나라 변경의 정탐꾼인데, 그가 고하기를 "이번 9월에 송나라 영종[3] (때에) 완안경이 위왕 영제에게 피살되었고, 위왕 영제는 검을 잡고 정권을 장악하고, 황제의 자리를 찬탈하여 황위에 올랐나이다"라고 하자, 칭기스 칸이 측근 대신에게 명해 말했다.

---

3 완안경은 금나라 장종이다. 원문을 전사할 때 오류가 생긴 것으로 보인다. 여기서는 '송나라 영종 때'라는 의미로 사용된 것으로 보고, '(때에)'라는 단어를 보충해 주었다.

"영제가 비록 한때 강성하여 숙부를 죽이고 황제 자리를 차지할 수는 있어도, 후에 반드시 그보다 더 처참하게 죽을 것이오. 그자의 관상을 보면 장수할 상은 아니오. 여러 대신들께서는 나의 이 말을 잘 기록해 두시오!"

그러자 또 총사령관 모훌리가 자리에서 나가 무릎을 꿇고, 서하가 다시 반역했다는 상주문을 올렸다. 서하국이 또 어떻게 다시 반역했는지를 알고자 한다면 사관인 내가 노모께 아침 식사를 올리고 돌아와 모자와 허리띠를 풀고, 여유를 갖고 계속 쓴 것을 다음 장에서 살펴볼 수 있을 것이다.

사관의 시 한 수

만 리의 곤궁한 곳에서 하늘의 위엄을 모두 우러르네
바부는 단번에 칸이 천자임을 알아보고 나가 투항했네
어리석은 토도의 머리와 육신은 얼마나 우스꽝스러운가?
반역자 곡굴율이 제수에게 붙잡힌 것은 참으로 수치스러운 일!

제41장

사르탁그친 부족의 암바가이 칸은 모진 욕설을 퍼붓다가 벼락의 칼날에 죽임을 당했네 서하의 이안전은 깊은 깨달음으로 하늘의 은혜를 받았네

대몽골국 칭기스 칸 4년, 송나라 영종 가정 2년, 금나라 위소왕 완안영제 대안大安 원년, 기사년己巳年. 칭기스 칸의 나이 48세였다.

몽골의 칸은 태보 모홀리가 고한 상주문을 살펴보고, 모홀리를 향해 미소 지으며 명했다.

"내가 말한 것에서 벗어나지 않았소. 그들은 분명 말미를 얻기 위한 것이 아니겠소? 비록 그렇다 해도 내가 또 하늘의 뜻에 따라 공격하면 그가 어찌 빠져나갈 수 있겠소? 총사령관께서 또 그 공격할 장수와 병사를 모집하여, 열흘 안에 곧바로 출정하시오."

그러자 태사 데이 세첸이 나와 또 상주문을 올렸다. 그것을 보니 서하의 남쪽에 있는 위구르국[원주] 『강목』에 이 나라는 '웨이-우-얼'이라고 글자를 분리해서 썼다. 이것은 모두 한자어 자체적인 이유로 인한 것이다 두 지역 가운데 북쪽 위구르에는 현자가 있어 천기를 살피고 북방의 별이 매우 밝은 것을 보고, 먼저 사람을 보내 예의를 갖추어 공물을 올리고 절하기 위해 왔다.

한편 칭기스 칸은 위구르 사신을 인도해 들이고, 좋은 말로 위로했다. 그리고 태사 데이 세첸과 토르곤 샤르 등에게 명하여 잔치를 베풀어 위구르의 사신을 후하게 대접하라고 명했다. 그리고 칸은 천자의 궁으로 돌아가고, 백관들은 각기 흩어졌다.

지지난해 서하의 군주 이안전은 몽골군이 공격하기 위해 접근해 오자 전투에 대한 일들이 준비되어 있지 않고 여유가 없자, 유백림을 보내 투항서를 올리게 했다. 그리고 공물을 바치고 거짓으로 투항했다. 또 신하 고령공을 주변 국경을 접한 나라와 논의하게 하기 위해 보낼 때 서남쪽 차일즈국과 서쪽 이디네르국, 서북쪽 알락 델트국이 모두 몽골에 귀순하여 전혀 다른 마음을 품지 않았다. 특히 금나라는 서하와 80년 이상 우호적인 관계를 유지하고 지냈는데, 완안경이 아프다는 핑계를 대며 나오지 않자, 고령공이 다시 서남쪽 위구르로 들어갔다. 위구르의 군주 옥그타치 메르겐은 그의 말을 따르지 않았다. 그뿐 아니라 몽골에 투항서를 쓰게 하고, 후한 공물을 올리기 위해 사람을 보내 몽골에 귀순하자 고령공은 크게 초조해했다.

또 탕구트 북쪽 편의 사르탁그친국의 군주 암바가이 칸에게 가서 함께 군대를 연합하여 몽골을 토벌하자고 논의하자, 암바가이 칸은 크게 기뻐했다.

"그해 몽골 군주 테무진이 탕구트와 회회, 티베트 등을 회유하여 자신의 손아귀에 넣고 돌아갈 때, 또 나를 회유하기 위해 사신이 왔을 때 내가 부끄럽도록 말을 해서 사신을 돌려보냈소. 그는 분명 나를 미워

할 것이오. 나는 그자와 자웅을 겨룰 것이오. 그는 칸이 되고서 야심이 더욱 커졌소. 그대의 대국이 나와 연합하겠다면 우리가 어디서 연합하여 그를 토벌하는 것이 적당할지 결정하시오!"

암바가이 칸의 말을 들은 고령공은 천군만마를 얻은 듯 크게 기뻐하며 급히 돌아와 주군 이안전에게 고했다. 그리고 즉시 암바가이를 데리고 와서, 서하의 높은 산에 대포를 쏘고 의형제가 되는 예를 행할 때 암바가이가 나이가 아래였기 때문에 아우가 되어 선두에서 가겠다며 사르탁그친으로 가서, 나라의 병사를 뽑아 10만에 이르게 한 뒤 이안전에게 소식을 전했다.

그러자 이안전은 고령공과 서벽석 두 사람에게 군대의 전권을 맡기고, 나라의 병사를 뽑아 전체 40만에 이르게 하고, 암바가이 칸의 병사와 50만 병력이 되었기 때문에 사기가 충천했다. 한편으로 병사를 4개 군단으로 나누고, 첫 번째 군단의 10만 병사를 고령공, 서벽석 두 사람이 지휘하고, 두 번째 군단의 10만의 병사를 외명령공이 지휘했다. 또 꾀 많은 태사 준욱이 세 번째 군단 10만 병사를 이끌고, 네 번째는 서하국의 군주가 10만 대군을 지휘하여 도성을 지켰다. 만인 앞에 암바가이 칸이 원정의 선봉으로 10만 병사를 이끌고 가기로 결정했다.

한편 몽골에 전쟁의 시작을 알리는 전서戰書를 보내고, 또 한편 고령공과 서벽석 두 사람은 10만 대군을 이끌고, 몽골로부터 올고이성을 빼앗기 위해 출정할 때 성을 지키던 유중로는 정탐꾼에게서 이미 이 사실을 들어 알고 있었다. 한편 몽골에서 병사가 올 여유가 없는 것을 알고 정황을 알리기 위해 사람을 보내고, 또 낙사성의 유복과 역길리채의 동준 두 장수의 병사들을 은밀히 불러들여, 올고이 성시의 모든 창고의 보화와 물건을 전부 모아들였다.

그리고 그것을 옮겨 단단히 봉해놓고, 많은 부자를 쫓아내 낙사성으로 데려가게 하고, 자신은 빈 성시를 병사들과 함께 지키고 있을 때 서하 병사들이 갑자기 쳐들어 와 맹렬히 공격할 때, 성을 지키던 병사는 모두 합해도 6천 명에 불과했고, 서하의 병력은 10만에 이르렀기 때문에 대적하기가 결코 쉽지 않았다. 그럼에도 사흘 동안 있는 병력이 막강한 것처럼 싸우자, 서하의 병사들이 지쳐서 잠이 들었다. 그러자 밤에 남문을 열어주고, 북문으로 나가 포위했던 병사들을 뚫고 낙사성을 향해 갔다. 서하 병사들은 성을 얻었기 때문에 더 추격하지 않았다. 계속해서 사르탁그친의 암바가이 칸이 당도하자, 고령공이 크게 기뻐하며 곧바로 낙사성을 빼앗으러 가라고 보냈다.

한편 올고이성을 지키던 유중로는 낙사성으로 들어가 성을 굳게 지키고, 군대가 급하게 된 사정을 자세히 써서 태보 모홀리에게 고하도록 사람을 보냈다. 또 소식을 전하는 전령이 계속 달려갈 때 태조는 아홉 필 준마의 완전한 대형으로 서하에서 돌아오고 있었다. 전령은 도중에 일행을 만나 원수元帥의 장막에 들어가 서신을 전했다. 모홀리는 서신을 보고 유중로를 칭찬하며, 태조에게 고했다.

"진정 금나라 한인은 참으로 생각이 깊고, 먼 곳을 내다볼 줄 아는 자들입니다. 올고이 성시를 그 정도의 병사로 죽을힘을 다해 지키다가 패하는 것보다 일찍부터 성인에 있는 부자들을 쫓아내어 낙사성으로 데려간 것은 참으로 지혜로운 계략입니다."

그리고 유중로가 올고이성을 잃은 벌을 사면해 주고, 보물과 재화, 부자들을 몰아서 낙사성으로 데리고 간 공에 대해 상을 하사하여 앞서 보냈다. 그러자 전령이 돌아가 낙사성에 이르러 서한과 상을 올리자, 세 신하가 칭기스 칸이 있는 쪽을 향해 멀리서 고하기를 "우리가 진정 천자의 신하들이 있는 나라에 투항했습니다!"라고 하며 즐거워했다. 그리고 모든 병사에게 칭기스 칸이 내린 상을 나누어주고 한마음으로 낙사성을 지켰다.

한편 암바가이 칸의 병사가 급히 낙사성을 빼앗기 위해 공격해 오자 군대 앞에 가는 정탐꾼이 와서 고했다.

"몽골군이 바이칼강 건너편에 이르렀습니다. 그 전체 병력이 15만을 넘지 않습니다."

그러자 암바가이 칸이 크게 기뻐하며, 낙사성을 포위하지 않고 곧바로 병사들을 추격하여 바이칼강 연안으로 적을 맞으러 가자, 몽골군이 급히 나누어져 진을 치고 싸울 준비를 했다. 다음 날 호일다르 선봉이 병사들을 정비했다. 암바가이 칸이 대오에서 나와 소리쳤다.

"특별히 몽골 군주 테무진은 나오라! 다른 종들은 나와 싸울 적수가 되지 않는다!"

그러자 호일다르 선봉이 분노가 끓어 큰 소리로 욕설을 퍼부었다.

"사타구니 안에 있는 사르탁그친의 종놈, 암바가이 개자식이 감히 자신을 뭐라고 생각하기에 우리 천자와 겨루겠다고 하는 것이냐?"

호일다르 선봉이 맞은편에서 늑대 이빨이 박힌 큰 몽둥이를 들고 내리치자 암바가이 칸이 크게 노하며 대결하기 위해 그를 맞았다. 그 두 사람은 50여 회를 교전했지만 우열을 가리지 못했다. 그러자 암바가이 칸이 호일다르 선봉을 칭찬했다.

"이 교활한 녀석을 괜찮은 아버지가 만들었구먼."

그 말에 호일다르 선봉이 욕설을 퍼부었다.

"원숭이 오줌 같은 사르탁그친, 짐승 새끼 암바가이 네 마음대로 주둥이 놀리지 마라."

그리고 다시 50번을 맞서 대결했지만, 양측의 장수들은 쉽게 우열을 가리지 못했다. 사르탁그친의 칸 암바가이는 몸집이 크고, 힘이 엄청나게 대단해 보이자 모훌리가 징을 쳐 군대를 모아들였다. 암바가이 역시 자기 진영으로 돌아가 말을 바꾸어 타고 나와서 다시 큰소리쳤다.

"반드시 호일다르를 내보내라. 자웅을 겨루겠노라."

호일다르 선봉이 나가겠다고 하자 줄게데이 바타르가 "암바가이 칸은 정말 대단한 용사이니, 제가 나가 겨루어 보겠습니다"라고 했다.

모훌리가 이를 허락하고, 북을 쳐 전투의 시작을 알렸다. 그때 줄게데이 바타르가 양손에 채찍을 들고 나왔다. 그러자 암바가이 칸이 소리쳤다.

"그 교활한 녀석은 어찌 되었느냐?"

줄게데이 바타르가 "그런 장수는 우리나라에 수레에 싣고, 낙타에 얹어도 끝이 없이 많다. 그대는 그와 100번을 싸우고서 또 그를 생각하는가? 나와 200번을 싸우면 또 나를 생각할 것이다. 공연히 몽둥이로 얻어맞은 원숭이처럼 성질을 부리지 마라. 우리 둘이 겨루어 보면 알 것이다"라고 했다.

암바가이 칸이 진노하며 크게 일갈하고, 말을 박차고 힘껏 공격해 들어갔다. 그 두 사람이 단숨에 150번을 맞붙어 싸웠지만 암바가이의 힘이 엄청나게 대단해 조금도 기운이 떨어지지 않자 모홀리가 칭기스 칸과 멀리서 보고, 암바가이의 대단한 무예 실력을 서로 칭찬할 때 칭기스 칸이 "원수인 총사령관께서는 저 암바가이의 한 가지 실수를 보았소?"라고 물었다.

모홀리가 그렇다고 말하며, 속으로 주군의 무예를 보는 능력에 탄복했다.

그때 급히 징을 쳐 병사를 모으게 하자, 암바가이 칸이 자기 진영으로 다시 와서 계속 싸우겠다며 욕설을 퍼부어댔다. 모홀리는 할 수 없이 길루겐 바타르를 내보냈다. 길루겐 바타르가 암바가이 칸을 보니 온몸을 떨고 있었기 때문에 크게 기뻐하여 창을 들고 싸우기 위해 나갔다. 그러자 암바가이 칸이 그의 무예 실력에 깜짝 놀라 여러 번 가까스로 창을 피하다가 다시 맞붙어 싸우기 시작했다. 두 장수가 서로 종횡으로 왔다 갔다 움직이며 서로 공격하고 막으면서 창으로 찌르고, 맞서고, 피하는 것이 참으로 용호상박이었다. 단숨에 200회 이상 싸우며 날이 저물자 양편에서 서로 징을 쳐 병사들이 돌아갈 때 암바가이 칸이 자기 진영의 대오로 돌아가면서 몸을 돌려 몽골군의 대오를 향해 엄지손가락을 들어 올리며 소리쳤다.

"몽골국이 이름을 떨치는 것에는 진정 그릇된 것이 없다. 나와 겨룬 세 젊은이는 두려움이 없었다. 아까운 능력을 가진 세 젊은이가 어찌 그처럼 테무진에게 종이 되었단 말인가?"

그리고 암바가이 칸은 병사를 모아들였다. 밤에 칭기스 칸이 모홀리와 보가르지를 향해 말하기를 "암바가이 칸은 진정 용사인데, 어떤 책략으로 그를 항복시키면 좋겠소? 나는 30년 동안 병사를 이끌고 원정을 다녔소. 지금까지 그처럼 훌륭하게 겨루는 용사를 보지 못했소. 암바가이는 진정한 용사이며 또 매우 민첩하오"라고 하자, 모홀리가 고했다.

"신은 그 모습을 지켜보고 이런 생각을 했습니다. 나중에 그가 우리 진영에 가까이 다가올 때 그의 특징을 살펴보니 용사이지만 지모가 없는 사람이요, 또 다른 사람 아래 있을 사람이 아니라는 것을 알았습니다. 그런데 이번 싸움에서 날뛰고 있는데, 그와 같은 사나운 기세로 쉽게 투항하게 할 수는 없을 것 같습니다."

이튿날 날이 새자마자 암바가이는 또 대오를 이루고 어제의 세 아이를 내보내라, 내가 기꺼이 아이들을 맞겠노라고 하자 모홀리는 수베데이 바타르를 내보냈다. 그러자 암바가이가 수베데이의 큰 몸집을 보고 말했다.

"이 몸집 큰 아이는 분명 또 몇 번 맞붙을 수 있겠군."

그리고 그와 대적하여 200여 번을 맞붙어 싸웠다.

그때 양편의 군대에서 북과 바라를 치고, 소리를 지르며 사기를 북돋고 칭송하는 소리가 산과 들에 가득했다. 그러자 두 장수는 또 자신의 대오로 돌아가 말을 갈아타고 나와서 또 80차례를 맞붙어 싸우자, 모홀리가 징을 치고 장수를 들어오게 했다. 그러자 암바가이가 돌아가 욕설을 퍼부었다.

"바보 멍충이 몽골은 어찌 이같이 양과 염소처럼 신음하며 성질을 부려대는 건가. 빨리 너희 그 테무진을 불러내라!"

그러자 모홀리가 지금까지 싸웠던 네 장수를 내보내지 않고 특별히 톡그통고 바타르를 내보냈다. 암바가이 칸은 톡그통고 바타르의 타고난 위엄과 우람한 체격, 붉은 안색과 멋진 수염을 보고 즐거워했다.

"몽골에 참으로 여러 괴이한 인물들이 있군. 시간이 지날수록 더 멋진 놈이 나오니 말이야. 이제 며칠이 지나면 그 테무진이 나오지 않는다고 누가 장담할 수 있겠는가?"

암바가이 칸이 또 반월 모양의 도끼를 돌리며 공격해 들어가자 톡그통고 바타르가 전혀 서두르는 기색 없이 큰 검을 흔들며 공격해 들어가 암바가이를 맞아 싸웠다. 두 사람은 해가 질 때까지 300번을 교전했다. 날이 어두워 양편에서 징을 치자 각자 자신의 진영으로 돌아갔다. 암바가이 칸이 또 머리를 돌려 엄지손가락을 치켜세우더니 기꺼운 마음으로 톡그통고 바타르를 칭찬했다.

"내가 어머니에게서 태어나 무예를 익혀 오면서 오늘 비로소 속시원하게 싸웠노라. 몽골의 이 다섯 사내에게 내가 진정 자비를 베풀리라. 몽골을 평정한 뒤에 너희 다섯 장수를 아들로 삼아 키우리라."

그런 뒤 자신의 진영으로 돌아가자 양편의 병사가 모두 큰 소리로 웃었다.

밤에 등불 아래서 칭기스 칸이 다섯 호장을 불러 암바가이의 용맹함에 대해 묻자 다섯 장수가 모두 그의 무예를 칭찬했다. 그러자 칭기스 칸이 그를 투항시킬 계략을 논의했다. 그때 보가르지가 "그의 힘을 꺾지 않고서는 어떻게 해도 그를 투항케 하기는 어려울 것입니다. 비록 계략을 써서 붙잡을 수 있지만, 그가 승복하지 않을 것입니다. 그는 자신의 힘에 자만하고 있으니, 비록 투항한다 해도 무슨 득이 있겠습니까? 오히려 조심하지 않으면 해가 될 것입니다. 내일 톡그통고 바타르가 싸우는 것을 보겠습니다"라고 하자 칭기스 칸이 알았다며 보가르지의 견해를 받아들였다.

다음 날 암바가이가 또 와서 즐거이 큰 소리로 웃으며 대적할 상대를 불렀다.

"우리 사랑하는 아이를 빨리 내보내라. 내가 싸워 한껏 기분을 풀겠노라."

모홀리가 그 말을 듣고 또 실소하며 다섯 명의 호장과 태보 보가르지 그리고 자신이 앞서 나와서 장수들을 수레바퀴처럼 연결하여 나와 싸우기로 했다.

그러자 태조가 기뻐하며 "이번에 보가르지와 촐론 장군 등을 나라에 남게 하지 않아 일이 잘 되었소"라고 하며 장수들에게 다시 일렀다.

"장수 여러분은 이번에 무슨 일이 있어도 교전하는 데 20회를 넘기지 말아야 하오. 사람이 자만하게 되면 경계심을 잃게 되오. 경계하지 않는 것이 실수할 표식이오. 장군들께서는 있는 힘을 다해 싸우고, 반드시 그를 투항케 하시오."

그리고 곧 북을 치고 문을 열고, 호일다르 선봉이 나오자 암바가이가 즐거워했다.

"나의 맏아들이 다가오는군."

그렇게 교전을 시작하여 20번을 겨루자 동쪽에서 줄게데이 바타르가 달려왔다.

암바가이가 다시 "내 넷째 아들이 나오는군"이라고 하며 줄게데이를 맞아 대결을 벌였다. 호일다르가 다시 서쪽 대오로 들어갔다. 암바가이가 교전을 하다가 20번을 겨루자 서쪽에서 길루겐 바타르가 다가왔다. 암바가이가 소리쳐 웃으며 말했다.

"나의 셋째 아들이 왔군."

그리고 암바가이가 길루겐 바타르를 맞자 줄게데이가 서쪽 대오로 돌아갔다. 그들이 맞대결하여 20회를 겨루자 동쪽 대오에서 수베데이 바타르가 다가왔다. 암바가이 칸이 또 웃으며, "나의 둘째 아들이 오는군!"이라고 하며 수베데이를 맞아 겨루자 길루겐이 서쪽 대오로 돌아갔다. 그 두 사람이 20번을 교전하자 동쪽 대오에서 톡그통고 바타르가 나왔다. 그러자 암바가이가 웃었다.

"나의 큰아들이 나왔군."

그가 톡그통고 바타르를 맞아 겨루자, 수베데이 바타르가 동쪽 대오로 들어갔다. 그렇게 또 20번을 맞붙어 겨룰 때 동쪽 대오에서 보가르지가 나오자 "아, 이건 도대체 뭔가. 무슨 돼지가 태어나듯 줄줄이 나오는 건가?"라고 하며 크게 웃었다. 암바가이가 보가르지와 겨루자 통그통고 바타르가 자신의 대오로 돌아갔다. 보가르지와 20회를 겨루자 암바가이 칸이 "이 아이는 다섯 아이와는 사뭇 다르군. 특별한 힘이 있어"라고 했다.

그때 건너편 대오에서 모홀리가 출격하자 암바가이가 크게 웃었다.

"언제까지 나올 건가, 다 나와라. 내 기다리마"라고 하며 모홀리를 맞아 겨루자 보가르지가 자신의 대오로 들어갔다. 이렇게 여덟 장수와 싸웠지만 암바가이는 조금도 호흡이 가빠하지 않았으며, 손을 아무렇게나 휘두르지 않았다. 모홀리와 겨루면서 그를 칭찬하여 말했다.

"와우! 이자는 참으로 나의 적수로다. 나중에 나온 잘 알지 못하는 이 두 아이는 필시 크게 될 성싶군."

그러자 모홀리가 비로소 오른쪽 대오를 향해 돌아가자, 암바가이 칸이 "이자들이 무슨 사내대장부란 말인가? 이제 싸울 맛이 날 만한데, 어찌 곧 진영으로 돌아가는 건가. 우리가 너희들과 장난치기 위해 온 것이 아닌데 어찌 이리 재미없이 구는 것이냐?"라는 했다.

그 말이 끝나기도 전에 갑자기 대군 가운데 포성이 천지를 뒤흔들더니 황금 북이 울리고, 칭기스 칸이 호통쳐 측근 장수들을 비켜서게 하고, 큰소리를 치며 큰 문으로 날듯이 나오자 여러 대신이 대경실색했다. 암바가이 칸이 보니 이번에 나온 장수는 황금 용이 있는 갑옷을 입고 투구를 쓰고, 허리에 봉황 문양의 옥대를 띠고 있었다. 또 손에는 강철 창을 쥐고 용마를 타고 있었다. 암바가이는 눈을 들어 칭기스 칸을 보고 흠칫 놀라 서둘러 심장을 진정하고 말했다.

"와우! 나온 자가 필시 테무진이로군! 이리저리 다그쳐대니 겨우 나왔군. 내가 그대를 보니 진정 진흙으로 빚은 인물상에 수호신을 그려 넣은 것처럼 참으로 멋진 풍모를 지녔구려."

암바가이가 또 소리쳐 말했다.

"네가 또 감히 아버지와 겨루어 보겠다는 것이더냐?"

그러자 칭기스 칸이 "암바가이, 그대는 입에서 나오는 대로 함부로 지껄이지 말라. 그런 태도로 사내대장부가 될 수 없다. 내가 그대의 무예에 놀라며 십분 대단히 여기었다. 내 그대를 붙잡아 투항케 하고자 하노라. 그대 생각을 말하라!"라고 하자 암바가이가 껄껄대며 큰 소리로 웃었다.

"이 아이 말이 참으로 대단하구나. 암바가이 아버지를 어찌 입에 담아 함부로 말하느냐. 너의 작은 복이 그 한 마디에 사라져, 이번에 곧 내게 죽임을 당하게 될 것이다. 덤벼라! 어서 덤벼."

그러자 칭기스 칸이 갑자기 크게 진노하여 벼락처럼 꾸짖으며 공격해 들어가자, 많은 장수들이 이를 막을 수가 없었다. 암바가이가 칭기스 칸을 맞아 한 번의 대결을 펼치고 말했다.

"이 자는 칸이 될 수 있다."

그 말이 끝나기도 전에 벌써 칭기스 칸의 쇠 창이 암바가이 칸의 옆구리를 찔렀다. 암바가이 칸은 뼈가 다쳤기 때문에 반월 도끼로 싸울 수가 없어 말에서 떨어졌다. 그러자 몽골국의 병사들이 함성을 지르고, 여덟 명의 대장군이 앞으로 나가 암바가이를 붙잡고, 칭기스 칸이 앞장서 큰 깃발을 한 번 흔들었다. 그러자 몽골 병사들이 사르탁그친의 병사를 덮치며 공격해 들어가자, 사르탁그친 병사들은 자신의 주군이 사로잡힌 것을 보고, 간담이 서늘해져 한 사람도 도망치지 못한 채 무기를 버리고 투항했다. 이때 이미 밤이 되었기 때문에 무기를 거두고 숙영했다.

한편 칭기스 칸은 진영으로 돌아와 암바가이를 데리고 오게 하여 무릎을 꿇리지 않고, 그의 마음을 사려고 자리를 내어주고 그를 부축하여 앉게 했다. 그리고 그의 의사를 묻자 암바가이 칸이 머리를 흔들었다.

"내가 칸 그대를 이와 같은 사람으로 알지 않았소. 안타깝게 내가 입은 상처가 깊고 속이 아득하오. 내가 어찌 몸이 좋아져 칸 그대에게 힘을 바칠 수 있단 말이오?"

칭기스 칸이 손수 암바가이의 옆구리에 난 상처에 효능 좋은 약을 바르고, 좋은 탕약을 마시게 했지만, 몸에 창이 관통해 구멍이 뚫렸기 때문에 약이 목에 넘어가지 않았다. 결국 암바가이는 밤에 죽음을 맞았다[원주] 아아, 이것은 다른 사람을 저주하여 받은 대가이다. 칸을 저주해서는 안 된다는 것을 아는가?.

칭기스 칸은 몹시 애석해하며, 그의 병사 가운데서 그의 심복이었던 신하 샤르라는 자를 데려오게 하여, 그 시신을 거두어 장례를 지내기 앞서 술을 뿌리고 '진정한 용사'라는 칭호를 내려 주었다. 그러자 많은 병사들이 진심으로 탄복하며 투항했다.

그리고 그 승리의 여세로 바이칼강을 건너 낙사성에 이르러 병사들을 성 밖에 주둔하게 하고, 칭기스 칸이 성에 내려 올고이 성시를 점령할 방법을 논의했다. 그때 원수 모훌리가 유중로를 데리고 칭기스 칸 곁으로 들어오자, 칭기스 칸이 일의 연유를 물었다.

모훌리가 고하기를 "처음에 유중로가 올고이성을 버리고 나올 때 30여 호의 부자들에게 만약 성 밖 사방에서 불빛이 나고, 포성이 울리면 사방 문을 지키던 병사들에게 문을 열게 하라고 명했기 때문에 이 성을 다시 점령하기가 매우 쉬웠던 것입니다. 이것은 모두 유중로의 공입니다"라고 했다.

그러자 칭기스 칸이 유중로에게 '도통都統'이라는 직위를 내리고, 특히 서하를 정복하고서 다른 직책에 봉하겠노라고 했다. 그리고 서하의 군주 이안전의 아들 준욱은 몽골군이 국경에 들어왔다는 소식을 듣고, 젊은 혈기로 몽골군이 번갯불처럼 빠르고 민첩한 것을 알지 못하고, 자신의 10만 대군의 수에 자만했다. 그는 몽골군을 맞을 때 도중에 올고이성을 공격하고, 고령공의 병사와 연합했다.

고령공은 5만 병사로 올고이 성시를 지키게 하고, 남은 5만 병사로 준욱의 병사와 연합하여 적을 맞으러 갈 때, 칭기스 칸은 또 병사를 이끌고 이틀을 가서 서하국의 올고이성의 평원에서 서하 병사들에 맞서 양측 군대가 20리 거리에서 진을 쳤다. 그러자 모홀리와 보가르지는 서하 군대와 싸우기로 논의하고 함께 칭기스 칸에게 고했다.

"이번이 좋은 기회입니다. 이 사르탁그친의 한 부대는 어리석은 군대입니다. 들어보면 사르탁그친의 암바가이 칸에게 아들 하나가 있는데, 이름은 라이브차라고 합니다. 그 역시 매우 용맹스럽다고 합니다. 이제 이 10만 대군을 암바가이의 심복인 샤르에게 내어 주어 책임지게 하겠습니다. 그렇게 하면 분명 믿고 힘을 바칠 뜻을 가질 것입니다. 그렇게 하여 그들이 우리를 거짓으로 배반하는 척하게 하고, 서하 진영으로 보낸 뒤 밤에 우리 신호탄 소리를 듣자마자 안에서 협력하여 선두 장수를 붙잡으면, 서하를 쉽게 장악할 수 있을 것입니다."

칭기스 칸은 그 계략을 기꺼이 받아들였다. 그러자 모홀리가 사르탁그친의 샤르를 인도하여 주군 앞에 무릎을 꿇려 만나게 했다.

그러자 칭기스 칸이 말하기를 "내가 지고한 하늘의 뜻에 따라 세상의 수많은 혼란을 평정하고, 천하를 평정시켜 행복을 누리게 하리라 생각하고 군대를 조직해 지낼 때 대단한 용사인 그대 군주를 맞아 내가 몸소 나간 것은 그대 군주를 생포하여 좋은 말로 투항케 하여 함께 대업을 이루고자 했던 것이오. 다만 내 뜻을 잘 알지 못한 채 생각지 않게 심한 상처를 입어 사망했소. 비록 그렇다 해도 그대 군주에게 또 처자와 백성들이 있소. 나는 그대의 10만 대군을 모두 되돌려 주고, 그대 한 부족의 수장과 신하, 병사, 백성 모두의 마음을 거두기로 했소. 해마다 어느 정도의 공물로 투항케 할 것이라고 했소. 이것은 참으로 진정이오. 그대에게 이 외에 무엇을 달리 바라는 것이 있겠소?"라고 하자 샤르가 이마가 붓도록 땅에 머리를 대고 절했다.

"폐하께서 이처럼 부모와 같은 자비를 베푸시니, 종들이 헛되이 돌아오지는 않을 것입니다. 특히 서하국의 적군을 멸할 때까지 힘을 바치겠나이다."

그때 곁에서 보가르지가 말하기를 "진실로 그대에게 이와 같은 은혜를 신뢰하는 마음을 갖는다면 이제 해야 될 매우 중요한 일이 한 가지 있소. 그대는 우리를 배반한 것처럼 가장하여 서하국의 병영으로 가서 투항하고, 우리의 포성을 신호로 알고 안에서 행동하여 서하의 수석 신하를 붙잡으면 그것이 곧 그대의 큰 공이 될 것이오"라고 하자 샤르가 급히 절하며 나갔다.

그러자 모홀리가 샤르를 불러 귓가에 무언가 몇 마디를 이르고 내보냈다. 샤르는 곧 병영으로 돌아와 많은 병사를 데리고 상의했다.

"우리 주군을 몽골 군주가 죽였다. 이제 가까이 있는 기회를 틈타 우리가 밤에 몽골 병영으로 돌격해 들어가 몽골 군주를 죽이고, 우리 주군의 원수를 갚자."

많은 사람이 분을 참지 못하자, 샤르가 사람들을 향해 눈짓을 하고 몽골의 지시가 있음을 알렸다. 그리고 오늘 밤 이러한 배반이 서하에서 의심하지 않는 방법임을 말했다. 곧 모두가 한밤중에 불을 밝히고 몽골 병영을 공격하자, 모홀리가 이미 대비를 하고 있었기 때문에 그들과 싸우는 척하다가 추격해 가자, 사르탁그친의 병사들이 급히 서하의 대진영 쪽을 향해 도망쳤다.

그때 먼저 달아난 병사들이 서하국 진영으로 가서 "우리가 기회를 틈타 도망쳐 왔습니다. 몽골 병사들이 곧 추격해 오고 있습니다. 우리에게 기운을 차릴 수 있도록 도와주십시오"라고 했다. 고령공이 급히 군대를 이끌고 그들을 맞으러 나왔다. 그때 사르탁그친의 군대와 서하 군대의 소문이 나자 몽골군 가운데서 갑자기 포성을 울렸다. 그때 도망쳐 온 사르탁그친 병사들이 고령공의 군대 뒤에서 돌격해 들어갔다. 몽골군 가운데 보가르지 장군이 혼자 말을 달려 서하 군대로 진격해 들어갔다. 그러자 다섯 호장들이 또 모두 달려들어 서하 병영으로 쳐들어갔다. 몽골군이 멈추지 않고 함께 앞으로 돌격해 들어가서 자신의 군주를 지킬 때 서하 병사들은 대혼란에 빠졌다. 앞뒤로 모두 적들과 마주치자 서로 적군인지 아군인지 알아보지 못했다.

고령공이 크게 허둥대며 병영으로 돌아가 태자 준욱을 데리고 도망치려고 말머리를 돌리자, 갑자기 앞에서 사르탁그친의 샤르가 다가와 길을 막아섰다. 고령공이 급히 돌아서서 달아나려 하자, 몽골 대장군이 벌써 고령공의 허리띠를 잡고 끌어당겨 말에서 끌어 내리자 고령공은 무기를 놓치고 말았다. 이 장수는 바로 앞에서 달려 들어온 장군 태보 보가르지였다.

한편 보가르지는 고령공을 옆구리에 끼고 가서 땅에 내동댕이치고, 병졸에게 포박하게 했다. 그리고 앞으로 뚫고 나가 총사령관의 병사들에게 넘겨주고, 되돌아 서하의 태자를 붙잡기 위해 돌격해 들어갔다. 이때 고령공이 붙잡히자 혼란에 빠진 서하의 병사들은 싸울 마음이 싹 사라져 곧 태자 준욱을 보호하고 달아났다.

또 몽골군은 그 여세를 몰아 북을 치고, 큰 매의 대형으로 날개를 펼치고 돌격해 들어가자, 사르탁그친의 군대가 새의 부리의 대형을 이루었다. 그러자 많은 병사가 민첩하게 싸우며 돌격해 들어갔는데, 그것은 마치 수많은 매가 사냥감을 낚아채는 것 같았다. 몽골군은 쉬지 않고 이틀을 싸우며 추격했다. 거리에는 서하의 사망한 병사들이 가득하고, 붉은 피가 하천에 흘러넘쳤다. 수레와 탈것, 갑옷과 투구, 무기, 깃발 등 셀 수 없이 많은 전리품을 얻었다. 또 서하의 도망병을 놓치지 않고 추격하여 올고이 성 아래 이르자 서하의 패한 병사들이 성시에 들어가 시를 굳건히 지켰다. 서하의 장수 서백석이 서둘러 군대를 정렬하자, 몽골 병사가 지체 없이 성 아래로 달려와 일시에 대포를 쏘아댔다.

그때 갑자기 성 위의 네 망루에서 난리가 일어났다. 성시 안에 있는 많은 부자, 자제, 친인척이 모두 함께 손발을 맞추어 문을 지키던 병사들을 죽이고 성문을 열자, 보가르지가 선두로 돌격해 들어갔다. 성시 가운데 이르자 네 개 문을 통해 다섯 호장이 함께 들어가서 공포했다.

"무고한 백성을 죽인 병사를 목숨으로 그 대가를 치르게 할 것이다!"

이 말이 사방으로 퍼져 나가자 서하의 병사들이 모두 무기와 갑옷, 투구를 벗고 태반이 평민으로 가장했다. 다만 태보인 서벽석이 태자를 호위하고 가겠다며 평민으로 가장해 도망쳤다. 바로 그때 또 보가르지와 마주쳐 몇 번 싸우지 않았는데 서벽석이 대적하지 못하고 달아나려 하자, 보가르지가 그의 오른쪽 어깨를 창으로 찔러 쓰러뜨려 포박했다. 그 틈에 병사들은 태자를 보호하고, 성시에서 평민으로 가장하여 한밤중에 충신부를 향해 달아났다.

다음 날 성시를 평정하고 모홀리가 칭기스 칸에게 상황을 고하고, 서하국의 병사 뒤를 바짝 추격해 갔다. 이때 사르탁그친 병사들은 앞으로 불과 바람처럼 공격해 들어갔다. 서하국의 투항한 병사의 수는 5만 이상이 되었고, 몽골은 15만 병력과 합해 20만 병력이 되었다. 서하가 몽골을 경계하여 장성長城의[원주] 서하국의 이 장성의 기초가 남아있는데, 지금 북쪽 호르친 호쇼(기)에서 서쪽으로 오다이까지 이른다. 현재 조사해 보면 분명하다 이문夷門으로 들어가자 문을 지키던 원수 외명령공이 이미 소식을 듣고 분노하면서 태자 준욱을 맞아들였다. 그가 여전히 자만에 차서 만용을 부리고 있을 때 몽골 군대가 풀을 베듯 빠르게 쳐들어오자, 외명령공이 15만 병력을 조직해 성문 밖에서 기다리고 있었다.

몽골군의 선봉장, 태보 보가르지는 사르탁그친의 10만 병력과 자신의 2만 병력을 이끌고 쳐들어갔다. 그런데 서하국 병사들이 성을 단단히 지키고 적을 맞는 것을 보고 크게 분노하며 곧바로 진을 치고, 큰 북을 쳐 대오 앞으로 나갔다. 서하의 진영에서 외명령공이 나와 양편의 이름을 묻고 북을 세 번 두드리자, 두 장수가 나아가 맞붙어 싸우며 20번을 겨루었으나 승패를 가리지 못했다. 그러다 보가르지가 갑자기 몸을 돌려 외명령공의 대검 아래로 빠져나가 오른팔을 뻗어 외명령공의 빰을 한 번 후려치더니 뒷목을 꽉 틀어잡고 말에서 끌어내렸다. 그리고 자신의 진영으로 끌고 빠르게 달려 들어갔다. 서하국의 병사들이 겁을 먹고 두려움에 떨며 외명령공을 빼앗아올 여유도 없이 큰 소리를 외치며 문을 향해 달아났다.

그러자 보가르지가 외명령공을 말 위에다 결박하게 하고, 곧 병사들을 재촉하여 문 아래 이르러, 외명령공의 목에 검을 대고 문을 열지 않으면 죽여 버리겠다고 위협하자 문을 지키던 하급 관리들이 모두 외명령공 수하의 신하였기 때문에 외명령공이 죽는 것을 두려워하여 서둘러 문을 열어주고 달아났다.

한편 칭기스 칸의 대군이 당도하자, 보가르지가 외명령공을 포박하여 태조를 맞았다. 그러자 태조와 모훌리 등이 놀라움을 금치 못하고 기뻐하며 손수 술을 따라주고, 모훌리가 또 축하주를 올렸다. 그리고 군대의 진군을 멈추지 않고 그대로 이틀을 가서 서하국의 흥경부 도성에 이르러 보름 이상을 포위하고 싸웠다. 모훌리가 말을 타고 흥경부를 한 바퀴 돌아 산천의 지세를 살피다가 갑자기 흥경부의 서남쪽에서 동쪽으로 흐르는 낭하강을 보고, 즉시 물로 성을 범람시킬 계략을 얻어 급히 주군께 고하고, 그 전략을 수행키로 했다.

모홀리는 5만 병력을 이끌고 큰 도랑을 파라고 명해 준비를 마친 후 자루에 모래를 가득 채워 큰 물살을 막자, 낭하浪河가 곧 범람하기 시작했다. 성 가까이로 물이 흘러가자 몽골 병사들이 천천히 물가를 따라 에워쌌다. 물과 병사가 서로 연결되면서 성을 포위하고 아침저녁으로 서하국의 성을 공격하자, 서하의 군주가 성에서 나와 보니 몽골군이 파놓은 고랑 주변으로 물이 가득 넘쳐 흐르고, 물 동물이 서서 물을 막고, 도랑에서 몇 자 높이로 출렁거리고 있었으나 제방이 무너져 물이 밖으로 흐르지는 않았다. 제방 한가운데서 한 마리 용 머리를 한 사람이 서 있는 것이 보였다[원주] 이것은 분명 칭기스 칸의 덕으로 보인 것이리라. 이 또한 한 가지 신이한 사건이다.

이에 이안전이 이르기를 "아, 이것은 분명 천우신조이니 투항하지 않으면 안 될 것이오. 또 나의 사랑하는 신하 몇몇이 생포되었다고 하오"라고 하며 태부 유백림의 말을 따라 마음을 정했다. 이때 파놓은 도랑물이 갑자기 불어 곧 제방이 무너질 듯하자 태조가 몸소 가서 보고 제방을 쌓는 병사들을 멈춰 세웠다. 그리고 모두 물에 대한 소문을 내고, 자신의 전통에서 화살을 꺼내 땅에 꽂고 큰 소리로 외쳤다.

"천부께서 서하를 내게 거두게 하신다면 며칠 동안 이 고랑의 제방이 무너지지 않을 것이다."

그리고 화살을 그 제방에 꽂았다. 그것을 보고 있으려니 화살을 꽂은 안쪽에서 흰 모래가 밀려 나와 제방이 무너지는 것이 멈추었다. 칸이 제방 막는 것을 멈추게 하고 곧 홍경부 도성 북쪽으로 가서 화살을 꽂자, 성 위에서 화살에 투항하겠다는 표식을 묶어 화살을 쏘아 보냈다. 그러자 칭기스 칸이 기뻐하며 "누가 가겠는가?" 하고 묻자 하르 히루의 두 아들이자 하로下路의 태부 우드와 소드 두 형제가 서둘러 나와 고했다.

"신하인 저희가 가기를 원하나이다."

칭기스 칸이 기뻐하며 두 사람에게 조서를 가져가게 하여 흥경부 성시로 보냈다. 이안전은 몽골 진영에서 칸의 조서를 가지고 오고 있다는 소식을 듣고, 서둘러 문을 열고 유백림을 보내 그들을 맞아들이게 했다. 그리고 곧 향이 놓인 탁자를 준비하고 칭기스 칸의 명을 받았다. 그날 곧 몸에 죄수복을 입고 자신의 자녀들을 포박하고, 외딸인 이소영과 300명의 악기를 연주하는 기녀들을 데리고, 수레 100대에 정교한 그릇, 금, 비단, 때깔 있는 생활용품, 특히 정교한 게르 궁과 장막을 가지고 투항하기 위해 몽골 진영으로 갔다. 칭기스 칸이 백관을 거느리고 대열을 이루고 기다리자, 이안전이 많은 병사들의 무기 아래로 통과하여 들어왔다. 그가 칭기스 칸의 용안을 한 번 보자마자 경외심이 우러나 진실한 마음으로 고했다.

"신이 비록 칸들을 만나 그 얼굴을 보았어도 이와 같은 풍모는 없었나이다. 진실로 천자이십니다."

그리고 자신이 가져온 공물을 바치고, 자신의 외딸 이소영을 신표 삼아 바친다는 표문을 올렸다. 칭기스 칸은 서둘러 측근의 대신으로 하여금 이안전을 부축하게 하여 일으켜 자리를 내어 주어 좌정케 했다. 이안전은 감히 앉지 못하고 다시 반복하여 절하자, 칭기스 칸이 이르기를 "내가 원래 뜻하고 추구한 것은 천하를 평안하게 하는 것이었소. 특별히 나라의 군주들을 괴롭히고 멸시하는 것을 추구하지 않았소. 천하가 서로 우호적으로 평화롭게 지낸다면 그것으로 족하오. 특히 나라의 군주를 죽여 매장하고, 짓밟고 모욕하는 것이 우리 조정에 무슨 유익이 있겠소? 그대가 오늘 내게 패했다 해서 내가 지나치게 오만하게 구는 것은 칸 된 자의 본분이 아닐 것이오. 귀하신 서하의 군주인 그대도 마음이 진실하다면 만 가지 것보다 낫지 않겠소? 굳이 그렇게 사양할 필요가 있겠소? 그대가 나의 진실한 은혜를 안다면 곧바로 좌정하시기 바라오"라고 하여 그를 자리에 앉혔다.

그리고 또 셋째 태자인 우구데이에게 명했다.

"너는 나를 대신해 제방으로 가서, 향을 피우고 나의 화살을 뽑아 천신과 대지의 신과 수신에게 제의를 드리고, 물을 끌어들여 천부의 가호하심으로 위기 없이 서하에 들어갔다고 고하라!"

그러자 셋째 태자 우구데이 친왕이 급히 명을 받들어 대원수와 함께 가서 부왕이 꽂은 화살을 뽑고 물가에 제단을 준비하고, 태조의 말씀을 외며 천지신명께 술을 뿌려 올리자, 5리 밖에서 성처럼 무너져 내리는 소리가 나며 많은 물이 범람해 홍수가 났다. 서하와 사르탁그친의 백만 병사들이 크게 놀라 두려움에 사로잡혔다.

한편 우구데이 친왕과 대원수가 돌아와 명을 받들었던 일을 칸에게 고했다. 그러자 칭기스 칸은 서하의 표문을 보면서 이안전이 18세 된 자신의 딸 이소영을 귀한 장식을 해서 바치는 것을 영원한 신표로 삼으려는 것을 보고, 진노의 안색을 드러내다가 은근한 미소 지으며 이안전에게 물었다.

"귀 군주께서 저희 나라에 귀한 것으로 공물을 바치시는 것은 지당하오. 다만 그대의 작은 딸을 위시하여 이러한 가희들과 훌륭하고 멋진 게르, 그릇과 도구들을 바치는 것은 무슨 생각이시오? 북방의 나는 진정 외적인 미색과 풍류의 쾌락을 즐기며 살지 않았기에 나를 놀라고 기쁘게 하여, 이러한 즐거움에 침혹되게 하겠다는 생각이시오? 내가 만약 그대의 남쪽 지역의 칸들처럼 미색을 보고 죽음도 마다하지 않고 쾌락에 빠져들면서 자신의 운을 다하게 하듯 한다면 내가 범인과 다를 것이 무엇이며, 어찌 이 정도에 이를 수 있었겠소? 그대 남방의 사람들은 한자와 탕구트 문자에 능하고, 고금의 성황들과 범인들의 차이를 모두 알면서 어찌하여 또 부정하게 다른 이들을 좇아 무지하게 행하시는 것이오? 나의 행동거지를 보면 나의 성질을 알아챌 수 있지 않소?"

그러자 이안전이 크게 두려워하며 자리에서 벌떡 일어나 땅에 무릎을 꿇고, 모자를 벗고 고개 숙여 고했다.

"신이 폐하를 여색으로 누르고 꾀를 쓰고자 했던 것은 아닙니다. 사실 신의 한 작은 나라의 백성을 살육하지 않으신 폐하의 큰 은혜에 신이 또한 폐하를 따라 많은 사람들을 평화롭게 하고자 폐하께 신표가 될 만한 것을 생각하였습니다. 그런데 제게 아들이 없어 양자인 준욱을 신표 삼아 폐하의 신임을 얻고자 하였는데, 그가 다른 사람의 손에서 컸기 때문에 주군께 신뢰를 주지 못할 것이라 여기고, 제 자신의 친척도 믿을 만하지 못해 제 몸에서 태어난 단 한 명의 자식을 폐하께 바치면 위로 더 큰 신뢰를 얻고, 아래로 많은 백성의 마음을 얻을 수 있을 것이라 여겼습니다. 그렇게 하면 폐하의 뜨거운 덕에 의지해, 보잘것없는 나라에서 이제 또 몇 대가 평화롭게 살 수 있지 않을까 생각하였던 것입니다. 사실상 이의 진정한 뜻은 폐하를 미혹케 하거나 그 명성을 더럽히려고 했던 생각은 아닙니다. 폐하께서는 이를 감찰하여 주시기 바랍니다."

그러자 밖에 있던 서하의 많은 대신들이 주군이 여인을 보낸 일을 견책했다는 것을 듣고 모두 얼굴이 잿빛이 되어 괴롭게 울먹였다. 태사, 태보 등이 그 소리를 듣고 많은 신하와 급히 주군 곁으로 가서 무릎을 꿇었다. 그리고 보가르지가 고했다.

"주군께서 넓으신 은혜를 베푸시어, 서하의 진정한 성의를 받아들이시는 것이 천하를 평정하는 중요한 일이라 사료되옵니다. 만 마리 말을 먹이는 주인은 양과 염소를 아끼지 않고, 세상을 평정하려고 분투하는 자는 작은 일에 구애되지 않습니다. 주군의 위업이 이미 해와 달처럼 되었거늘 어찌 하나의 별과 작은 등불로 위업을 눌러 작게 축소시킬 수 있겠나이까? 주군께서는 멀리서 온 정성스러운 마음을 격려해 주시고, 큰 자비로 받아들이심이 어떠하신지요?"

그러자 칭기스 칸이 말하기를 "옛말에 '도움 되는 일이 적다고 낙담하지 말고, 악한 일이 작다 하여도 행하지 말라'는 말이 있소. 좋고 나쁜 것은 모두 작은 데서 생겨나고, 결국 매우 커지게 되는 법이오. 사건은 작은 것에서 발단이 되고, 결국 그것이 관습이 된다고 생각했소. 이제 백관들이 천하의 대업을 비유하여 말씀하시니, 오래도록 확고히 생각하는 서하국 군주의 마음으로 받아들이는 것이 옳을 것이오. 그렇지만 일은 반드시 제대로 해야 할 것이오. 그 보내온 여인을 백관들 앞에 나오게 하여 내게 절을 시키시오. 내가 그 모습을 보고 결정하겠소"라고 했다.

백관들이 기쁜 마음으로 절하고 일어나 서하국의 공주를 인도해 들이게 하여 칭기스 칸 앞에 무릎을 꿇렸다. 칭기스 칸이 직접 눈으로 보니 여인이 타고난 미모에 눈같이 순결하고 옥같이 무게가 있으며, 수정처럼 맑은 모습을 하고 있었다. 칸이 기쁜 마음으로 "이 여인의 단정하고 아름다운 자태 속에 큰 덕이 숨겨져 있도다. 내 둘째며느리가 세상을 떠났으니, 이 여인을 둘째 태자 차가타이의 부인으로 봉하도록 하라"라고 했다.

그런 뒤 곧 차가타이를 불러들이고, 서하의 칸 이안전을 사돈의 예로 대우했다. 그러자 이안전은 뜻하지 않은 일로 크게 기뻐하고, 태자 차가타이의 태생이 참으로 희디흰 옥과 같이 고귀했기에 서둘러 예를 갖추었다. 또 마음의 감동으로 연신 눈물을 흘리며 칭기스 칸에게 절했다.

"진정 구천의 천상 궁전에서 내려와 태어나신 성스러운 황제이십니다."

칭기스 칸은 서둘러 태자 차가타이로 하여금 부축하여 일으키게 하고, 안쪽 진영에서 신부를 가마에 앉혀 여러 신하들이 그녀를 성까지 바래다주고, 9*9가지 선물의 예에 따라 말을 예물로 보내게 했다. 또 길일을 택해 차가타이 태자에게 신부를 맞게 하고, 혼례의 예대로 칭기스 칸에게 절했다. 그리고 서하의 군주는 역길리채와 낙사성, 올고이성 이 세 곳을 몽골에 바치고, 해마다 올릴 공물을 천 수레의 곡물과 만 필의 피륙, 비단 천 필, 은전 만 냥, 말 오천 필 등으로 정했다. 혼례를 치르고 칭기스 칸은 서하국 군주의 칸 칭호를 계속 사용하게 하고, 3년에 한 번 공물을 바치고, 또 금나라 국경의 인접 지역에 대한 수비를 철저히 할 것을 확실히 했다. 그리고 세 명의 신하를 돌려보내 주도록 했다. 고령공과 위명령공, 서벽석 세 사람은 태조의 은혜에 감사하며 절했다. 자신의 나라에 돌아가 자신의 주군에게 절한 뒤 유백림에게 절하자, 유백림이 심히 울었다.

서하의 군주가 우는 이유를 묻자 유백림이 말하기를 "주군께서 욕되시면 신하는 죽어야 마땅할 것입니다. 우리 주군께서 뒤를 보시고, 다른 사람을 섬기시는데 우리가 설 곳은 어디란 말입니까? 이제 이미 하늘의 때가 되어 투항하지 않으면 사직뿐 아니라 주군의 목숨마저도 지킬 수가 없게 되어, 어쩔 수 없이 투항하여 주군께서 온전히 목숨을 지키게 되셨지만, 주군께서 이미 다른 사람의 대신이 되셨으니 신은 죽음의 길에서 벗어날 수 없게 되었습니다. 제가 죽지 않으면 신은 자손만대에 자신의 목숨을 아끼고, 주군을 다른 나라에 종이 되게 하여 나라를 팔았다는 오명에서 벗어날 수 없을 것입니다. 제가 산에 들어간 것은 죽음으로부터 벗어나고자 했던 것입니다. 주군께서 저를 그대로 두지 않으시고 저를 또 데리고 오신 이것은 천명입니다. 이제 이미 주군의 이름이 온전함을 얻으시고, 또 이 기회에 사직과 백성의 목숨이 보존되었습니다. 이제 신은 죽을 때가 되었습니다"라고 했다.

그리고 갑자기 소매에서 날카로운 칼을 꺼내 목을 그었다. 여러 사람이 급히 그의 손을 붙잡았지만 칼이 이미 그의 목을 베어 피를 흘렸다. 이안전은 서둘러 보좌에서 내려와 그를 껴안고 울고 있을 때 몽골의 병영에서 칭기스 칸의 사신인 젤메와 차가타이 친왕이 조서를 올리고, 유백림을 서하국의 군주를 모셨던 현명한 대신으로 봉하도록 알렸다. 그들이 조정에 들어와서 유백림의 시신을 보고 그 연유를 묻자 이안전이 숨김없이 사실대로 말했다. 젤메 등이 그 말을 듣고 유백림을 크게 칭송하며, 죽은 시신에 칭기스 칸의 명을 일러주고 칸이 내린 옷을 입히고 모자를 시신에 씌워 주었다. 그리고 돌아와 칭기스 칸의 명을 수행한 상황을 고할 때 이러한 사연을 모두 고하자 칸이 크게 놀라는 한편 그를 칭송하며, 문무백관을 향해 말했다.

"여러 신하께서는 들으시오. 이는 곧 우리 조정의 신하의 사표가 될 것이오. 흥하는 조정을 위해 충성을 다하고 죽는 대신과 망하는 사직을 내어주는 신하 이 둘 가운데 어떤 자가 더 괴롭겠소? 후자야말로 괴로움의 극한일 것이오. 또 인척인 젤메와 태자 차가타이 친왕 등이 나를 대신해 충직의 칭호를 봉한 것을 가져다 그의 시신에 하사하시오."

서하의 뭇 사람들이 이 일을 행한 칭기스 칸을 하늘처럼 우러르고, 칸의 용안을 보고 절하려고 하자, 모홀리가 그 뜻을 알고 할 수 없이 칭기스 칸에게 고했다. 칸이 높은 언덕에 올라가, 서하의 문무백관과 병사들에게 자신을 보게 하고 교훈하여 말했다.

주인된 자들은 자신의 잘못을 살피라!

대신된 자들은 자신의 존귀함을 생각하라!

아비된 자들은 자기 자식의 정도를 헤아려 보라!

자식된 자들은 자신의 분투함을 생각하라!

남편된 자들은 자신의 행실을 살피라!

신하된 자들은 자신의 충성을 이루는 데 힘쓰라!

그러자 백만 병사들이 칭기스 칸의 하늘같은 위엄과 광채를 보고 놀라며 서둘러 한목소리로 "만세! 만세!"를 외치며 절했다. 또 6행의 교훈이 되는 말씀을 기록하여 집집마다 제단에 모셨다. 그 가운데 서부 지역에 장인이 있어 칭기스 칸의 형상을 만들어 한 조각 유리 가운데 비추게 했다[원주] 이것은 분명 이 시대 사진 기술이었을 것이다. 그 당시 사진을 유리 안에 비친다고 썼다. 나중에는 초상화를 그려 제의를 드렸다. 후에 칭기스 칸이 천수를 다한 후에 어느 정도 사진의 형상을 찾았으나 만족스럽지 않아 서하에서 이 신성한 상을 그리게 하여 가져왔다. 그것을 원래 나라에 있던 초상화와 비교해 보니 진짜 똑같았기 때문에 태묘에 모셔놓고 제의를 드리고, 개국할 때의 존귀한 초상으로 사용했다고 한다.

한편 칭기스 칸은 서하의 붙잡힌 병사들을 나라에 남게 하고, 사르탁그친의 병사들 역시 돌려보냈다. 사르탁그친의 샤르는 한쪽 길에서 칭기스 칸의 이러한 모든 것을 보고 깊이 감동하여 자신의 가솔을 버려두고, 고향으로 돌아가지 않고 칸을 따르기를 희망했다. 이처럼 칭기스 칸을 따르는 서하와 사르탁그친의 병사들이 모두 2만 명을 넘자, 칭기스 칸은 자비를 베풀어 사람들에게 명을 내렸다.

"돌아가서 가솔들을 만나 보라. 부모님에게 말씀을 드린 후에 오도록 하라."

그러자 뭇 병사들이 어쩔 수 없이 헤어져 고향으로 갈 때 마치 부모에게서 떨어지는 것처럼 울었다. 특히 사르탁그친의 암바가이 칸의 아들 가브론은 샤르에게서 모든 일의 정황을 듣고, 자신의 나라 사람들을 이끌고 와 칭기스 칸에게 절하고 귀순했다.

그리고 가을 마지막 달 칭기스 칸이 나라로 돌아갈 때 서하의 군주와 대신, 병사들이 수백 리를 따라와 울며 떨어지지 않자, 칸이 마음속으로 그들을 어여삐 여겨 해마다 바치는 공물의 반을 백성들에게 상으로 나누어 주라고 명했다. 그러자 많은 백성이 칭기스 칸을 더욱 숭앙했다.

칭기스 칸이 일행과 함께 나라로 돌아오자 첫 번째 영접단으로 큰태자인 주치 친왕이 젊은 장수들을 이끌고 경축의 예대로 절하며 일행을 맞았다. 두 번째 영접단으로 오칙과 가촉 두 친왕이 태부 등을 모시고 칭기스 칸을 영접했다. 세 번째 영접단으로 다섯 명의 태사들이 태후의 명을 받고 일행을 영접했다. 그리고 칭기스 칸이 궁에서 내려 문무백관들의 절을 받은 뒤 태후의 평안을 묻기 위해 궁으로 갔다. 칭기스 칸이 다시 돌아 나올 때 북쪽 위구르국의 군주가 칸의 은혜에 절하기 위해 왔다고 하자, 칸은 좌우에 분부해 그를 입궁토록 했다. 그런 뒤 연회를 베풀어 후히 대접했다.

사관의 시 한 수

진정 천자가 아니면 누가 자비와 덕을 알리오!

변함없이 신성한 현자요, 용사란 진실로 칭기스 칸 외에 누가 있을까!
행동력과 추진력을 천부적으로 갖고 태어나셨기에
거친 몽골 사막에 태어났어도 고대 이름난 칸들보다 월등히 뛰어나시네

제42장

성조 칭기스 칸이 한 번 침을 뱉음으로
금나라의 뿌리를 흔들었네
지략 있는 대신들이 논의하여
중원의 시종始終을 결정했네

경오년庚午年. 대몽골국의 칭기스 칸 5년. 송나라 영종 가정 3년, 금나라 영제 대안 2년, 태조 칭기스 칸의 나이 49세였다.

이해 정월 초하루 태후께서 칭기스 칸에게 한 해 동안 어떠한 원정도 떠나지 말고, 또 대규모 사냥도 금하라고 명하셨다. 그러자 칭기스 칸이 태후의 명을 힘써 따르겠다고 대답했다. 지난해 서하와 사르탁그친 그리고 위구르 이 세 나라가 투항한 경사로 문무백관이 칭기스 칸에게 절을 올리고, 경축의 예에 따라 천지신명과 조상에 제의를 드리는 일을 고하자 칸이 이를 윤허했다.

또 새해 정월 보름에 맞추어 성대한 경축 모임을 열고, 천지와 일월 제단에 절하고 조상제를 드렸다. 그리고 태후에게 절하고, 잔치를 베풀어 문무백관에게 상을 내리자 5위 국로國老와 5위 태사, 그리고 여러 태부, 태보 또 3등급의 태부를 비롯해 병사와 백성에 이르기까지 차례로 상을 하사하고 직위를 봉했다. 그리고 만호장과 천호장, 백호장, 십

호장 등 개인의 능력 정도를 보고 봉할 때 단 한 사람 보가르지 장군을 잊고 작게도 언급하지 않자, 모훌리가 이를 상기시켜 고하려 하는 순간 갑자기 한 가지 생각이 떠올랐다. '이는 분명 주군께서 다른 생각이 있으신 것이 아닐까?' 하고 생각했지만 아무 말도 하지 않았다. 여러 태사들도 '어찌 보가르지를 잊을 리가 있겠는가?' 하고 또 신경 쓰지 않았다. 젊은 대신들도 비록 알고 있었지만, 지체 높은 대신들이 아무 말도 하지 않자 그 연유를 알지 못했다.

문무백관이 칭기스 칸의 은혜에 절할 때 보가르지도 따라 절했다. 많은 이들이 그 연유를 깨닫지 못했다. 백관들이 흥겹게 잔치를 즐길 때 태조도 즐겁게 먹고 마셨다. 보름달이 교교히 비치는 밤 연회에 아홉 가지 악기가 연주되고, 남방의 춤과 음악이 모두 어우러졌기 때문에 이 연회는 일반적인 연회와 비교할 수가 없었다.

이때 몽골국 사방의 명사名士와 산해진미가 모두 갖추어져 있었다. 그런데 뭇 사람들이 몽골에서는 알려지지 않은 흥미로운 많은 산해진미를 보고, 진정 천자를 따름으로써 천상의 음식을 맛본다며 놀라움을 금치 못했다. 한편 서하의 연회로 자기 나라의 장병의 흥을 돋우고, 한밤중에 되어 연회를 파했다. 많은 사람이 보니 보가르지가 자신을 빼놓고 잊었다고 생각하는 기미가 전혀 없었다. 다만 술을 많이 마시고 상당히 취해 있자, 칭기스 칸은 친위병 멘진으로 하여금 부축하게 하여 처소에 데려다주게 했다.

칭기스 칸은 등불이 천지를 비추도록 환히 타는 연회장 궁전에 앉아 씨름을 관람하고 대신들을 데리고 종과 북을 울려 궁으로 돌아가자,

문무백관들도 맑은 달빛에 흩어져 연회장에서 내려와 수레에 올라 사방으로 흩어져 갈 때 오논강의 얼음이 은빛 진액처럼 빛나고, 초원은 양탄자처럼 광활히 펼쳐있었다. 문무백관이 사방으로 흩어져 길을 가고, 긴 노랫소리가 울려퍼지는 것이 마치 가을 기러기가 대열지어 날아가는 듯하고, 왕궁에서 울려 퍼지는 노랫가락은 천상의 가락 같았다.

한편 칭기스 칸이 내궁으로 돌아오자 광헌 황후가 칸을 맞으러 나와 있었다. 노간주나무 향과 단향 진액이 타오르고, 맑은 달빛에 또 백 가지 악기 소리가 멀리서 들려왔다. 황후는 장막 궁에서 집안 잔치를 준비하면서 칸을 기다리고 있었다. 잠시 후 세 명의 비와 아홉 명의 아름다운 여성 대신들이 모두 와서 칸과 황후 맞은편에 앉은 후 세 명의 비가 궁의 권세 있는 대신들을 데리고 칸에게 절했다. 칸은 공적인 연회에 준비된 질 좋은 타락과 버터를 맛보았다. 네 명의 태자와 며느리들이 술을 올리고 집안의 의례를 마친 후 광헌 황후가 칸에게 고했다.

신고를 겪을 때 자신의 힘을 바치고
괴로움과 짓밟힘을 당하며 지낼 때 이를 피하지 않고 함께 분투하고
죽임을 당할 처지에 목숨을 아끼지 않고 공격해 들어가고
서하의 세 장수를 차례로 생포한
주군께서 처음 만난 장군 태보 보가르지가 아닙니까?
성주께서 오늘 은혜를 베풀고 상을 하사하셨는데
아, 한시도 떨어지지 않고 고군분투한 장군 보가르지를 어찌 잊으셨습니까?
조정 안팎으로 이 일을 말하고 있나이다

그러자 칭기스 칸이 미소를 지었다.

"황후께서는 알지 못하십니까? 제가 어찌 그를 잊겠소? 제가 오늘의 잔치에서 특별히 보가르지의 충직함과 현덕을 많은 사람에게 널리 드러내 알리려고 한 것이었소. 보가르지는 내가 그를 생각지 않는 것을 조금도 기분 나쁘게 생각지 않았소. 도리어 그는 내가 달리 무슨 생각을 갖고 있음을 알고 있었던 것이오. 분명 그는 집에서 기분 좋은 말을 하고 지내고 있을 것이오. 내가 보가르지 태보를 데려다주도록 친위병 멘진을 보냈소. 그가 오늘 밤 돌아올 것이오. 분명 내가 말한 것에서 크게 벗어나지 않을 것이오."

그런 뒤 칭기스 칸은 용상에 누워 잠을 청했다. 한편 친위병 멘진이 태보 보가르지를 집에 데려다주고 진영으로 돌아올 때, 태보 보가르지가 칸이 명한 사람에게 상을 줄 수 없었기에 고맙다는 말을 하고 돌려보냈다. 멘진이 급히 나와 그의 창 아래 있는 버터와 유제품 등을 보관하는 창고에 들어가 앉아서 가만히 귀 기울이고 있자 태보 보가르지의 아내 투그스고 부인이 남편을 맞아들여 차를 따라주며, 이야기를 주고받다가 부인이 물었다.

"주군께서 오늘 나라의 공신들에게 공로에 따라 관직을 내리고 상을 하사하셨다고 하더군요. 당신에겐 어떤 직책에 봉하셨나요? 제가 여러 사람이 주고받는 말을 들으니 오늘 귀한 직위와 상을 주는 자리에서 주군께서 당신을 생각지 못하고 잊어 버렸다고 하더군요. 제 생각에 주군께서 나라를 세우기 전에 당신을 만나 온전한 사직을 위해 힘을 합해 개국의 모든 사업을 이루었습니다. 당신은 모든 이 가운데 가장 큰 힘을 바치지 않았습니까? 낳아 주신 어머니를 잊고, 아내와 자식을 버려두고, 주군 앞에서 분투하고 힘을 바치면서 앞서 고생해도 나중에 행복할 것이라고 했습니다. 주군께서 오늘 모두에게 직위를 봉하고 상을 내리시면서, 죽도록 분투한 당신을 어찌 잊을 수가 있단 말입니까? 이런 상황에서 당신은 조정의 대신들을 어찌 보고 연회를 즐기셨습니까?"

보가르지가 웃으며 "옛말에 '먹을 복을 탐하지 말고, 항상 충성을 다하라. 큰 시혜를 탐하지 말고 먼저 분투하여 온 힘을 바치라'고 했소. 여인네의 짧은 지식과 좁은 소견으로 그리 말씀하시는 것이오. 고귀하신 천군의 귀한 사직이 공고해지고, 천하가 태평해지면 베푸시는 은혜를 만대에 어느 땐가 받지 않겠소? 이제 또 큰 명으로 베푼 이 잔치에 참여할 수 있었던 것도 예전에 주군께 진정 충성을 다했기 때문이 아니겠소? 이에서 무엇을 더 바라고, 무슨 더 큰 관직을 바라겠소? 여인네의 지식이 일천함이 곧바로 드러났소. 주군의 크신 생각을 당신이 어찌 깨달아 알겠소?"라고 했다.

다음 날 황실 친위병인 멘진이 와서 있었던 일을 칭기스 칸에게 소상히 아뢰자 칸이 황후를 향해 말했다.

"내가 말한 것에서 벗어난 바가 없지 않습니까?"

황후가 서둘러 "모든 것을 살피시는 주군의 명철하심을 부인이 어찌 알 수 있겠습니까?"라고 하며 예를 갖추었다.

그리고 다음 날 아침 날이 밝자, 칭기스 칸은 조정에 나와 문무백관의 절을 받은 뒤 말하기를 "어제 내가 문무백관에게 관직을 봉하고 상을 내릴 때 태보 보가르지 장군을 잊었소. 연회가 다 끝나고 내궁으로 들어갔을 때 황후께서 이를 상기시켜 내게 이야기하여 주었소. 내가 어제 소홀했던 것을 후회하고 있는데, 어제 보가르지 태보를 데려다준 자가 그의 창고에서 음식을 먹고 있을 때 그가 부인과 대화한 말을 들었다고 하오. 친위병은 나와서 여러 신하에게 태보 보가르지 장군이 어떤 말씀을 했는지 말하라" 하고 명했다.

친위병 멘진이 명을 받들어 여러 대신에게 어젯밤에 들은 말을 모두 말하자 백관들이 놀라 감탄을 금치 못했다. 주군의 옥같이 견실한 대신들이 안팎으로 기뻐하며 절하자, 칭기스 칸이 보가르지를 자기 앞에 불러 손수 술을 따라주며 칭송했다.

전통이 부서져 흩어져도
충언을 멈추지 않는 보가르지여
혼란한 상황으로 황망할 때도
깊이 벗했던 것을 잊지 않는 보가르지여
깃털 달린 전통을 잃어도
예전의 벗했던 우의友誼를 잊지 않는 보가르지여
적과 피비린내 나는 싸움을 할 때도
진정 죽음을 불사했던 보가르지여
나라를 지킬 때는 나의 네 아들을 살피는 자
비록 한 걸음 늦었어도 서하의 세 장수를 생포한 자
지략과 용맹함을 두루 갖춘
일찍이 의형제가 된 태보 보가르지 장군이여

그런 뒤 칭기스 칸은 자신이 입고 있던 델과 허리띠를 풀어 상으로 내렸다.

"아홉 공신들 중 누구도 보가르지 장군과 비교할 수 없소. 처음과 끝이 한결같고 조석으로 자신의 힘을 충성스럽게 바친 자를 특별히 들어올리지 않을 수 있겠소? 이후 자신의 힘을 충성되이 바치는 자와 군주와 벗하여 지내는 자에게 본으로 삼도록 하시오. 이렇게 태보 보가르지는 일찍부터 나를 따라 자신의 힘을 바쳤기에 오늘 내가 다른 사람보다 더 크게 들어올리는 것이오."

그러자 문무백관들이 고했다.

"신들이 어제 폐하께서 태보 보가르지 장군이 서하의 세 장군을 생포해 온 것을 어찌 잊으셨을까? 폐하께서 다른 어떤 뜻이 있으신 것이 분명하다고 생각하였습니다. 이제 보니 폐하께서 이처럼 그의 덕을 말씀하시니 나라의 뭇 신하들이 어찌 감히 폐하의 옛 벗이요, 대신을 비교하여 질시하겠나이까? 이 같은 명은 태보 보가르지 장군만 은혜를 베푸신 것이 아니라 모든 신하에게 은혜를 베푸신 것입니다."

대신들이 절하여 고하자 칭기스 칸은 보가르지에게 명을 내렸다.

"태보 보가르지는 나라 가운데 조정의 일을 주관하고 사직을 지키며, 외방에 가서 오색의 속국을 치리하도록 하시오! 나의 서부 점령지인 9주를 관장하는 장군 보가르지 노욘이여!"

또 보가르지의 부인 투그스고에게는 덕 있는 부인이라는 칭호를 하사하고, 금은으로 된 패에 칭호를 새기게 하여 패를 내렸다. 보가르지는 칸의 은혜에 감사의 절을 올리고 9경의 으뜸이 되고 9주의 노욘[1]이 되었다. 칭기스 칸은 서하의 세 장수를 생포하여 대국을 귀속시킨 공으로 보가르지를 9주의 노욘에 봉하고, 문무백관에게 명했다.

"아, 천부께서 음우해 주시고 일깨워 주신 명으로 그들 혼란했던 12국의 군주를 모으고, 75개 작은 부족의 난리를 평정하여 한 집안의 평화를 이루었소. 나의 원래 뜻도 이들 북방 지역을 평화롭게 하고, 먼 사막 지역 전체를 안정케 하려는 것이었소. 이제 나의 본래 바람을 이루었소. 이제 내 나이 50이 가까웠소. 이제 심신을 좀 보양하고 쉬려 생각하고 있소. 송나라와 또 금나라가 있지만, 내 자식들이 잘 해나가고 있고, 또 분투하여 일을 잘 도모할 수 있을 듯하오. 요나라, 진나라 등의 작은 나라가 어찌 우리를 감당할 수 있겠소?"

그러자 네 명의 신하가 급히 무릎을 꿇고 막으며 "천자인 폐하의 이 명은 진정 가당치 않습니다. 이는 곧 세상의 뜻에 위배되는 가장 큰 손실이요, 크게 잘못된 명입니다. 또 훗날 지도자가 강령을 무너뜨릴 명입니다. 만약 천자에게서 이 명이 나오면 이제 후일 평민들은 충성할 마음이 없어지게 될 것입니다. 또 이러한 전통이 먼 훗날 계승되면 칸들이 어찌 분투하겠나이까? 이제 천지의 수호신과 인간, 금수가 모두가 돕고 있습니다. 분명 천자이신 폐하께서 만약 이 명을 내리시어, 이처럼 직분을 경홀히 여기시면 이제 후에 누가 이와 같은 큰 대업을 이룰 수 있겠나이까? 폐하의 이전의 모든 명이 옳았어도 이 명은 크게 잘못된 것입니다. 폐하의 춘추 50이 되도록 피바다와 무기의 숲을 뚫으

1 여기서 '노욘'은 '수장'의 의미로 볼 수 있다.

며 지내신 것은 모두 나라와 백성을 위한 것이었습니다. 스스로 귀하게 되기 위한 것이 아니오나 오늘 대업을 끝내고 원하는 바를 이루었다고 말씀하시는 것은 진정 크게 잘못된 것입니다.

위로 태후께서 이미 춘추가 많으시지만, 어머니는 자식이 천하를 지배하는 것을 기뻐하십니다. 행복하게 지내시는 것을 좋아하실 이치가 없지 않겠습니까? 그 주된 이유는 부모님에게서 받은 육신과 수만의 나라를 평화롭게 하는 이 대업은 부모님의 은혜를 갚는 일이기 때문입니다. 그렇게 천자께서 분투하며 지내시며 부모님의 은혜를 갚는 이것을 효도의 으뜸으로 여길 수 있습니다. 폐하께서 이제 금탑의 기초를 모두 닦고 꼭대기를 완성하기에 이르렀는데, 이때 이러한 명을 내리시는 것은 참으로 옳지 않은 일입니다. 이 명은 어찌 보아도 정도라 볼 수 없습니다"라고 했다.

그러자 칭기스 칸은 내궁으로 돌아가 모홀리와 논의하기 위해 그를 불렀다.

"내가 오늘 생각지 않게 옳지 않은 명을 내렸소. 여러 태사, 태보 등의 간언이 매우 지당하오. 이제 이를 어찌하면 좋겠소?"

그러자 모홀리가 "이번에 기꺼이 주군의 잘못된 명에 대해 직간한 신하 모두에게 상을 내리심이 좋을 듯합니다. 이번을 기회로 조정에 직간하는 충직한 풍토를 널리 진작시킬 수 있을 듯합니다"라고 하자 칸이 크게 기뻐하며 모홀리를 칭찬했다.

진실된 말을 하는 지혜로운 신하여

조금도 왜곡된 길로 이끈 적이 없네
이제 곧 큰 상을 내릴 것이니
실언한 내 잘못을 받아들이는 마음을 드러낼 것이오!

이튿날 솔직하게 간언한 문무백관들에게 상을 내리겠다며 대회의를 열 때 이 모임의 명칭을 '칸께서 과실을 인정한 모임'이라고 이름하고, 신하들에게 큰 상을 내렸다. 위로 태사와 태보를 비롯해 일반 백성에 이르기까지 받은 이 상의 수량을 헤아려 보면 세 나라에서 바친 공물만큼의 분량이 들었다. 칭기스 칸이 모홀리를 불러 말하기를 "이번의 내린 상은 세 나라에서 바친 공물이 사용되었소. 내가 이 정도로 사용될지 생각지 못했소"라고 하자 모홀리가 고했다.

"신의 소견으로는 적게 들었다고 생각합니다. 실제 아홉 나라의 공물이 들었다 해도 많은 것은 아닙니다."

칭기스 칸이 그 이유를 묻자 모홀리가 또 절하며 고하기를 "폐하께서는 깊이 통찰하시기 바랍니다. 성군의 한 마디 말씀과 한 가지 명령은 세상을 다시 얻고 잃는 것의 기초와 관련이 있습니다. 폐하의 바른 것과 잘못한 것을 사람들은 일월의 밝음과 해와 달이 먹히는 일식, 월식으로 봅니다. 성조의 잘못된 명령 한 마디에 세상의 존폐 등의 큰 사건이 연결되어 있는데, 이 세 나라의 공물이 소요되는 것을 말할 일이 있겠습니까? 이렇게 뉘우치게 하지 않으면 누가 천자인 칸을 뉘우치게 하겠나이까? 그러하오니 폐하 스스로 하시는 말씀 한마디, 한 가지 명령에 주의를 기울이셔야 할 것입니다"라고 했다.

모홀리의 직언에 칭기스 칸은 말할 수 없이 기뻐하며, 연회 마지막 날 모홀리의 이러한 말을 많은 사람에게 전하게 할 때 늘 사직을 위해 생각하고 분투함이 참으로 진실하다고 했다. 그리고 그를 9경의 으뜸이요, 좌익 9주의 대 노욘으로 높이고 상을 내렸다. 칭기스 칸이 보위에 올랐을 때 "나의 잘못을 신하들이 알았다면 반드시 아침마다 특별히 고하라"고 했었다. 그렇게 그 다음 몇 년이 될 때까지 대담하게 이명을 내려 백관들에게 간언하는 것을 겨루게 했다.

이처럼 아래로 백관들이 칸의 잘못을 고하자 칭기스 칸은 마음속으로 은근히 기뻐했다. 그렇게 칸이 관리들에게 물으면 또 그와 같이 진정으로 고했기 때문에 크게 기뻐하며 칭찬했다. 모홀리는 그 은혜에 절했다.

칭기스 칸은 또 태보 촐론을 불러 이르기를, "장군은 내가 이전에 타이치오드에 붙잡혀 그들에게서 도망쳤을 때 그대 집의 양털을 가득 실은 수레에 숨겨주고, 후에 그대는 나의 목의 쇠사슬 자물쇠를 도끼로 부수어 나를 구해 주었소. 또 담황색 말에 안장을 채워 말에 태워주고, 베데국으로 나를 따라 왔소. 그때 그대의 생각은 참으로 예리하고 신속했소. 이제 내가 칸의 자리에 오르고, 그대는 태보가 되더니 어찌 그리 유순하고, 어찌 그리 정직해져 내 반대편에서 직언을 고하지 않는 것이오? 이제 그대보다 나중에 나를 따랐던 모홀리, 보가르지를 9경의 대신으로 봉하였는데, 그대는 조금도 시기하는 마음이 없는 듯하니 어찌 된 일이오?" 하고 물었다.

그러자 촐론이 절하며 고했다.

"신은 원래 타이치오드 부족에게 핍박을 당하고 살았던 일개 평민이었습니다. 생각지 않게 전생의 작은 복으로 폐하께서 어려우실 때 작은 도움이 되어 종이 나라의 태보가 되었고, 종의 아우 쳄비 투무르는 나라의 중태부, 종의 아들인 알마스, 아우의 자식 오치르 두 사람은 하태부가 되었습니다. 이처럼 우연찮게 이제 집안의 4대가 나라의 귀한 대신이 되어 성조 주군의 깊은 은혜와 큰 사랑으로 입에 버터가 있고, 산해진미를 먹고, 어깨에 비단과 담비의 값진 것을 걸치고, 비단 게르 궁에서 지냅니다. 사타구니에 금과 옥 안장을 얹은 말을 타고, 나갈 때는 만군의 앞뒤에 따라가고, 들어오면 천자의 측근의 높은 장군으로 삼으시고, 집안 4대에 걸쳐 후하게 베풀어 주신 은혜로 부족함 없이 만족하게 살았나이다. 주군께서 종에게까지 은혜를 베푸시어 버터를 맛보고 비단옷을 입고, 비계를 먹고 지냈나이다. 나날이 생활이 향상되어 여름에 시원하고, 겨울에 따스하게 지내며 다른 이에게 존중을 받고, 스스로에게는 웃음이 있는 이러한 모든 것은 그때의 도끼 한 자루와 한 마리 양, 한 필의 말, 한 가지 사건으로 인해 이 정도로 얻은 산 같은 은혜에 만족하지 않으면 어찌 인간으로 태어났다고 할 수 있겠나이까? 신의 3대[2]에 걸쳐 다섯 사람이 받고 누리는 복은 어느 대신보다 크다 할 것입니다. 폐하께서 베푸신 은혜를 감당할 수 없지 않을까 하고 밤낮으로 두렵게 생각하는데, 어찌 시기하는 마음이 들겠나이까?"
라고 하며 절하자 칭기스 칸이 말할 수 없이 기뻐하며 그 말을 옳게 여

2 앞에서는 4대라 하였다.

기며 칭송했다.

지략과 생각이 치밀하고

덕은 물결처럼 부드럽고 길게 흐르네

용맹함은 번개처럼 예리하고 무쌍하며

충심은 돌과 같이 진중하고 변치 않는 장군이여

칭기스 칸은 장군 촐촌을 또 9경의 으뜸이요, 북방의 9주의 대 노욘으로 봉했다. 또 칭기스 칸이 장군 보랄을 앞으로 부르자 태보 보랄 장군이 머리를 들지 못하고 절하며 청했다.

"원컨데 주군께서는 다른 명은 내리지 마시기 바랍니다."

그날 칭기스 칸이 조정에서 내려와 내궁으로 보랄을 불러들여 물었다.

"장군께서는 오늘 조정에서 내게 다른 명을 내리지 말라고 막은 것은 무슨 까닭이오? 내가 처음에 생각지 않게 한 마디하고 백관이 나를 질책하여 나라 창고에서 세 나라의 공물로 벌금을 물었기 때문에 내가 오늘 갑자기 예에 어긋나는 말을 하면 어쩌나 하고 그대가 말한 대로 다른 말을 하지 않았소. 장군의 생각은 무엇이었소?"

보랄이 절하며 고했다.

"폐하께서 종을 부르신 의도가 무엇이었지 이제 말씀하십시오."

"내가 성장하여 황후를 아내로 맞이하고, 그대를 얻었소. 후에 많은 눈이 내렸을 때 그대는 모전을 잡고 나를 지켰으며, 30년 동안 진실한 마음으로 힘을 바쳐 분투한 것을 어찌 몇 마디로 다 헤아릴 수가 있겠소? 그리하여 또 그대를 9주의 노욘으로 추대하고자 했소."

그러자 보랄이 고했다.

"종을 세 분의 장군과 비교해서는 아니 될 세 가지 일이 있습니다. 첫째는 그 세 분의 장군들은 폐하께서 아직 핍박과 고통을 당하며 지낼 때 고통을 함께 했던 공신들이며, 종은 폐하의 명예가 드높아질 때 들어온 시동이었습니다. 그런데 저를 네 명의 장수의 수에 포함시켜 주신 것은 곧 보랄 저에게 과도하게 자비를 베푸신 일이었습니다. 이것이 하나이고, 두 번째는 종이 행한 모든 일은 9경의 일반적인 일이요, 특출나게 중요한 일이 아니었습니다. 이것이 두 번째 이유입니다. 또 종보다 형님이시고 더 먼저 따랐던 초 메르겐, 시리 호톡, 찬드간 세첸, 젤메 등의 대신들도 모두 종과 마찬가지로 세운 공훈이 적지 않습니다. 특별히 젤메 장군께서는 폐하를 위해 자신의 어깨를 베셨던 공이 있습니다. 어찌 주군께서는 종인 저를 높이시고, 이들 대신들을 높이지 않으시는 것입니까?

종이 사실상 존귀함과 관직을 좋아하지 않아서가 아니라, 다만 주군께서 조정에 편향된 처사로 종으로 인해 여러 공훈 있는 대신들의 마음을 잃어 조정에 해악이 되지 않을까 두려워 주저했던 것입니다. 이것이 세 번째 이유입니다. 폐하의 옥체가 평안하시고, 온 나라를 치리하는 왕정이 평화로워야 만 년이 되어도 종의 마음이 편할 것입니다. 저는 몽골국의 상경 태보의 직위를 지키는 것으로 족합니다. 특히 여러 사람 가운데 특별히 귀한 직분으로 인해 다른 이와 친화하지 못하게 되면 어찌하겠나이까? 또 모홀리, 보가르지, 출론 등의 장군을 다른 대신들이 질시해서는 안 된다는 것을 그들은 모두 잘 알게 될 것입니다. 이렇게 종이 폐하께서 종을 들어올리고자 명하시지 않을까 두려워하던 그때 저를 부르시어 어쩔 방법이 없어 감히 폐하의 명을 막았던 것입니다."

칭기스 칸이 잠시 생각한 뒤 말하기를 "젤메가 자신의 어깨를 벤 공을 치하해 나는 나의 공주를 주고, 그의 자식을 만대에 나의 자손과 같은 지위가 되도록 했소. 이것은 곧 최고에 이르게 한 것이오. 나의 몽골국은 세상에서 언제까지나 계속될 것이고, 그 공은 그때까지 있을 것이오. 젤메 대신은 원망스러운 마음이 들지 않을 것이오. 특히 그대는 치질즈국과 이디네르국, 알락 델트국 이들 나라를 거두어들인 큰 공훈이 있소. 어찌 특별하지 않단 말이오?"라고 했다.

"폐하께서는 깊이 혜량해 주시기를 바랍니다. 이 세 나라를 종이 혼자서 투항시킨 것이 아닙니다. 젤메, 제브, 시리 호톡, 하르 히루, 초 메르겐, 오요트 세첸, 오욘고, 호르츠 바이르, 사이한 소르탈트 이들 모두가 든든한 동량으로 저와 같은 공로를 세운 신하들입니다. 주군께서는 밝히 살펴 주시기 바랍니다."

그러자 칭기스 칸이 크게 흡족해하며 명했다.

"자신의 높은 봉직을 고사하는 것은 나의 사직을 귀히 생각하는 것이니 참으로 진실하다 할 것이오. 사이한 소르탈트는 이러한 말을 나의 명과 관련하여 기록하여 보관하고, 태사, 태보 등에게 가져다 주시오. 그리고 서로 상의한 뒤 결정하여 내일 조정에 고하시오."

그러자 사이한 소르탈트는 급히 칸의 명령을 기록하여 태사와 태보 등에게 가져다주었다. 이튿날 아침 조정에 차례로 세 개의 상주문이 올라왔다. 첫 번째 상주문은 어제 칸의 명으로 보랄의 공훈을 언급한 내용이었고, 두 번째 상주문은 금나라가 지금 우리나라를 공격하려는 마음을 먹고, 북쪽 변경에 오사보烏沙堡라는 성을 쌓아 병사를 징집하려고 하는 사건, 세 번째 상주문은 주군께서 올해 원정을 떠나지 않지만 가벼운 대오로 변경을 순시하고 지내시며, 서하국의 병사로 하여금 금나라를 공격할 것을 명하시라는 내용이었다.

칭기스 칸이 보니 백관이 논의하여 결정한 것은 다음과 같았다.

> 장군 태보가 한 말은 매우 옳으며, 모두 합당한 말입니다. 그렇지만 주군께서 그가 필사적으로 분투한 것을 치하하여 노욘에 봉하고자 하신 것은 또 크게 합당한 처사입니다. 비록 보랄과 마찬가지로 공을 세운 대신들이 여럿 있지만, 머리에 화살을 맞았는데도 안장깔개를 놓치지 않았던 것은 보랄 장군입니다. 주군의 후한 은혜를 받을 때에 동등한 대신인 우리가 그를 질시할 수 없습니다. 주군께서 후한 은혜 내리시를 고합니다.

그러자 칭기스 칸은 명을 내려 보랄을 서북부의 9주[원주] 이들 주는 모두 북방의 작은 주이다. 비유하자면 현재의 행정단위 '기'(旗)와 같으며, 큰 성(省)과 같지 않다 대 노욘으로 삼아 9경의 으뜸이 되게 했다. 보랄은 할 수 없이 그 은혜에 절했다.

또 금나라의 우사보 성시를 짓는 것을 상주문의 한 사건으로 알렸다. 그러자 칸이 명하기를 "젤메, 제브 두 태보는 다섯 호장의 5만 명의 철기병을 다시 보내 성을 짓는 병사를 잡아오시오. 또 서하 병사들이 진심으로 내게 투항했으니, 둘째 태자 차가타이는 대원수 모훌리, 8명의 젊은 장수와 함께 서하국의 병사를 이끌고 금나라 서북부 쪽으로 가서 죄를 묻고 결전하라. 대원수 보가르지는 이전의 대신 네 명과 젊은 장수 열 명을 데리고, 10만 정예병을 이끌고 나를 따라 남쪽 지역을 들어가 순시할 준비를 하시오. 다섯 명의 태사, 세 태자는 나라의 대군을 이끌고 나라를 지키시오. 선의 태후께서 올해 내가 원정과 사냥을 가는 것을 금하셨기에 이제 내가 변경 가까이 나라를 순시하기 위해 나서면 분명 태후께서 의심을 할 것이오. 그러니 나는 출정이나 죽이는 사냥, 정벌하는 원정을 무슨 일이 있어도 가지 않을 것이오. 대신들께서는 잘 살펴 정책을 세워 태후께 고하고, 태후께서 의심하는 마음을 안심시키시오"라고 했다.

칭기스 칸은 각각의 일을 모두 결정하고, 악기 연주가 시작되면서 종과 북이 동시에 울리자 내궁으로 돌아갔다. 백관들도 흩어져 조정에서 나와 각자의 일을 위해 돌아갔다.

그런데 금나라가 어찌 또 갑작스럽게 오사보성을 세우려고 하는 것일까? 그 이유는 무엇인가를 알려면, 이전 금나라 일에 대한 기록을 보라. 금나라의 영제는 젊었을 때 금나라 사신이 되어 베데국의 군주를 '초토사招討使'에 봉하기 위해 와서 수치스러움을 당하고 돌아가게 되자 마음에 원한을 품고 절치부심했다.

그해 몽골국이 또 서하를 공격하고 얻은 전리품 반을 금나라 황제 완안경에게 보내고 옛 친선을 도모했다. 그러자 완안경이 또 몽골의 칭기스 칸을 영접하기 위해 위왕 영제를 정주시로 보내 큰 연회를 베풀어 대접했다. 그리고 예물을 보낼 때, 칭기스 칸은 영제의 버릇없는 태도를 보고 그를 조금도 존중하지 않았다. 다만 일반적인 나라의 사신의 예로 불러들여 단지 몇 마디 말만 하고 자리도 내어주지 않은 채 내보냈다.

그러자 위왕 영제는 크게 수치스럽게 여기고 이를 갈았지만, 겁이 많고 소심해 칭기스 칸 앞에서 한 마디도 따지지 못한 채 나와서, 황제에게 몽골국을 공격하지 않으면 안 된다고 고하자 완안경이 몽골의 강성함을 두려워하며 그의 말을 받아들이지 않았다. 그러자 영제가 앙심을 품고 완안경에게 몰래 밥과 술에 독약을 섞어 먹였다. 그해 9월 황제 완안경이 죽게 되었을 때 "범비范妃가 정월에 아이를 낳을 것이다. 가비賈妃도 11월에 아이를 낳을 것이다. 이 두 아이 중 하나를 황제로 삼으라!" 하고 유언을 남기고 죽었다.

그러자 장종의 원비인 이 씨는 특별히 완정광, 호사호, 복산단 등과 논의하여 영제를 황제에 오르게 했다. 이에 영제는 큰 검을 쥐고 법령을 반포하고 황제 자리를 차지하고, 연호를 대안大安이라 바꾸었다. 그리고 곧 몽골을 공격하기 위해 논의할 때 많은 지역의 왕과 대신들이 이를 금했지만, 그 말을 듣지 않고, 아나미, 복산규 등의 두 신하로 하여금 북방 몽골국을 공격할 때 필요한 식량과 풀 등을 거두어 준비하게 하고, 오사보성을 축조하게 하기 위해 보냈다.

연이어 하국의 이안전은 몽골군에 고통을 당하자 금나라와 일 년 이상 우호적인 관계로 잘 지낸 것을 생각하고 병사를 요청하기 위해 갔다. 그때 위왕 영제는 형인 완안경을 독살하고 황제 자리를 빼앗고 마음이 안정되지 않은 불안한 시기였기 때문에 지원병을 보내지 않자, 서하에서는 크게 원한을 품었다. 그리고 이안전은 자기 딸을 몽골에 보내고 투항할 것과 함께 금나라를 공격하기로 결정했다.

한편 영제는 황제 자리를 찬탈한 후 이전에 누구를 황제로 추대할 것인지 논의한 사람들을 의심하기 시작했다. 또 가비와 범비에게서 자식이 태어나면 일이 번거로워지게 될 것을 생각해 이전 황제인 완안경의 원비였던 이 씨와 상의해 완안경의 두 비인 범비와 가비에게 독이 든 과실주를 마시게 하여, 두 비의 태아를 낙태시켰다. 두 비를 낙태시킨 다음 영제는 갑자기 한 가지 계략을 생각해 냈다. 즉, 궁의 환관들을 시켜 원비인 이 씨를 붙잡아 죽이게 하고, 나라에 원비인 이 씨가 가賈, 범范 두 비에게 독을 주어 태아를 낙태시켜 죽였다고 소문을 냈다. 이것은 모두 지난해의 일이다. 이러한 사건을 금나라 관헌의 핍박을 받던 속민이 와서 칭기스 칸에게 상세히 고했다. 그러자 칭기스 칸이 곧 죄를 물을 군대를 조직했다. 칭기스 칸은 이해 두 부족을 공격해 투항시켰다.

한편 제브와 젤메는 다섯 호장과 1만 명의 병력을 이끌고 오산보에 와서 아나미, 복산규 등의 병사를 맹공격하여 흩어지게 하고, 그들에게 속한 많은 병사와 성을 축조하는 도구, 창고, 장막, 말 등에 이르기까지 이들 전리품을 거적을 말 듯이 모아가지고 돌아갈 때 아나미, 복사규 등이 몇 사람을 데리고 달아났다. 서북로의 원수 모홀리는 태자 차가타이 등 여덟 명의 젊은 장수를 데리고 또 서하의 이안전과 연합하여 금나라 서북쪽 변경의 성시 단주부를 포위하자 성을 지키던 장수

이영이 성에서 달아났다. 그러자 모홀리의 아들 볼로와 보가르지의 아들 울렌 치르비가 그를 추격하여 공격했는데, 그것은 마치 양 무리에 늑대가 들어간 것과도 같았다.

금나라 병사들은 첫째, 생각지 않은 일이었고, 둘째 힘이 약했으며, 병사의 수가 적었다. 셋째 우두머리 장수가 두려워 달아나자 많은 병사들이 혼비백산하여 도망쳤다. 한편 몽골 병사들은 기백이 불타올라 100리 이상을 추격해 가서 적을 맹공격하여 살육할 때 금나라 장수 이영은 말이 곱드러져 쓰러지자, 자신의 병사의 말발굽에 밟혀 까무러쳤다. 그때 볼로와 울렌 치르비 등이 그를 생포하여 끌고 왔다. 태자 차가타이가 크게 기뻐하며, 곧바로 성시에 들어가 또 멍석 말 듯이 전리품을 거두어들이려 하자 원수 모홀리가 이르기를 "태자께서 그해 낙사성을 공격한 후 전리품을 거두어들였을 때 성조께서 진노하셨습니다. 이제 창고의 전리품을 거두어들이기보다 물건과 곡식을 많은 백성들에게 나누어 주어 그 마음을 얻으면 이들 백성들이 도리어 우리 병사가 되기를 원하게 될 것입니다. 그렇게 되면 모두의 마음을 받아들여 하늘의 뜻을 이룰 수 있을 것입니다. 금나라의 공무를 감당하고 있는 백성에게 우리가 이제 물품과 곡식을 나누어 주어 그 마음을 얻으면 우리가 돌아간 뒤 비록 금나라에서 병사가 와서 성을 지킨다 해도, 나중에 우리 군대가 돌아온다는 소식을 들으면, 이때 백성들은 분명 자신의 군대 대신 우리 군대를 도울 것입니다. 그렇게 되면 성에 병사를 남겨 지키게 하지 않아도 지키게 하는 것과 같지 않겠습니까? 이것은 금나라의 재물과 곡식으로 금나라 백성의 마음을 얻는 방법입니다. 이제 만약 성에 우리 장병들을 남게 하면 우리 몽골은 상당히 침략적인 나라가 되기 때문에 성의 많은 백성들의 마음을 잃게 되고, 나중에 공격할 때 매우 어려워질 것입니다"라고 했다.

그러자 차가타이가 그 말을 받아들이고, 성인에 있는 장, 이, 노라는 세 성씨의 부자에게 성시를 지키라고 하고, 성의 창고에 있는 갑옷과 투구, 무기, 비단 피륙, 금은보화, 용기, 물건 등을 1천 수레에 싣게 하고 서하에 3분의 1을 나누어주고, 남은 3분의 2를 나라에 보내고, 창고의 곡식을 모두 꺼내 단주성의 속민들에게 상으로 나누어 주었다. 그리고 다음 해 군대가 올 때 군대에 힘을 더해 협조하라고 알리고, 대군이 차례로 돌아갔다. 이렇게 단주성의 부자와 가난한 백성에게 몽골군은 집집마다 상을 내리는 사이 창고의 식량이 소진되고 병사들의 식량도 떨어졌다. 그러자 금나라 북쪽 군민의 대부분이 몽골군의 강성함을 두려워하며 떨었다.

한편 차가타이의 군대가 나라의 남쪽 변경에 이르자, 칭기스 칸이 또 군대를 이끌고 나라의 남쪽 변경을 순시할 때 금나라 이영李英과 마주쳐 그를 사로잡았다. 칸이 이영에게 물었다.

"그대의 중원에서는 옛 문헌을 통해 많이 배워 인간의 오류를 매우 잘 안다고 하는데, 올해 그대의 군주 영제는 어찌하여 자신의 숙부를 독살하고, 또 숙모를 해쳐 태아를 낙태시켜 완안경의 후사를 끊어 버렸는가? 또 군주의 원비원비는 이 씨를 말함를 살해한 것은 대체 무슨 법도인가?"

이영이 칸의 이러한 물음에 목숨을 건질 방도가 있다고 생각하고,

곧 칭기스 칸을 기쁘게 해줄 요량으로 자신의 군주의 한 가지 잘못에 열 가지 죄를 더하여 진위와 무관하게 일사천리 말하자, 칭기스 칸이 엷은 미소를 띠며 질책했다.

"그대는 대대로 금나라의 후한 은혜를 입어 막중한 임무를 떠맡고, 타국의 군대가 공격해 오면 오직 자신의 목숨을 부지하기 위해 애쓰는 자로다. 나라와 백성, 성을 모두 버리고 도망치다가 붙잡혀서는 또 자기 군주의 잘못을 낱낱이 고해 나의 마음에 들려고 애쓰며, 위기를 벗어나 자기 목숨만을 구할 생각을 하고 있다. 이러한 자는 조금도 도움이 되지 않을 뿐 아니라 부정적이고 교활하며, 위선적이고 거짓말하는 자이니 서둘러 끌어내 처형하라!"

그러자 양편에서 큰 검을 든 병사들이 그를 밀어내 이영의 머리를 베어 버리고, 몽골의 많은 이에게 충의 없는 신하의 본보기로 보여 주었다.

한편 칭기스 칸은 금나라에 들어갔던 제브와 젤메, 차가타이, 모홀리 두 부대의 장수, 병사들에게 논공행상을 했다. 또 볼로, 울렌 치르비 두 사람을 앞에 불러 이르기를 "용에게서 용이 나고, 호랑이에게서 호랑이가 나는 법, 두 사람은 두 부친을 진정 빛나게 했소"라고 하며 특별히 비단과 갑옷, 투구를 포상으로 내렸다.

그리고 겨울 선달이 되어 군대가 나라로 돌아가려고 할 때 갑자기 남쪽 금나라에서 사신이 왔다고 하자 칭기스 칸은 이에 대해 보가르지, 모홀리 두 태보와 의논을 했다.

"금나라에서 사신이 왜 왔겠소? 이것은 분명 우리 두 군단이 움직인 것에 대한 잘못을 우리에게 전가시켜 죄를 묻기 위해 온 것이 아니겠소?"

그러자 보가르지와 모홀리가 함께 고했다.

"영제가 숙부와 숙모를 모두 죽였는데, 우리가 숙부와 숙모를 죽인 자를 토벌하지 못할 일이 무엇이 있겠습니까? 또 금나라는 우리와 서로 우호적인 때에도 일반적으로 갖가지 행태를 드러냈습니다. 그가 필시 군주의 모습을 드러내며 우리를 그의 신하로 보고자 하는 것이 아니겠습니까? 이번에 폐하께서는 이 일을 어찌하려 하십니까?"

"진정 그러하다면 또 그에게 체면을 세워주는 것이 좋지 않겠소? 이 영제라고 하는 자는 짐승의 탈을 쓴 자인데 우호적인 것이 무엇인지 어찌 알겠소?"

말을 마친 칭기스 칸이 궁전에 들어가 용상에 올랐다. 악기 소리가 세 번 울리고, 북을 다섯 번 치자 금나라 사신을 인도하여 아랫 신하의 사신처럼 데리고 와서 보가르지, 모홀리가 꾸짖으며 궁 밖에 무릎을 꿇렸다. 그리고 그의 등에 묶어 가지고 온 서한을 받지 않자, 금나라 사신이 크게 초조해하며 고했다.

"원래 다른 나라 군주는 저희 중원의 황제 조서를 가져온 사신을 존중하여, 모두 향안을 준비하고 무릎을 꿇고 조서를 받았습니다. 오늘 그대의 나라는 또 대국으로 대국의 법을 아실 터인데, 어찌 이같이 중원을 모멸하시는 것입니까?"

칭기스 칸이 은근히 미소를 지으며 물었다.

"그대 군주는 그대를 무슨 이유로 보낸 것이오?"

"우리 중원의 장종 황제께서 붕어하시고 새로운 황제께서 보위에 오르셨는데, 폐하의 나라에서 축하인사를 전하는 사신을 보내지 않았기에 그 이유를 묻기 위해 왔나이다."

그러자 칭기스 칸이 "누가 황제의 보위에 올랐소?" 하고 물었다.

"이전 황제의 동생 위왕 영제께서 황제의 보위를 이으셨습니다."

칭기스 칸이 앞쪽을 향해 "퇫!" 하고 침을 뱉었다.

"나는 중원에 황제가 되는 것은 분명 하늘에서 정한 자가 황제의 자리에 오르는 것이라 생각했소. 그처럼 진부하고 용렬하며 어리석은 영제가 어찌 중원의 황제가 될 수 있단 말이오? 내 군대를 보내 그를 공격하여 중원을 평정하고, 그곳의 큰 보위를 안정시켜 다스리는 것이 마땅하거늘 어찌하여 내가 그에게 사신을 보내 축하인사를 한단 말이오? 내가 여기서 대군을 보내 영제가 숙부를 독살하고 숙모의 태아를 낙태시켜 죽이고, 전황제의 후손을 끊어버린 죄를 묻기 위해 아직 공격하러 가지 않고 있었는데, 감히 나와 겨루려고 왔으니 이 사신을 잘 매질해서 뺨에 죄를 묻는 글을 새겨 보내시오. 다만 두 나라 사이에 보잘것없는 사신을 괴롭히는 것은 대국의 일이 아니니, 이 같은 종을 잠시 풀어 주어 좀 먹이고, 그런 다음 내가 죄를 물을 병사를 보낼 것이오. 그대의 그 등에 메고 온 개 방귀 같은 서한을 다시 가져다가 개한테나 주시오."

금나라 사신은 자신을 때리는 벌과 얼굴에 글을 새긴다는 것을 듣고 심장이 오그라져 머리를 들지 못한 채 급히 절하며 간청하자, 풀어주라는 명을 듣고 쥐새끼처럼 몰래 나와 급히 머리를 쥐고 도망쳤다. 그런 뒤 칭기스 칸은 많은 이를 데리고 몽골의 성시로 돌아왔다.

한편 금나라 사신이 자기 나라로 돌아가 울면서 위왕 영제에게 수치스럽게 모욕당한 일을 자세히 고하자 위왕 영제가 크게 놀라 말하기를, "이제 온건한 전략을 사용하여 몽골 군주 칭기스 칸을 우호적으로 데려와, 두 나라가 선물을 올리고 연회를 베풀 것이라며 거짓으로 초대한 뒤에 병사를 매복시켜 죽여 버리자"고 했다.

이렇게 논의하고 결정한 것을 호사호가 듣고 나가서 못마땅하게 말했다. 이 말이 소문이 나 서하의 이안전이 듣게 되었다. 그는 급히 말을 달려 이 소식을 칭기스 칸에게 고했다. 칭기스 칸이 미소 지으며 "작은 쥐가 어찌 해를 줄 수 있겠소?"라고 하며 서하의 군주 이안전을 칭찬하고, 명을 내려 그에게 금나라 단주성을 상으로 내리고 다스리게 했다.

한편 칭기스 칸은 여러 대신들을 모이게 해 금나라에 죄를 물을 군대를 조직하고, 싸울 계략을 논의했다. 그때 세 명의 동생과 백관들이 그 말을 듣고 모두 기뻐하자, 칭기스 칸이 자신의 생각이 많은 사람들의 생각과 부합함을 살피며 내심 기뻐했다. 그리고 백관들에게 금나라를 토벌하여 중원을 안정시킬 방책을 논의하여 고하라고 명하고 궁으로 돌아갔다.

백관들이 조정에서 내려와 수석 대신과 함께 대원수의 장막에 모여들어 대사를 논의할 때 대원수 모홀리가 말하기를 "이 일은 보통의 나라와 싸우는 것과 비교해서는 아니 될 것입니다. 반드시 치밀하게 결정한 후 그 책략에서 벗어나지 않아야만 곧 성공의 기초가 될 것입니다. 이 일에는 어리고 젊다는 구별이 있을 수 없습니다. 누군가 장구한 계략을 내놓는다면 먼저 그것을 따르는 것이 옳을 것이니, 3로의 태부를 모두 모셔와 의논하는 것이 좋을 것입니다"라고 했다.

그러자 태사 국노國老, 상중하 3개로의 태부에 이르기까지 모두가 모여서 사흘 동안 이 일을 논의했다. 데친호롤, 얄고산, 다다통가, 젤메, 사이한 소르탈트, 잠발, 오요트 세첸, 찬드간 세첸, 하브트 하사르, 오요트 오칙 등이 함께 하고, 모홀리와 보가르지를 위시해 모두가 논의하여 금나라를 정벌할 큰 계획을 기록하여 상주문을 작성했다. 다음날 조정에 나가 그것을 용상에 올리자, 칭기스 칸이 기뻐하여 그것을 받아 읽게 했다. 그 내용은 다음과 같았다.

백관과 데이 세첸, 토르곤 샤르 등이 함께 의논하여 결정한 것을 감히 고하나이다. 금나라는 송과 요 두 나라의 땅을 빼앗아 점령함으로써 땅이 비옥하고 기운이 왕성하며, 백성들이 부유하고, 현명한 신하와 용맹스런 장수가 매우 많습니다. 결코 가벼이 싸워서는 아니 될 것입니다. 현재 나라가 매우 부강하지만 나라를 다스리는 황제가 방탕하고 어리석고 게을러, 그들 나라가 망할 때가 이르렀다는 것을 알 수 있습니다. 비록 그러하여도 우리나라가 그들 나라와 대항할 때 조심해야 할 중요한 세 가지 금기 사항이 있습니다. 또한 힘써야 할 중요한 세 가지 사항이 있습니다. 이 여섯 가지를 말한다면 첫째, 병사의 수의 많음을 조심해야 합니다. 둘째, 성에서 우리 몽골 병사가 여러 날 지내는 것을 금해야 합니다. 셋째, 병사들의 음란함을 금해야 한다는 것입니다. 또 힘써야 할 세 가지 것 가운데 첫 번째는 목숨을 걸고 공격해 들어가야 하고 둘째,

성을 공격해 빼앗는 계략에 힘써야 하며 셋째, 물품과 가축을 제공함으로 금나라 백성의 마음을 사는 데 힘써야 한다는 것입니다. 이 세 가지를 3년 동안 힘쓰면서 금나라와 싸우면 반드시 3년 안에 금나라 병사와 백성의 습속과 마음을 알고, 그곳의 오래된 뿌리를 알게 될 것입니다.

그러기 위해 첫 번째 금기로 병사의 수가 많은 것을 피한다는 것은 병사의 경계태세를 드러내 나가고 물러설 때 기민함을 도모하는 것입니다. 두 번째 금기로 우리 몽골인에게 성을 지키게 하지 않는 것인데, 그것은 우리 몽골인의 천성이 우악스러워 많은 백성 가운데 여자들을 함부로 하면, 많은 백성이 우리 몽골을 의심하여 그 마음을 잃게 될 것이기 때문입니다. 지금 서하의 많은 백성이 우리 몽골에 우호적인 것은 우리가 그들의 창고를 열어 모든 것을 백성들에게 나누어 주었기 때문이며, 그들 많은 백성에게 많은 어려움이 이에 이르른 까닭입니다. 세 번째 금기로 음란함을 금하는 것은 우리 몽골군이 금나라의 아름다운 여색을 과도하게 탐하여 만약 음란이 지나치면 천자의 대군이 아니게 되며, 만백성이 바라고 고마워하는 마음을 잃어, 훗날 군대가 들어올 때 어려움이 생길 것을 두려워하는 것입니다.

이제 우리 몽골군이 분명 승리할 것인데, 그것은 금나라 백성들이 나라의 힘든 부역에 고통을 받았기 때문에 그렇게 쉽게 승리할 수 있는 것입니다. 그렇기에 그 신하와 백성들의 마음을 잃지 않는 것에 주력해야 합니다. 먼저 3년 동안 금나라를 정벌할 때에는 반드시 고대 삼국시대 촉나라가 남만南蠻을 정벌한 것[3]과 같이 해야 할 것입니다. 일반적으로 상대방을 신뢰하게 하여 투항케

3 이것은 촉나라 제갈량이 남만의 맹획을 일곱 번 잡고 일곱 번 놓아주는 '칠종칠금(七縱七擒)'의 고사와 관련이 있는 듯하다. 이는 마음으로 복종케 한 전략이었다고 할 수 있다.

하는 것에 힘쓰면 이 전략은 참으로 심원하고 먼 것을 내다보는 확실한 방법일 것입니다. 그때까지 우리 몽골은 또 남쪽 지역의 물과 풍토, 음식에 적응하지 못할 수 있기 때문에 남쪽 지역에 오래 있으면서 적응하려고 노력하면 주군으로부터 일반 백성에 이르기까지 심한 불안을 없앨 수 있을 것입니다.

마침내 남쪽 나라로 떠날 생각을 지금부터 단단히 하지 않으면 아니 됩니다. 이곳에 오래 있으면서 남쪽 나라를 점령한다는 것은 있을 수 없는 일입니다. 갑자기 남방으로 진격하면 물과 풍토에 적응하지 못할 수 있지만, 3년 동안 왔다갔다 하면 적응하지 못하리라는 법은 없습니다. 실상 그 성을 얻고 죽도록 사수하는 것은 실제 성을 공략하는 큰 계략이지만, 우리 몽골이 그곳을 지배할 수는 없습니다. 성을 지키게 되면 백성들의 마음을 잃게 될 것입니다. 또 그들 신하와 백성의 뜻이 하나로 합치게 되면 공격할 때 도리어 어려움을 크게 만들 것입니다. 그렇기 때문에 먼저 3년 동안 신하들이 모은 물품을 백성들에게 나누며 도움을 주고, 많은 백성이 바라는 마음을 얻어 그들의 마음이 변치 않게 된 연후에 또 기습적으로 쳐들어가 시간이 지나면 그때 금나라 백성이 우리에게 돌아서게 될 것입니다. 그리고 그 신하들은 전체적으로 힘이 부족하게 될 것입니다. 그렇게 되면 이것이 곧 장기적인 전략이 아니겠습니까?

칭기스 칸이 그 내용을 듣고 용안에 기쁨의 표정을 감추지 못하고, 여러 대신들을 칭찬하며 상을 내리고 연회를 베풀었다.

제갈량이 남부 지역을 정벌할 때 마속(馬謖)이 "마음을 공격하는 것이 최상이고, 성을 공격하는 것은 아래며, 마음으로 싸우는 것이 최상이고, 병사로 싸우는 것이 아래다"라는 계책을 올렸는데, 제갈량이 이를 수용하여 맹획을 사면하면서 마음을 얻었다(임종욱, 『중국역대인명사전』, 이회, 2010, 391쪽).

사관 인잔나쉬의 시 한 수

천자의 상과 은혜는 때를 맞춰 내리는 단비와 같고
현명한 대신의 충성된 마음은 핏덩이 아이와 같네
남쪽을 향해 한 번 침을 뱉자 금나라가 기울고
신하들이 올린 상주문에 칸은 엷은 미소를 띠고,
이에 몽골의 사직이 바로 섰네

제43장

금나라 군주는 백성을 고통스럽게 하며 나라를 패망에 이르게 했네 몽골 칸은 백성을 가엾이 여기며 적을 단번에 물리쳤네

대몽골국의 칭기스 칸 6년, 송나라 영종 가정 4년, 금나라 영제 대안 3년, 신미년辛未年. 칭기스 칸의 나이 50세 되던 해였다.

이해 정월에 칭기스 칸은 남쪽 금나라를 정벌하기 위해 대군을 선발해 점호하는데, 금나라에서 죽임을 당한 사인 부흐 칸의 아들 잠발이 칭기스 칸 앞에 와서 무릎을 꿇고 울면서 고했다.

"오늘에야 소신이 해와 달을 보게 되었습니다. 성조 주군께서는 중요한 곳, 위험한 길에 소신을 사용하여 주십시오!"

그러자 칭기스 칸이 그를 칭찬하며, 곧 잠발을 선봉으로 제브에게 합류시켜 금나라의 세밀한 정보와 지름길을 알아내는 대회의에 참여시켰다. 이것은 이전에 잠발이 금나라 부용관 밖 가까운 곳에서 지냈기 때문인데, 금나라 장성 근처의 지나가는 길의 은밀한 입구를 알아내는 일을 맡았다. 한편 칭기스 칸은 북쪽 헤를렌이라는 큰 강가에서 금나라를 공격할 대군을 뽑아 훈련시켰다. 또 사방의 백만 대군 가운데 우수한 용사와 힘센 자들을 선발해 대검과 단단한 활을 적절히 사용케 하고, 장사를 뽑아 또 헤를렌강 남쪽 헤데르산에서 많은 기병의 말을 훈련시키도록 했다. 잠발과 데친호롤 등이 원수 모홀리에게 고했다.

"남쪽 지역의 산과 바위는 우리 북방에 비교할 수 없습니다. 그렇기 때문에 반드시 말발굽에 쇠 편자를 박을 필요가 있습니다. 또 군마를 날마다 스스로 체중 조절을 하게 하고, 잘 굶게 한 다음 상당량의 건초를 씹어 먹여 이빨을 단단하게 하고, 또 날마다 안장을 얹은 채 산의 위아래로 보내 훈련하게 해야 할 것입니다. 또 저 초원의 영양가 있는 풀을 소화시켜 살찌게 하면 남방의 열대 지역에 가서도 여물을 잘 먹고, 밤낮 타도 지치지 않고, 병에 걸리지 않을 것입니다. 또 병사는 소고기와 분말 곡식, 말린 소와 양의 근육, 지방 특산물을 병사들마다 가죽부대에 가져가도록 하십시오. 그렇게 하면 위급할 때 식량으로 대체할 수 있을 것입니다.

금나라와 싸우는 것은 서부 티베트와 탕구트, 서하, 사르탁그친과 교전하는 것과 비교할 수 없습니다. 병사는 많고, 지역은 또 드넓습니다. 금나라는 지세가 좁고 인구는 조밀하고, 산은 거칠고 물살이 세고, 사람들은 백곡과 열매, 과일, 채소와 건어물, 갖가지 동물의 고기를 한해 양식으로 먹고 삽니다.

만일 우리 군대가 식량을 풍부하게 가져가면 길에서 매우 힘들어질 것이고, 싸울 때 짐이 될 것입니다. 그런 이유로 병사들은 금나라의 음식을 먹어야 하기 때문에 여러 음식들이 병사들에게 병을 초래할 것입니다. 그러니 건조한 유제품, 치즈, 소고기와 양고기를 말려 빻은 가루를 가죽 자루에 넣어 각자 자신의 몸에 지니고 다니면서 금나라 음식에 섞어 먹으면, 채소와 과일 열매의 독을 제거하여 병을 얻지 않을 것입니다. 또 긴급 시에 소고기 가루를 한 움큼 개어서 마시면 며칠 동안 허기가 지지 않을 것입니다. 이것이 우선적으로 중요한 한 가지 사항입니다.

또 이제 남쪽으로 가는 군대는 그 수의 많은 것을 중시하지 않고, 특별히 날렵하고 용맹하며, 기술이 있고 강한 것을 중시합니다. 그렇기에 남은 병사와 군마는 4개 군단으로 편성하고, 두 개 문으로 나가 헤데르산과 야만 오롤트산, 이 두 산에서 병사와 말을 훈련시키고, 때에 따라 이를 교대로 사용할 수 있도록 준비해야 할 것입니다. 이렇게 하여 해마다 싸워 해마다 지치겠지만 나라의 힘이 약해지지 않을 것입니다. 또 용병술은 나날이 진보하고, 해마다 손쉽게 일의 즐거움을 펼칠 수 있기에 이루어지지 않는 일이 없을 것입니다"라고 하자 대원수 모홀리가 크게 기뻐하며 칭찬했다.

그리고 곧 칭기스 칸에게 고하여 전략을 정하고, 많은 장병을 두 개 군단으로 나누었다. 그 내용은 다음과 같다.

나라에 2개 군단 가운데 한 개 군단 2개 조가 산에서 병사와 군마를 훈련시킬 때 보가르지와 시리 호톡 두 사람은 헤를렌의 헤데르산에서 20만 기병과 말을 훈련시키라! 보랄과 하르 히루 두 사람은 우룰트의 산에서 20만 병사와 말을 훈련시키라! 최근 선발한 20만 대군을 칭기스 칸과 모홀리 대원수가 이끌고 남쪽으로 공격해 들어갈 것이다. 칸의 네 명의 아우와 네 명의 태자들은 둘씩 나라를 지키라! 사방의 나라를 넷으로 나누고, 그 가운데 3개 군단의 병사와 군마를 교대로 훈련시키고, 함께 주군을 따라 대원정에 출정시키라. 차가타이 친왕은 한 군단의 병사를 이끌고 서하로 가서, 서하 병사를 또 네 개 군단으로 나누어 한 군단을 이끌고 서북부로 들어가라. 남은 3개 군단은 또 우리나라 군대와 마찬가지로 훈련을 시켜 교대로 사용하도록 준비하라. 특별히 서하의 쇠와 서부 산시성에 질 좋은 쇠가 있어, 그곳의 쇠를 다루는 장인들은 우리 몽골 장인보다 기술이 정교하고, 또 목탄과 석탄의 불의 세기를 잘 안다. 그러니 쇠를 다루는 실력 있는 장인 가운데 50인을 선발하여, 우리나라로 보내 말에 편자를 박고 또 우리 몽골에 말 편자를 박는 기술을 가르치게 하라.

젤메와 제브, 데친호롤, 얄고산, 알탄샤, 안돈, 잠발, 사이한 소르탈트, 오요트 세첸 등은 남쪽 성을 공격할 때 사용하는 정교한 구름사다리, 돌 자루, 불을 이용하는 공격용 무기를 한인의 습속에 따라 위엄있게 세우고, 무기와 깃발, 보개, 수레, 여러 종류의 악기, 게르 궁, 장막, 천막, 북과 징, 화살받이 방패, 횃불, 대포 등의 여러 물품을 아낌없이 준비하라. 반드시 금나라보다 10배 이상의 위엄 있고, 빛이 나도록 준비하라! 금나라는 특히 우리나라를 가을에 경계하니, 우리는 그들이 경계하지 않는 봄, 여름에 그들과 접전할 것이다.

그렇게 해서 4월 초하루에 선두부대 20만 병사가 남쪽을 향해 공격해 들어가기로 결정했다. 한편 칭기스 칸은 잠발을 사신으로 하여, 금나라에 다섯 가지 죄를 물으러 보냈다. 첫 번째 죄는 자신의 군주를 독

살해 죽이고, 권좌를 빼앗은 죄. 두 번째, 형의 후사를 끊어 버리고, 원비 이 씨를 살해한 죄. 세 번째, 우리나라가 잘못한 것이 없는데 오사보성을 구축하고, 우리를 공격하려 한 죄. 네 번째, 우리가 원래 그대 나라에 했던 말이나 행동을 위배한 것이 없고 두 나라가 서로 우호적으로 잘 지냈었는데, 그대는 특별히 우리를 종처럼 보고 번잡한 말을 하는 사신을 보내, 우리를 자신 앞에 절하라고 한 죄. 다섯 번째, 나를 속여 데리고 가서 죽이려고 한 죄. 이 다섯 가지 죄를 묻게 하고, 또 작은 선물을 전하도록 사신을 보냈다.

한편 칭기스 칸이 용맹한 20만 대군의 말에 모두 쇠 편자를 박게 하여 산에서 대군을 훈련시키고 있을 때, 이 소식이 사방에 퍼지자 송나라, 금나라, 요, 진 등 두려워하지 않는 나라가 없었다. 그리고 서북쪽에 한 대국이 있었는데, 나라의 이름은 할하라고 했다. 이 할하 사람들은 매우 강건하고 말은 힘이 좋고, 그 위용이 놀랍도록 대단했다. 또 나라의 군주 이름은 아시란 칸인데, 남쪽 산시성의 몇몇 현자들과 벗하며 지냈기 때문에 현자에게 물어 하늘의 때를 알고 있었다. 이제 또 몽골국이 금나라를 공격한다는 것을 듣고 탄복하여, 곧바로 몸소 천 마리 낙타에 짐을 싣고 지역의 섬세하고 귀한 물품과 금은, 피륙을 가지고 몽골 칭기스 칸에게 투항하기 위해 와서 먼저 사신을 시켜 소식을 전하게 했다.

칭기스 칸이 이 소식을 듣고 기뻐하며 큰아들 태자 주치 친왕에게 병사를 내어주고, 아시란 칸을 맞아 잔치를 배설하게 했다. 그러자 할하의 아시란 칸은 크게 기뻐하며 칭기스 칸을 알현하고 절할 때, 그의 용안을 보고 크게 놀라 칭송했다.

> 만 리 먼 곳에서 천자의 명성을 들었나이다
> 지체하지 않고 달려와 보니 비할 데 없는 광휘가 가득하고
> 타고난 후광, 태양보다 환한 의연한 풍채
> 나는 온 마음으로 그대를 의지하고 경외하나이다
> 서방 티베트에서는 인간의 권세 있는 위대한 황제라 하고
> 네팔에서는 세상을 힘있게 돌리는 성주 테무진,
> 그대를 자랑스러워 하는 나라에서는 천자 칭기스 칸이라 하는데
> 이는 조금도 헛되지 않은 말로 그대는 진실로 고귀한 군주이십니다!

아시란 칸이 절하자, 칭기스 칸이 서둘러 주치 친왕으로 하여금 그를 부축케 하여 일어나게 하고, 자신의 옆자리를 내어 주었다. 그리고 탁자를 준비하게 하여 성대한 연회를 베풀고, 가져온 만 바리의 짐을 대전 앞에 해와 달, 천지에 보이게 펼치고 일주일 동안 두었다. 그런 뒤 거두어 나라 창고에 들여 보관했다. 할하국의 아시란 칸은 금나라를 공격하는 데 작은 도움이 되겠다며 몇천 명의 우직하고 힘센 병사들을 거느리고 칸의 선봉이 될 것을 진심으로 고했다. 그러자 칭기스 칸이 그의 진정성을 알고 그의 뜻을 받아들이고, 또 병사를 헤데르산에서 훈련시키도록 했다.

그리고 중춘 2월에 남쪽 위구르국의 군주 게렐이 또 500바리의 공물을 바치고 투항해 오자, 칭기스 칸은 또 주치를 보내 친절히 영접하

게 했다. 그리고 할하의 아시란 칸과 마찬가지로 자애로운 마음으로 후한 잔치를 베풀어주고, 보내온 공물을 또 하늘에 펼쳐 보이고 창고에 거두어들였다. 위구르국의 군주 게렐이 또 5천 명의 병사로 선봉이 되겠다고 청하자, 칭기스 칸이 이를 허락하고 할하국의 아시란 칸의 군대와 함께 병사를 훈련시키게 했다.

그때 예물을 가지고 금나라에 죄를 묻기 위해 보냈던 잠발이 금나라 도성에 들어가 국사를 전하는 대전에 이르러 자신이 온 일에 대해 고하자, 금나라 군주 영제가 그를 불러들였다. 사신으로 온 잠발에게 서한을 받아보고는 마음이 편치 않았다. 영제는 잠발에게 "어째서 처음에 내가 보낸 사신을 모욕한 것이오?" 하고 물었다.

그러자 잠발이 고하기를 "우리나라는 고대 수천 년 전부터 오늘에 이르기까지 남방의 칸에게 종노릇하거나 투항한 적이 전혀 없는데, 종의 예법대로 서한을 보냈기에 그러한 이유를 들어 질책했던 것입니다"라고 했다.

영제가 또 물었다.

"그대 군주는 수천 리 밖에 있는데, 우리 구중궁궐 안의 죄를 어찌 그리 소상하게 안단 말이오?"

"무릇 황제란 세상의 일월과 같으며, 천하의 모든 이들이 일식과 월식을 보는데 폐하의 구중궁궐이 어찌 가려질 수 있겠나이까! 폐하의 백성이 두 번 와서 고했나이다."

"내가 그대의 군주를 속여 붙잡아 와서 죽일 거라는 것을 그대 군주가 어찌 들어 알았단 말이오?"

그러자 잠발이 대답하기를 "현재 귀 나라의 신하는 자신의 군주에게 분개하고, 백성은 신하들에게 한을 품고 있기 때문에 논의하는 한 마디 말이 세상을 돌아 서하에 이르자, 서하의 군주 이안전이 우리나라 칸에게 그 소식을 전했습니다. 그렇게 해서 우리 주군께서 일의 사정을 분명하게 묻도록 대신인 저를 특별히 보냈습니다"라고 했다.

"이는 그대 군주가 강국의 일을 분명히 물으려는 호의적인 마음에서 비롯된 것이니 그대가 가면 내 말을 잘 전하시오. 우리 궁의 내부적인 일은 우리 황제 형님의 자식을 이방의 비인 이 씨가 해쳤기 때문에 내가 증오하여 그녀를 죽이도록 했소. 또 많은 사람이 내가 형에게 독을 주었다고 하는 것은 우리나라의 반역적인 신하가 지어낸 거짓말이오. 또 우리의 사신이 가서, 나의 위엄을 이르며 시건방진 말을 한 것은 우리 사신이 예의에 어긋난 그릇된 행동을 한 것이오. 내가 반드시 그자를 죽어버리겠소. 또 오사보를 축조한 것은 북쪽 지역의 우두머리 신하인 아나마이가 나 몰래 한 짓이오. 이러한 일은 나와 전혀 관계가 없소. 어쨌거나 그대 군주 칭기스 칸이 공물을 보내고 예물을 보낸 것에 대해 내가 깊이 감사하는 바이오."

그러자 잠발이 "폐하께서는 이 다섯 가지 사항을 곰곰이 살펴보시기 바랍니다"라고 하고 물러 나오는데, 북쪽 변경을 지키는 아나마이가 와서 대전에서 나오는 잠발과 마주치자 욕설을 퍼부었다.

"북방의 무지한 금수들이 어찌 우리 대금大金 조정의 문에서 나오는 것이냐? 이 종을 왜 죽이지 않았지?"

그러자 잠발이 욕설로 응대했다.

"자신의 군주를 배반하고 나라를 망치는 파렴치한 종, 금나라가 너의 손에서 망할 것이다."

이렇게 서로 소리를 지르자 조정의 대신들이 그들을 떼어놓았다. 잠발이 숙소에 왔지만, 금나라 군주가 연회를 배설하지 않자 화가 나서 곧바로 말을 타고 중도에서 나와 서둘러 수행원을 거느리고 몽골로 돌아갔다.

한편 아나마이가 황제 가까이에 가자 영제가 그에게 묻기를 "그대는 변경을 지키지 않고 어찌하여 왔소?"라고 하자 아나마이가 고했다.

"지난해 가을 몽골 군대가 두 개 군단으로 와서 우리 변경을 침범하고, 모홀리, 제브라는 자가 5만 병력으로 우리 오사보 지역을 침범하여 모조리 약탈해 갔습니다. 또 몽골 군주의 둘째 아들인 차가타이가 서하의 병사를 이끌고, 우리 서북부의 단주성에 쳐들어와 모조리 약탈해 갔습니다. 이제 싸우지 않을 수 없는 상황에 이르렀기에 폐하께 고하고 전투 명령을 내려주실 것을 청하기 위해 왔나이다."

"내가 몽골 군주 테무진과 뚜렷이 원수질 일이 도무지 없는데, 그대는 어찌하여 소란을 일으킬 말을 하는 것이오? 방금 몽골 사신이 와서 이러한 다섯 가지 조항을 열거하여 분명히 따지기 위해 왔었소. 내가 겨우 진정시켜 돌려보냈는데, 아나마이 그대는 어찌 유익이 되지 않는 소란을 일으키려 하는 것이오?"

이 같은 위소왕의 말에 아나마이는 다시금 힘주어 고했다.

"지난해 가을 몽골군이 우리 오사보와 단주성을 공격했습니다. 올해 서하와 위구르, 할하 등의 이웃 나라가 모두 몽골에 투항하여 병사들이 연합하고, 목하 세 개 대국이 함께 활과 화살을 만들고, 티베트, 탕구트에 이르기까지 병사들 가운데 용감무쌍한 병사들을 뽑고, 말은 초원의 풀을 먹여 튼실합니다. 또 갑옷과 투구, 수레, 깃발을 더 많이 만들게 하고, 헤데르, 우룰트산에서 8만 병력을 훈련시키고 있다고 합니다. 이것은 우리나라를 정복하려는 의도가 아니고 무엇이겠습니까? 폐하께서는 어찌하여 무모하게 일을 처리했다고 신을 책망하시는 것입니까?"

그러자 위소왕이 일부러 크게 진노하는 척하며 소리쳤다.

"이 종놈이 변경을 힘써 지키라는 특수 명령에 힘쓰지 않고, 도리어 마음대로 다른 나라와 싸우며 척을 짓고, 우리가 새로 조직한 국가의 병력으로 자신의 원수를 갚겠다고 하면서 나라 사직에 해악을 끼치고 있구나. 그러면서 자신의 죄를 모르고, 도리어 나와 교묘한 말로 입씨름을 하고 있지 않느냐?"

위왕 영제는 그를 감옥에 가두고, 급히 병사를 파견하여 아나마이의 가솔들을 모두 살피게 했다. 그리고 급히 옛 요나라 사람 석말명안石抹明安이라는 신하를 발탁해 그에게 몽골국에서 보내온 선물에 대한 보답으로 금, 옥, 비단 등의 후한 선물을 준비하여 10마리 낙타에 싣게 하고, 두 나라가 서로 우호적으로 지내자는 서한을 주어 화합을 다지자는 뜻으로 사신을 보냈다. 이러한 처사에는 몽골 칸을 속여 자신의 나라로 오게 하여 해치고자 하는 의도가 숨어 있었다.

그러자 석말영안이 금나라 위소왕의 후한 예물과 우호를 원하는 친서를 올리고, 두려움 없이 황제의 명을 전하던 이전 사신의 고압적인 태도를 드러내지 않고, 몽골 도성에 이르러 금나라 사신의 예로 국사를 전하는 장막에 와서 원수 모홀리에게 절하고 자신이 온 연유를 자세히 고했다. 이때 금나라에 갔던 사신 잠발이 돌아와 금나라에 다녀온 일들을 보고할 때 금나라 정황을 자세히 고하고, 그들이 칭기스 칸을 속여 금나라로 데리고 와서 해칠 생각을 품고 있음을 알렸다.

한편 이번 사신으로 온 석말명안은 후한 예물을 올리고, 두 나라 군주가 정주시에서 만나 얼굴을 마주하고 화친할 것을 언급하자, 모홀리가 이미 그 의도를 알고 다음 날 칸을 만나 절하고, 금나라 사신 석말영안을 인도해 배알하게 했다. 석말영안이 칸의 용 장막 밖에서 무릎을 꿇고 칭기스 칸을 보자마자 마음에 감동이 일며 크게 놀라 탄복했다. 그는 칭기스 칸을 두려워하며 자신이 온 이유를 자세히 고하자, 칸이 옅은 미소를 띠며 말했다.

"그대는 돌아가서 그대 군주에게 잘 고하시오. 중원을 지배하고, 백성들의 황제가 되기 위해서는 황제의 진실한 마음을 갖지 않으면 아니 되며, 이처럼 거짓된 소인배의 짓을 해서는 아니 될 것이오. 어찌 어찌하여 큰 등불을 밝힐 수는 있어도 태양의 중심 빛을 누를 수는 없소. 그대의 군주가 하는 말과 예물은 모두 나를 꼬여 데려가서 아녀자의 속좁은 간계로 병사들을 매복시켜 나를 죽이려 하는 것이 아니오? 이러한 계략을 꽤 치밀하다고 여기는 것은 소인배의 파렴치한 생각이기에 스스로 부끄러움을 느끼게 될 것이오. 나는 꾀에 넘어가지 않을 뿐만 아니라 비록 꼬임에 넘어가서 그곳에 간다 해도 천부께서 나를 멸하게 하지 않으실 것이오.

내가 어려서 힘이 미치지 못했을 때 숙적이던 타이치오드에게 붙잡혀 손발에 족쇄가 채워지고, 목에 사슬이 채워진 채 붙잡혀 있을 때도 천부께서 나를 죽게 내버려 두지 않으셨소. 이제 나의 날개가 다 자라고, 대국을 이루어 내 나이 50에 이르렀는데, 이 작은 아이 영제의 아녀자 같은 속 좁은 계략에 빠질 리가 있겠소? 그러니 이제 더 이상 우호를 논하지 마시오. 진정 화친할 의향이 있다면 내가 보낸 사신이 자기 나라에 갔는데, 사신을 모욕하고 욕하는 법이 있을 수 있단 말이오? 보내온 것을 보면 공명정대하고 강한 우리나라를 모래흙처럼 여기는 것을 알 수 있소. 우리나라에는 작은 것도 필요치 않소. 서한과 예물을 도로 가져가시오. 우리 사신을 욕한 대가로 그대에게 후한 연회와 큰 상을 내려주겠소!"라고 하고 내보냈다.

그러자 석말명안이 한 마디로 대꾸하지 못한 채 절하고 나가 연회자리에 참석하고, 상을 받아 가지고 자기 나라로 돌아갔다. 그때 자신이 가져온 것들을 도로 가져가자 모훌리는 그가 우리 변경에서 물건을 빼앗겼다고 소문을 낼까 하여 병사로 하여금 데려다주게 했다. 그리고 금나라 변경으로 들어가게 하고, 사람과 물건을 문을 지키는 장수에게 분명히 한 다음 넘겨주도록 했다.

한편 석말명안은 자기 나라로 돌아와 위소왕에게 울면서 몽골에 갔던 사정을 자세히 고했다. 그 사이에 차가타이 친왕이 볼로, 울렌 치르비 등을 데리고 정예병 5만과 서하의 정예병 3만 총 8만의 병력을 이끌고 금나라 단주성에 이르자, 금나라 백성들이 몽골군이 왔다는 것을 듣고 큰 마노 그릇에 차와 국물 있는 뜨거운 음식을 담고, 바구니에 밥과 빵을 날라다 주며 몽골군을 영접하고, 성문을 열어 들어오게 했다. 이때 서하의 군주 이안전은 병을 얻어 자리에 누워있었기 때문에 양자인 이준욱에게 병사를 내어 주어 지휘하게 하고, 태자 차가타이 친왕 앞에서 선봉으로 전진해 들어가게 했다.

서하의 병사들은 금나라의 특성을 잘 알고 있었기 때문에 서둘러 공격해 들어가 금나라의 구원九原 지역을 향해 달려갔다. 뒤에서 칭기스칸이 태보 모홀리와 다섯 호장, 제브, 젤메 등을 대동하여 10만 대군을 이끌고 남쪽을 향해 대수락大水濼을 뚫고 돌격해 들어가자, 금나라 군주 위소왕이 비로소 크게 두려워했다. 그는 할 수 없이 아나마이의 죄를 사면해주고, 그를 서북부 변경을 지키는 초토사로 봉하고, 몽골군과 싸워 지역을 지킬 것을 명해 보냈다. 또 태부 천가노千家奴를 평장정사로 삼고 또 참지정사의 직위을 겸하도록 했다. 또 황족 완안호사完顔胡沙를 행성사行省使로 삼고 무주와 서경 성시에 남아 지키게 했다. 그리고 흘석렬 호사호[1]를 추밀사樞密使에 봉하고, 몽골군이 쳐들어오는 것을 단단히 대비했다. 또 거용관居庸關의 견고함을 믿고 성문을 두툼한 쇠로 덧씌워 더욱 견고하게 했다. 그리고 말 다리 아래 100리 거리의 지표면을 덮을 정도로 마름쇠를 널리 던져 두었다[원주] 『강목』에 송나라 대신이 언급한 내용은 다음과 같다. 옛 이해로 보면 금나라의 태조 아골타가 나라를 세울 때 그는 참으로 지혜롭고 용맹했다. 이제 그를 계승한 위소왕 영제에 이르러 영제는 이처럼 어리석고 나약함이 극에 달했으니 아, 예전의 외방을 제압하는 힘과 위세는 이제 어디로 갔단 말인가? 금나라가 몽골에 우호적으로 지낼 것을 청하여 화친하고자

1 원문에는 흘석렬과 호사호를 다른 사람으로 언급하고 있으나 실제 흘석렬은 호사호의 성으로 한 사람을 지칭한다.

할 때 몽골은 안 된다고 했다. 또 변량의 송나라가 금나라에 화친을 청했을 때 금나라는 또 이를 받아들이지 않았다. 이는 곧 선악에 대한 하늘의 보응이 이처럼 빠르다고 하는 것이 아니겠는가?

한편 초봄에 몽골의 칭기스 칸은 하사르와 벨구테이 두 친왕과 우구데이, 톨리 두 태자, 모홀리 원수, 제브, 젤메, 촐로, 부마 체첵, 다섯 호장을 대동하고 20만 병력으로 금나라를 향해 진격했다. 그러자 금나라 대장군 정설定薛이 금나라 북부의 병사 반을 이끌고, 총 50만 병력으로 야호령野狐嶺 고개 북쪽에 주둔해서 몽골 병사를 경계하며 그들을 막았다.

그러자 태조 칭기스 칸은 상태부 사이한 소르탈트를 금나라 사람으로 변장시켜, 금나라 군대 소식을 정탐하기 위해 보냈다. 사이한 소르탈트는 다른 길을 통해 남쪽으로 달려가 금나라 병영 부근에 이르러, 금나라에서 병사들의 식량을 가져다주기 위해 온 상인과 함께 섞여서 진영 안으로 들어갔다. 금나라 병사들의 말을 자세히 귀 기울여 들으니, 모두 몽골군의 야만적인 용맹성을 두려워하며 불안해 하고 있었다. 그러자 사이한 소르탈트가 서둘러 돌아나가 갔던 길로 돌아와 칸을 알현하고 적진의 상황을 보고했다.

"금나라 병사들이 비록 그 수가 많지만 그들의 대장인 정설로부터 일반 병사에 이르기까지 우리 군을 매우 두려워하며 경계하고 있습니다. 특별히 한인 병사들의 마음이 동요되어 어찌할 바를 몰라하고 있습니다."

모홀리가 그 말을 듣고 칭기스 칸 옆에 가서 적을 무너뜨릴 계략을 논의할 때 칸이 말하기를 "적이 두려워하고 조심하는 그 모든 것은 적을 함부로 보아서는 안 된다는 것을 말하오. 필시 두려움으로 더욱 분투할 것이며, 분투하면 또 강해질 것이오. 그것을 경홀히 여겨서는 아니 될 것이오. 우리 병사의 수는 적고, 금나라 병사의 수는 많소. 이번에 병사들마다 목숨을 다해 싸워 우리 군대가 승리한다면, 이후 금나라를 비로소 무너뜨릴 수 있을 것이오. 만약 이번에 전세가 기울어 병사가 흩어져 금나라에 패하게 되면, 이로써 우리 몽골국은 국력이 약해지게 될 것이오. 그러하니 이번에 각자 목숨을 걸고 싸워서 승리해야만 할 것이오. 이들 모두의 마음이 우리처럼 모두 죽기를 각오하고, 적에 맞서 싸우는 일을 거스르기 어렵다는 것이 이것이오"라고 했다.

그러자 모홀리가 무릎을 꿇고 칭기스 칸에게 몇 마디 말을 고하고 나와서 많은 장병들을 모아 3개 군단으로 조직하고, 6개 조로 나누었다. 그리고 다음과 같이 명했다. 첫 번째 군단에 칸과 모홀리, 두 번째 군단에 할하의 아시란, 위구르의 게렐, 세 번째 군단에 제브, 젤메 그리고 각 조마다 두 사람의 장수를 처음과 끝에 연결하고, 이번 진영은 서로 위치해 대오를 짓고 싸우는 것이 아니라 세 개 군단, 여섯 명의 장수가 단숨에 적진으로 돌격해 들어가 그 진영 너머로 나가 북쪽으로 꼬리를 물고 추격한다. 이것은 한 번 치고 들어가는 전술로 앞서 들어간 자가 가장 큰 공로자가 될 것이요, 뒤에 처진 자들은 벌에 처해 3족을 멸할 것이다. 우리 주군께서 30년 동안 얼마나 관대하셨나를 이번에 보게 될 것이며, 우리 주군께서 분명 천자라는 것을 이번에 알게 될 것이다. 금나라를 얻게 될지는 이번에 알 것이다. 많은 장병들은 이 전투를 예전의 다른 나라와 했던 전투와 비교해서는 아니 될 것이다. 주군께서 먼저 선두로 공격해 들어가시고, 우리 군대가 모두 금나라 군대를 우회해 나간 뒤 주군께서 또 다른 한 군단을 이끌고 공격해 들어가실 것이다. 명을 어기면 일반적인 죄처럼 한 사람이 처단되는 것이 아니라 처자와 부모, 형제 모두 죽게 될 것이다. 그러니 깨어서 힘써 분투해 싸우라고 단호히 명했다.

많은 장수와 병사들이 일제히 "예!" 하고 구호를 외치며, 모훌리의 명에 응답하는 소리가 대지를 진동시켰다. 다음 날 태자인 우구데이와 톨리에게 전투 뒤에 일만 명의 병사를 남게 하여, 도망치고 흩어진 적병을 추격하여 죽일 것을 명했다.

한편 모훌리는 위구르의 한 위엄 있게 생긴 병사를 태조의 형상으로 꾸며 가장 선두에 세우고, 천지가 진동하도록 큰 북을 치게 하고 대포를 쏘자, 병사들이 일제히 함성을 지르고 금나라 병사들을 향해 진격해 들어갔다.

이때 금나라 병사들이 몽골 군대가 분명 며칠을 주둔하다가 공격해 올 거라고 말하고 있는데, 느닷없이 몽골군이 쳐들어오자 두려움에 정신이 나가 싸우는 것은 고사하고, 말을 탈 여유도 무기와 갑옷을 들 새도 없이 뿔뿔이 흩어져 달아났다. 그러자 몽골군이 재빨리 금나라 병사 앞으로 돌아나가 살육하며 맹공격하자 금나라 병사들이 북쪽으로 달아나려고 했다. 그때 몽골의 진정한 칸 칭기스가 두 아들을 대동하고 섬광처럼 돌격해 들어가자, 금나라 병사들이 완전히 혼비백산하여 곧바로 서남쪽으로 도망쳐갔다. 그러자 뒤에서 마치 화마가 바람을 쫓아 타오르며 달려가는 듯 금나라 병사를 추격하며 살육했다.

칭기스 칸이 용마를 타고 날듯이 달리며, 또 한 번 추격해 들어가자 금나라 병사들이 곧 마름쇠를 뿌려놓은 길로 스스로 들어갔다. 그러자 금나라 대장 정설이 명하여 위험을 일깨웠지만 병사들이 그의 말을 전혀 듣지 않았다. 그가 스스로 다른 길을 찾고 있다가 태조 칭기스 칸의 군대가 다가오자 달아나려 하는 바로 그때 칭기스 칸이 이미 가까이 다가왔다. 사인 부흐 칸의 아들 잠발이 아버지를 죽인 정설을 보고 급히 추격해 가서 그의 오른팔을 잘라 버리고 생포했다.

이때 금나라 병사들의 말이 자신들이 뿌려놓은 마름쇠에 곱들어 넘어지자 남아 있던 병사들이 몽골군에 생포되었다. 50만 병사의 태반이 죽임을 당하고, 반수 정도의 병사는 상처를 입었으나 빠져나간 사람은 없었다. 몽골군은 단 하루 동안에 금나라 병사를 100리 이상 추격해 살육했는데, 그 시신이 너비 30리, 100리 길의 대지를 가득 덮었다.

그러자 금나라 군대가 곧바로 몽골군을 향해 대적하지 못하게 되었다. 몽골군이 5리 너머에 이르면 금나라 병사들은 곧장 눈을 감고 달아났다. 신하와 장수들이 지시하여 병사들이 도망치는 것을 멈추려 했지만 소용이 없었다. 이번에 뒤처져 남은 병사들이 한 명도 나오지 않자 칭기스 칸이 크게 기뻐하며 큰 상을 매우 후하게 주자, 원근의 병사들이 모두 기꺼이 싸우기를 희망하며 공격해 들어갔다. 이처럼 대승을 거둔 몽골의 20만 대군의 마음이 이미 강철처럼 단단해져 앞으로 돌격해 들어갔는데, 그 모습은 마치 무인지경을 달려가는 듯했다.

금나라 병사들은 이미 간담이 서늘해져 있었기 때문에 몽골군의 소리를 듣자마자 곧바로 달아났다. 그러자 몽골군은 파죽지세로 쳐들어가 대수락을 무너뜨리고, 풍현豊縣과 이현利縣[2] 이 세 성시를 손바닥 뒤집듯 공략하고, 파죽지세로 어렵지 않게 지역을 손에 넣었다. 금나라 병사들은 도망치고, 백성과 상인들이 몽골군들을 맞았다. 그러자 금나라 군주 영제가 크게 당황하여 심복인 복산규僕散揆와 독길사충獨吉思忠에게 5만 병사를 내어주고, 장가와 정설의 많은 병사를 데려가게 하여 68만 병력으로 오사보 주변 성시를 나무와 흙으로 메워 진을 치고 군대를 주둔케 했다. 또 사람을 보내 풍현과 이현의 몽골 군대 정보를 알아보게 했다.

그때 모훌리는 제브와 젤메를 데리고 한밤중에 말을 달려 갑자기 돌격해 들어갔다. 그러자 금나라의 병사들이 두려움에 혼비백산하여 자신들의 두 대장을 버려두고 도망쳤다. 모훌리는 병사를 단단히 명하여 곧바로 맹추격하여 돌진해 들어가 병사들을 죽이고, 독길사충을 생포했다. 복산규는 몸에 창을 수없이 맞아 상처를 입고 달아났다. 그때 금나라 황제의 숙부 곽보옥郭宝玉이 한 부대를 이끌고 그를 비호하기 위해 왔는데, 복산규는 도리어 곽보옥이 늦게 왔다고 화를 내며 그를 죽여버리려고 하자 많은 장수들이 있는 힘을 다해 만류하여 죽음을 면하게 했다. 대신 40대의 곤장을 치고 다시 1만 병사를 주어 적을 맞아 싸우라고 보냈다. 그러자 곽보옥이 분노가 치밀어 1만 병사를 이끌고 몽골군에 투항하기 위해 몽골 진영으로 갔다. 모훌리는 그의 매 맞은 상처

2 『원사본기』 1, 칭기스 칸 이야기에서 보면 금나라 장수 정설(定薛) 군을 격파하고, 대수락과 풍리현을 점령했다고 언급하고 있다(방기혁 역, 「칭기스 칸 이야기」, 『원사본기』 권1(e-book), 슬기야단비야, 2015 참조).

를 보고, 그 이유를 조사해 사건의 진상을 알아내고 곽보옥을 칭기스 칸에게 알현케 했다.

칭기스 칸이 그를 보니 성질이 급하고 다혈질적인 모습에 강직한 대장부였기 때문에 친절하게 물었다.

"그대 중원에 소인이 황제가 되어 많은 백성들이 고통을 당하고, 만백성이 모래알처럼 죽어가는 시기가 되었소. 내가 이제 만민을 평안하게 하고자 하오. 그대는 중원 사람이니 자신의 지역 풍토를 잘 알고, 게다가 하늘이 그대를 알아보고 내게 투항케 하였소. 이제 어찌하면 그대 나라의 어리석고 몽매한 황제를 제거하고, 만백성을 평안히 할 수 있겠소?"

그러자 곽보옥이 절하며 자신의 진심을 고했다.

"중원의 지기를 쉽게 보아서는 아니 됩니다. 다만 군신이 그릇되어 조정을 어지럽히고 있습니다. 금나라 남쪽 지역에는 용맹하고 힘 있는 자들이 상당히 많습니다. 폐하께서 먼저 그 지역을 공격해 보시면 금나라 성이 텅 비게 될 것입니다. 그 다음으로 금나라가 지배하는 중원을 다시 도모하시면 폐하께서 모든 나라를 지배하시려는 대업을 손바닥 뒤집듯 쉽게 이루실 것입니다. 이제 나라의 법이 가혹하고, 폭정을 일삼아 사방에서 난리가 일어나 많은 백성들이 폐하의 나라를 의지하는 바가 매우 간절합니다. 그러니 폐하께서 지금 은혜를 베푸시면 금나라 백성들이 와서 절하고 투항할 것입니다. 그렇게 하시면 천하를 지배하고, 나중에 다른 뭇 백성들도 변하지 않을 것입니다!"

칭기스 칸이 그의 생각이 진실한 것을 보고, 그에게 후한 상을 내리고 길을 여는 선봉이 되게 했다.

한편 칭기스 칸은 병사들에게 다섯 가지 조례를 하달했다. 그 조항은 제일 먼저 군대 대장과 많은 이에게 해악을 끼치는 군주를 죽이는 것 이외에 일반 평민을 함부로 죽여서는 아니 된다. 둘째, 조금의 공과도 없는 죄인은 그 죄의 경중에 따라 심판하여 다스리라. 셋째, 몽골인은 군대를 생활의 근본을 삼으니 사람마다 갑옷을 입은 병사로 여기고, 원하지 않으면 병역을 면해주라. 넷째, 만약 성읍의 한인 가운데 밭 4경을 가지고 있는 자는 갑옷을 입혀 병사로 징발하라. 15세 이상을 병사로 치고, 60세 이르면 병역을 면해주라. 다섯째, 승려와 도사들은 나라의 대업에 큰 도움이 되지 않으니 완전히 금지하라. 이렇게 명하고 법제화하여 선포했다.

그리고 칭기스 칸은 전투의 승리로 많은 병사를 격려하며 상을 주고, 선화를 향해 갔다.

한편 금나라 위소왕은 이해 봄과 여름 몇 달 동안 대군을 이끌고 세 번 출정하여 몇 개의 큰 성을 모두 빼앗기자, 몹시 초조해져 6월에 있을 자신의 생일 축하연을 배설할 생각이 없었다. 일찍이 송나라는 금나라에 상당히 괴롭힘을 당하면서, 자식 관계가 되어 해마다 금나라 황제의 탄신일에 후한 선물을 보내오곤 했다. 이번에도 황제의 탄신일에 맞추어 후한 선물을 보냈다. 송의 사신이 예물을 가지고 단주端州에 이르자 몽골군이 남쪽을 향해 진격해 들어가는 것을 보고, 선물을 전하지 않고 자기 나라로 되돌아갔다. 그리고 이러한 정황을 영종 황제에게 모두 고하자 영종이 크게 기뻐하며 또 자신의 속지인 강회, 경호,

사천 등 이들 지역의 많은 제치사들에게 각 지역의 국경을 단단히 방어하고 철통같이 지키라고 명했다.

한편 8월 서하국의 이안전이 병세가 심해져 서거하자, 차가타이가 그의 양자인 이준욱李遵頊을 그의 부왕 대신 황제로 삼고, 나라의 신하들은 이안전에게 양종襄宗이라는 묘호를 올렸다.

차가타이는 장례를 마치고, 병사들을 이끌고 태조 칭기스 칸의 군대를 맞으러 와서 논의하기를 서하의 군주를 세워 왕위를 계승하게 하고, 이안전의 딸을 공주로 책봉하는 일을 결정하고 칸의 조서를 보냈다. 그리고 자신의 군대를 칸의 군대와 연합케 하여 금나라 서쪽 수도 서경을 정벌하기 위해 공격해 들어가자, 금나라 영제는 마음이 조급해져, 독길천가노와 완안호사[3]로 하여금 오사보를 지키게 하기 위해 보냈다. 이들이 그곳에 이르기 전에 몽골군이 오사보를 이미 점령했다. 또 오월영烏月營을 빼앗고, 그 승리의 여세를 몰아 곧바로 백등성白登城을 함락시키고 서경을 포위했다. 7일 낮 7일 밤을 접전할 때 서경을 지키던 장수 호사호가 혼비백산하여, 자기 수하의 병사들을 데리고 겹겹이 포진된 포위망을 빠져나가 성을 버리고 달아났다.

그러자 모홀리는 촐론과 안돈 두 사람에게 3천 명의 병사를 내어주고, 그들을 추격해 크게 제압하고, 계속해서 맹추격하여 취병산翠屛山 입구에 이르러 서경西京을 함락시키고, 또 환주와 무주를 점령했다. 그러자 칭기스 칸은 주치와 차가타이, 우구데이 세 태자 친왕에게 병사

3 독길천가노는 일명 독길사충으로 평장정사, 완안호사는 참지정사였다.

를 나누어주고, 운내의 동쪽으로 승주, 무주, 삭주, 봉주, 정주를 공격하기 위해 보내고, 자신은 모홀리 등을 대동하고 금나라의 덕주, 형주, 홍주, 창평, 회래, 진산, 풍윤, 밀운, 무녕, 집운 등의 성을 공격하며 진격해 갈 때 이들 지역의 백성이 성에서 나와 모두 절하고 투항했다. 그렇게 점령한 성을 지나 평란에 이르고 남쪽으로 청창에 닿고, 임황을 지나 요하를 건너, 서남쪽으로 흔주, 대주에 이르는 지역을 모두 몽골에 투항시켰다.

9월 시원한 가을에 칭기스 칸은 무주撫州를 이미 점령했기 때문에 군대를 멈추게 하고, 말을 먹이며 잠시 쉬었다. 또 남쪽으로 공격해 들어가려고 하자 금나라 군주가 크게 두려워하며 다시 명을 내려 초토사 완안구근完顏九斤으로 하여금 대군을 지휘하게 했다. 또 병사의 수를 더하여 완안만노가 군대를 이끌었는데, 그 수가 40만이라고 소문을 내고 동쪽 고개에 주둔시켰다. 또 호사호胡沙虎를 북쪽 군대를 이끄는 북부 대장으로 삼았다. 이에 많은 대신들이 완안구근에게 이르기를 "몽골은 자신들이 생각한 많은 부府와 성城을 점령하고, 이제 만족해하며 말에서 내려 말을 풀어 초원에서 풀을 뜯게 하고 있습니다. 이 무심한 틈을 타서 우리가 기습하여 덮치면 승리할 수 있지 않겠습니까?"라고 했다.

그러자 완안구근이 "그것은 위험한 일이오. 하지만 우리가 기병과 보병을 함께 움직여 공격해 들어가 싸우면 실제 만 가지 일을 성취하는 방법이 될 것이오"라고 했다. 그때 몽골의 잠발이 벌써 서둘러 가서 칸에게 이를 고하자, 칸이 모홀리와 논의하여 환아취獾兒嘴라는 곳으로 달아나는 금나라 병사를 추격하여 공격할 때 완안구근이 또 석말명안을 보내 몽골에서 군대를 이끌고 온 이유를 물었다. 석말명안은 몽골군 수장을 만나 공격해 온 이유를 자세히 묻고 돌아갔다.

한편 칭기스 칸은 모훌리를 불러 논의하고, 군대를 일제히 정돈하고 곧바로 돌격해 들어갔다. 완안구근이 이미 궁지에 몰린 군대이지만 이번 전투에서 어떻게 해서든 이를 지휘하려고 했다. 그러나 몽골의 수호기를 보자마자 겁에 질려 달아나고 말았다. 그러자 몽골군이 그 뒤를 곧바로 돌격해 들어가 100리 이상을 추격해 가서 싸웠다. 이번 전투에서 죽은 병사의 시체가 산과 초원에 종횡으로 널려져 있어 그 수를 헤아릴 수가 없었다.

한편 모훌리는 칭기스 칸에게 고하기를 "이 여세를 몰아 오리산으로 공격해 들어가는 것이 좋을 듯합니다"라고 했다. 대군이 산을 넘어 빠르게 돌격해 들어가자 호사호가 몽골군의 맹렬한 전투력에 간담이 서늘해져 전혀 대적하지 못했다. 그런데 그가 몽골군이 가는 남쪽 길을 인도하듯이 가자 뒤에서 몽골군이 회하보澮河堡로 추격해 달려가서 회하강 다리에서 금나라 병사를 추격해 한바탕 피비린내 나는 살육전을 벌였다. 그러자 호사호가 혼비백산하여 앞서 달아나 선덕부宣德府 성으로 들어갔다. 모훌리가 병사를 먼저 내보내 선덕부에 속한 안현을 점령하고, 돌아서 선덕부를 순시할 때 호사호가 또 달아났다. 모훌리가 성을 점령하고, 한편 호사호를 추격하여 거용관에 이르자, 칭기스 칸이 잠발과 거용관을 점령할 계략을 논의했다.

그때 잠발이 고하기를 "이전에 대신이었던 제가 이곳에 머무르고 있을 때 숲이 빽빽한 산으로 난 작은 길로 다녔습니다. 이제 많은 병사들이 소리를 내지 않고 가면 분명 오늘 밤에 이 길을 건너갈 수 있을 것입니다. 1개 군단이 밖에서 싸우면 그들은 의심하지 않을 것입니다"라고 했다.

칭기스 칸은 크게 기뻐하며 자신이 앞서 대군을 이끌고 제브와 젤메를 측근에 두고 하룻밤에 그 길을 건넜다. 다음 날 해가 뜰 때까지 모두 초원에 도착해 남쪽 골짜기로 들어가 한 번 크게 함성을 지르자 그와 동시에 바라와 북소리가 천지를 진동했다. 그 소리는 흡사 하늘에서 내려온 듯했기 때문에 금나라의 관성을 지키고 있던 장수 완안복수完顔福壽는 심장이 오그라져 서둘러 말을 타고 달아났다.

그때 문을 지키던 많은 병사들이 무기를 버리고 서로 흩어져 갔다. 그들 병사의 반 이상이 도망쳤으며, 남은 병사들은 몽골군에 투항했다. 그렇게 해서 문이 열리고 몽골 군주가 대군을 이끌고 성으로 들어갔다. 제브와 젤메는 완안복수를 놓치지 않고 바짝 추격해 갔다. 그런 다음 칭기스 칸은 대군을 이끌고 연이어 금나라 중동문[4]으로 들어가 단단히 살피고 있을 때 몽골군이 물 흐르듯 달려들어 왔다. 그러자 금나라 군주 영제는 큰 소리로 울며, 여러 빈과 비들을 데리고 소리를 지르며 변경성汴京城을 향해 도주했다. 그 뒤를 몽골의 제브와 젤메가 병사들을 데리고 불처럼 빠르게 추격하자, 금나라 회하의 한 부대가 죽을힘을 다해 싸우며 위소왕을 구해냈다. 제브와 젤메가 금나라의 수도

---

4 여기서 '중동문'은 '중도의 동문'으로 볼 수 있을 것 같다. 이해 제베(제브)가 기용관에 들어가고, 금나라 중도(中都)까지 진격한 것을 통해 알 수 있다.

밖에 있는 말, 가축과 창고에서 금은보화를 3만 대 이상의 수레에 거두어 들이고 칸을 영접했다. 모홀리는 금나라 중도인 중원의 수도를 점령할 목적으로 이미 일곱 겹으로 철통같이 에워쌌다.

한편 금나라 중도를 돌며 아홉 개 성문 밖에 백성들이 고통을 피해 성으로 들어가려 해도 들어갈 수가 없자 마음이 다급해져 성을 기어올랐다. 그러자 성시를 지키는 신하, 병사들이 그들의 손발과 머리를 베어 떨어뜨렸다. 그렇게 떨어진 손발과 머리가 성시 주위에 무수했고 늙은이, 어린아이들이 울다가 물에 빠져 죽은 자들도 부지기수였다.

이것을 칭기스 칸이 몸소 보고 참을 수 없이 연민을 느껴, 밖에 남겨진 백성들을 모두 집으로 돌려보냈다. 모홀리는 성을 공격해 점령하겠다고 하자 칭기스 칸이 명을 내려 말하기를, "아, 금나라가 이미 예법이 없는 나라가 되었지만, 연륜이 오랜 나라요. 내가 하루아침에 이 오랜 나라를 남김없이 없애버린다는 것은 참으로 견디기 힘든 일이오. 이제 병사들이 나가면 금나라 백성들은 끝장이 날 것이오. 이 나라의 대세가 기운다 해서 우리의 세상이 되는 것은 아니지만, 이제 잠시 숨을 돌리고 훗날 나의 자손들이 보응을 받게 된다면 좋을 것이오. 이제 금나라 군주가 작심하여 나의 신하가 되면 끝날 것이오. 특별히 그의 백성들을 제거해서 무엇하겠소?"라고 했다.

그리고 군대를 돌려 금나라 북쪽 성에서 겨울을 지냈다[원주] 태조 칭기스 칸은 이처럼 진정 자애로운 마음이 있기 때문에 원나라가 비록 패망했어도 180여 기의 자손들이 몽골인이라 하여 편히 지내는 것은 그 시대 칸이면서, 진정으로 일반 사람들의 인심을 얻은 덕택이다. 우리 타이지들은 이를 알지 않으면 아니 될 것이다.

또 겨울 금나라 유백림과 장가[5]라는 두 총독이 완안호사에게 핍박을 당하자 처자를 데리고 몽골 칸에게 가서 투항했다. 한편 금나라 태주泰州의 자사刺史 술호고기述虎高琪가 현문 밖에 군대를 주둔시키고, 또 다른 병사를 소집할 때 조정에서는 호사호를 함평 북로의 병사와 말을 훈련시키기 위한 병마총관兵馬總管으로 봉하고, 백 가지 엄한 법을 만들어 병사들을 모아들여도, 금나라 병졸들은 그 당시 나라의 법을 조금도 대수롭게 여기지 않았다. 『목주』[6]라는 기록을 보면 "이 모든 것은 처음 군주가 도가 없음에 스스로 망하는 길을 자초한 결과이다. 하루아침에 이처럼 무차별 패한 것을 보면 금나라가 망하지 말란 법이 있겠는가?" 라고 했다.

사관의 시 한 수

성인의 말씀은 참으로 진실하기에
시비를 가리는 것이 하늘처럼 밝도다
흩어진 금나라를 멸망시켜 손안에 넣고
마음을 좇아 적의 백성을 가엾이 여기심이 대지보다 두텁도다

5 협곡장가.
6 어떤 저서인지 명확지 않음.

제44장

야율유가는 요동을 취하여 대몽골국에 귀순했네 칭기스 칸은 아홉 명의 젊은 장수를 이끌고, 중원의 금나라를 격파시켰네

임신년壬申年, 대몽골국의 칭기스 칸 7년, 이해는 칭기스 칸의 나이 51세 되던 해였다. 송나라 영종 가정 5년, 금나라 영제가 연호를 바꾸어 숭경崇慶 원년이라 했다.

몽골 태조 칭기스 칸은 금나라의 북쪽 성 밖에서 지내며 남쪽으로 진격해 들어갈 것을 준비하고 있을 때, 금나라는 요나라의 남은 백성들이 몽골과 연합할지도 모른다고 의심하여, 금나라의 가난해진 백성을 요나라에 이주시켜 놓았다. 그리고 백성 한 집에 금나라의 한 가정을 지내게 하자, 요나라의 백성들이 어려움을 겪으며 고통으로 신음하는 소리가 하늘에 닿았다. 요나라의 옛 군주 자손 가운데 한 사람인 야율유가라는 자는 원래 태생이 직선적이고 강직했는데, 금나라 황제가 무도하고 옛 요나라를 이처럼 뼈에 사무치게 괴롭히자 견디지 못하고 스스로 대몽골국에 귀순하여, 몽골 군대를 지원하기 위해 병사들을 데려다주고, 금나라 신하들을 죽여 버리겠다고 했다. 그러나 거리가 멀고 길이 끊어지는 연고로 어쩔 수 없이 요나라 사람 가운데 능력 있는 듯한 수십 명을 모이게 하여, 이에 대해 논의하고 빠르게 일에 착수했다.

그들은 많은 인가를 지나며 요나라의 고통 받는 백성을 선동하자, 일시에 몇백 명이 모여들어 자신들을 감시하는 금나라 사람들을 죽이고, 또 10여 일만에 요나라의 고통받는 백성 수천 명이 모여들자 야율유가는 곧 공공연하게 모반을 꾀했다. 무리를 이끌고 융안과 한주라는 곳으로 가서 대군을 조직하고, 진지를 구축할 준비를 할 때 민첩한 병사들은 기민하게 사방에서 곡식과 말을 위해 풀을 빼앗고 약탈하며 갔다.

금나라의 한주성韓州城을 지키는 오석吳石이라는 장수가 성의 병사들을 데리고 야율유가를 잡으러 오자, 야율유가가 갑자기 항거하며 죽을 힘을 다해 싸웠다. 그때 금나라 병사들은 야율유가가 분명 도망칠 거라고 생각하고 있었는데, 생각지 않게 자신들을 맞아 맹공격을 했다. 이로 인해 오석의 군대가 대패하고, 야율유가는 혼자서 선두로 성에 들어가 한주의 장수 오석을 베어 말에서 떨어뜨리고, 승리의 여세를 몰아 한주성의 병사들을 추격하여 죽이고 성을 빼앗았다. 그리고 야적이라는 자와 연합하여 병사와 말을 모으고, 곡물과 군마를 위한 풀을 모아 대군과 장수의 곤핍함을 구제하고, 잔악한 자들을 제거했다.

몇 개월이 지나지 않아 옛 요나라의 백성을 모두 모으고, 오래지 않아 10만 대군이 되었다. 그러자 10만 대군 전체가 논의하기를 제단을 축조하고 야율유가를 칸으로 추대하자고 하자, 야율유가가 일러 말했다.

"여러분들도 참으로 우습소. 몇 달 전만 해도 금나라 사람들에게 종처럼 괴롭힘을 당할 때는 칸은 고사하고, 자신의 권리마저 주장할 수 없었소. 그런데 이제 원수를 갚고 심한 핍박을 받지 않게 된지 고작 이 정도 사이에 이곳에 칸을 세우고 싶어하는구려. 옛 수나라시대 18개 지역 모두 황제가 보위에 오르고, 후에 중원을 통일한 이세민이 그 꼴을 볼 수 없어 모두 멸하고, 여러 주를 규합해 대 당나라를 세웠소. 황제에 오를 때는 또 하늘의 때가 있는 법이오.

이제 북극성의 별빛이 무관武官[1]의 북쪽을 비춘 지 50여 년이 되었소. 지금 몽골의 칭기스 칸이 분명 그 별에 관련된 자라 할 수 있소. 그렇기에 북방을 쓸어버리듯 제거하여 평정하고, 지난해 남쪽을 향하자마자 금나라의 상당한 정도의 성과 주, 부를 공격하여 점령하고, 금나라 수도에 이르렀소. 영제가 막다른 곳에 몰리자 변경으로 달아났는데, 이것으로 칭기스 칸의 비범함을 곧바로 알 수 있소. 그가 만약 북방의 황제가 되려고 했다면 이미 황제가 되었을 것이오. 그에게 속한 나라는 서부 티베트, 탕구트, 동쪽의 고려, 개머리 나라, 북쪽으로 러시아, 사르락에 이르렀소. 그가 또 황제의 권좌에 오르는 문제로 몇 번이나 갑론을박을 한 뒤 온 나라가 간절히 청하여 칸이 된 지 6, 7년이 되었소. 내가 진실로 그와 같은 한 지역의 나라가 있었다면, 이미 황제가 되었을 것이오. 칭기스 칸은 또 북방의 칸이 되어 지내고 있지만, 그도 칸이 되지 않고 상당히 여러 해를 지냈소. 그런데 나는 일개 평민으로 금나라의 핍박을 당하는 것에 참을 수가 없어, 어쩔 수 없이 많은 이를 위해 앞장서서 반란을 일으켜 일시에 승리를 거두고, 호전적이라는 명

1 북두칠성을 무관으로 보고, 남두칠성을 문관으로 보는 것을 이름.

성을 떨친 것은 자신에게 사서 고생을 불러온 일이 아니겠소? 다만 몽골의 군주 칭기스 칸은 3, 40만의 병력을 가진 옛 나라를 눈도 깜짝하지 않고 쓸어 없앴소.

이제 내가 황제에 오른다는 것이 그의 귀에 들어가면 곧 큰 괴로움이 닥칠 것이오. 칭기스 칸은 금나라의 영제를 도망자로 만든 사람이오. 이렇게 모은 나의 10만 농부를 공격하는 것이 무어 그리 어렵겠소? 여러분들은 어리석게 칭호를 올리는 데 너무 힘쓰지 말기 바라오. 큰 화를 자초하게 될 것이오. 몇 년 전이었다면 가능했을 것이오. 이제 북극성의 별빛이 사방에 비치는 때이기에 어찌해도 몽골을 공격할 수 없게 되었소. 그처럼 괜한 화를 자초하기보다 일찍부터 이 기회를 틈타 어느 정도 대업을 이루고, 몽골국과 연합하여 우호적으로 지내면서 한 지역의 신하가 되거나 한 방위를 차지하여 지내는 것이 상책일 것이오!"

그러자 많은 이들이 말문이 막혀 할 수 없이 황제 추대를 하지 못하고, 그를 대원수, 야적을 부원수로 추대했다. 그러자 야율유가가 할 수 없이 원수의 지위를 수락했다.

그해 5월 금나라의 속한 하동과 산서 두 지역에 큰 기근이 들어, 한 되 쌀값이 수천 냥에 이르고, 굶주린 백성들이 땅바닥에 널브러질 때 야율유가 수하로 또 수천 명의 사람이 들어갔다. 그렇게 해서 10여 개 소국을 수복하고, 군법을 엄격하고 공정하게 하여 요동 지역의 빈부를 고르게 하며 지냈다. 10만 이상의 병력이 100리 이상의 거리를 가서 진영에 주둔할 때, 그 기백과 명성을 요동 땅에 크게 떨쳤다. 보가르지가 그 소식을 듣고 급히 칸에게 사람을 보내 알리자, 칭기스 칸이 홍기라드의 아즈나이 메르겐과 호다르가 바타르 두 상태부, 아래로 호드간베히의 두 아들 후데르 부스와 후렐 부스 또 호르츠 바이르의 두 아들 보가트 오하와 알락 토갈 이 네 장수에게 4만 명의 정예병을 지휘케 하여, 요동 땅의 야율유가를 공격하기 위해 보냈다. 그때 아즈나이와 호다르가 두 태부가 대군을 이끌고 요동 땅에 이르자, 아즈나이 메르겐이 많은 병사에게 명했다.

"야율유가는 금나라에 핍박을 당해 반란을 일으킨 사람이다. 우리에게 해를 주지 않았으니, 우리 모두 그를 공격하기 위해 왔다는 말을 이 사이에서라도 내어서는 아니 될 것이다. 다만 우리 병사들이 여진[원주] 여진은 금나라의 옛 명칭이다을 공격하기 위해 갈 때 여러 길로 갈라져 갈 것이니 지나갈 때 요 지역을 지날 거라고 소문을 내도록 하라. 만약 그가 우리를 믿고 투항하면 싸움을 벌이지 않고 요동을 평정할 수 있을 것이다."

그러자 선봉 후데르 부스가 요동의 야율유가의 병영에 이르러 "우리 군대가 동쪽 길로 금나라를 정벌하기 위해 갈 것이오. 아즈나이 태부의 군대가 이곳에 이를 것인데 여기에 한 군단이 있어 이유를 묻기 위해 왔소"라고 했다.

그러자 야율유가가 서둘러 그들을 정중히 맞으며 후한 연회를 베풀어 주고, 그곳에 머물게 했다. 한편 몽골 태부 아즈나이 원수를 영접하기 위해 조카 안무를 보내고, 여러 장병들을 향해 말했다.

"어떻습니까? 내가 말한 대로 일이 되지 않았습니까? 내가 다행히 황제의 자리에 오르지 않았소. 만약 황제가 되었더라면 이번에 어디로 달아날 수 있었겠소?"

그러자 수하의 장병들이 고하기를 "진정 황제에 오르셨다면 참으로 그들에게 패했겠습니까?" 하고 물었다.

야율유가가 웃으며 말했다.

"참으로 어렵소. 어려워. 우리 병사 수가 많아지니 헛된 이름으로 무인지경을 다니며 그대들의 마음이 오만해졌소. 몽골군은 최근 30년 동안 중원의 병력보다 10배나 실력을 갖추게 되었기에 20만 병력으로 금나라의 4, 50만 병력을 풀 베듯이 물리치게 되었소. 이제 그대들이 이를 믿지 못한다면 몽골군이 온 다음 내가 그대들에게 그들의 힘을 보여주겠소."

이윽고 몽골군이 가까이 당도하자 야율유가가 몸소 나가 아즈나이 원수를 맞아 말에서 내리게 해 손을 잡고 인사를 나누었다. 그리고 장막에서 연회를 베풀었는데, 그때 야율유가의 병사들이 몽골군을 보니 사람들이 모두 수호신처럼 머리가 큼직하고 키도 크고, 목소리가 우렁차 그 모습이 매우 위엄 있어 보였다. 또 갑옷과 투구가 훤하고 새것이었으며, 말이 살지고 튼실해 보였으며, 안장이 빛났다. 병사들의 얼굴은 늠름하고, 군대는 질서가 잡혀 있었으며, 신호 깃발은 선명했다. 또 단단한 활과 큰 도끼는 참으로 많은 것 가운데 특별히 두드러져 보였다. 야율유가의 장병들은 몽골군을 보며 그들이 있는 곳의 내부를 몰래 살폈다. 깃발의 색은 빛나고 조금도 바라지 않았으며, 비단을 사용했는데 그것은 마치 종이 천 같았다.

한편 야율유가는 대장막에서 대연회를 준비하고, 악기를 연주하게 했다. 그리고 아즈나이 원수에게 연회를 즐기게 할 때 아즈나이가 조금도 의심하는 마음을 내비치지 않자, 야율유가가 그의 현명함을 알고 감히 경홀히 여기지 않았다.

그러자 아즈나이 메르겐이 술을 마시며 야율유가에게 일의 정황을 묻자, 그가 고하기를 "군대를 이끄는 소인은 원래 금나라 병사였습니다. 그러나 금나라가 지나치게 무도하고 포악하여, 우리의 많은 사람들을 심히 핍박하였습니다. 대국에 군대를 요청하려 하였으나 길이 멀고 나라가 끊어져 있어 어쩔 수 없이 우리 농부들은 괴롭힘을 당한 채 자신들의 재산을 잃고 살아갈 수 없게 되었습니다. 그래서 뭇 사람들을 모아 부대를 조직하여 금나라를 공격했고, 이제 또 금나라를 공격하려고 대국을 향해 가는 사이 말이 지치고 또 길이 끊어졌기에 가지 못하던 차에 하늘이 가엾게 여기시어 천군의 장병들이 지나가는 것을 만나게 되었나이다. 이는 곧 하늘의 뜻입니다"라고 했다.

그러자 아즈나이 원수가 이르기를 "진실로 하늘의 뜻을 따르면 될 것이오. 내가 지금 칸의 명으로 금나라를 정벌하기 위해 가고 있는데, 도중에 대장군 그대를 만난 것은 참으로 하늘이 만나게 해준 것이라 사료됩니다. 다만 옛말에 '진실한 사람에게는 거짓된 말이 없다'고 했소. 귀하신 장군께서 만약 우리나라와 연합하고자 한다면 우리 두 나라가 더욱 공고한 신뢰를 갖게 될 것이오"라고 하자 야율유가가 크게 기뻐했다.

"그것은 어려운 일이 아닙니다."

그리고 곧 좌우에 명하여 금산金山 정상에 큰 단을 쌓게 했다. 그리고 아즈나이 메르겐 원수와 함께 제단으로 올라갔다. 좌우의 병사들이 제단을 돌아 대오를 이루고, 흰 말과 검은 소를 죽여 그 피를 뿌리고 대포를 쏘게 했다. 이에 야율유가가 북쪽을 향해 무릎을 꿇고 손에 큰 검을 쥐고 큰 소리로 맹세했다.

"천신이시여! 굽어살피소서. 야율유가 저는 진정 운명의 칭기스 칸께 귀순하여 죽을 때까지 변치 않을 것입니다. 만약 이 말을 어긴다면 화살과 검에 맞아 죽을 것이며, 수만의 병사들에게 짓밟힘을 당하게 될 것입니다!"

그러자 아즈나이 메르겐이 크게 기뻐하며 자신도 검을 잡고 중지를 베어 피를 내고, 그 피를 뿌리며 큰 소리로 말했다.

"우리나라가 만약 야율유가의 진정함을 작게라도 왜곡하고 의심하면 나는 먼저 만 개의 화살촉에 맞아 죽임을 당할 것이며, 나의 뼈가 흙이 되도록 짓밟힐 것입니다!"

그러자 야율유가가 크게 기뻐하고 한편 놀라며, 서둘러 자신의 오른손 엄지손가락을 베어 피를 내어 서로 하늘을 향해 뿌렸다. 그리고 피를 섞어 함께 마시고 두 사람이 서로 악수하며 크게 웃고 성대히 잔치를 벌였다. 이에 야율유가의 많은 장병들이 몽골 장수들에 대해 탄복하지 않는 자가 없었다.

잔치가 파하고 아즈나이 원수는 야율유가의 손을 잡고 말했다.

"내가 돌아간 뒤 칸께 고하여 요동 지역을 평정하고 만백성을 평화롭게 하는 일을 그대에게 맡기도록 하겠소."

그리고 야율유가와 헤어져 군대를 이끌고 나라로 돌아갔다. 한편 금나라 위소왕은 요동이 몽골에 투항했다는 소식을 듣고, 크게 다급해져 황족인 완안호사에게 60만 대군을 내어 주어 야율유가를 공격하기 위해 보낼 때 완안호사는 60만 대군을 100만 대군이라고 소문을 냈다. 또 병사에게 야율유가의 육신의 살 한 냥을 가져온 사람에게 10냥의 은을 상으로 줄 것이요, 뼈를 한 냥 얻어온 사람에게 황금 열 냥을 상으로 줄 것이며, 그를 천총千總으로 봉하겠다고 했다. 이 소식이 벌써 요동에 알려지자, 야율유가가 크게 불안해져 급히 사신을 보내 몽골의 칭기스 칸에게 병사를 지원해 줄 것을 요청하는 조서를 올리게 했다.

이때 아즈나이 메르겐이 이미 나라에 이르러 칸에게 귀순한 요동의 야율유가의 진심 어린 뜻을 고하고, 요동을 평정하고 그에게 부과한 임무에 대한 상주문을 올려 고하고 있었는데, 연이어 야율유가가 지원병을 요청하는 서한이 당도했다. 그러자 칭기스 칸이 또 아즈나이 메르겐을 대원수로 삼고, 호다르가 바타르를 협력하게 하여 아래로 우드, 수드, 후데르 부스, 후렐 부스, 보가트 오하, 알락 토갈, 온지가이, 손지가이 등의 여덟 명의 장수와 정예병 11만 6천 명을 내어 주어 지원하도록 보냈다. 아즈나이 원수가 대군을 이끌고 요동 지역에 이르러 적길이라는 지역에 주둔하면서 금나라 군대와 대치했다.

야율유가는 이에 말할 수 없이 기뻐하며, 몸소 명을 받아 자리를 정돈하여 무릎을 꿇고 아즈나이 메르겐을 맞았다. 그리고 명을 전하는 원수 아즈나이 메르겐과 연회를 베풀 때 야율유가가 크게 기뻐하며 말했다.

"제가 어려서부터 근실하게 지내오다가 진정한 천자를 만났습니다. 이것은 모두 저의 진실한 마음에서 비롯된 인연이라 할 것입니다."

그리고 조카인 안노를 함평 대군의 선봉으로 명하고, 자신은 15만 대군을 이끌고 몽골의 원수 아즈나이 메르겐과 전략을 논의할 때, 아즈나이 메르겐이 말하기를 "대장군께서는 중군을 이끌고 금나라에 저항하며 싸우는 척하고 계십시오. 우리의 철기 대군이 또 오늘의 형세를 틈타 서북쪽에서 기습공격을 할 것입니다. 이때 장군은 병사를 거느리고 돌격해 들어가서 우리 두 부대가 금나라 군대에 틈을 주지 않고, 불시에 습격하여 앞뒤로 협공하면 될 것입니다"라고 했다.

그러자 야율유가가 크게 기뻐하며 곧 이 계략으로 전략을 정했다. 다음 날 몽골군이 퇴각하고, 요동 군대는 전진하며 공격할 때 금나라 군대가 여전히 간이 오그라지도록 몽골 군대를 두려워했기 때문에 요동의 병사가 앞으로 돌진하고, 몽골군이 뒤로 물러나는 것을 보고 분명 다른 계략이 있을 것이라며 두려움에 떨었다. 그때 갑자기 서북쪽에서 모래 먼지가 크게 일며, 몽골 군대가 돌을 굴리면서 밀물처럼 쳐들어오고 있었다. 바로 그때 금나라 병사들이 그것을 보고는 한 번도 접전하지 못하고 도망치자, 몽골군이 그들을 맹추격했다. 그것은 마치 홍수로 인해 엄청나게 불은 물이 거센 물살을 일으키며 마구 흘러가는 것 같았다.

한편 야율유가의 군대가 또 기백이 충천하여 달려들어가 몽골군 앞에 나서자, 아즈나이 메르겐이 군대를 정렬한 뒤 식사를 하고 또 공격해 들어갔다. 한편 야율유가 군대가 앞으로 추격해 들어가자 몽골 병사들이 틈을 얻어 잠시 쉬다가 다시 달려 들어갔다. 이렇게 두 군단의 26만 병력이 두 개 성문으로 교대로 추격해 들어갔다. 금나라 병사들은 눈을 깜빡거릴 여유도 없이 사흘 동안 혈전을 벌여 60만 대군 가운데 20만도 남지 않았다. 완안호사는 몸에 상처를 입고, 급히 패잔병을 이끌고 산해관山海關[2]으로 도망쳐 들어갔다.

이에 야율유가는 만족스럽게 승리를 거두고, 금나라 병사들의 무기, 갑옷과 투구, 게르 궁과 천막, 장막, 말 안장, 수레, 식량과 화폐 등을 모아들여 모두 몽골군에 보내자 칭기스 칸이 큰 상을 내렸다. 이에 야율유가가 눈에서 눈물을 흘리며 그 은혜에 머리 숙여 절하고, 몽골의 수많은 장병에게 후하게 잔치를 베풀어 주었다. 그리고 몽골군을 떠나보내며 그 은혜에 절했다. 또한 아즈나이 메르겐 원수에게 무릎을 꿇고 감사의 서한을 올렸다.

> 야율유가 저는 요동 정세가 조금 안정이 되자마자 반드시 천자의 만세를 기원하기 위해 폐하를 알현하러 갈 것입니다. 지금 이 모든 것을 다 버리고 가면 금나라가 분명 또 침입해 올 것입니다. 이번에 칸께서 소신의 가솔과 어린 것들이 다치는 위험에서 구해 주셨나이다.

그는 울면서 아즈나이 원수를 떠나보냈다. 한편 아즈나이 메르겐은 승리한 병사들을 이끌고 나라로 돌아와 칭기스 칸을 알현하고, 이번에

---

2 만리장성이 시작되는 동쪽 끝.

요동이 투항한 것과 금나라 군대와 싸운 정황을 고했다.

그리고 칭기스 칸이 또 모홀리 등의 대군을 이끌고 남방을 정벌해 들어가자 금나라 군대가 이미 간장이 오그라지도록 두려움을 느꼈기 때문에 몽골의 대군이 왔다는 소식을 듣자마자 병사들이 먼지를 일으키며 쳐들어오는 것을 보지 않으려고 달아나자, 몽골군은 무인지경을 가듯 점령하는 일이 매우 쉬웠다. 또 금나라의 청주와 무주 두 성시를 점령하고, 관주를 포위했다. 사흘째 되는 날에는 9경의 장군 태보 시리 호톡의 두 아들과 중로中路의 장수 소보다이, 안드 두 형제가 성을 먼저 넘어가자 몽골군이 흙자루 디딤대를 만들어 모두 성벽을 기어 올라갔다. 그리고 성인으로 뛰어내려 들어가자 관주성을 지키는 병사들이 성을 지킬 수 없음을 알고, 성문을 통해 급히 완안구근의 대진영으로 달아났다. 완안구근이 크게 고심하며 30만 대군으로 성을 지키게 하기 위해 성으로 와서 장수 석말명안에게 화를 냈다.

"전에 황제가 그대를 몽골국에 사신으로 보낸 적이 있으니, 몽골 군주인 칭기스 칸을 그대가 알 것이오. 그대는 몽골군 진영에 가서 몽골이 특별히 우리를 괴롭히며 공격하여 싸우는 이유가 도대체 무엇인지, 무슨 연유로 이처럼 깊은 원한을 갖고, 우리나라가 몇 번이나 화친을 청하였는데도 이를 받아들이지 않는지 잘 물어보고 오시오. 만약 억지를 부리면 호되게 꾸짖고 부끄럽게 만들어 버리시오. 몽골이 어찌하든 사신을 죽이지는 않을 것이오."

그러자 석말명안이 원래 완안구근과 마음이 맞지 않았고, 특히 그가 위험한 일을 시키는 것을 보면 이곳에 있어도 마침내 그 해를 당하고 말 것이라 생각하고, 명령을 받고 마음속으로 은근히 냉소를 지으며 나갔다. 그리고 서둘러 말을 달려 자신의 처자를 다른 곳으로 옮겨놓고, 자신은 몽골군 진영으로 가서 욕설을 퍼붓자 모홀리가 웃으며 위로 칸에게 이를 고했다. 그러자 칸이 그를 들여보내라고 명했다. 그를 포박하여 들여보내 무릎을 꿇리자, 칭기스 칸이 미소를 지으며 물었다.

"한 마리 개미 같은 종놈이 어찌 못된 여인네처럼 병영 앞에 와서 쓰잘데 없는 말로 잔소리를 해대는 것이냐?"

그러자 석말명안이 칭기스 칸에게 절하며 고했다.

"처음 번에 저희 나라 원수元帥가 저를 이곳에 욕설을 하게 하려고 보냈기에 저는 죽음을 각오하고 욕설을 퍼부었습니다. 그때 폐하를 뵙고 저는 속으로 투항하리라 마음을 먹었습니다. 그렇지만 우리 원수가 이제 또 욕설을 하러 가라고 하여 종이 또 욕설을 퍼붓기 위해 와서 만약 죽임을 당하지 않으면 진심으로 투항하리라 생각하였습니다. 종이 처음에 죽음을 무릅쓰고, 욕설을 퍼부은 것은 나라를 위한 것이었습니다. 그런데 이번에 죽음을 불사하고 욕을 한 것은 황금빛으로 빛나는 폐하를 알현하고 몇 마디 고하고, 대업을 이루려 한 것입니다. 폐하를 뵙고 종은 투항할 뜻을 가졌나이다. 또 우리나라 장병들이 금나라의 위선자들에게 마음이 향하고, 또 곽보옥에게서 폐하의 진정한 자애스러움에 대해 들었습니다. 실제 폐하의 선하신 뜻을 보니 분명 하늘의 때가 되었습니다."

그러자 칭기스 칸은 석말명안의 마음이 진심임을 알고 서둘러 포승줄을 풀어주게 하고 물었다.

"그대가 내게 투항하면 그대 가족은 모두 금나라에서 죽임을 당하지 않겠소?"

"종이 그곳에서 나올 때 이미 사람을 보내 데려오도록 했습니다. 분명 무사할 것입니다. 폐하께서 신을 위해 이처럼 생각해 주시니 참으로 천자의 은덕이 한이 없습니다."

석말명안은 서둘러 오른쪽 어깨를 베어 피를 내서 뿌리며 맹세하자, 칭기스 칸과 모홀리가 크게 기뻐하며 곧 그를 도통都統에 봉했다. 볼로, 소르탈트, 울렌 치르비, 폴고다이 등에게 계략을 은밀히 알게 하고, 석말명안에게 곧 2만 명의 병력을 내어주고, 운중[원주] 운중은 대동 지역이다의 동서 양 지역을 평정하도록 명했다. 석말명안의 마음을 시험하고자 대군을 이끌고 돌아갈 것이라고 하자, 석말명안이 서둘러 와서 모홀리에게 고했다.

"금나라는 잔인하고 몽매해져 세상의 마음을 이미 잃었습니다. 병사와 민중들은 불안한 마음으로 지냅니다. 이제 대군께서 만약 돌아가시면 금나라가 느닷없이 훌륭한 인재를 얻어 이를 사용하면 천하를 얻기 어려울 것입니다. 금나라에는 17개의 큰 주가 있습니다. 이제 우리는 운중의 동서 양 주州밖에 얻을 수 없습니다. 만약 이 기회에 공격해 들어가 싸우지 않는다면 금나라가 황급히 능력 있는 신하들에게 명해 계략을 모색하도록 하여 병사와 백성들의 마음을 통합하여 막아 싸울 것이며, 그러면 이제 금나라를 얻기가 힘들 것입니다. 지금 산 남쪽에 있는 백성들은 오래도록 전투를 경험하지 않았기 때문에 대군이 이르면 곧 지역을 평정하여 수레를 밀듯 쉽게 얻을 수 있을 것입니다. 원수께서는 서둘러 폐하께 고하여 군대를 재촉하여 밀고 쳐들어갈 것을 결정하는 것이 좋을 듯합니다. 만약 군대가 철수하면 앞으로 아무리 힘을 써도 일이 허사가 될 것입니다. 왜 하늘의 뜻을 놓친단 말입니까!"

그러자 모홀리가 석말명안을 크게 칭찬하며, 그의 마음이 진심임을 알았다. 다음 날 조정에 나가 칭기스 칸에게 석말영안의 마음이 진정이었다는 것과 그가 한 말을 자세히 고하자, 칸이 기뻐하여 그를 크게 칭찬하여 손수 술을 따라주고, 마음 편히 석말명안을 직접 떠나보냈다.

한편 이해 여름 송나라 태묘에 벼락이 떨어져 가옥과 물품, 불상 등이 전혀 남아 있지 않고 모두 파손됐다. 석말명안은 2만 명의 병력과 네 명의 용맹한 장수를 데리고 갈 때 이 농사 지역에 사는 모든 백성이 향을 피우고 거리에서 마노 그릇에 차와 술, 바구니에 고기와 빵을 담아 병사를 맞이하고, 먹을 것을 제공하며 도왔다. 석말명안은 칸의 자애로움에 용기백배해져 곡식과 물건을 백성들에게 나누어주며 지역민들에게 호의를 베풀었다.

그때 금나라 승상 오돈은 여러 주와 군을 지키기 위해 병사들을 이끌고 움직였다. 한편 칭기스 칸은 남쪽으로 공격해 들어가 선덕부를 이미 빼앗고, 곧이어 대흥부大興部를 공격했다. 성 앞에 이르러 흙벽을 축조케 하고 성을 넘어가려고 할 때 대흥부에서 돌과 나무를 굴리며 화살을 쏘아대 매우 힘든 상황에 봉착하자 칭기스 칸은 명을 내렸다.

"이러한 상황을 두려워하면 천하의 수만 개의 성을 어떻게 공격하여 빼앗겠는가? 서둘러 방패를 잡고 성벽을 오르라. 하늘이 내 앞에 가는 자를 죽게 하시지 않을 것이다. 만약 뭇 장병들이 두려워한다면 내가 먼저 앞서 오르리라."

그러자 모홀리를 비롯해 많은 신하들이 모두 안색이 흐려져 서둘러 큰 북이 터지도록 쳤다. 수많은 병사들이 모두 위에서 쏟아져 내려오는 화살과 돌을 마주하고 민첩하게 공격해 들어가, 이윽고 토성 위로 올라가 싸우며 돌격해 들어갔다. 그 광경을 보니 칭기스 칸의 넷째 태자인 톨리와 부마인 체첵이 성으로 올라갔다. 모홀리가 크게 조급해져 또 북을 치게 하자, 많은 병사가 함께 민첩하게 성벽을 기어올라 대부분의 병사들이 성 위로 올라갔다. 성안으로 쏘는 활과 던지는 돌이 우박이 쏟아지듯 하자 성 중의 병사들 가운데 큰 혼란이 일어났다. 그때 부마인 체첵과 태자 톨리 등의 수하 병사들이 성문을 열어젖혔다. 그러자 대군이 쏟아져 들어가 대흥부를 지키던 금나라 병사들의 10의 8을 살해했는데, 이것은 금나라 병사들이 저항한 것에 대한 보복이었다.

모홀리가 서둘러 칸에게 고해 태자와 부마에게 명하여 공격을 멈추게 할 때까지 성의 병사들이 또 죽임을 당했다[원주] 이 한 번의 사건으로 몽골군은 금나라 성을 쉽게 얻고, 금나라 병사는 몽골 병사를 향해 활을 쏘고 돌을 던지지 않게 되었다. 한편 몽골군은 대흥부의 속지를 공격하여 그 땅을 거두어들이고, 북쪽 길로 해서 서쪽으로 진격해 들어가서 5월에 금나라 군대 원수 오돈양의 지원병과 마주쳤다.

태조 칭기스 칸이 금 병사들을 묵곡墨谷 입구로 위협해 몰아넣고, 몽골군은 산 너머 편의 작고 좁은 길의 언덕 토고드강 가까이 매복한 병사로 강을 따라 돌격해 내려가자, 금나라의 오돈양이 크게 두려워하며 이 강을 따라 내려오자, 몽골 칸이 몸소 대군을 이끌고 묵곡 입구에 매복해 공격했다. 이에 금나라 오돈양이 크게 패해 자신의 병사들을 버려두고 빠른 기병 몇천 명을 데리고 서경을 향해 달아나자, 많은 병사들이 두려움에 혼비백산하여 사방으로 흩어지고 대다수가 몽골에 투항했다.

모홀리는 그들에게 은혜를 베풀어 그들이 어떻게 하고 싶은지 묻고, 병사가 되기를 원하는 자는 병사가 되게 하고, 그것이 싫은 자들은 고향의 농토로 돌아가게 했다. 그러자 금나라 병사들은 크게 감복하며 눈물을 흘리고 투항한 자가 3만 이상이 되었다. 한편 몽골이 은혜와 덕을 베풀고, 인재를 등용하고, 전투력이 신속하다는 것이 많은 이에게 소문이 났다. 한편 금나라의 패한 문신들이 곤핍한 상태가 되자 모두 마음이 움직여 투항할 방법을 상의했다. 이미 몽골군이 승리해 점령한 금나라 서경 성시를 금나라가 또 신하를 보내 지키게 하자, 그 지역의 백성이 서둘러 몽골에 와서 고했다.

"금나라에서 서경에 신하를 보내 또 지키게 하고 있습니다. 제 생각에는 우리 백성들을 착취해 세금을 거두어갈 것 같습니다."

그러자 태조 칭기스 칸이 급히 다섯 호장에게 3만 병력을 내어주고, 서경을 포위해 싸우게 했다. 석말명안이 대검에 피를 묻히지 않고, 운중의 동서 양 지역을 평정하고 돌아왔다. 그때 금나라가 또 사신을 보내 조서를 올리게 하고, 몽골에 자신의 공성空城인 서경 반환을 요청했다. 그러자 태조가 곧 큰 은혜로 자비를 베풀어, 금 조정의 사신이 절하기 위해 왔을 때 이곳의 사신을 보냈다. 그런데 금에서는 사신이 가져간 후한 예물과 물건은 거두고, 가을 말이 될 때까지 사신은 돌려보내지 않았다.

이에 모홀리는 크게 분노하여 다섯 호장과 하사르 친왕 등을 사이한 소르탈트, 공주 홍고르졸과 함께 금나라의 봉성부奉聖府[3]를 치기 위해 보냈다. 또 제브와 젤메, 알락 토갈, 보가트 오하, 알흐, 수흐, 온지가이, 손지가이 등에게 5만 병력을 대동하게 하고, 태자 우게데이, 톨리 두 사람에게 전체를 지휘하게 하여, 겨울 마지막 달에 금나라 동경성을 공격하기 위해 보냈다.

한편 하사르 친왕은 사이한 소르탈트와 상의하여 말하기를 "봉성부는 넓은 지역이고, 견고한 성인데 어찌 공격하는 것이 좋겠소?" 하고 물었다.

사이한 소르탈트가 말하기를 "이 성을 점령할 때 힘으로 점령해서는 아니 됩니다. 반드시 계략으로 점령하는 것이 좋습니다. 봉성부의 백성들은 부유합니다. 이제 일전의 대흥부를 공격할 때 힘들었던 정황을 우리 많은 병사의 화살에 써서, 그것을 쏘아 봉선부에 들어가도록 하면 그 화살을 많은 병사와 백성들이 보지 않을 수 없을 것입니다. 만약 닷새 안에 투항을 하지 않으면, 그때 천 명의 병사를 나누어 성에 밧줄을 던져 그걸 타고 들어갑시다!"라고 하자, 우게데이와 톨리가 곧 그의 말대로 병사의 화살마다 적게 했다.

"그대들이 하늘의 뜻을 어기고 닷새 내에 투항하지 않으면 어찌 되었든 대흥부와 같이 되는 것에서 벗어날 수 없으리라!"

3 [몽골 현대문 역주] 봉성주(奉聖州)를 이름.

이렇게 적게 하고 달려 들어가 성시에 활을 쏘아 보내자, 이튿날 밤 성안에서 큰 소동이 일어나며 사방의 성문이 열렸다. 그때 몽골군이 성인으로 들어가 병사들에게 일반 백성의 집을 털끝만치도 건드리면 죽음을 면치 못할 것이라고 선포하자, 봉성부의 억류당한 금나라 병사들이 이를 듣고 모두 평민인 척하며 갑옷과 투구, 말과 무기를 모두 버리고 달아났다.

하사르 친왕과 사이한 소르탈트의 지략으로 봉성부의 많은 부자들이 몽골 병사의 화살에 꽂힌 글을 보고, 금나라 관리들 몰래 상의할 때 신하 부합이 잠에서 깨어나 부자들을 잡으려고 하자, 그들이 곧 손을 써서 성문을 열고 몽골에 투항했다. 이때 부자들의 젊은 자녀들은 신하 부합을 따라가 몽골군에 들어가자마자 소리를 질러 장군 부합을 붙잡게 하자, 부합이 초조해져 자결하고 말았다.

그러자 하사르 친왕과 사이한 소르탈의 공으로 성을 점령했다는 소식을 전령을 보내 칸에게 고하게 했다. 이때가 바로 겨울의 마지막 섣달이었기 때문에 칭기스 칸은 봉성부로 와서 한 해를 이곳에서 나기로 했다.

한편 두 태자인 우구데이와 톨리는 제브를 선봉으로 하고 뒤에서 천천히 진격했다. 제브가 앞서 도착해 성을 포위하고 일시에 공격했다. 동경은 큰 성이었기 때문에 병사들이 많고, 30년을 먹고도 남을 곡식과 풀이 있었고, 병기는 산처럼 많고, 갑옷도 풍부했다. 다만 최근 이태 동안 몽골이 위엄을 크게 떨치고 있기 때문에 감히 성 밖으로 나와 대적하지 못했다. 성을 지키고 있던 완안호사 등은 온 힘을 다해 도성을 지키며 나오지 않자, 제브는 성을 공격하는 척하며, 다른 한편 성의 북쪽 큰 거리와 창고의 많은 곡식과 재물을 거두어들여 밤에 갑자기 돌아갔다.

그때 동경의 수장 완안호사는 몽골군이 성시 외곽의 창고를 약탈해 쓸어간 것을 듣고 펄쩍 뛰었다.

"내가 보니 몽골군은 그 수가 매우 적다. 우리가 두려워하는 것에 자만하여 계략을 써서 도성 밖에 것을 남김없이 모두 약탈해 갔다. 이것을 알았다면 나가 싸웠을 것이다!"라고 하며 몽골군이 간 것에 다소 안심이 되어 큰소리쳤다.

그리고 성의 사방의 문을 열게 했다. 세밀이라 길일에 나가는 사람은 내보내고 들어올 사람은 들여보냈다. 다음 날 또 문을 열자 몽골군이 사방에서 밀물처럼 밀려들어 왔다. 몽골의 태보 제브는 처음에 이들을 공격할 때 돌아가는 척하며 한나절 길을 가다가 갑자기 밤이 되자 많은 병사를 되돌려 진격해 와서, 사방의 성문을 지키는 파수병들을 죽이고 공격해 들어갔다.

제브가 네 개 성문을 지키는 수비병을 죽이고, 자신의 1만 병력을 이끌고 성시 가운데 먼저 돌격해 들어가자 완안호사가 어찌할 방법을 찾지 못하고 황급히 승려복과 모자를 쓰고 한 절에 숨어들었다가, 그날 밤 어둠을 틈타 성벽을 넘어 달아났다. 이에 성의 많은 병사들이 무기를 버리고 투항한 것을 칭기스 칸에게 고했다. 그리고 원하는 자는 투항케 하고, 원하는 않는 자는 그대로 돌려보내 동경성을 평화롭게 점령했다. 그런 다음 두 태자의 대군이 도착해 성에 들어와 시를 자세히 살폈다. 그리고 대군을 성 밖에 주둔케 하고, 동경의 커다란 창고의 곡식과 풀을 점검했다. 그렇게 해서 얻은 전리품이 산처럼 쌓였다.

이런 상황을 서둘러 칸에게 고하기 위해 사람을 보내고, 칸을 맞을 준비를 할 때 칭기스 칸이 대군을 이끌고 동경 도성으로 들어왔다. 이 성에는 또 황제의 커다란 궁전이 있었기 때문에 칭기스 칸이 용상에 좌정하고, 백관이 절한 뒤에 큰 연회를 벌였다. 이해 성을 얻는 데 큰 공을 세운 장수들이 모두 모였다. 먼저 태자 톨리, 부마 체첵, 하사르, 사이한 소르탈트, 그다음으로 이 동경을 점령하는 데 큰 공훈을 세운 제브와 젤메 등을 일등공신의 예로 상을 내렸다. 그리고 모홀리에게 물었다.

"지난해 연초에 남쪽으로 대군이 진격해 들어갈 때 태보 제브가 그대 앞에서 힘을 다하지 않았다면, 오늘 이렇게 승리하지는 못했을 것이오. 가장 먼저 명예를 중시하고 목숨을 걸고 분투함으로 오늘 이렇듯 남쪽 지경으로 들어왔소. 곽보옥과 석말명인 등도 모두 분투했소. 다만 우리가 이전에 점령한 성에 병사들을 남겨 지키게 하지 않았기 때문에 점령했던 성을 통제할 수 없었소. 금나라의 병사들이 가자마자 그 즉시 신하와 병사를 보내 지키게 하시오. 내가 다시 가서 공격할 때 성이 비록 비어 있게 된다 해도 수비병이 있으면 다시 다시 싸워야 하니 상당히 쉽지 않은 일이오. 이를 어찌하면 좋겠소?"

이때 모홀리가 고하기를 "실제로 성을 일단 점령하면 사람을 파견하여 성을 지키게 하는 것이 지역을 지배하는 한 가지 방법입니다. 다만 우리 병사가 남쪽으로 공격해 들어가 지역의 특성을 잘 받아들이지 못한 채 군대를 남기면 분명 지역민들의 분노를 살 것입니다. 그러니 군대가 들어가기 전에 이러한 일을 분명히 해서, 옛 촉나라 제갈량이 남만의 왕 맹획孟獲을 공격한 방법[4]으로 힘써 모두의 마음을 귀순케 하면, 비록 군대를 남기지 않고 지키게 하지 않더라도 못된 자들이 난리를 일으킬 수 없게 될 것입니다. 이제 방어의 의무가 거추장스럽게 되면 많은 병사의 마음이 흩어지게 될 것입니다. 우리 군대는 이 두 해 동안 종횡무진 정벌해 갈 때, 많은 백성이 온갖 방법을 다해 우리 군대를 막으려고 했지만 어찌할 수 없다는 마음이 가득했는데, 이제 우리 군대가 신구新舊 성에 이르자마자 병사와 백성들이 투항하기로 마음을 정하니, 이것은 실제로 우리가 그들을 해치지 않고 자비로 대했던 결과입니다. 이제 한 해를 이렇게 행하면 우리 장병들도 남쪽의 일을 걱정할 필요가 없을 뿐만 아니라 금나라 군민의 마음도 확실해질 것입니다. 그때 병사를 나누어 파견해 성을 군단별로 지키게 하면 곧 확실한 방책이 될 것입니다.

이제 금나라가 또 돌아가 보복전을 도모하고 있기에, 우리 몽골이 금나라의 사기를 누르고 두렵게 해도, 우리 몽골의 위세를 조금도 분명히 파악하지 못하고 있습니다. 만약 폐하께서 금나라의 길지를 보시고, 그곳에 도읍을 세우시면 그때 비로소 장병으로 여러 성을 지키게 할 수 있을 것입니다. 우리 몽골이 비록 강하지만 사람들은 다만 폐하

---

4 제갈량이 남만의 맹획을 7번을 풀어주고 7번을 사로잡았는데, 제갈량은 맹획을 풀어주려고 했다. 맹획은 떠나지 않고, "공은 천위를 지닌 분이니, 우리 남인들은 다시는 배반하지 않겠습니다"라고 하며 귀순하였다고 한다(칠종칠금(七縱七擒)의 고사).

의 천자의 위엄과 덕에 의지하여 살아가게 될 것입니다. 만약 폐하께서 잠시 낙담을 하신다면 이들 많은 사람은 용기와 신심을 모두 잃어버려, 다른 사람에게 해를 받게 될 것입니다.

이제 만약 여러 성을 지키게 하다가 금나라의 계략에 빠져 한두 곳이 패하면 이것은 곧 우리 몽골인들의 기백을 잃게 할 것이고, 금나라가 재기를 위해 계략을 찾는 동인이 될 것입니다. 폐하께서 만약 이곳에서 하루를 계시면 하루가 든든할 것입니다. 만약 폐하께서 돌아가시게 된다면, 그날부터 금나라의 위세는 다시 살아나겠지만 우리 병사들의 마음은 사납게 요동칠 것입니다. 이처럼 틈을 주지 않고 적을 모으고, 싸우지 않고 적을 취하면 몇 번이 되지 않아 군민이 싸워도 패하는 것을 알고 우리 군대를 보자마자 와서 투항할 것은 자명한 일입니다.

또 금나라가 한 성에 다시 관리를 두어 지내게 하면 또 백성의 재물을 수탈하지 않고, 창고에 있는 재물로 병사들을 먹일 수 없습니다. 그러기에 그 백성들은 자신의 나라, 황제의 신하들을 원수처럼 보고 마음으로 원한을 품을 것이고, 도리어 우리 군대를 찾아와서 투항할 생각을 품을 것입니다. 이것은 이미 정해진 이치입니다. 금나라 만백성이 폐하를 부모처럼 바라볼 때에 이르면, 이 나라를 평정하고 많은 백성을 안정시키는 데 무슨 어려움이 있겠습니까? 이처럼 되면 금나라의 힘이 반드시 쇠퇴해지고, 우리는 힘을 쓰지 않고도 금나라를 무너뜨리는 것은 손바닥을 뒤집듯 쉬울 것입니다. 우리 군대가 지키지 않아도 지킨 것처럼 될 것입니다. 이것으로 보면 점령한 성을 지키지 않아도 잃은 것이 아닌 것과 같습니다. 이 계략은 모두 장기적인 계략이요, 금나라의 뇌와 골수를 끊어내는 방법입니다.

우리가 나라를 원한다는 것은 나라 백성의 마음을 얻는 것과 같기 때문에 나라 백성들이 옛 주인을 버리고 우리나라를 더 원한다면, 이것은 실제 많은 이의 마음을 확실히 얻는 것이라 할 수 있습니다. 우리 군대가 비록 금나라를 정벌하러 왔지만, 금나라 황제와 신하, 병사들 상호 간에는 또 친숙함이 있습니다. 그러나 백성들은 일반적으로 갖가지 곤욕을 치르는 일이 많이 때문에 오히려 적을 원하게 됩니다. 그러니 이때 장병들을 모아 성을 지키게 하는 것은 좀 이른 감이 있다 할 수 있습니다. 우리 몽골인의 기질로 성을 지키게 하면, 분명 백성들을 거스르는 행동을 할 것입니다. 백성을 격분케 하면 이제 그 위아래 사람들이 모두 마음이 하나가 되기에 이를 무너뜨리기가 실로 어려워질 것입니다. 요몇 년 사이에 또 금나라 안에서 곽보옥, 석말명안 등과 같은 몇몇 대신들이 우리 몽골에 투항하여 협력함으로 우리 몽골이 매우 편해졌고, 또 많은 백성의 마음을 크게 얻었습니다. 그러하오니 폐하께서 남쪽으로 진군하시는 것을 결단하심이 옳으실 줄 압니다"라고 했다.

칭기스 칸은 모홀리의 이 일련의 말에 크게 기뻐하며, 그의 제안을 옳게 여기고 이르기를, "금나라의 힘을 무너뜨리는 관건은 일반적으로 백성의 힘이 약해지는 데 있을 것이오. 백성의 힘이 이미 쇠약해졌다면 이미 공성이 된 지역을 취하여 무엇하겠소?"라고 했다.

그러자 모홀리가 절하며 고했다.

"폐하의 이 말씀은 실제로 만대를 이어갈 나라를 세울 군주가 가장 힘써야 할 규율이 될 것입니다. 비록 그렇다 해도 금나라가 하늘을 거스르고 곧바로 투항하지 않아, 두 나라가 서로 싸우게 되면, 많은 백성들이 평안을 얻지 못하고, 또 백성들의 마음이 흉흉해질 것입니다. 비록 우리가 싸우고 있지만, 얼굴을 맞대고 대치하고 있는 것은 금나라이기 때문에 그들 백성이 원한을 갖는 것은 우리가 아니라 금나라입니다. 군대의 일이기에 기회를 얻는 것이 중요합니다. 원한을 사는 것은 금나라 군주요, 이익을 얻는 것은 우리 몽골입니다. 그렇게 되면 이것은 하늘의 은혜라 할 것입니다.

신이 지난해 금나라에 출병할 때 이와 같은 기회가 있을지 생각지 못했습니다. 이제 금나라에 들어와 이태가 되어 보니 금나라가 이미 모두 쇠락하여 마치 병든 사람처럼 다만 몸의 형체만 보일 뿐, 실제로 쇠망할 것이 분명합니다. 폐하께서는 이를 감찰하여 주시기 바랍니다. 금나라의 어느 하나 진실한 것이 있나이까? 신하는 자신의 군주에게 원한을 갖고, 백성은 그 신하에게 원한을 갖습니다. 병사는 원수에게, 장수는 병사에게 분노합니다. 이것은 금나라가 헛되이 규율에 노력하지만, 속은 텅 비어 있음을 말해줍니다. 스스로 구중궁궐의 온갖 즐거움을 한평생 누리며 마음에 괴로움이 없고, 국사를 도리어 자신의 적처럼 여깁니다. 또 까닭 없이 법은 거미줄처럼 촘촘한데, 간신이 그 법을 쥐고 흔들며 예도를 어지럽히고, 많은 백성을 괴롭힙니다. 오늘날 부자가 재물을 두고 다투고, 또 부부가 이익을 두고 싸웁니다. 군주로부터 백성에 이르기까지 행복을 추구하고, 물질의 맛에 들려 재물을 추구하며 이를 이루기 위해 모두 교활함과 아첨을 중심으로 삼습니다.

백성은 자신의 군주를 존중하지 않고, 군주는 자기 백성을 사랑하지 못하고, 그 사이에 간사한 신하가 기회를 얻어 위로 속임수를 쓰고 아래로 백성을 착취하고 괴롭힘으로 군주는 멸망하는 데 이르고, 백성은 원한을 품고 배반하는 데 이르게 되는 것이 아니겠습니까?"

칭기스 칸이 말할 수 없이 기뻐하며 명하기를 "1천 장의 종이를 날카로운 도끼로 베는 것과 한 장의 종이를 날카로운 도끼로 베는 소리는 같지만, 그 힘의 강도는 차이가 있듯 대원수의 말씀은 참으로 진실되고 적절하기 이를 데 없소"라고 칭송했다. 그리고 많은 병사에게 그 공훈의 정도에 따라 상을 내렸다.

사관의 가벼운 시 한 수

북극성을 선회하며 별들이 모이고
북방에 진정 인재들이 모여들었네
지략과 용맹함을 겸비하고, 계략이 치밀하여
모든 일이 하늘에 닿아 왕정을 이루었네

참고문헌

1. '몽골 현대문 역자 서문' 참고문헌

Булаг, *Арван долдугаар зууны Монгол түүхэн уран зохиол*, Өвөр Монголын хэвлэлийн хороо, 1987.

John Gombojab Hangin, *Klke Sudur(THE BLUE CHRONICLE) : A Study of the first Mongolian Historical Novel by Injannasi*, O. Harrassowitz, 1973.

Дамдинсүрэн.Ц, *Монгол уран зохиолын дээж зуун билиг оршвой*, УБ, 1959.

Дундад сургуулийн хэлбичгийн багшийн гарын авлага, Тунляо. 1994.

Дэлгэрсан.Т, *Инжаннашийн шүлгийн судлал*, Өвөр Монголын Ардын Хэвлэлийн хороо, 1987.

Дэсрайжав, *Их зохиолч Инжаннаши*, Бээжин, 1993.

__________, *судар хийгээд арван анги судрын харьцаа*, Өвөр Монголын соёлын хэвлэлийн хороо, 1991.

Жамсранжав.Г, "Ванчинбалын Инжаннашийн романуудын тухай", *Монголын уран зохиолын тойм* III, Улаанбаатар, 1968.

Залгаа, *Инжаннашийн оны бичиг*, Өвөр Монголын Ардын Хэвлэлийн Хороо, 1995.

Инжаннаши, *Хөх Сударын нөхвөр дэвтэр*(Содбилэг харгуулав), Хөх хот, 2002.

Эрхлэн найруулагч Сайшаалт.Н, *Монголын уран зохиолын түүх*, Ляонин, 1995.

Сүх.В, Буянтогтох, Буянцугла нар голлон найруулав, *Монголын уран зохиолын түүхийн мэдлэг*, Өвөр Монголын Ардын Хэвлэлийн Хороо, Тунляонийн, 1997.

Нагуусайнхүү · Нарийнголхүү, *Тэмгэтийн намтар*, Улаанхад, 1989.

Намжил.Г, *Чингис хааны засаг ба бичиг*, Хайлар, 1990.

Эхийг харьцуулан хөрвүүлж, тайлбар хийсэн Чоймаа.Ш, *Оюун түлхүүр*, Улаанбаатар, 2002.

Төвгэрэлт, "Инжаннашийн шүлэг зохиолын сонирхол", *Сувд тана бутран сацарсан уянга*, Хөх хот, 1992.

Хишигтогтох.Ч, *Монгол сурвалж бичгийн судлал*, Бээжин, 2003.

Цэрэнсодном.Д, *Монголын уран зохиолын тойм*(XIII~XX зууны эхэн), Улаанбаатар, 2002.

Цэрэнсодном.Д, *Чингис богдын дурсгалын түүвэр*(Хөрвүүлж тайлбарын хамт хэвлүүлсэн Пүрэвжав.Э), Улаанбаатар, 2000.
Чингис хааны цэдиг, Бээжин. Монгол бичгийн хороо, 1925.
Чоймаа.Ш, *Монгол судлалын өгүүлүүд*, Улаанбаатар, 2003.
________, *'Монголын нууц товчоон' Лувсанданзаны 'Алтан товч' эхийн харьцуулсан судалгаа*, Улаанбаатар, 2002.
________, *Хаадын үндсэн хураангуй алтан товч*, Эхийн харьцуулсан судалгаа, судалгааны оршил, галиг, үгийн хэлхээ, эх текст, Улаанбаатар, 2002.

2. 국내 저서

강정만, 『송나라 역대 황제 평전』, 주류성, 2021.
김경한, 『인물 삼국지』, 북오션, 2014.
김옥자·김영옥, 「송원대의 과학에 대하여 II」, 『한국수학사학회지』 v. 28, 2015.
김정희·송정수·정면·김유철·박지훈·송미령, 『중국 정사 외국전이 그리는 '세계'들』, 역사공간, 2016.
김희영, 『이야기 중국사』, 청아출판사, 2000.
라시드 앗 딘, 김호동 역주, 『칭기스 칸 기』, 사계절, 2003.
________________, 『칸의 후예들』, 사계절, 2005.
________________, 『부족지』, 사계절, 2016.
마르코 폴로, 『동방견문록』, 김호동 역주, 사계절, 2006.
박지원, 김혈조 역, 『열하일기』 2, 돌베개, 2017.
소준섭, 『중국사 인물 열전』, 현대지성, 2018.
예태일·전발평 편저, 서경호·김영지 역, 『산해경』, 안티쿠스, 2009.
유리리, 「배역에 따른 중국 경극 의상과 분장의 표현 특성-조씨고아 사랑탐문 목계영괘사 사례를 중심으로」, 서울대 석사논문, 서울대학교, 2012.
유원수 역, 『몽골비사』, 사계절, 2004.
이병갑, 『중국역사사전』, 학민사, 2006.
이상각, 『열정과 자존의 오백 년 고려사』, 들녘, 2010.
이안나, 『몽골인의 생활과 풍속』, 첫눈에, 2005.
______, 『몽골 민간신앙 연구』, 한국문화사, 2010.
임종욱, 『한국역대인명사전』, 이회, 2009.

임종욱, 『중국역대인명사전』, 이회, 2010.
저자 미상, 김장구 역, 『몽골 황금사』, 동북아역사재단, 2014.

3. 몽골 저서

Ч.Аръяасүрэн, *Монгол ёс заншлын их тайлбар толь* III, Урлах эрдэм, 2000.

_____________ · Х.Нямбуу, *Монгол ёс заншлын дунд тайлбар толь*, Сүүлэнхүү хүүхдийн хэвлэлийн газар, 1991.

______________________, *Монгол ёс заншлын их тайлбар толь тэргүүн боть*, Сүүлэнхүү хүүхдийн хэвлэлийн газар, 1992.

Ш.Бира бусад, *Монголын нууц товчоо*, Мөнхийн үсэг, 2005.

Л.Болд бусад, *Монгол хэлний дэлгэрэнгүй тайлбар толь*, Монгол улсын шинжлэх ухааны академи, 2008.

Д.Дагвадорж, *Монголын шашин суртахууны тайлбар толь*, АУИС-ийн хэвлэлийн товчоон, 1995.

Ц.Дамдинсүрэн, *Монголын уран зохиолын тойм* III, БНМАУ-ын Шинжлэх ухааны академи, 1968.

Л.Жамсран бусад, *Монголын түүхийн бага нэвтэрхий толь* I, Орбис, 1998.

________________, *Монголын түүхийн бага нэвтэрхий толь* II, Орбис, 2000.

________________, *Монголын түүхийн бага нэвтэрхий толь* III, Орбис, 2002.

Лувсанданзан, *Алтан товч*, УБ, 1990.

Д.Лувсандорж бусад, *Уран зохиол соёмбо нэвтэрхий толь*, Соёмбо пресс, 2012.

Х.Лхагвасүрэн бусад, *Чингис хааны нэвтэрхий толь*, Чингэс Хаан дээд сургууль, 2004.

А.Очир бусад, *Монгол улсын түүх* II, Адмон компани, 2003.

Х.Сампилдэндэв бусад, *Монголын уран зохиолын лавлах толь*, Бемби сан хэвлэлийн газар, 2001.

О.Сүхбаатар, *Монгол харь үгийн толь*, УБ, 1997.

Д.Цэрэнсодном, *Монгол ардын домог үлгэр*, Улсын хэвлэлийн газар, 1989.

______________, *Монголын нууц товчоо*, Мөнхийн үсэг, 2000.

Ш.Шагдар, *Монголын газарзүйн нэрийн товч толь бичиг*, Старт лайн, 2007.

Д.Цэрэнсодном, *Монгол уран зохиолын товч түүх*, Монгол улсын шинжлэх ухааны академи, 2002.

4. 중국 저서

尹湛納希, 黑勒·丁師浩 譯,『青史演義』上·下, 內蒙古人民出版社, 1985.

新蒙漢詞典 編纂委員,『新蒙漢詞典』, 商務印書館, 1999.

5. e-book

방기혁 역,「칭기스 칸 이야기」,『원사본기』 권1(e-book), 슬기야단비야, 2015.

_______,「우구데이 황제 이야기」,『원사본기』 권2(e-book), 슬기야단비야, 2015.

_______,「무칼리」,『원사열전』 권6(e-book), 슬기야단비야, 2015.

_______,「야율초재」,『원사열전』 권33(e-book), 슬기야단비야, 2015.

_______,「사병직, 사천예」,『원사열전』 권34(e-book), 슬기야단비야, 2015.

_______,「장유소」,『원사열전』 권34(e-book), 슬기야단비야, 2015.

_______,「석천응」,『원사열전』 권36(e-book), 슬기야단비야, 2015.

_______,「야율유가」,『원사열전』 권36(e-book), 슬기야단비야, 2015.

_______,「장덕휘」,『원사열전』 권50(e-book), 슬기야단비야, 2015.

_______,「선종 오도보 이야기 2」,『금사본기』 권15(e-book), 슬기야단비야, 2015.

_______,「선종 오도보 이야기 3」,『금사본기』 권16(e-book), 슬기야단비야, 2015.

_______,「애종 수서 이야기 1」,『금사본기』 권17(e-book), 슬기야단비야, 2015.

_______,「애종 수서 이야기 2」,『금사본기』 권18(e-book), 슬기야단비야, 2015.

_______,「완안승휘」,『금사열전』 권39(e-book), 슬기야단비야, 2015.

_______,「최립」,『금사열전』 권53(e-book), 슬기야단비야, 2015.

_______,「도단오르텐」,『금사열전』 권54(e-book), 슬기야단비야, 2015,

_______,「포찰관노」,『금사열전』 권54(e-book), 슬기야단비야, 2015.

6. 인터넷 DB

https://mn.wikipedia.org/wiki/Солоон,_Солонгод

https://mn.wikipedia.org/wiki/Харчин

https://mn.wikipedia.org/wiki/Хийморь

https://mn.wikipedia.org/wiki/Хотон

https://wordrow.kr/의미/연감유함

https://kangxi.fandom.com/wiki/페르디난트-페르비스트

https://blog.naver.com/bhjang3/140201007630

https://blog.daum.net/ersan.tisory.com/58
https://namu.wiki/w/위무자
https://namu.wiki/w/진사
https://namu.wiki/조간자
https://ko.wikipedia.org/wiki/공자
https://ko.wikipedia.org/wiki/구처기
https://ko.wikipedia.org/wiki/금나라
https://ko.wikipedia.org/wiki/나타
https://ko.wikipedia.org/wiki/뇌진자
https://ko.wikipedia.org/wiki/류큐국
https://ko.wikipedia.org/wiki/문창제군
https://ko.wikipedia.org/wiki/시헌력
https://ko.wikipedia.org/wiki/십악_(불교)
https://ko.wikipedia.org/wiki/야율직로고
https://ko.wikipedia.org/wiki/연성공
https://ko.wikipedia.org/wiki/왕세충
https://ke.wikipedia.org/wiki/유태공
https://ko.wikipedia.org/wiki/유표
https://ko.wikipedia.org/wiki/적로
https://ko.wikipedia.org/wiki/정릉
https://ko.wikipedia.org/wiki/조논
https://ko.wikipedia.org/wiki/조운_(촉한)
https://ko.wikipedia.org/wiki/주_목왕
https://ko.wikipedia.org/wiki/태호석
https://ko.wikipedia.org/wiki/홍문연
https://encykorea.aks.ac.kr/Contents/Item/E0049085(한국민족문화대백과사전)
https://encykorea.aks.ac.kr/Contents/Item/E0064109(한국민족문화대백과사전)